MORTE EM PEMBERLEY

P. D. JAMES
MORTE EM PEMBERLEY

TRADUÇÃO
Sonia Moreira

2ª reimpressão

COMPANHIA DAS LETRAS

Copyright © 2011 by P. D. James

Proibida a venda em Portugal
Grafia atualizada segundo o Acordo Ortográfico da Língua Portuguesa de 1990, que entrou em vigor no Brasil em 2009.

Título original
Death Comes to Pemberley

Capa
Elisa von Randow

Foto de capa
Stephen Spraggon/ Getty Images

Preparação
Lígia Azevedo

Revisão
Adriana Cristina Bairrada
Marise Leal

Dados Internacionais de Catalogação na Publicação (CIP)
(Câmara Brasileira do Livro, SP, Brasil)

James, P. D.
    Morte em Pemberley / P. D. James ; tradução Sonia Moreira. — 1ª ed. — São Paulo : Companhia das Letras, 2013.

    Título original: Death Comes to Pemberley
    ISBN 978-85-359-2243-1

    1. Ficção policial e de mistério (Literatura inglesa) I. Título.

13-01488	CDD-823.0872

Índice para catálogo sistemático:
1. Ficção policial e de mistério : Literatura inglesa 823.0872

[2022]
Todos os direitos desta edição reservados à
EDITORA SCHWARCZ S.A.
Rua Bandeira Paulista, 702, cj. 32
04532-002 — São Paulo — SP
Telefone: (11) 3707-3500
www.companhiadasletras.com.br
www.blogdacompanhia.com.br
facebook.com/companhiadasletras
instagram.com/companhiadasletras
twitter.com/cialetras

*Para Joyce McLennan,
amiga e assistente pessoal que há trinta e cinco anos
datilografa ou digita meus romances.
Com afeto e gratidão.*

Sumário

Nota da autora, 9

PRÓLOGO: Os Bennet de Longbourn, 11
LIVRO UM: A véspera do baile, 23
LIVRO DOIS: O corpo na floresta, 71
LIVRO TRÊS: A polícia em Pemberley, 115
LIVRO QUATRO: O inquérito, 163
LIVRO CINCO: O julgamento, 233
LIVRO SEIS: Gracechurch Street, 287

EPÍLOGO, 331

Nota da autora

Peço desculpas ao espírito de Jane Austen por envolver sua estimada Elizabeth no trauma da investigação de um assassinato, principalmente considerando que no último capítulo de *Mansfield Park* a srta. Austen deixou sua posição bastante clara: "Que outras penas se debrucem sobre coisas como culpa e pesar. Eu abdico de assuntos odiosos como esses assim que posso, ansiosa para restituir todos os que nada tenham feito de muito grave a um tolerável conforto e para deixar de lado os outros". Sem dúvida, ela teria respondido ao meu pedido de desculpas dizendo que, se desejasse se debruçar sobre assuntos odiosos como esses, ela própria teria escrito esta história, e melhor.

P. D. James, 2011

PRÓLOGO
Os Bennet de Longbourn

Era opinião geral entre os membros da população feminina de Meryton que o sr. e a sra. Bennet haviam sido brindados pela sorte ao conseguir casar quatro de suas cinco filhas. Meryton, uma pequena cidade comercial do condado de Hertfordshire, não consta da rota de nenhuma viagem de recreação, não tendo nem beleza natural nem uma história ilustre. Sua única mansão senhorial, Netherfield Park, embora admirável, não é mencionada nos livros que tratam da notável arquitetura do condado. A cidade dispõe de um salão de reuniões público, onde bailes são realizados regularmente, mas não conta com nenhum teatro, e os principais entretenimentos se dão em casas particulares, onde o tédio dos jantares sociais e das mesas de uíste, sempre na companhia das mesmas pessoas, é aliviado pelos mexericos.

Uma família com cinco filhas solteiras por certo inspira a preocupação compassiva de todos os vizinhos, em especial onde outras distrações são escassas, e a situação dos Bennet era particularmente dramática. Na ausência de um herdeiro do sexo masculino, a propriedade do sr. Bennet seria legada ao primo dele, o reverendo William Collins, que, como a sra. Bennet gostava de lamentar aos brados, poderia expulsar a ela e suas filhas da casa antes mesmo que o corpo de seu marido tivesse esfriado no túmulo. Era preciso reconhecer, porém, que o sr. Collins havia tentado atenuar esse revés da forma que estava ao seu alcance. Apesar da inconveniência e com a aprovação de sua veneranda protetora, Lady Catherine de Bourgh, ele havia deixado sua paróquia em Hunsford, no condado de Kent, para visitar os Bennet com a caridosa intenção de escolher uma noiva para si entre as cinco filhas do casal. Tal intenção foi recebida com entusiástica aprovação pela sra. Bennet, que, no entanto, o advertiu de que a srta. Bennet, sua filha mais velha, provavelmente ficaria noiva em breve. Quando ele então escolheu Elizabeth, a segunda em idade e beleza, sua proposta foi rejeitada de forma categórica, o que o fez buscar uma resposta mais benevolente para sua investida em uma amiga de Elizabeth, a srta. Charlotte Lucas. A srta. Lucas aceitou o pedido de casamento com gratificante satisfação, e o futuro que a sra. Bennet e suas filhas podiam esperar foi selado, não de todo para a lástima geral dos vizinhos. Quando da morte do sr. Bennet, o sr. Collins as instalaria num dos maiores chalés da propriedade, onde receberiam conforto espiritual dos sacramentos por ele ministrados e sustento físico das sobras da cozinha da sra. Collins, reforçadas por presentes ocasionais como caças ou toucinho.

Felizmente, contudo, a família Bennet não precisou contar com tais benefícios. Ao fim de 1799, a sra. Bennet já podia congratular-se por ser mãe de quatro filhas casadas, embora admitisse que o casamento de Lydia, a filha mais nova, com apenas dezesseis anos de idade, não tivesse sido auspicioso. Lydia fugira de casa com o tenente George Wickham, um oficial da milícia que estava aquartelada em Meryton — uma imprudência que todos estavam certos de que iria terminar, como todas as aventuras desse tipo merecem, com a moça sendo abandonada por Wickham, expulsa da casa da família, rejeitada pela sociedade e, por fim, mergulhando na degradação final que o decoro proibia as senhoras de mencionar. O casamento, no entanto, havia se realizado, sendo noticiado pela primeira vez por um vizinho, William Goulding, que ficou sabendo do ocorrido quando cruzou com o coche de Longbourn na estrada e a recém-casada sra. Wickham pôs a mão na janela aberta para que ele pudesse ver a aliança. A sra. Philips, irmã da sra. Bennet, foi incansável em seu esforço para divulgar sua versão da fuga, segundo a qual o casal estava a caminho de Gretna Green, mas fez uma breve parada em Londres para que Wickham pudesse informar sua madrinha de que ia se casar, quando então o sr. Bennet chegou à procura da filha e, em conversa com o casal, conseguiu convencer os dois a aceitar a sugestão da família de que seria mais conveniente realizar o casamento em Londres. Ninguém acreditou nessa fabulação, mas todos reconheceram que a imaginação demonstrada pela sra. Philips ao urdi-la merecia ao menos que fingissem acreditar. George Wickham, obviamente, jamais poderia ser aceito em Meryton de novo, sendo grande o temor de que se pusesse novamente a tirar a castidade das criadas e o lucro dos lojistas, mas todos concordavam que, caso fosse à cidade, a sra. Wickham deveria ser tratada com a mesma tolerante benevolência antes concedida à srta. Lydia Bennet.

Muito se especulou sobre como o casamento teria vindo afinal a realizar-se, ainda que com atraso. A propriedade do sr. Bennet mal rendia duas mil libras por ano, e era opinião geral que o sr. Wickham teria exigido no mínimo quinhentas libras de dote, além da quitação de todas as dívidas que contraíra não só em Meryton como em outros lugares, para consentir no casamento. Era possível que o sr. Gardiner, irmão do sr. Bennet, tivesse emprestado o dinheiro. O sr. Gardiner era conhecido como um homem generoso, mas ele tinha família e sem dúvida esperaria que o sr. Bennet lhe pagasse o empréstimo. Isso gerou uma considerável ansiedade na família Lucas, que receava que a herança do genro pudesse vir a ser reduzida em virtude da necessidade de pagar o empréstimo, mas, à medida que o tempo foi passando e nenhuma árvore foi derrubada, nenhum pedaço de terra foi vendido, nenhum empregado foi dispensado e o açougueiro continuou a fornecer à sra. Bennet sua costumeira provisão semanal sem dar nenhum sinal de relutância, os Lucas deduziram que o sr. Collins e Charlotte não tinham nada a temer e que, assim que o sr. Bennet estivesse devidamente enterrado, o sr. Collins poderia tomar posse de Longbourn com toda a confiança de que a propriedade continuava intacta.

Já o noivado da srta. Bennet com o sr. Bingley de Netherfield Park, firmado pouco depois do casamento de Lydia, foi recebido com aprovação. Na verdade, o enlace não foi surpresa para ninguém; a admiração do sr. Bingley por Jane tinha ficado patente desde que os dois se conheceram num baile público. A beleza e a gentileza da srta. Bennet, somadas a um ingênuo otimismo em relação à natureza humana que a levava a jamais falar mal de ninguém, faziam com que ela fosse muito querida por todos. Mas, alguns dias depois de o noivado de sua filha mais velha com o sr. Bingley ser anunciado, a notícia de um triunfo ainda maior para a sra. Bennet chegou à cidade, sendo a princípio recebida com incredulidade. A notícia era de que a srta. Elizabeth Bennet, a segunda mais velha das irmãs, ia se casar com o sr. Darcy, o proprietário de Pemberley, uma das maiores mansões senhoriais de Derbyshire, e dono, segundo rumores, de uma renda de dez mil libras ao ano.

Era do conhecimento de todos em Meryton que a srta. Lizzy detestava o sr. Darcy, um sentimento, aliás, compartilhado pela maioria das damas e dos cavalheiros que estiveram presentes no primeiro baile público da cidade ao qual o sr. Darcy comparecera, acompanhado pelo sr. Bingley e pelas duas irmãs dele, e durante o qual o sr. Darcy dera mostras suficientes de seu orgulho e de seu arrogante desdém pela sociedade local, deixando claro, quando o sr. Bingley o incitou a dançar, que nenhuma mulher ali presente era digna de ser sua parceira de dança. De fato, quando Sir William Lucas apresentou Elizabeth a ele, o sr. Darcy absteve-se de convidá-la para dançar, comentando mais tarde com o sr. Bingley que ela não era bonita o bastante para tentá-lo. Era opinião geral que nenhuma mulher poderia ser feliz como sra. Darcy, pois, como disse Maria Lucas, "Quem ia querer ter aquele rosto antipático diante de si à mesa do café da manhã pelo resto da vida?".

No entanto, não havia razão para condenar a srta. Elizabeth Bennet por adotar uma posição mais prudente e otimista. Não se pode ter tudo na vida, e qualquer moça de Meryton teria tolerado mais que um rosto antipático à mesa do café da manhã para poder contar com uma renda de dez mil libras ao ano e ser a senhora de Pemberley. As nobres senhoras de Meryton, como que por dever moral, estavam sempre prontas a se compadecer dos aflitos e felicitar os afortunados, mas em tudo era preciso haver moderação, e o triunfo de Elizabeth era grandioso demais. Embora admitissem que ela era graciosa e tinha belos olhos, eram da opinião de que Elizabeth nada mais tinha além disso que pudesse atrair um homem que dispunha de dez mil libras por ano; não demorou muito, uma rodinha das mais influentes mexeriqueiras da cidade urdiu uma explicação: a srta. Lizzy estivera empenhada em conquistar o sr. Darcy desde o momento em que os dois se conheceram. Quando a extensão da estratégia de Elizabeth ficou clara, todas concordaram que ela jogara seus trunfos com muita inteligência e habilidade desde o início. Embora o sr. Darcy tivesse se recusado a dançar com Elizabeth no baile, os olhos dele com frequência se voltavam para ela e sua amiga Charlotte, que, já estando há anos à procura de marido, tinha muita prática em identificar qualquer sinal de um possível interesse e havia aconselhado Elizabeth a não deixar que sua óbvia simpatia pelo belo e popular tenente George Wickham a fizesse ofender um homem dez vezes mais importante que ele.

Depois, houve o incidente ocasionado pela ida da srta. Bennet a Netherfield, atendendo a um convite dos Bingley para jantar. Por insistência da mãe, em vez de ir no coche da família, Jane fora a cavalo, o que a fizera pegar um conveniente resfriado no caminho, sendo então forçada, exatamente como tencionava a sra. Bennet, a passar algumas noites em Netherfield. Elizabeth, claro, foi visitar a irmã a pé, quando então a boa educação da srta. Bingley a impeliu a oferecer hospitalidade à visitante indesejada até que Jane se recuperasse. Passar quase uma semana na companhia do sr. Darcy deve ter aumentado as esperanças de Elizabeth, e ela por certo havia tirado o melhor proveito possível dessa proximidade forçada.

    Pouco depois, instado pela srta. Bennet mais nova, o próprio sr. Bingley ofereceu um baile em Netherfield, e nessa ocasião, sim, o sr. Darcy dançou com Elizabeth. As matronas e acompanhantes, enfileiradas em suas cadeiras encostadas à parede, levaram seus lornhões aos olhos e, como o resto dos convidados, observaram atentamente o par conforme avançava pelo salão. Certamente os dois não haviam trocado muitas palavras, mas só o fato de o sr. Darcy ter convidado a srta. Elizabeth para dançar e não ter recebido um não como resposta já era suficiente para despertar interesse e especulação.

    A etapa seguinte da campanha de Elizabeth foi acompanhar Sir William Lucas e sua filha Maria numa visita ao sr. e à sra. Collins no presbitério de Hunsford. Em circunstâncias normais, esse era um convite que a srta. Lizzy com certeza teria recusado. Que prazer uma mulher racional poderia tirar de seis semanas em companhia do sr. Collins? Além disso, não era segredo para ninguém que, antes de ter seu pedido de casamento aceito pela srta. Lucas, era a srta. Lizzy quem o sr. Collins queria como noiva. Por uma questão de delicadeza e de consideração, Elizabeth deveria ter ficado longe de Hunsford. Mas ela devia saber que Lady Catherine de Bourgh era vizinha e protetora do sr. Collins, e que o sobrinho dela, o sr. Darcy, ficaria hospedado em Rosings enquanto os visitantes estivessem na casa do pároco. Charlotte, que mantinha a mãe informada de todos os detalhes de sua vida de casada, incluindo a saúde de suas vacas e galinhas e de seu marido, havia escrito em seguida para contar que o sr. Darcy e o primo, o coronel Fitzwilliam, que também estava passando alguns dias em Rosings, tinham feito várias visitas à residência paroquial durante a estadia de Elizabeth e que, uma vez, o sr. Darcy fora até lá sem o primo, quando Elizabeth estava sozinha. A sra. Collins tinha certeza de que o fato de o sr. Darcy ter honrado Lizzy com essa visita era prova de que ele estava se apaixonando e escreveu que, na opinião dela, a amiga teria aceitado com satisfação um pedido de casamento de qualquer um dos dois cavalheiros, tivesse um pedido sido feito. A srta. Lizzy, no entanto, voltara para casa sem nada acertado.

Contudo, todos esses esforços foram recompensados quando a sra. Gardiner e o marido, que era irmão do sr. Bennet, convidaram Elizabeth para acompanhá-los numa viagem de veraneio. A intenção inicial era seguir rumo ao norte até o Distrito dos Lagos, mas os negócios do sr. Gardiner aparentemente os forçaram a encurtar a viagem e eles então decidiram seguir apenas até Derbyshire. Foi Kitty, a quarta filha dos Bennet, quem comunicou essa decisão aos vizinhos, mas ninguém em Meryton acreditou na justificativa. Uma família rica, que dispunha de meios para viajar de Londres até Derbyshire, certamente poderia estender a viagem até os lagos se quisesse. Era óbvio que a sra. Gardiner, uma parceira no plano matrimonial de sua sobrinha favorita, havia escolhido Derbyshire porque o sr. Darcy estaria em Pemberley. E, de fato, os Gardiner e Elizabeth, que sem dúvida deviam ter indagado na estalagem quando o senhor de Pemberley estaria em casa, faziam uma visita à mansão justo quando o sr. Darcy voltou. Naturalmente, por uma questão de cortesia, os Gardiner foram apresentados ao dono da casa e o grupo foi convidado a jantar em Pemberley; se a srta. Elizabeth ainda nutria alguma dúvida quanto à sensatez de seu plano de conquistar o sr. Darcy, a primeira visão de Pemberley só havia fortalecido sua determinação de se apaixonar por ele no primeiro momento oportuno. Pouco depois, ele e o sr. Bingley tinham voltado para Netherfield Park e tratado mais que depressa de fazer uma visita a Longbourn, onde a felicidade da srta. Bennet e da srta. Elizabeth foi por fim e triunfalmente assegurada. O noivado, apesar de magnífico, proporcionou menos prazer do que o de Jane. Elizabeth nunca fora popular; na verdade, as senhoras mais perceptivas de Meryton às vezes tinham a impressão de que a srta. Lizzy ria delas no íntimo. Também a acusavam de ser sardônica e, embora houvesse certa dúvida quanto ao significado da palavra, sabiam que essa não era uma qualidade desejável numa mulher, sendo particularmente malquista pelos homens. Vizinhos cuja inveja desse triunfo excedia qualquer satisfação com a perspectiva da união podiam se consolar afirmando que o orgulho e a arrogância do sr. Darcy e o humor cáustico de sua esposa garantiriam que os dois vivessem na mais absoluta infelicidade juntos, para a qual nem Pemberley nem uma renda de dez mil libras ao ano poderia oferecer consolo.

Descontando o tempo gasto com aquelas formalidades sem as quais núpcias ilustres não poderiam ser consideradas válidas — como a pintura de retratos, a correria dos advogados, a compra de carruagens novas, do enxoval e das roupas para a cerimônia —, o casamento da srta. Bennet com o sr. Bingley e da srta. Elizabeth com o sr. Darcy foi realizado com surpreendente presteza, ambos no mesmo dia, na igreja de Longbourn. Teria sido o dia mais feliz da vida da sra. Bennet, não tivesse sido ela acometida por palpitações durante a cerimônia, suscitadas pelo temor de que a tia do sr. Darcy, a veneranda Lady Catherine de Bourgh, pudesse assomar à porta da igreja para proibir o casamento. Só mesmo depois da bênção final foi que a sra. Bennet conseguiu sentir-se segura de seu triunfo.

Não se sabe se a sra. Bennet sentiu falta da companhia de sua segunda filha, mas seu marido certamente sentiu. Elizabeth sempre fora a favorita do sr. Bennet. Ela tinha herdado a inteligência e um pouco da mordacidade do pai e, como ele, divertia-se com a insensatez e as incongruências dos vizinhos. A propriedade de Longbourn era um lugar mais solitário e menos racional sem ela. O sr. Bennet era um homem perspicaz e um leitor apaixonado, cuja biblioteca era tanto um refúgio quanto a fonte de suas horas mais felizes. Ele e Darcy chegaram rapidamente à conclusão de que gostavam um do outro e, a partir daí, como é comum com amigos, aceitaram suas diferentes peculiaridades de caráter como provas do intelecto superior do outro. Quando visitava Pemberley, o que quase sempre fazia quando era menos esperado, o sr. Bennet passava a maior parte do tempo na biblioteca, uma das melhores bibliotecas particulares existentes, de onde era difícil extraí-lo, até mesmo para as refeições. Suas visitas aos Bingley em Highmarten eram menos frequentes, já que lá não só ele tinha de tolerar a preocupação excessiva de Jane com o conforto e o bem-estar do marido e dos filhos, coisa que às vezes achava irritante, como havia poucos livros e periódicos novos para tentá-lo. O dinheiro do sr. Bingley advinha originalmente do comércio. Ele não herdara nenhuma biblioteca de família e só havia pensado em montar uma depois que comprara a propriedade em Highmarten. Nesse projeto tanto Darcy quanto o sr. Bennet se mostraram mais que dispostos a colaborar. Existiam poucas atividades mais agradáveis do que gastar o dinheiro de um amigo para sua própria satisfação e para o bem dele, e, se os compradores periodicamente cediam à tentação de cometer extravagâncias, consolavam-se pensando que Bingley tinha dinheiro para arcar com elas. Embora as estantes da biblioteca, feitas segundo as especificações de Darcy e aprovadas pelo sr. Bennet, ainda não estivessem de forma alguma cheias, Bingley podia se orgulhar da elegante disposição dos volumes e do lustroso couro das encadernações; às vezes até abria um livro e era visto lendo, quando a estação ou o tempo não eram propícios para a prática da caça, da pesca ou do tiro.

A sra. Bennet só havia acompanhado o marido nas visitas a Pemberley em duas ocasiões. Fora tratada pelo sr. Darcy com gentileza e benevolência, mas sentia-se por demais intimidada pelo genro para querer repetir a experiência. Na verdade, Elizabeth suspeitava que a mãe sentia mais prazer encantando os vizinhos com as maravilhas de Pemberley, o tamanho e a beleza dos jardins, a suntuosidade da casa, o número de criados e o esplendor da mesa de jantar, do que desfrutando-as. Nem o sr. Bennet nem a esposa visitavam os netos com muita frequência. Cinco filhas nascidas uma logo atrás da outra haviam deixado neles uma vívida lembrança de noites de sono interrompido, bebês aos berros, uma babá-chefe que se queixava constantemente e babás subalternas recalcitrantes. Após fazer uma inspeção preliminar pouco depois do nascimento de cada neto para confirmar a veracidade das asseverações dos pais de que a criança era a coisa mais linda do mundo e já exibia uma inteligência assombrosa, eles se contentavam em receber relatos regulares do desenvolvimento dos netos.

Para grande constrangimento de suas duas filhas mais velhas, a sra. Bennet havia proclamado em voz alta no baile realizado em Netherfield que acreditava que o casamento de Jane com o sr. Bingley fosse abrir caminho para que suas filhas mais novas encontrassem também maridos ricos e, para surpresa geral, foi Mary quem obedientemente cumpriu essa compreensível profecia materna. Ninguém esperava que ela se casasse. Era uma leitora compulsiva, mas sem discriminação nem entendimento; uma assídua praticante de piano, mas desprovida de talento; e uma frequente propagadora de trivialidades que não eram nem sagazes nem espirituosas. Certamente nunca havia demonstrado interesse pelo sexo masculino. Um baile público, para ela, era uma penitência a ser suportada apenas porque lhe oferecia uma oportunidade de ocupar o lugar de centro das atenções ao sentar-se ao piano e, por meio do uso judicioso do pedal de surdina, deixar a plateia embasbacada e submissa. Mas, dois anos depois do casamento de Jane, Mary já era esposa do reverendo Theodore Hopkins, reitor da paróquia adjacente a Highmarten.

Como o vigário de Highmarten andava indisposto, o sr. Hopkins havia celebrado os ofícios três domingos seguidos. Magro, melancólico e solteiro aos trinta e cinco anos, ele era dado a pregar sermões excessivamente longos e teologicamente complexos, portanto, havia naturalmente adquirido a reputação de ser um homem muito inteligente.

E, embora não pudesse ser considerado rico, dispunha de uma renda particular bastante razoável, além dos proventos de reitor. Mary, que estava hospedada em Highmarten num dos domingos em que o sr. Hopkins pregou, foi apresentada a ele por Jane na porta da igreja depois do culto e imediatamente o impressionou com seus elogios ao sermão proferido, com seu apoio à interpretação que ele dera ao texto e com referências tão frequentes à relevância dos sermões para moças de James Fordyce, que Jane, ansiosa pelo marido e por si própria para voltar para casa, onde os aguardava um almoço com saladas e carnes frias, convidou o reverendo para jantar com eles no dia seguinte. Outros convites se seguiram e, três meses depois, Mary se tornou a sra. Theodore Hopkins, num casamento que despertou um interesse público tão discreto quanto a cerimônia.

Uma vantagem para a paróquia foi que a comida servida no presbitério melhorou de forma notável. Um dos cuidados que a sra. Bennet tivera ao criar as filhas fora ensinar-lhes como uma boa mesa era importante para promover a harmonia doméstica e atrair visitas do sexo masculino. Os paroquianos tinham esperança de que o desejo de retornar prontamente à felicidade conjugal fizesse o vigário encurtar os ofícios, mas, embora a cintura do sr. Hopkins tenha ficado maior, o tamanho dos sermões continuou o mesmo. Os dois se adaptaram à vida de casados em perfeito acordo, salvo inicialmente, em virtude da exigência de Mary de que ela tivesse um quarto de leitura só seu, onde pudesse ler em paz. Tal exigência foi atendida reservando-se o único bom quarto de dormir sobressalente para o uso exclusivo de Mary, o que trouxe a vantagem não só de promover a concórdia doméstica, mas também de impossibilitar que eles convidassem parentes para se hospedar na casa.

No outono de 1803, ano em que a sra. Bingley e a sra. Darcy celebraram seis anos de seus felizes casamentos, a sra. Bennet tinha apenas uma filha para quem um marido ainda não fora encontrado: Kitty. Nem a sra. Bennet nem

Kitty estavam muito preocupadas com esse fracasso matrimonial. A moça desfrutava o prestígio e a indulgência de ser a única filha em casa e, com suas visitas regulares à casa de Jane, onde era muito querida pelas crianças, gozava uma vida que nunca antes fora tão satisfatória. Além disso, as visitas de Wickham e Lydia estavam longe de ser uma boa propaganda para o casamento. Eles chegavam muito alegres e bem-humorados e eram recebidos com grande entusiasmo pela sra. Bennet, que sempre ficava exultante ao rever sua filha favorita. Mas essa alegria inicial logo degenerava em brigas, recriminações e queixas ressentidas por parte dos visitantes contra a pobreza em que viviam e a avareza do auxílio financeiro que recebiam de Elizabeth e de Jane, de modo que a sra. Bennet ficava tão contente em vê-los ir embora quanto ficava em recebê-los de volta na visita seguinte. Mas ela precisava de uma filha em casa, e Kitty, que se tornara muito mais amável e prestativa depois da partida de Lydia, estava se saindo bem. Em 1803, portanto, a sra. Bennet podia ser considerada uma mulher feliz até onde sua natureza permitia, e havia inclusive conseguido passar um jantar de quatro pratos inteiro na presença de Sir William e Lady Lucas sem se referir uma única vez à injustiça do vínculo a que Longbourn estava submetida.

LIVRO UM
A VÉSPERA DO BAILE

1

Às onze da manhã do dia 14 de outubro de 1803, sexta-feira, Elizabeth Darcy estava sentada a uma mesa em sua sala particular, no primeiro andar da propriedade em Pemberley. A sala não era grande, mas suas dimensões eram particularmente agradáveis e as duas janelas davam para o rio. Era o cômodo que Elizabeth havia elegido para uso próprio e fora decorado inteiramente ao gosto dela, móveis, cortinas, tapetes e quadros tendo sido escolhidos dentre as preciosidades de Pemberley e dispostos segundo seu desejo. O próprio Darcy havia comandado as operações, e o prazer estampado no rosto do marido quando Elizabeth tomou posse da sala e o cuidado com que todos procuraram atender aos desejos dela, mais do que qualquer outro dos luxos óbvios da casa, fizeram com que ela se desse conta dos privilégios desfrutados pela sra. Darcy de Pemberley.

Havia outro cômodo na casa que lhe dava quase tanto prazer quanto sua sala particular: a esplêndida biblioteca de Pemberley. Era resultado do trabalho de gerações e, no presente, era seu marido quem tinha o interesse e a alegria de fazer acréscimos aos tesouros já contidos ali. A biblioteca de Longbourn era domínio do sr. Bennet, e até mesmo Elizabeth, sua filha favorita, só entrava lá quando era convidada. Já as portas da biblioteca de Pemberley estavam tão abertas para ela quanto para Darcy e, com o delicado e afetuoso incentivo do marido, Elizabeth havia lido mais e com mais satisfação e entendimento nos últimos seis anos do que nos quinze anteriores, ampliando uma educação que, agora percebia, nunca passara de rudimentar. Os jantares sociais em Pemberley não podiam ser mais diferentes dos que ela havia frequentado em Meryton, nos quais as mesmas pessoas de sempre espalhavam os mesmos mexericos de sempre e trocavam as mesmas opiniões de sempre, e que só ficavam mais animados quando Sir William Lucas relembrava longamente outro fascinante detalhe de sua investidura na corte de St. James. Agora, era sempre com tristeza que ela chamava com os olhos as outras damas para se retirar da sala e deixar os cavalheiros com seus assuntos masculinos. Tinha sido uma revelação para Elizabeth descobrir que havia homens que valorizavam a inteligência numa mulher.

Era a véspera do baile de Lady Anne. Elizabeth e a governanta, a sra. Reynolds, haviam passado a última hora conferindo se os preparativos estavam em ordem e se tudo avançava com tranquilidade; então, Elizabeth ficara sozinha. O primeiro baile fora realizado quando Darcy tinha um ano de idade, para celebrar o aniversário da mãe, e, salvo durante o período de luto após o falecimento do pai de Darcy, o baile ocorrera todos os anos até a morte da própria Lady Anne. Realizado no primeiro sábado depois da lua cheia de outubro, o baile geralmente se dava poucos dias depois do aniversário de casamento de Darcy e Elizabeth, mas essa era uma data que eles preferiam comemorar de forma mais sossegada na companhia dos Bingley, que haviam se casado no mesmo dia, por considerarem que a ocasião era íntima e preciosa demais para ser celebrada com uma grande festa pública. A pedido de Elizabeth, o baile do outono manteve o nome em homenagem a Lady Anne. Para os habitantes do condado, aquele era o evento social mais importante do ano. O sr. Darcy havia manifestado o receio de que aquele talvez não fosse um ano propício para realizá-lo, uma vez que a esperada guerra contra a França já fora declarada e havia no sul do país um crescente temor de que Bonaparte pudesse tentar uma invasão a qualquer momento. Havia também o fato de que a colheita fora fraca, com tudo o que isso representava para a vida no campo. Alguns cavalheiros, erguendo os olhos com ar de preocupação depois de examinar seus livros de contabilidade, estavam inclinados a concordar que seria melhor não haver baile naquele ano, mas, ao depararem com a enorme indignação das esposas e com a certeza de terem pela frente pelo menos dois meses de desconforto doméstico, acabaram finalmente concordando que nada poderia ser mais benéfico para levantar os ânimos do que um inocente festejo e que Paris, aquela cidade primitiva, ia ficar extremamente contente e encher-se ainda mais de coragem caso viesse a saber que o baile de Pemberley fora cancelado.

Os passatempos e distrações sazonais da vida no campo não são tão numerosos nem tão estimulantes a ponto de tornar as obrigações sociais de uma mansão senhorial uma questão indiferente para os vizinhos que possam beneficiar-se delas, e o casamento do sr. Darcy, depois de passado o espanto causado pela escolha que ele fizera, ao menos representava a promessa de que ele viesse a passar mais tempo em casa do que antes e alimentava a esperança de que a nova esposa tivesse consciência de suas responsabilidades. Quando voltaram da viagem de núpcias, que os levara até a Itália, Elizabeth e Darcy tiveram de enfrentar as costumeiras visitas formais e tolerar as habituais felicitações e conversas triviais com toda a boa vontade e delicadeza de que eram capazes. Ciente desde criança de que Pemberley sempre podia conceder mais benefícios do que receber, Darcy suportou esses encontros com louvável paciência, enquanto Elizabeth encontrou neles uma fonte secreta de diversão, vendo como seus novos vizinhos se esforçavam para satisfazer a curiosidade que sentiam em relação a ela e, ao mesmo tempo, manter sua reputação de pessoas finas e bem-educadas. Já os visitantes tinham um prazer duplo: desfrutar da protocolar meia hora no esplendor e no conforto da sala de visitas da sra. Darcy e, depois, tentar chegar com os vizinhos a um veredicto acerca do vestido, da simpatia e da adequação da noiva e das chances do casal de alcançar a felicidade doméstica. Um mês depois, chegou-se a um consenso: os cavalheiros estavam impressionados com a beleza e a sagacidade de Elizabeth, e suas esposas com a elegância e a amabilidade dela, bem como com a qualidade dos petiscos servidos durante as visitas. Todos concordaram que Pemberley, apesar dos desafortunados antecedentes da nova sra. Darcy, agora prometia ocupar seu devido lugar na vida social do condado, como ocupara na época de Lady Anne Darcy.

Elizabeth era realista demais para não saber que esses antecedentes não tinham sido esquecidos e que toda nova família que se mudava para o condado era brindada com um relato do espanto que o fato de o sr. Darcy tê-la escolhido como esposa causara. Ele era conhecido como um homem orgulhoso, para quem a tradição familiar e a reputação eram coisas de extrema importância. Seu pai havia aumentado o prestígio social da família casando-se com a filha de um conde. Parecia que nenhuma mulher tinha as qualidades necessárias para tornar-se a sra. Fitzwilliam Darcy e, no entanto, ele acabara escolhendo a segunda filha de um cavalheiro cuja propriedade, submetida a um vínculo que excluía suas filhas, era pouco maior que os jardins de Pemberley; uma moça cuja fortuna pessoal, segundo rumores, não passava de quinhentas libras e que tinha duas irmãs solteiras e uma mãe tão indiscreta e vulgar que chegava a ser incompatível com a boa sociedade. Pior ainda: uma das irmãs mais novas havia se casado com George Wickham — o desonrado filho do administrador do velho sr. Darcy — em circunstâncias que a decência ditava que só fossem comentadas aos sussurros, impingindo, assim, ao sr. Darcy e sua família o fardo de ter como parente um homem que ele desprezava a ponto de o nome Wickham jamais ser mencionado em Pemberley e de o casal ter sido totalmente banido da casa. Reconhecia-se, porém, que a própria Elizabeth era respeitável e, por fim, até os céticos passaram a admitir que ela era graciosa e tinha belos olhos, embora o casamento continuasse a causar espanto e também ressentimento em algumas moças que, aconselhadas pelas mães, haviam recusado várias ofertas razoáveis a fim de manterem-se desimpedidas para um prêmio maior e que, agora, estavam se aproximando da perigosa idade de trinta anos sem nenhum pretendente à vista. De tudo isso, Elizabeth podia consolar-se lembrando a resposta que dera a Lady Catherine de Bourgh, irmã de Lady Anne, quando ela, indignada, enumerara as desvantagens que Elizabeth sofreria se tivesse a presunção de tornar-se a sra. Darcy. "São agruras penosas, mas a esposa do sr. Darcy deve ter fontes tão extraordinárias de felicidade necessariamente associadas a sua posição que, no cômputo geral, ela por certo não há de ter razão para queixa."

O primeiro baile em que Elizabeth se postaria como anfitriã ao lado do marido no alto da escada para saudar os convidados que chegavam prometia ser uma provação, mas ela havia sobrevivido à ocasião de forma triunfante. Gostava de dançar e, agora, podia dizer que o baile lhe dava tanto prazer quanto dava a seus convidados. Lady Anne havia anotado meticulosamente, com sua caligrafia elegante, seus planos para a ocasião, e o caderno em que fizera essas anotações, com sua bela capa de couro marcada com o timbre dos Darcy, continuava a ser usado e estivera aberto, naquela manhã, diante de Elizabeth e da sra. Reynolds. A lista de convidados era basicamente a mesma, mas os nomes dos amigos de Darcy e Elizabeth haviam sido acrescentados, incluindo o dos Gardiner, tios de Elizabeth, e naturalmente os de Bingley e Jane, que, naquele ano, como no anterior, levariam também seu hóspede, Henry Alveston, um jovem advogado que, sendo bem-apessoado, inteligente e alegre, era tão bem-vindo em Pemberley quanto em Highmarten.

Elizabeth não tinha nenhuma apreensão quanto ao sucesso do baile. Todos os preparativos, ela sabia, haviam sido feitos. Achas tinham sido cortadas em quantidade suficiente para garantir que não faltasse lenha para alimentar o fogo das lareiras durante a festa, principalmente no salão de baile. A cozinheira encarregada das massas esperaria até a manhã seguinte para preparar as saborosas tortas e salgados de que as senhoras tanto gostavam, enquanto aves e outros animais haviam sido abatidos para guarnecer a refeição mais substancial com que os homens contavam. Uma boa quantidade de vinho já fora trazida das adegas e amêndoas tinham sido moídas para o preparo da popular sopa branca em quantidade suficiente. O vinho temperado, que aumentaria muitíssimo o sabor e a força da sopa e contribuiria consideravelmente para a alegria da ocasião, só seria acrescentado no último minuto. As flores e plantas haviam sido escolhidas nas estufas e estavam prontas para serem postas em baldes no jardim de inverno para que Elizabeth e Georgiana, irmã de Darcy, decidissem como seriam feitos os arranjos na tarde do dia seguinte. Thomas Bidwell já devia ter vindo de sua cabana na floresta e estaria naquele momento sentado na copa, polindo as dezenas de castiçais necessárias para iluminar o salão de baile, o jardim de inverno e a pequena sala de estar reservada para as senhoras. Bidwell havia sido cocheiro-chefe do falecido sr. Darcy, como seu pai fora dos Darcy antes dele. Agora, com reumatismo nos dois joelhos e nas costas, ele não tinha mais condições de trabalhar com os cavalos, mas suas mãos ainda eram fortes e ele passara todas as noites da semana anterior ao baile polindo a prataria, ajudando a tirar o pó das cadeiras extras necessárias para as matronas e acompanhantes e prestando outros serviços indispensáveis. No dia seguinte, as carruagens dos proprietários de terra e as caleches alugadas dos convidados mais humildes subiriam a alameda de entrada para despejar seus passageiros, todos tagarelando alegremente em seus trajes de musselina e cintilantes toucados cobertos por capas para protegê-los do frio do outono, ávidos por desfrutar de novo os prazeres do baile de Lady Anne.

Em todos os preparativos, a sra. Reynolds havia sido

o braço direito de Elizabeth. As duas tinham se conhecido quando Elizabeth fizera uma visita a Pemberley com os tios e fora recebida e ciceroneada pela governanta, que conhecia o sr. Darcy desde menino e o elogiara profusamente, tanto como patrão quanto como homem, que Elizabeth pela primeira vez se perguntou se seu preconceito contra ele não seria injusto. Ela nunca havia falado sobre o passado com a sra. Reynolds, mas as duas tinham se tornado amigas, e o cuidadoso apoio da governanta fora de um valor inestimável para Elizabeth, que já tinha consciência, mesmo antes de sua chegada a Pemberley na condição de esposa de Darcy, de que ser a senhora de uma casa como aquela e responsável pelo bem-estar de tantos empregados seria uma missão muito diferente da que tinha sua mãe na administração de Longbourn. Mas a gentileza de Elizabeth e o interesse que ela demonstrava pela vida de todos deram aos empregados a confiança de que a nova patroa estava empenhada em zelar pelo bem-estar deles, e tudo acabou se revelando muito mais fácil do que ela esperava e, na verdade, até menos trabalhoso do que administrar Longbourn, já que os empregados de Pemberley, a maioria dos quais trabalhava na casa fazia muitos anos, tinham sido treinados pela sra. Reynolds e por Stoughton, o mordomo, na tradição de que a família nunca deveria ser importunada e tinha o direito de esperar um serviço imaculado.

Elizabeth não sentia muita falta de sua antiga vida, mas seus pensamentos se voltavam com frequência para as empregadas de Longbourn: Hill, a governanta, que sabia de todos os segredos da família, incluindo a famigerada fuga de Lydia; Wright, a cozinheira, que nunca se queixava das exigências por vezes nada razoáveis da sra. Bennet; e as duas criadas, que, além de cumprir suas tarefas domésticas, desempenhavam as funções de criadas pessoais de Jane e Elizabeth, arrumando o cabelo das duas antes dos bailes. Elas haviam se tornado parte da família de uma forma que os empregados de Pemberley jamais poderiam ser, mas

Elizabeth sabia que era Pemberley — a casa e os Darcy — que mantinha família, empregados e arrendatários unidos no mesmo laço de lealdade. Muitos deles eram filhos e netos de antigos empregados, e a casa e sua história estavam no sangue deles. Sabia também que fora o nascimento dos dois belos e saudáveis meninos que agora ocupavam o quarto das crianças no andar de cima — Fitzwilliam, de quase cinco anos, e Charles, de apenas dois — que havia selado o derradeiro triunfo dela, constituindo uma garantia de que a família e sua herança perdurariam para oferecer trabalho para eles e para seus filhos e netos e de que continuaria a haver Darcys em Pemberley.

Quase seis anos antes, quando as duas estavam conversando sobre a lista de convidados, o cardápio e as flores para o primeiro jantar social que Elizabeth ofereceria, a sra. Reynolds havia dito: "Foi uma grande felicidade para todos nós, senhora, quando o sr. Darcy trouxe uma esposa para casa. O maior desejo de Lady Anne era viver o bastante para ver o filho casado. Infelizmente, isso não aconteceu. Eu sabia como ela estava ansiosa, tanto pelo bem dele quanto pelo de Pemberley, para que o sr. Darcy fizesse um casamento feliz".

A curiosidade de Elizabeth tinha sido mais forte que sua discrição. Sem erguer o olhar, ela se ocupara remexendo em papéis em sua escrivaninha e dissera, com leveza: "Mas talvez ela imaginasse outra esposa para o filho. Não era desejo de Lady Anne Darcy e da irmã que o sr. Darcy se unisse à srta. De Bourgh?".

"Eu não vou dizer, senhora, que Lady Catherine não pudesse ter esse plano em mente. Ela trazia a srta. De Bourgh a Pemberley com frequência, quando sabia que o sr. Darcy estava aqui. Mas isso nunca ia acontecer. A srta. De Bourgh, coitadinha, foi sempre enfermiça, e Lady Anne dava muita importância à boa saúde numa noiva. Nós ouvimos dizer que Lady Catherine tinha esperança de que o outro primo da srta. De Bourgh, o coronel Fitzwilliam, fizesse uma proposta, mas, ao que parecesse, isso não aconteceu."

Deixando as reminiscências de lado e voltando ao presente, Elizabeth guardou o caderno de Lady Anne numa gaveta e, relutando em abandonar a paz e a solidão que sabia que só poderia tornar a desfrutar depois do fim do baile, foi andando até uma das duas janelas que davam para a alameda longa à entrada da casa e para o rio, que era ladeado pelo famoso bosque de Pemberley. O bosque fora plantado sob a orientação de um célebre paisagista algumas gerações antes. Cada árvore da borda, perfeita na forma e carregada das cálidas folhas douradas do outono, ficava um pouco distante das outras como que para enfatizar sua beleza singular, mas depois o bosque ia se tornando mais denso à medida que os olhos eram habilmente atraídos para a solidão do interior, com seu perfume de terra úmida. A noroeste havia um segundo bosque, maior que o primeiro, onde se permitira que as árvores e os arbustos crescessem naturalmente e que havia sido um parque de recreação e um refúgio secreto para Darcy quando menino. Seu bisavô, que ao herdar a propriedade tornara-se um recluso, tinha construído ali uma cabana, na qual mais tarde ele havia se matado com um tiro. Depois disso, o segundo bosque — que era chamado de floresta para distingui-lo do primeiro — passou a inspirar um medo supersticioso nos empregados e arrendatários de Pemberley e raramente era visitado. Uma vereda estreita cortava a floresta em direção a uma segunda entrada de Pemberley, mas praticamente só era usada por vendedores. Quando os convidados do baile chegassem, eles subiriam pela alameda principal, seus veículos e cavalos seriam acomodados nos estábulos e seus cocheiros seriam recebidos nas cozinhas enquanto o baile estivesse em andamento.

Demorando-se na janela e pondo de lado as preocupações do dia, Elizabeth deixou seus olhos repousarem naquela beleza familiar e tranquilizadora, mas sempre em mutação. O sol brilhava no céu de um azul translúcido, no qual apenas algumas frágeis nuvens se dissolviam como fios de fumaça. Por causa da breve caminhada que costumava dar com o marido pela manhã, Elizabeth sabia que o sol do outono era enganoso. Naquele dia, uma brisa gelada, que a pegara desprevenida, havia feito os dois voltarem rapidamente para casa, e agora ela notou que o vento tinha ficado mais forte. A superfície do rio estava crivada de pequenas ondas, que quebravam em meio ao capim e aos arbustos da margem, suas sombras recortadas tremendo na água agitada.

Elizabeth viu que duas pessoas enfrentavam com bravura o frio da manhã; Georgiana e o coronel Fitzwilliam já haviam caminhado pela beira do rio e agora seguiam em direção ao relvado e à escada de pedra que conduzia à casa. O coronel estava de uniforme, seu casaco vermelho era uma vívida mancha de cor em contraste com o azul suave da peliça de Georgiana. Andavam um pouco afastados um do outro, mas de um jeito que sugeria, Elizabeth achou, um companheirismo entre os dois, às vezes interrompendo juntos a caminhada quando Georgiana levava as mãos à cabeça para segurar o chapéu, que o vento ameaçava carregar. Quando se aproximaram da casa, Elizabeth se afastou da janela, preocupada em evitar que se sentissem vigiados, e voltou para sua escrivaninha. Tinha de escrever algumas cartas, responder alguns convites e verificar se algum dos empregados ou arrendatários de Pemberley estava passando por dificuldades financeiras ou por reveses de outra natureza e ficaria contente em receber uma visita sua para expressar solidariedade ou oferecer ajuda prática.

Mal havia pego a caneta quando ouviu uma batida suave na porta e a sra. Reynolds reapareceu. "Lamento incomodá-la, senhora, mas o coronel Fitzwilliam acabou de chegar de uma caminhada e pediu que eu perguntasse se a senhora poderia lhe conceder alguns minutos, se não for muito inconveniente."

"Posso recebê-lo agora, se ele não se incomodar em vir até aqui", Elizabeth respondeu.

Elizabeth achava que sabia o que ele queria lhe dizer e, se estivesse certa, aquela conversa seria uma fonte de ansiedade da qual preferia ser poupada. Darcy tinha poucos parentes próximos e seu primo, o coronel Fitzwilliam, visitava Pemberley com frequência desde menino. Quando estava iniciando sua carreira militar, passara a ir menos lá, mas nos últimos dezoito meses suas visitas tinham se tornado mais curtas, embora mais frequentes, e Elizabeth havia notado uma diferença, sutil mas inequívoca, no comportamento dele para com Georgiana: ele sorria mais quando ela estava presente e parecia mais empenhado em aproveitar as oportunidades que surgiam para sentar-se ao seu lado e entabular uma conversa. Desde que o coronel fora a Pemberley no ano anterior para o baile de Lady Anne, uma mudança considerável se dera em sua vida. Seu irmão mais velho, que herdaria o condado do pai, havia morrido no exterior, e o coronel herdara o título de visconde Hartlep, que era do irmão, e fora reconhecido como o novo herdeiro do condado. Ele preferia não usar o título, principalmente quando estava entre amigos, tendo decidido esperar sua investidura para só então assumir o novo nome e as muitas responsabilidades que traria, de modo que todos ainda o chamavam de coronel Fitzwilliam.

Devia estar, é claro, querendo se casar, principalmente considerando que a Inglaterra estava em guerra com a França e havia o risco de ele morrer em combate sem deixar herdeiro. Embora nunca tivesse se interessado pela árvore genealógica da família, Elizabeth sabia que não havia nenhum parente próximo do sexo masculino e que se o coronel morresse sem deixar um filho homem o condado reverteria à coroa. Não pela primeira vez, ela ficou se perguntando se o coronel estaria procurando uma noiva em Pemberley e, se estivesse, como Darcy reagiria. A ideia de que a irmã um dia pudesse vir a ser condessa e seu marido um membro da Câmara dos Lordes e um legislador do país certamente devia agradá-lo. Tudo isso era razão para um justificável orgulho familiar, mas será que Georgiana partilharia desse orgulho? Ela agora era uma mulher adulta e não estava mais sujeita a tutela, mas Elizabeth sabia que Georgiana sofreria muito se desejasse se casar com um homem que o irmão não aprovasse; e havia ainda Henry Alveston para complicar a situação. Pelo que observara, Elizabeth tinha certeza de que ele estava apaixonado, ou em vias de se apaixonar, por Georgiana, mas será que ela também estava? De uma coisa Elizabeth tinha certeza: Georgiana Darcy jamais se casaria sem amor, ou sem aquela forte atração, afeição e respeito que uma mulher podia pensar que ia se aprofundar e se transformar em amor com o tempo. Por acaso isso não teria sido suficiente para a própria Elizabeth, caso o coronel Fitzwilliam a tivesse pedido em casamento quando foi visitar a tia, Lady Catherine de Bourgh, em Rosings? A ideia de que ela poderia inadvertidamente ter perdido Darcy e sua atual felicidade ao aceitar de forma precipitada uma proposta do primo dele era ainda mais humilhante do que a lembrança da atração que havia sentido pelo infame George Wickham, e Elizabeth fez um firme esforço para tirá-la da cabeça.

O coronel havia chegado a Pemberley na noite anterior a tempo de jantar com eles, mas, salvo pela hora em que lhe dera as boas-vindas, Elizabeth pouco havia falado com ele. Agora, depois que bateu delicadamente na porta, entrou e, a convite de Elizabeth, sentou-se na cadeira em frente à dela ao pé da lareira, ela tinha a impressão de que o estava vendo com clareza pela primeira vez. Ele era cinco anos mais velho que Darcy, mas, quando ele e Elizabeth se conheceram na sala de visitas de Rosings, seu alegre bom humor e atraente jovialidade haviam feito Darcy parecer ainda mais taciturno, e ela pensou que o coronel fosse mais novo. Mas tudo isso havia mudado. Ele agora tinha uma maturidade e uma seriedade que o faziam parecer mais velho do que ela sabia que ele era. Era provável que isso se devesse em parte, refletiu Elizabeth, à experiência de servir o Exército e às grandes responsabilidades que carregava como comandante de soldados, enquanto sua mudança de status havia trazido consigo não só uma maior gravidade, mas também, Elizabeth achou, um orgulho familiar mais visível e até um quê de arrogância, o que era menos atraente.

Ele não começou a falar imediatamente e, no silêncio que se seguiu, Elizabeth decidiu que, como fora o coronel que pedira aquela reunião, era ele que deveria falar primeiro. O coronel parecia estar considerando qual seria a melhor forma de proceder, mas não dava sinais de estar constrangido nem pouco à vontade. Por fim, inclinando-se na direção de Elizabeth, disse: "Estou certo, minha querida prima, de que com seu poder de observação e seu interesse pela vida e pela felicidade de outras pessoas você não deve ignorar de todo o que estou prestes a dizer. Como sabe, desde a morte da minha tia, Lady Anne Darcy, tive o privilégio de dividir com Darcy a tutela da irmã dele, e acho que posso dizer que cumpri minhas obrigações com um senso profundo das minhas responsabilidades e uma afeição fraternal pela minha pupila que nunca esmoreceu. Essa afeição agora se aprofundou, transformando-se no amor que um homem deve sentir pela mulher com quem ele espera se casar, e o meu desejo mais caro é que Georgiana aceite ser minha esposa. Ainda não fiz um pedido formal a Darcy, mas ele é um homem perceptivo, e eu tenho esperança de que minha proposta tenha a aprovação e o consentimento dele".

Elizabeth achou mais prudente não comentar que, como Georgiana já havia atingido a maioridade, nenhum consentimento era necessário. Em vez disso, perguntou: "E Georgiana?".

"Não me sinto no direito de falar com ela antes de ter a aprovação de Darcy. Admito que, até o momento, Georgiana nunca disse nada que me dê motivo para nutrir grandes esperanças. A postura dela para comigo é, como sempre foi, de amizade, confiança e, creio, de afeição. Espero que essa confiança e essa afeição possam se transformar em amor, se eu for paciente. Acredito que, para as mulheres, o amor surja com mais frequência depois do casamento, e não antes. Na verdade, me parece não só natural, mas também

37

certo que seja assim. Afinal, conheço Georgiana desde que ela nasceu. Reconheço que a diferença de idade pode representar um problema, mas sou apenas cinco anos mais velho que Darcy e não imagino que isso seja um impedimento."

Elizabeth sentiu estar adentrando um terreno perigoso, mas disse: "A idade pode não ser um impedimento, mas uma predileção já existente, sim".

"Você está pensando em Henry Alveston? Sei que Georgiana gosta dele, mas nunca vi nada que sugira um afeto mais profundo. Ele é um excelente rapaz, muito agradável e inteligente. Só ouço elogios a ele. E é bem possível que ele nutra esperanças. Naturalmente, precisa se casar com uma moça que tenha dinheiro."

Elizabeth desviou o rosto. Rapidamente, o coronel acrescentou: "Não quis insinuar que ele seja interesseiro ou insincero, mas com as responsabilidades que tem, com sua admirável determinação de recuperar a fortuna da família e de revitalizar a propriedade e uma das casas mais bonitas da Inglaterra, ele não pode se dar o luxo de se casar com uma mulher pobre. Isso condenaria ambos à infelicidade e até à penúria".

Elizabeth ficou em silêncio. Estava pensando de novo no dia em que os dois se conheceram em Rosings, na conversa que tiveram depois do jantar, na música, nos risos, nas visitas frequentes que ele passara a fazer à casa do pároco, nas atenções que dedicara a ela e que tinham sido óbvias demais para não serem notadas. Na noite do jantar, Lady Catherine certamente tinha visto o bastante para ficar preocupada. Nada escapava ao olho aguçado e perscrutador dela. Elizabeth se lembrou do que Lady Catherine lhes dissera naquela noite: "Sobre o que vocês estão falando? Eu preciso participar dessa conversa". Elizabeth sabia que chegara a se perguntar se aquele homem era alguém com quem ela poderia ser feliz, mas a esperança — se é que o que ela sentiu foi forte o bastante para ser chamado de esperança — havia se esvaído quando, um pouco mais tarde, eles se encontraram, talvez por acaso, talvez por premeditação da parte dele, quando ela estava caminhando sozinha pelas terras de Rosings e ele decidiu acompanhá-la até o presbitério. No caminho, ele havia se lamentado de sua própria pobreza e ela perguntara em tom de gracejo que desvantagens a pobreza trazia para o filho mais novo de um conde. Ele havia respondido que filhos mais novos "não podem se casar com quem quiserem". Na hora, Elizabeth havia se perguntado se aquele comentário fora um aviso a ela e essa suspeita lhe causara certo constrangimento, que tentara disfarçar fazendo uma pergunta zombeteira e transformando a conversa numa agradável brincadeira. Mas lembrar o incidente depois não tinha sido nada agradável. Ela não precisava do aviso do coronel Fitzwilliam para saber o que uma moça com quatro irmãs solteiras e sem fortuna podia esperar no que se referia a casamento. Estaria ele querendo dizer que era seguro para um rapaz privilegiado desfrutar da companhia de uma moça assim e até flertar discretamente com ela, mas que a prudência exigia que ela não fosse levada a esperar nada além disso? O aviso podia ter sido necessário, mas não fora bem-feito. Se ele jamais havia cogitado pedi-la em casamento, teria sido mais bondoso sendo menos assíduo e ostensivo nas atenções que dispensava a ela.

O silêncio de Elizabeth não passou despercebido pelo coronel Fitzwilliam. Passados alguns instantes, ele perguntou: "Posso contar com a sua aprovação?".

Ela se virou para ele e disse com firmeza: "Coronel, não posso interferir nisso. É Georgiana quem tem de decidir o que pode fazê-la feliz. Só o que posso dizer é que, se ela aceitar se casar com o senhor, terei tanta satisfação com essa união quanto meu marido. Mas esse não é um assunto em que eu possa exercer influência. A decisão tem de ser de Georgiana".

"Pensei que talvez ela pudesse ter comentado alguma coisa com a senhora."

"Não, ela não me confidenciou nada e seria uma intromissão da minha parte tocar nesse assunto sem que tenha decidido por conta própria falar comigo."

Por um momento, isso pareceu satisfazê-lo, mas depois, como que levado por uma compulsão, voltou a falar no homem que suspeitava ser seu rival. "Alveston é um rapaz agradável e bem-apessoado e fala muito bem. O tempo e uma maior maturidade vão sem dúvida abrandar certo excesso de confiança e uma tendência a mostrar menos respeito pelos mais velhos do que seria adequado na idade dele e que é lamentável em alguém tão capaz. Não duvido que ele seja um convidado bem-vindo em Highmarten, mas me surpreende que possa visitar o sr. e a sra. Bingley com tanta frequência. Advogados bem-sucedidos normalmente não são tão pródigos com o tempo deles."

Elizabeth não disse nada e talvez o coronel tenha achado que tecer aquelas críticas, tanto as explícitas como as implícitas, fora insensato, pois logo depois acrescentou: "Por outro lado, ele geralmente vai para Derbyshire aos sábados ou domingos ou quando os tribunais não estão em sessão. Imagino que estude sempre que dispõe de tempo livre".

"Minha irmã diz que nunca teve um hóspede que passasse tanto tempo trabalhando na biblioteca", disse Elizabeth.

Mais uma vez houve um momento de silêncio e então, para a surpresa e o desconforto de Elizabeth, o coronel disse: "George Wickham continua não sendo recebido em Pemberley, suponho?".

"Não, nunca. Nem eu nem o sr. Darcy o vimos nem tivemos qualquer contato com ele desde que esteve em Longbourn, depois de se casar com Lydia."

Depois de outro momento de silêncio ainda mais longo, o coronel Fitzwilliam disse: "Não foi nada bom Wickham ter sido tão bajulado quando criança. Ele foi criado com Darcy como se fossem irmãos. Quando os dois eram pequenos, isso provavelmente foi benéfico para ambos; na verdade, dada a afeição que o falecido sr. Darcy tinha pelo administrador dele, era natural que, depois que o homem morreu, o sr. Darcy quisesse assumir certa responsabilidade pelo filho dele. Mas para um menino do temperamento de Wickham — mercenário, ambicioso, propenso à inveja — foi algo perigoso gozar de um privilégio do qual, depois de adulto, não poderia compartilhar. Eles frequentaram faculdades diferentes e Wickham, obviamente, não viajou pela Europa com Darcy. Talvez a mudança de posição e de perspectiva para o futuro tenha sido por demais drástica e repentina para ele. Creio que Lady Anne Darcy tenha pressentido o perigo".

"Wickham não poderia esperar ser convidado a viajar pela Europa com Darcy", disse Elizabeth.

"Não sei o que ele esperava, mas sei que sempre esperou muito mais do que merecia."

"Os favores concedidos a ele quando criança podem ter sido, até certo ponto, imprudentes, mas é sempre fácil questionar o julgamento de outras pessoas em assuntos a respeito dos quais podemos não estar muito bem informados", observou Elizabeth.

Inquieto, o coronel se remexeu na cadeira e disse: "Mas não pode haver desculpa para a forma como Wickham traiu a confiança de todos nós quando tentou seduzir a srta. Darcy. Foi uma vilania que nenhuma diferença de berço ou de criação poderia justificar. Como cotutor dela, obviamente fui informado por Darcy do deplorável incidente, mas esse é um assunto que procurei tirar da cabeça. Nunca falei sobre isso com Darcy e lhe peço desculpas por estar falando disso agora. Wickham se sobressaiu na campanha irlandesa e agora é visto como uma espécie de herói nacional, mas isso não apaga o passado, embora possa dar a ele oportunidades para construir uma vida mais respeitável e bem-sucedida no futuro. Soube que ele saiu do Exército, o que não me pareceu uma decisão muito sensata, mas ainda cultiva relações de amizade com companheiros de farda como o sr. Denny, que, como a senhora deve se lembrar, foi quem o apresentou à sociedade de Meryton.

Mas eu não deveria ter mencionado o nome dele na sua presença".

Elizabeth não disse nada e, depois de uma breve pausa, o coronel se levantou, fez uma mesura e retirou-se. Ela tinha consciência de que a conversa não fora satisfatória para nenhum dos dois. O coronel não havia recebido a aprovação entusiástica que esperava nem a garantia do apoio de Elizabeth, e ela temia que, se ele fosse rejeitado por Georgiana, a humilhação e o constrangimento que isso lhe causaria pudessem arruinar uma amizade que vinha da infância e que sabia que o marido prezava muito. Elizabeth não tinha dúvida de que Darcy aprovaria a intenção do coronel Fitzwilliam de casar-se com Georgiana. O que ele mais desejava para a irmã era segurança, e ela estaria segura com o coronel; era provável até que a diferença de idade fosse vista por Darcy como uma vantagem. Um dia, Georgiana se tornaria uma condessa, e dinheiro jamais seria uma preocupação para o felizardo que se casasse com ela. Elizabeth gostaria que a questão fosse logo resolvida, de uma forma ou de outra. Talvez as coisas chegassem a um desfecho no baile do dia seguinte — com as oportunidades que oferecia às pessoas para sentar-se lado a lado e sussurrar confidências enquanto dançavam, um baile era tido como uma ocasião propícia a levar os acontecimentos a um desenlace, feliz ou não. Ela só esperava que todos os envolvidos ficassem satisfeitos, pensou consigo e sorriu em seguida, achando graça por supor que isso fosse possível.

Elizabeth sentia-se muito feliz com a mudança que se dera em Georgiana desde que ela e Darcy tinham se casado. No início, Georgiana ficava surpresa, quase chocada, ao ver o irmão ser alvo de zombeteiras provocações da esposa e ao notar com que frequência ele respondia na mesma moeda e como os dois riam e se divertiam um com o outro. Não havia muito riso em Pemberley antes da chegada de Elizabeth e, com o cauteloso e delicado incentivo dela, Georgiana havia perdido um pouco de sua antiga timidez, tão parecida com a de Darcy. Ela agora tinha mais confiança para assumir seu lugar quando eles recebiam convidados em casa e para expressar suas opiniões à mesa do jantar. Conforme ia conhecendo e entendendo melhor a cunhada, Elizabeth começou a suspeitar que, por trás da timidez e do comportamento reservado de Georgiana, escondia-se outra característica de Darcy: uma firme vontade própria. Mas até que ponto Darcy reconhecia isso? Será que um lado seu ainda não continuava vendo Georgiana como uma menina de quinze anos vulnerável, uma criança que precisava do amor seguro e vigilante dele para escapar da desonra? Não era que ele desconfiasse da honra ou da virtude da irmã — tal ideia para Darcy seria quase uma blasfêmia —, mas até que ponto ele confiava no discernimento dela? E para Georgiana, desde que o pai morrera, Darcy era o chefe da família, o irmão mais velho sensato com quem sempre podia contar e que tinha algo da autoridade de um pai, um irmão imensamente amado e jamais temido, já que o amor não pode conviver com o temor, mas visto com reverência. Georgiana nunca se casaria sem amor, mas tampouco se casaria sem a aprovação de Darcy. E se acabasse sendo necessário fazer uma escolha entre o coronel Fitzwilliam, que era primo e amigo de infância de Darcy, herdeiro de um condado, um nobre e valente soldado que Georgiana conhecia desde que nascera, e o jovem, belo e agradável advogado, que reconhecidamente estava construindo um nome para si, mas de quem eles sabiam tão pouco? Alveston herdaria um baronato — aliás, um baronato muito antigo — e Georgiana teria uma casa que, depois que ele tivesse ganhado dinheiro e a restaurado, seria uma das mais lindas da Inglaterra. Mas Darcy tinha sua parcela de orgulho familiar, e não havia dúvida de qual candidato oferecia a maior segurança e o futuro mais esplendoroso.

A visita do coronel havia destruído a paz de Elizabeth, deixando-a preocupada e um pouco aflita. Ele tinha razão quando disse que não devia ter mencionado o nome de

Wickham. O próprio Darcy não tivera nenhum contato com Wickham desde que eles se encontraram na igreja no dia do casamento de Lydia, um casamento que jamais teria se realizado se Darcy não tivesse gastado muito dinheiro para isso. Elizabeth tinha certeza de que esse segredo nunca fora revelado ao coronel Fitzwilliam, mas ele havia, é claro, tomado conhecimento do casamento e devia ter deduzido o que acontecera. Estaria ele, Elizabeth se perguntou, tentando se reassegurar de que Wickham não tinha mesmo nenhuma participação na vida deles em Pemberley e de que Darcy havia comprado o silêncio de Wickham para garantir que o mundo jamais pudesse dizer que a srta. Darcy de Pemberley tinha uma mácula em sua reputação? A visita do coronel fizera Elizabeth ficar inquieta e ela começou a andar de um lado para o outro, tentando aplacar temores que ela esperava que fossem infundados e recuperar parte da serenidade de antes.

O almoço, com apenas quatro membros da família à mesa, foi breve. Darcy tinha um encontro marcado com seu administrador e voltara para seu gabinete para esperar por ele. Elizabeth havia combinado encontrar-se com Georgiana no jardim de inverno, onde as duas examinariam as flores e ramagens verdes que o jardineiro-chefe trouxera das estufas. Lady Anne gostava de arranjos complexos e de muitas cores, mas Elizabeth preferia usar apenas duas cores além do verde e distribuir as plantas por diversos vasos, grandes e pequenos, de modo que todos os cômodos contivessem flores perfumadas. Para o baile do dia seguinte, as cores seriam branco e rosa, e Elizabeth e Georgiana puseram-se a trabalhar e trocar impressões em meio ao perfume penetrante de rosas e gerânios. A atmosfera quente e úmida do jardim de inverno era opressiva e Elizabeth teve um súbito desejo de respirar ar fresco e sentir o vento soprar em seu rosto. Seria isso efeito da apreensão gerada pela presença de Georgiana e pela confidência do coronel, que pesava como um fardo em seu dia?

De repente, a sra. Reynolds apareceu perto delas e disse: "Senhora, o coche do sr. e da sra. Bingley está subindo a alameda de entrada. Se for depressa, a senhora ainda pode chegar à porta a tempo de recebê-los".

Elizabeth soltou um pequeno grito de alegria e foi correndo até a porta da frente, enquanto Georgiana seguia atrás. Stoughton já estava lá para abrir a porta quando a carruagem veio chegando lentamente e parou diante da casa. Elizabeth correu porta afora, sentindo o sopro frio do vento cada vez mais forte. Sua amada Jane havia chegado e, por um momento, toda a apreensão que estava sentindo sucumbiu à felicidade daquele encontro.

2

Os Bingley não ficaram muito tempo em Netherfield depois que se casaram. Bingley era um homem de uma paciência e de uma gentileza infinitas, mas Jane logo percebeu que morar tão perto da mãe dela não contribuiria para a tranquilidade do marido nem para sua própria paz de espírito. Jane tinha um temperamento naturalmente afetuoso e uma grande lealdade e amor à sua família, mas a felicidade de Bingley vinha em primeiro lugar. Ambos estavam ansiosos para fixar residência em algum lugar próximo a Pemberley e, quando o contrato de aluguel de Netherfield venceu, eles passaram um curto período em Londres na casa da sra. Hurst, irmã de Bingley, e depois se mudaram com certo alívio para Pemberley, um centro conveniente de onde sair à procura de uma moradia definitiva. Nessa busca, Darcy teve uma participação ativa. Darcy e Bingley haviam frequentado a mesma escola, mas a diferença de idade que existia entre eles, embora fosse de apenas dois anos, significava que os dois não tinham convivido muito na infância. Foi em Oxford que eles se tornaram amigos. Darcy — orgulhoso, reservado e já pouco à vontade em ocasiões sociais — encontrava alívio na generosa afabilidade de Bingley, na facilidade com que ele fazia amizades e em sua confiança otimista de que a vida sempre seria boa para ele, enquanto Bingley tinha tamanha fé na sensatez e na inteligência superior de Darcy que relutava em tomar qualquer decisão em questões importantes sem a aprovação do amigo.

Darcy havia aconselhado Bingley a comprar uma casa em vez de construir e, como Jane já estava grávida do primeiro filho do casal, todos concordaram que seria desejável encontrar uma casa o quanto antes, e uma casa para a qual eles pudessem se mudar com o mínimo de transtorno. Foi Darcy quem, empenhado em ajudar o amigo, descobriu Highmarten, e tanto Jane quanto o marido ficaram encantados com o lugar assim que o viram. Era uma casa moderna e elegante construída no alto de uma colina, com janelas das quais se tinha uma vista ampla e agradável da paisagem em volta, espaçosa o bastante para acomodar uma família com grande conforto, com jardins bem planejados e um terreno grande o suficiente para que Bingley pudesse convidar grupos para caçar sem atrair comparações desfavoráveis com Pemberley. O dr. McFee, que fazia anos cuidava da saúde da família Darcy e dos empregados de Pemberley, tinha visitado o lugar e declarado que as condições eram salutares e a água pura, e então as formalidades foram rapidamente cumpridas. Pouco mais foi necessário a não ser comprar a mobília e cuidar da decoração, e Jane sentiu enorme prazer em ir de cômodo em cômodo, decidindo, com a ajuda de Elizabeth, a cor do papel de parede, da pintura e das cortinas. Dois meses depois de terem encontrado a propriedade, os Bingley já estavam instalados na nova casa e a felicidade das duas irmãs em seus casamentos se tornou completa.

As duas famílias se viam com frequência e eram poucas as semanas em que uma carruagem não fizesse a viagem entre Highmarten e Pemberley. Jane só muito raramente ficava longe dos filhos por mais de uma noite — as gêmeas de quatro anos, Elizabeth e Maria, e o pequeno Charles Edward, agora com quase dois anos. No entanto, sabia que podia deixá-los em segurança nas mãos experientes e competentes da sra. Metcalf — que fora babá de Bingley — e ficava contente em poder passar duas noites em Pemberley para ir ao baile sem ter de enfrentar os inevitáveis problemas que surgiam ao se tirar três crianças e sua babá de casa para uma estadia tão curta. Ela viera, como sempre, sem sua criada pessoal, mas Belton, a jovem e eficiente criada de Elizabeth, cuidava de bom grado das duas irmãs. O coche e o cocheiro dos Bingley foram deixados aos cuidados de Wilkinson, o cocheiro de Darcy. Depois do costumeiro alvoroço das saudações, Elizabeth e Jane subiram a escada de braços dados até o quarto que sempre era reservado para Jane em suas visitas, com o quarto de vestir de Bingley ao lado. Belton já havia se encarregado da mala de Jane e estava pendurando o vestido que ela usaria à noite e também o que ela usaria no baile; dali a uma hora, estaria com as duas para ajudá-las a trocar de roupa e ajeitar o cabelo. As irmãs, que haviam dividido o mesmo quarto em Longbourn, eram companheiras particularmente próximas desde a infância e não havia nenhum assunto sobre o qual Elizabeth não pudesse falar com Jane, pois sabia que podia confiar totalmente nela para guardar segredos e que qualquer conselho que ela lhe desse seria inspirado por sua generosidade e seu coração afetuoso.

Assim que terminaram de falar com Belton, foram, como sempre, até o quarto das crianças para dar a Charles os esperados abraços e doces, para brincar com Fitzwilliam e ouvi-lo ler em voz alta — logo ele trocaria o quarto das crianças pela sala de aula e por um preceptor — e para ter uma breve mas aprazível conversa com a sra. Donovan. Ela e a sra. Metcalf tinham, juntas, cinquenta anos de experiência e as duas benevolentes déspotas logo haviam formado uma forte aliança, defensiva e ofensiva, e reinavam absolutas em seus respectivos quartos, amadas pelas crianças e merecedoras de toda a confiança dos pais, embora Elizabeth desconfiasse que, para a sra. Donovan, a única função de uma mãe era produzir um novo bebê para o quarto das crianças tão logo o irmão mais novo não coubesse mais em suas primeiras toucas. Jane falou dos progressos de Charles Edward e das gêmeas, e o regime sob o qual eles viviam em Highmarten foi discutido e aprovado pela sra. Donovan, o que não era de surpreender, já que era o mesmo que ela adotava em Pemberley. Quando faltava apenas uma hora para que elas tivessem de começar a se arrumar para o jantar, as duas irmãs se dirigiram ao quarto de Elizabeth para a agradável troca de notícias corriqueiras da qual tanto depende a felicidade da vida doméstica.

Teria sido um alívio para Elizabeth poder conversar com Jane sobre o assunto que mais a preocupava naquele momento — a proposta que o coronel pretendia fazer a Georgiana. Mas, embora não tivesse pedido segredo, ele certamente devia esperar que Elizabeth falasse primeiro com o marido e ela sentia que o delicado senso de honra de Jane seria ofendido, como também seria o dela própria, se desse a notícia à irmã antes de ter tido a oportunidade de falar com Darcy. No entanto, Elizabeth estava ansiosa para falar sobre Henry Alveston e ficou contente quando a própria Jane tocou no nome dele, dizendo: "Foi muita gentileza sua ter incluído de novo o sr. Alveston no seu convite. Sei o quanto significa para ele vir a Pemberley".

"Ele é um convidado encantador e tanto eu quanto Darcy temos muito prazer em recebê-lo. É gentil, inteligente e bem-apessoado e é, portanto, um modelo de rapaz. Como foi mesmo que estreitaram relações? O sr. Bingley o conheceu no escritório do advogado de vocês em Londres, não foi?", perguntou Elizabeth.

"Foi, um ano e meio atrás, quando Charles foi ao escritório do sr. Peck para discutir alguns investimentos. O sr. Alveston tinha sido chamado ao escritório para conversar sobre a possibilidade de ele representar um dos clientes do sr. Peck no tribunal e, como tanto ele quanto Charles chegaram antes da hora, encontraram-se na sala de espera e depois o sr. Peck os apresentou. Charles ficou muito impressionado com o rapaz e mais tarde os dois almoçaram juntos. Foi durante esse almoço que o sr. Alveston falou a Charles do desejo que acalenta de recuperar a fortuna da família e revitalizar a propriedade de Surrey, que é deles desde 1600 e em relação à qual, como filho único, sente grande responsabilidade e apego. Eles se encontraram de novo no clube de Charles e foi então que, espantado com o ar de exaustão do rapaz, Charles convidou-o em nosso nome a passar alguns dias em Highmarten. Desde então, o sr. Alveston faz visitas regulares e muito bem-vindas à nossa casa, sempre que pode se afastar do tribunal. Fomos informados de que Lorde Alveston, o pai dele, tem oitenta anos e uma saúde frágil e, já faz alguns anos, não tem condições de dedicar a energia e exercer o comando de que a propriedade precisa, mas o baronato é um dos mais antigos do país e a família é muito respeitada. Charles soube pelo sr. Peck e também por outras pessoas que o sr. Alveston é muito admirado no colégio de advogados Middle Temple, e nós dois nos afeiçoamos muito ao rapaz. Ele é um herói para o pequeno Charles Edward e muito querido pelas gêmeas, que sempre o recebem com pulos de alegria."

Ser bom para os filhos de Jane era um caminho certo para conquistar seu coração, e Elizabeth entendia bem a atração que Highmarten exercia em Alveston. A vida em Londres pouco alívio podia oferecer para um homem solteiro e sobrecarregado de trabalho e Alveston obviamente encontrava na beleza, na gentileza e na suavidade da sra. Bingley, e também na alegre domesticidade de sua casa, um bem-vindo contraste com a competição feroz e as exigências sociais da capital. Como Darcy, Alveston havia assumido cedo o fardo e a responsabilidade de ser o herdeiro de uma família ilustre. Sua determinação de recuperar a fortuna da família era admirável, e o desafio de vencer no tribunal de Old Bailey provavelmente era o protótipo de uma batalha mais pessoal.

Depois de alguns instantes de silêncio, Jane disse: "Eu espero que nem você, minha querida irmã, nem o sr. Darcy fiquem incomodados com a presença dele aqui. Tenho de confessar que, observando o óbvio prazer que ele e Georgiana sentem na presença um do outro, eu tive a impressão de que é possível que o sr. Alveston esteja se apaixonando, e se isso causar alguma apreensão ao sr. Darcy ou a

Georgiana nós teremos, é claro, de fazer com que essas visitas cessem. Mas ele é um rapaz admirável e, se estiver certa na minha suspeita e Georgiana corresponder à afeição dele, tenho certeza de que poderiam ser muito felizes juntos. Contudo, é possível que o sr. Darcy tenha outros planos para a irmã e, se for assim, talvez seja não só mais prudente, mas também mais bondoso evitar que o sr. Alveston continue vindo a Pemberley. Notei nas minhas visitas mais recentes que houve uma mudança no comportamento do coronel Fitzwilliam em relação à prima, que ele agora tem uma vontade maior de conversar com ela e de estar ao seu lado. Seria um casamento magnífico e Georgiana só o engrandeceria, mas não consigo deixar de me perguntar se ela seria feliz naquele imenso castelo do norte. Semana passada vi uma gravura dele num livro da nossa biblioteca. Parece uma fortaleza de granito, com as ondas do Mar do Norte quase quebrando contra suas muralhas. E fica tão distante de Pemberley. Certamente seria difícil para Georgiana morar tão longe do irmão e da casa que ela tanto ama".

"Desconfio que tanto para Darcy como para Georgiana Pemberley venha em primeiro lugar", disse Elizabeth. "Lembro que, quando estive aqui pela primeira vez com meus tios e Darcy me perguntou o que eu achava da casa, meu óbvio encantamento com Pemberley o deixou muito contente. Acho que se não tivesse ficado genuinamente entusiasmada, ele não teria se casado comigo."

Jane riu. "Ah, acho que ele teria sim, minha querida. Mas talvez seja melhor não discutirmos mais esse assunto. Mexericar sobre os sentimentos de outras pessoas quando não temos como compreendê-los inteiramente e quando até as próprias pessoas podem não entendê-los gera ansiedade. Talvez tenha sido um erro tocar no nome do coronel. Eu sei, minha querida Elizabeth, o quanto você ama Georgiana e, convivendo com você como uma irmã, ela se tornou uma moça não só mais segura, como também mais bonita. Se de fato tem dois pretendentes, a escolha tem

51

de ser dela, mas não imagino que ela aceite se casar com alguém que o irmão não aprove."

"Talvez essa questão chegue a um desfecho durante o baile, mas admito que isso me causa ansiedade", disse Elizabeth. "Desde que vim para cá, eu me afeiçoei muitíssimo a Georgiana e sinto por ela um amor profundo. Mas vamos esquecer esse assunto por ora. Ainda temos o jantar em família à nossa espera. Não posso estragá-lo nem para nós nem para nossos convidados com preocupações que talvez sejam infundadas."

Elas não falaram mais sobre o assunto, mas Elizabeth sabia que Jane não via aquela situação como um problema. Para ela, era muito natural que duas pessoas jovens e atraentes que obviamente sentiam prazer na companhia uma da outra se apaixonassem, e Jane acreditava firmemente que essa paixão deveria resultar num casamento feliz. Além disso, dinheiro jamais seria uma dificuldade: Georgiana era rica e o sr. Alveston estava ascendendo em sua profissão. Mas Jane não dava muita importância a dinheiro; desde que houvesse o suficiente para uma família viver com conforto, que diferença fazia que cônjuge tinha trazido dinheiro ao casal? E o fato, que para outras pessoas seria determinante, de que o coronel era agora um visconde e sua esposa um dia se tornaria condessa, enquanto o sr. Alveston seria apenas barão, não tinha importância nenhuma para Jane. Elizabeth decidiu que ia tentar não ficar ruminando possíveis dificuldades, mas que, depois do baile, precisaria encontrar o quanto antes uma oportunidade de conversar com o marido. Ambos andavam tão ocupados que ela mal havia pousado os olhos nele desde a manhã. Não seria certo especular sobre os sentimentos do sr. Alveston com Darcy, a menos que o próprio sr. Alveston ou Georgiana tocassem no assunto, mas ela tinha de informar o marido o mais rápido possível da intenção do coronel de conversar com ele sobre sua esperança de que Georgiana aceitasse ser sua esposa. Elizabeth se perguntava por que a ideia dessa união, magnífica como era, causava-lhe uma inquietação que não conseguia dissipar com argumentos lógicos, e esforçou-se para esquecer esse sentimento desconfortável. Belton havia chegado e estava na hora de Jane e ela se arrumarem para o jantar.

3

Na véspera do baile, o jantar foi servido no horário costumeiro e elegante das seis e meia, mas, quando os convidados eram poucos, era comum servi-lo numa pequena sala adjacente à sala de jantar formal, onde até oito pessoas podiam sentar-se com conforto à mesa redonda. Em anos anteriores, fora necessário usar a sala maior porque os Gardiner, e ocasionalmente as irmãs de Bingley, haviam ficado hospedados em Pemberley para o baile, mas o sr. Gardiner sempre relutava em abandonar seus negócios e sua esposa, em separar-se dos filhos. O que os dois mais gostavam era de visitar Pemberley no verão, quando o sr. Gardiner podia deleitar-se pescando e o passatempo preferido de sua esposa era passear pela propriedade com Elizabeth num faetonte puxado por um único cavalo. Elizabeth tinha uma amizade muito antiga e íntima com a tia e sempre dera muito valor a seus conselhos. Teria ficado contente agora em poder aconselhar-se com ela sobre determinados assuntos.

Embora fosse um jantar informal, o grupo naturalmente se dirigiu junto para a sala de jantar, formando pares. O coronel imediatamente ofereceu o braço a Elizabeth, Darcy foi para o lado de Jane e Bingley, com uma pequena exibição de galanteria, ofereceu o braço para Georgiana. Ao ver Alveston vindo sozinho atrás do último par, Elizabeth se arrependeu de não ter planejado melhor as coisas, mas sempre era difícil encontrar uma dama desacompanhada e adequada em cima da hora e as convenções sociais nunca haviam importado antes nesses jantares da véspera do baile. A última cadeira vazia estava ao lado de Georgiana e, quando Alveston a ocupou, Elizabeth notou um passageiro sorriso de prazer no rosto dele.

Quando eles próprios se sentaram, o coronel disse: "Então a sra. Hopkins não está conosco este ano de novo. Já não é a segunda vez que ela perde o baile? Sua irmã não gosta de dançar, ou o reverendo Theodore tem razões teológicas para se opor a bailes?".

"Mary nunca gostou muito de dançar e pediu que eu a desculpasse", respondeu Elizabeth. "Mas o reverendo certamente não se opõe a que ela participe. Ele me disse na última vez em que jantaram aqui que, na opinião dele, nenhum baile oferecido em Pemberley a amigos e conhecidos da família poderia ter qualquer efeito deletério sobre a moral e os bons costumes."

"O que mostra que ele nunca tomou a sopa com vinho de Pemberley", sussurrou Bingley para Georgiana.

O comentário foi entreouvido pelo resto do grupo e provocou sorrisos e algumas gargalhadas. No entanto, essa atmosfera leve e alegre não duraria. Por alguma razão, a conversa não fluía à mesa com a animação costumeira e todos pareciam tomados por uma apatia da qual nem a loquacidade bem-humorada de Bingley parecia capaz de tirá-los. Elizabeth tentava não olhar para o coronel com muita frequência, mas, quando olhava, percebia que o olhar dele volta e meia se fixava no casal sentado à sua frente. Ela achava que Georgiana nunca estivera tão linda, com seu vestido simples de musselina branca e um diadema de pérolas enfeitando o cabelo escuro, mas a expressão do olhar do coronel era mais de conjectura do que de admiração. Por certo o casal estava se comportando impecavelmente, Alveston dedicando a Georgiana apenas a atenção que seria natural e Georgiana virando-se para dirigir seus comentários igualmente a Alveston e Bingley, como uma jovem menina seguindo obedientemente a convenção social em seu primeiro jantar formal. Houve um momento, porém, que Elizabeth esperava que o coronel não tivesse notado. Alveston estava misturando o vinho com água de Georgiana e, por alguns instantes, suas mãos se tocaram e Elizabeth viu um leve rubor surgir no rosto de Georgiana e desaparecer em seguida.

Vendo Alveston vestido com roupas formais, Elizabeth novamente ficou impressionada com a extraordinária beleza do rapaz. Ele com certeza sabia que não podia entrar numa sala sem que todas as mulheres presentes voltassem os olhos para ele. Seu viçoso cabelo castanho estava preso com simplicidade na nuca. Seus olhos eram de um tom mais escuro de castanho, as sobrancelhas eram retas, o rosto tinha uma expressão franca e forte que o protegia contra qualquer acusação de ser bonito demais e sua maneira elegante de se movimentar transmitia confiança e desembaraço. Elizabeth sabia que ele normalmente era um convidado expansivo e divertido, mas naquela noite até ele parecia abatido pela atmosfera geral de desconforto. Talvez, ela pensou, todos estivessem apenas cansados. Bingley e Jane haviam viajado apenas dezoito milhas para chegar a Pemberley, mas um vento forte tornara a viagem mais demorada, e para Darcy e Elizabeth a véspera do baile era sempre um dia excepcionalmente atarefado.

A tempestade lá fora também não contribuía em nada para a atmosfera interna. Volta e meia o vento uivava na chaminé, o fogo na lareira sibilava e espirrava como se tivesse vida e, de vez em quando, um pedaço de lenha em brasa saltava, formando chamas espetaculares e lançando um momentâneo clarão vermelho no rosto dos comensais, dando a impressão de que estavam ardendo em febre. Os criados iam e vinham silenciosamente, mas foi um alívio para Elizabeth quando a refeição finalmente terminou e ela pôde chamar Jane com o olhar e dirigir-se com ela e Georgiana para a sala de música.

4

Enquanto o jantar era servido na sala de jantar pequena, Thomas Bidwell estava na copa, polindo a prataria. Era uma tarefa que ficara a cargo dele fazia quatro anos, desde que a dor em suas costas e seus joelhos passara a impedi-lo de trabalhar como cocheiro, e que ele cumpria com orgulho, principalmente na noite anterior ao baile de Lady Anne. Dos sete grandes candelabros que seriam dispostos ao longo da enorme mesa, cinco já haviam sido limpos e os últimos dois seriam terminados naquela noite. Era uma tarefa tediosa, demorada e surpreendentemente cansativa, e Bidwell ficava com as costas, as mãos e os braços doloridos quando finalmente a concluía. Mas não era um trabalho que pudesse ser feito pelas criadas nem pelos meninos do estábulo. Stoughton, o mordomo, era o responsável pelo serviço, mas ele ficava ocupado escolhendo os vinhos e comandando a preparação do salão de baile e considerava sua responsabilidade inspecionar a prataria depois de limpa, não limpá-la ele próprio, nem mesmo as peças mais valiosas. Na semana que precedia o baile, esperava-se que Bidwell passasse a maior parte dos dias, e muitas vezes boa parte da noite, sentado de avental diante da mesa da copa, com a prataria da família Darcy espalhada à sua frente — facas, garfos, colheres, candelabros, fruteiras, baixelas em que a comida seria servida. Enquanto polia, ele imaginava os candelabros, com suas velas altas, iluminando cabelos adornados de joias, rostos afogueados e trêmulas flores nos vasos.

Nunca receava deixar sua família sozinha na cabana da floresta, e a família, por sua vez, também não sentia nenhum temor. A cabana havia ficado abandonada durante anos, até que o pai de Darcy a reformou de modo a deixá-la em condições de ser usada por um dos empregados. Mas, embora ela fosse maior do que as casas dos criados costumavam ser e oferecesse paz e tranquilidade, poucos estavam dispostos a morar lá. Fora construída pelo bisavô de Darcy, um recluso que passava a maior parte de seus dias sozinho, acompanhado apenas por seu cachorro, Soldier. Naquela cabana, ele lia, contemplava os troncos grossos das árvores e o emaranhado de arbustos que eram seu baluarte contra o mundo e até preparava as próprias refeições, que eram simples. Então, quando George Darcy tinha sessenta anos, Soldier ficou doente, fraco e tomado de dores. Foi o avô de Bidwell, na época ainda um menino que ajudava a cuidar dos cavalos, quem foi à cabana para levar leite fresco e encontrou o patrão morto. George Darcy havia matado Soldier com um tiro e depois se matado.

Os pais de Bidwell haviam morado na cabana antes dele. A história dela não lhes causava nenhuma apreensão, como também não causava em Bidwell. A fama de que a floresta era mal-assombrada surgira por conta de uma tragédia mais recente, que ocorrera pouco depois de o avô do atual sr. Darcy herdar a propriedade. Um rapaz que trabalhava como ajudante de jardineiro em Pemberley e era filho único havia sido julgado e considerado culpado por ter invadido a propriedade de um magistrado local, Sir Selwyn Hardcastle, para caçar cervos. Invadir propriedades para caçar animais geralmente não era considerado uma ofensa capital e a maioria dos magistrados lidava com esses casos de maneira compassiva quando os tempos andavam difíceis e havia muita fome, mas roubar de um parque de cervos era um crime punível com pena de morte, e o pai de Sir Selwyn havia feito questão de que a pena máxima fosse aplicada. O sr. Darcy havia feito um vigoroso apelo por clemência que, no entanto, foi rejeitado por Sir

Selwyn. Uma semana depois da execução do rapaz, a mãe se enforcou. O sr. Darcy havia feito tudo o que podia para evitar a morte do rapaz, mas acreditava-se que a mulher morta o considerava o principal responsável. Antes de se matar, ela havia amaldiçoado a família Darcy, e então nasceu a superstição de que quem cometesse a imprudência de ir à floresta depois do anoitecer veria o fantasma dela vagando por entre as árvores e carpindo sua dor, e de que essa aparição vingadora sempre pressagiava uma morte na propriedade.

Bidwell não tinha paciência para essas tolices, mas na semana anterior havia chegado ao seu conhecimento que duas criadas, Betsy e Joan, andavam contando aos cochichos no refeitório dos empregados que tinham visto o fantasma quando se aventuraram a ir à floresta em resposta a um desafio. Ele havia recomendado às duas que não espalhassem esse disparate, que, se chegasse aos ouvidos da sra. Reynolds, poderia trazer sérias consequências para elas. Embora a filha de Bidwell, Louisa, não trabalhasse mais em Pemberley, pois era necessária em casa para ajudar a cuidar do irmão doente, ele se perguntava se aquela história teria chegado de alguma forma aos seus ouvidos. Ela e a mãe sem dúvida andavam tendo mais cuidado do que nunca para não se esquecer de trancar a porta da cabana à noite e, além disso, tinham pedido a ele que, quando voltasse tarde de Pemberley, lhes desse um sinal, batendo três vezes com força na porta e depois quatro vezes mais suavemente, antes de enfiar a chave na fechadura.

A cabana tinha fama de trazer azar, mas só nos últimos anos a família Bidwell fora atingida pela desdita. Bidwell ainda se lembrava, tão vividamente que era como se tivesse sido no dia anterior, da tristeza que o acometera no momento em que despiu, pela última vez, a admirável libré de cocheiro-chefe do sr. Darcy de Pemberley e deu adeus aos seus queridos cavalos. Para completar, no último ano, seu único filho homem, em quem ele depositava todas as esperanças para o futuro, morria lenta e dolorosamente.

Como se não bastasse, a filha mais velha, que ele e sua esposa jamais haviam esperado que fosse lhes dar preocupação, causava ansiedade. Tudo sempre tinha corrido bem para Sarah. Ela se casara com o filho do dono da estalagem King's Arms, em Lambton, um rapaz ambicioso que havia se mudado para Birmingham e aberto uma mercearia com o dinheiro que herdara do avô. O negócio ia de vento em popa, mas Sarah andava triste e exausta. Em pouco mais de quatro anos de casamento, já havia um quarto bebê a caminho, e a labuta de cuidar dos filhos e ajudar a tomar conta da loja tinha suscitado uma carta desesperada, em que Sarah pedia que sua irmã Louisa fosse ajudá-la. A mulher de Bidwell entregou a carta a ele sem dizer nada, mas ele sabia que ela estava tão preocupada quanto ele com o fato de a filha, uma moça antes tão alegre, saudável e sensata, estar naquela situação. Bidwell leu a carta e a devolveu à esposa, dizendo apenas: "Will vai sentir muita falta de Louisa. Eles sempre foram muito chegados. Você vai conseguir se ajeitar sem ela?".

"Vou ter de dar um jeito. Sarah não teria escrito essa carta se não estivesse desesperada. Não é do feitio dela."

Então, Louisa tinha passado os cinco meses antes do nascimento do bebê em Birmingham ajudando a cuidar das outras três crianças e ficado por lá mais três meses depois, enquanto Sarah se recuperava. Havia voltado recentemente para casa, trazendo consigo o bebê, Georgie, tanto para ajudar a irmã como para que a mãe e o irmão pudessem conhecê-lo antes que Will morresse. Bidwell, porém, nunca tinha ficado contente com esse arranjo. Estava tão ansioso quanto a esposa para conhecer o neto, mas achava que uma cabana onde se cuidava de um homem agonizante não era lugar para se cuidar de um bebê. Will estava doente demais para conseguir ter muito mais que um vago interesse pelo recém-chegado e o choro do bebê à noite atrapalhava seu sono e o deixava aflito. Além disso, Bidwell percebia que Louisa não estava feliz. Ela andava inquieta e, apesar do ar gelado do outono, parecia preferir caminhar pela floresta, com o bebê nos braços, a ficar em casa com a mãe e Will. Tinha até estado ausente, como que de propósito, quando o reitor, o idoso e erudito reverendo Percival Oliphant, fez uma de suas frequentes visitas a Will, o que era estranho, porque Louisa sempre havia gostado do reitor, que demonstrava interesse por ela desde que era criança, emprestando-lhe livros e convidando-a para frequentar seu curso de latim, com seu pequeno grupo de alunos particulares. Bidwell tinha recusado o convite — isso só daria ideias a Louisa que não condiziam com sua posição social —, mas, mesmo assim, o convite fora feito. Claro que era comum as moças ficarem nervosas e ansiosas quando estavam prestes a se casar, mas, agora que Louisa voltara para casa, por que Joseph Billings não fazia mais visitas à cabana com a regularidade de antes? Eles mal o viam. Bidwell se perguntava se os cuidados com o bebê teriam feito tanto Louisa quanto Joseph atentarem para as responsabilidades e os riscos da vida conjugal e reconsiderarem sua decisão. Ele esperava que não. Joseph era sério e ambicioso e, na opinião de alguns, aos trinta e quatro anos, velho demais para Louisa, mas ela parecia gostar dele. Os dois iam morar em Highmarten, a dezessete milhas dele e de Martha, e trabalhariam numa residência que tinha um ambiente doméstico tranquilo, com uma patroa compassiva e um patrão generoso, com o futuro garantido e uma longa vida pela frente, previsível, segura, respeitável. Com tudo isso à sua espera, que serventia tinha para uma moça o estudo e o latim?

Talvez tudo se acertasse depois que Georgie voltasse para perto da mãe. Louisa ia viajar com ele no dia seguinte, tendo sido resolvido que ela e o bebê iriam de caleche até a estalagem King's Arms, em Lambton, e de lá seguiriam na diligência postal até Birmingham, onde o marido de Sarah, Michael Simpkins, ia pegá-los de cabriolé. No mesmo dia, Louisa voltaria de diligência para Pemberley. A vida seria mais fácil para a mulher de Bidwell e para Will depois que o bebê tivesse sido levado de volta para casa, mas quando

Bidwell voltasse para a cabana no domingo, depois de ajudar a arrumar a casa após o baile, seria estranho não ver Georgie estender as mãozinhas rechonchudas para lhe dar boas-vindas.

Esses pensamentos inquietantes não tinham impedido Bidwell de continuar a trabalhar, mas, quase sem perceber, ele havia diminuído seu ritmo e, pela primeira vez, se permitido perguntar se a limpeza da prataria não havia se tornado uma tarefa cansativa demais para ele cumprir sozinho. Mas admitir isso seria uma humilhante derrota. Puxando com determinação o último candelabro para perto de si, pegou um pano limpo e, relaxando os músculos doloridos sobre a cadeira, debruçou-se de novo sobre sua tarefa.

5

Na sala de música, os cavalheiros não deixaram as senhoras esperando por muito tempo, e a atmosfera ficou mais leve depois que todos se acomodaram confortavelmente no sofá e nas poltronas. Darcy abriu o piano e as velas que iluminavam o instrumento foram acesas. Assim que eles se sentaram, Darcy se virou para Georgiana e, de um jeito quase formal, como se ela fosse uma convidada, disse que seria um prazer para eles todos se ela pudesse tocar e cantar. Olhando rapidamente para Henry Alveston, Georgiana se levantou e ele a acompanhou até o piano. Virando-se para o grupo, ela disse: "Como temos um tenor conosco, achei que seria agradável cantar alguns duetos".

"Sim!", exclamou Bingley com entusiasmo. "Ótima ideia. Vamos ouvir os dois. Semana passada eu e Jane tentamos cantar duetos juntos, não foi, meu amor? Mas não vou sugerir que repitamos a experiência esta noite. Fui um desastre, não fui, Jane?"

Jane riu. "Não, você se saiu muito bem. Mas, infelizmente, não tenho praticado muito desde que Charles Edward nasceu. Não vamos impingir nossos esforços musicais aos nossos amigos, quando temos à disposição a srta. Georgiana, que tem um talento musical que nem eu nem você podemos ter qualquer esperança de um dia vir a ter."

Elizabeth tentou se entregar à música, mas seus olhos e seus pensamentos teimavam em se voltar para o casal ao piano. Depois das duas primeiras músicas, uma terceira foi solicitada e então houve uma pausa enquanto Georgiana pegava uma nova partitura e a mostrava a Alveston. Ele folheou a partitura e apontou para trechos que talvez tenham lhe parecido difíceis, ou talvez apenas estivesse em dúvida quanto à pronúncia do italiano. Georgiana levantou a cabeça para olhar para Alveston, depois tocou algumas notas com a mão direita e então ele sorriu e aquiesceu. Ambos pareciam esquecidos da plateia que os aguardava. Foi um momento de intimidade que os isolou num mundo só deles, mas que deu lugar a um momento em que suas individualidades foram apagadas pelo amor que ambos tinham pela música. Vendo seus rostos enlevados iluminados pelas velas e os sorrisos que os dois abriram quando a dúvida foi dissolvida e Georgiana se sentou para tocar, Elizabeth sentiu que o que havia entre eles não era uma atração passageira derivada da proximidade física ou mesmo de um amor comum pela música. Certamente estavam apaixonados, ou prestes a se apaixonar, aquele período encantador de descoberta mútua, expectativa e esperança.

Era um encantamento que Elizabeth nunca tinha conhecido. Ainda lhe causava surpresa pensar que, entre a primeira e insultante proposta de Darcy e sua segunda, penitente e bem-sucedida súplica de amor, eles só haviam ficado a sós durante menos de meia hora: quando ela e os Gardiner estavam visitando Pemberley e Darcy voltou inesperadamente e os dois caminharam juntos pelos jardins; e no dia seguinte, quando Darcy foi até a estalagem de Lambton onde ela estava hospedada e a encontrou às lágrimas, segurando nas mãos a carta em que Jane dava a notícia da fuga de Lydia. Darcy tinha ido embora logo depois e ela pensou que nunca mais fosse vê-lo. Se fosse ficção, será que mesmo o romancista mais brilhante conseguiria tornar crível uma história em que o orgulho fosse vencido e o preconceito superado num período tão curto? E mais tarde, quando Darcy e Bingley voltaram para Netherfield e ela já havia aceitado o pedido dele, o noivado, longe de ser um período de alegria, tinha sido um dos mais aflitivos e embaraçosos de sua vida enquanto ela se esforçava para desviar a atenção de Darcy das ruidosas e exuberantes felicitações de sua mãe, que quase chegara a agradecer a enorme condescendência por ele demonstrada ao pedir a mão de sua filha em casamento. Nem Jane nem Bingley haviam sofrido da mesma forma. Sendo um homem de bom gênio e estando obcecado por seu amor, Bingley ou não notava ou tolerava a vulgaridade da futura sogra. E será que ela própria teria se casado com Darcy se ele fosse um pároco pobre ou um advogado em início de carreira? Era difícil imaginar o sr. Fitzwilliam Darcy em qualquer das duas posições, mas a honestidade exigia uma resposta. Elizabeth sabia que não era talhada para os tristes expedientes da pobreza.

O vento continuava soprando forte e as duas vozes eram acompanhadas pelos gemidos e uivos na chaminé e pela crepitação intermitente do fogo, de modo que o tumulto do lado de fora parecia ser o contraponto da natureza para a beleza das duas vozes mescladas e um acompanhamento adequado para o turbilhão que se instalara na cabeça de Elizabeth. Ela nunca havia sentido medo de ventanias antes e costumava saborear a segurança e o conforto de estar dentro de casa enquanto o vento varria a floresta de Pemberley, esbravejando inutilmente. Agora, porém, ele lhe parecia uma força maligna, que buscava cada chaminé, cada fresta para infiltrar-se na casa. Elizabeth não era de deixar-se dominar pela imaginação e tentou tirar da cabeça essas fantasias mórbidas, mas mesmo assim persistia dentro dela uma emoção que nunca sentira antes. Pensou: *Aqui estamos nós, no início de um novo século, cidadãos do país mais civilizado da Europa, cercados do esplendor que é fruto do engenho e da arte da nação e dos livros que são o relicário de sua literatura, enquanto lá fora existe outro mundo do qual a riqueza, a educação e o privilégio podem nos resguardar, um mundo em que os homens são tão violentos e destrutivos quanto no mundo animal. Mas talvez nem mesmo o mais afortunado de nós consiga ignorá-lo e mantê-lo à distância para sempre.*

Ela tentava recuperar a tranquilidade concentrando-se no amálgama das duas vozes, mas ficou aliviada quando a música terminou e chegou a hora de tocar o sino e pedir o chá.

A bandeja foi trazida por Billings, um dos lacaios. Elizabeth sabia que ele estava destinado a ir embora de Pemberley na primavera, quando, se tudo corresse bem, ocuparia o lugar do mordomo dos Bingley, quando o velho finalmente se aposentasse. A mudança representava uma ascensão em importância e prestígio, e tornara-se ainda mais bem-vinda para Billings quando, na Páscoa retrasada, ele ficou noivo de Louisa, a filha de Thomas Bidwell, que se mudaria com ele para Highmarten e assumiria a posição de copeira-chefe. Em seus primeiros meses em Pemberley, Elizabeth tinha ficado surpresa com o modo como a família se envolvia na vida de seus empregados. Nas raras visitas que faziam a Londres, ela e Darcy ficavam hospedados na residência que eles mantinham na cidade ou então na casa da irmã de Bingley, a sra. Hurst, e do marido, que viviam com certa opulência. Naquele mundo, os empregados levavam vidas tão apartadas da família que se percebia que raramente a sra. Hurst sabia sequer o nome daqueles que a serviam. Em Pemberley, no entanto, embora o sr. e a sra. Darcy fossem cuidadosamente protegidos dos problemas domésticos, havia acontecimentos — como casamentos, noivados, mudanças de emprego, doenças ou aposentadorias — que se erguiam acima da incessante vida de atividade que garantia o bom funcionamento da casa, e era importante tanto para Darcy quanto para Elizabeth que esses ritos de passagem, elementos daquela vida ainda em grande parte secreta da qual o conforto deles tanto dependia, fossem reconhecidos e celebrados.

Billings pousou a bandeja do chá diante de Elizabeth com uma espécie de elegância estudada, como que para mostrar a Jane o quanto ele era digno da honra que o aguardava. Seria, Elizabeth imaginava, uma situação confortável tanto para ele quanto para sua nova esposa. Como o pai de Louisa antevia, os Bingley eram patrões generosos, compreensivos, tolerantes e rigorosos apenas no cuidado um com o outro e com os filhos.

Mal havia Billings se retirado quando o coronel Fitzwilliam se levantou de sua cadeira e foi até Elizabeth. "A senhora se incomodaria, sra. Darcy, se eu saísse um pouco para fazer meus exercícios noturnos? Tenho a intenção de cavalgar com Talbot à beira do rio. Peço desculpas por interromper uma reunião familiar tão alegre, mas durmo mal se não pego um pouco de ar fresco antes de me deitar."

Elizabeth garantiu ao coronel que não era preciso pedir desculpas. Ele levou a mão dela brevemente aos lábios, um gesto incomum para ele, e foi andando em direção à porta.

Henry Alveston, que estava sentado com Georgiana no sofá, levantou a cabeça e disse: "O luar no rio é algo mágico, coronel, embora talvez seja mais bem apreciado quando temos companhia. Mas o senhor e Talbot têm uma cavalgada difícil pela frente. Não invejo a batalha que terão de travar contra esse vento".

Da porta, o coronel virou para trás e olhou para Alveston. Havia uma frieza em sua voz quando ele respondeu: "Então ainda bem que não é preciso que o senhor me acompanhe". Despedindo-se do grupo com uma mesura, ele se retirou.

Houve um momento de silêncio em que as palavras ditas pelo coronel ao sair e a estranheza daquele seu passeio noturno a cavalo ficaram na cabeça de todos, mas em que o constrangimento inibiu qualquer comentário. Henry Alveston era o único que não parecia desconcertado, embora, olhando de relance para o rosto dele, Elizabeth não tivera dúvida de que captara a crítica implícita.

Foi Bingley quem quebrou o silêncio. "Por gentileza, srta. Georgiana, toque mais algumas músicas para nós, se não estiver muito cansada. Mas, por favor, termine seu chá antes. Não podemos abusar da sua gentileza. Que tal aquelas canções folclóricas irlandesas que a senhorita tocou quando jantamos aqui no verão passado? Não é preciso cantar, basta a música. A senhorita precisa poupar sua voz. Lembro que até dançamos um pouco, não foi? Mas naquele dia os Gardiner estavam aqui, e o sr. e a sra. Hurst também, de modo que éramos cinco casais, e Mary tocou para nós."

Georgiana voltou para o piano, Alveston ficou perto dela para virar as páginas da partitura e, por algum tempo, as canções alegres surtiram efeito. Depois, quando a música terminou, eles conversaram sobre assuntos a esmo, trocando opiniões que já haviam sido expressas várias vezes antes e notícias familiares que já não eram novidade. Meia hora depois, Georgiana foi a primeira a tomar a iniciativa de se recolher, dando boa-noite a todos. Quando ela tocou o sino para chamar sua criada, Alveston acendeu e lhe entregou uma vela e a acompanhou até a porta. Depois que Georgiana se foi, Elizabeth teve a impressão de que o resto do grupo estava também cansado, mas sem energia para se levantar e dar boa-noite. Foi Jane quem tomou a iniciativa em seguida e, olhando para o marido, murmurou que estava na hora de ir para a cama. Grata, Elizabeth seguiu o exemplo da irmã logo em seguida. Um lacaio foi convocado para trazer e acender as velas noturnas, as velas que iluminavam o piano foram apagadas e todos estavam se dirigindo à porta quando Darcy, em pé em frente à janela, exclamou de repente:

"Meu Deus! O que aquele cocheiro tolo está fazendo? Desse jeito a caleche vai tombar! Que loucura! E quem são aquelas pessoas? Elizabeth, estamos esperando mais alguém hoje à noite?"

"Não, ninguém."

Elizabeth e o resto do grupo correram para a janela e viram ao longe uma caleche avançando aos bordos e em disparada pela estrada que cortava a floresta em direção à casa, as duas lanternas laterais cintilando como pequenas chamas. A imaginação completava o que estava distante demais para ser visto — as crinas dos cavalos se agitando ao vento, seus olhos desatinados e ombros tensos, o cocheiro sacudindo as rédeas com violência. A caleche estava longe demais para que fosse possível ouvir o barulho de suas rodas, e Elizabeth tinha a impressão de estar vendo a carruagem espectral das lendas, o temido arauto da morte, voando silenciosamente pela noite enluarada.

"Bingley, fique aqui com as senhoras que vou ver do que se trata", disse Darcy.

Mas suas palavras foram abafadas por mais um longo uivo do vento na chaminé e o grupo inteiro saiu da sala de música atrás dele e desceu a escada principal rumo ao saguão. Stoughton e a sra. Reynolds já estavam lá. A um gesto de Darcy, Stoughton abriu a porta. Na mesma hora, o vento irrompeu porta adentro, uma força fria e irresistível que pareceu tomar posse da casa inteira, apagando com um único sopro todas as velas, salvo as do candelabro do teto.

O coche continuava avançando em disparada, descrevendo instavelmente a curva ao fim da estrada da floresta para se aproximar da casa. Vinha tão rápido que Elizabeth achou que passaria direto pela porta, mas pouco depois ouviu os gritos do cocheiro e o viu puxando as rédeas para trás com toda a força. Os cavalos pararam por fim e ali ficaram, relinchando, inquietos. Imediatamente e antes que o cocheiro pudesse desmontar, a porta do coche se abriu e, no raio de luz que vinha de dentro da casa, eles viram uma mulher quase cair para fora, berrando ao vento. Com o chapéu pendurado pela fita em volta de seu pescoço, parecia uma criatura selvagem da noite ou uma louca fugida do cativeiro. Por um momento, Elizabeth ficou paralisada, incapaz de agir ou de pensar. Depois, reconheceu aquela aparição selvagem e histérica como Lydia e correu para ajudá-la. Mas Lydia a empurrou para o lado e, ainda aos berros, se atirou nos braços de Jane, quase a derrubando. Bingley acudiu a esposa e, juntos, eles levaram Lydia para dentro, quase a carregando. Ela continuava gritando e lutando, como se não tivesse consciência de quem a estava segurando, mas, uma vez do lado de dentro, protegidos do vento, eles conseguiram ouvir suas palavras roucas e soluçantes.

"Wickham morreu! Denny deu um tiro nele! Por que vocês não vão procurá-lo? Eles estão lá na floresta. Por que vocês não fazem alguma coisa? Ai, meu Deus, eu sei que ele morreu!"

E, então, os soluços viraram gemidos e ela desabou nos braços de Jane e Bingley, enquanto, juntos, eles tentavam conduzi-la delicadamente em direção à cadeira mais próxima.

LIVRO DOIS
O CORPO NA FLORESTA

1

Instintivamente, Elizabeth havia se aproximado para ajudar, mas Lydia a empurrou para o lado com uma força surpreendente, bradando: "Você não, você não". Jane tomou a dianteira e, ajoelhando-se ao lado da cadeira e segurando as duas mãos de Lydia entre as suas, procurou acalmá-la com palavras suaves e compreensivas, enquanto Bingley, aflito, observava impotente. Então, as lágrimas de Lydia se transformaram em arquejos estranhos e ruidosos, como se ela estivesse lutando para conseguir respirar, um som perturbador que não parecia humano.

Stoughton havia deixado a porta da frente entreaberta. Parado ao lado dos cavalos, o cocheiro parecia abalado demais para conseguir se mover, e então Alveston e Stoughton tiraram a mala de Lydia de dentro da caleche e a carregaram até o saguão. Stoughton se virou para Darcy. "E quanto às duas outras malas, senhor?"

"Deixe-as na caleche. O sr. Wickham e o capitão Denny provavelmente vão seguir viagem depois que os encontrarmos, então não faz sentido trazer a bagagem deles para cá. Chame Wilkinson, sim, Stoughton? Acorde-o se ele estiver na cama. Diga-lhe para ir buscar o dr. McFee. É melhor ele ir de coche; não quero que o doutor ande a cavalo nessa ventania. Diga a Wilkinson para mandar meus cumprimentos ao dr. McFee e explicar que a sra. Wickham está aqui em Pemberley e precisa da atenção dele."

Deixando Lydia aos cuidados das mulheres, Darcy se dirigiu rapidamente ao lugar onde se encontrava o cocheiro, junto aos cavalos. Ele olhava ansiosamente para a porta, mas, ao ver Darcy se aproximar, endireitou o corpo e ficou parado rigidamente em posição de sentido. Seu alívio ao ver o senhor da casa era quase palpável. Ele tinha feito o melhor que podia numa emergência e, agora que a normalidade fora restabelecida, cumpria seu dever: postava-se ao lado de seus cavalos e aguardava ordens.

"Quem é você? Já o conheço?", Darcy perguntou.

"Sou George Pratt, senhor, da estalagem Green Man."

"Claro. Você é o cocheiro do sr. Piggott. Conte-me o que aconteceu na floresta. Fale de forma clara e breve, mas quero saber a história toda, e rápido."

Pratt estava claramente ansioso para contar o que havia acontecido e pôs-se a falar com enorme pressa. "O sr. Wickham, a esposa e o capitão Denny foram para a estalagem hoje à tarde, mas eu não estava lá quando chegaram. Umas oito horas da noite, o sr. Piggott me mandou trazer o sr. e a sra. Wickham e o capitão aqui para Pemberley, quando a senhora ficasse pronta, pela estrada da floresta. Era para eu deixar a sra. Wickham aqui para que pudesse ir ao baile, ou pelo menos foi isso o que ela disse antes para a sra. Piggott. Depois disso, minhas ordens eram levar os dois cavalheiros para a King's Arms, em Lambton, e voltar para a estalagem com a caleche. Ouvi a sra. Wickham dizer para a sra. Piggott que os dois cavalheiros seguiriam viagem para Londres no dia seguinte e que o sr. Wickham tinha esperanças de conseguir um trabalho lá."

"Onde estão o sr. Wickham e o capitão Denny?"

"Não sei, senhor. Quando estávamos no meio da floresta, o capitão Denny bateu na porta para mandar a caleche parar e desceu. Ele gritou alguma coisa como 'Não quero mais saber disso e não quero mais saber de você. Não vou tomar parte nisso', depois correu para o meio da floresta. Então, o sr. Wickham saiu correndo atrás dele, gritando para que voltasse e deixasse de tolices. Aí a sra. Wickham começou a berrar, pedindo para ele não a deixar sozinha. Ela quase foi atrás dele, mas depois que desceu da caleche pensou melhor e voltou para dentro. A sra. Wickham berrava de um jeito medonho e deixava os cavalos tão nervosos que eu mal conseguia segurar os bichos, e então ouvimos os tiros."

"Quantos tiros?"

"Não sei dizer com certeza, senhor, porque foi uma confusão danada, com o capitão fugindo, o sr. Wickham correndo atrás e a sra. Wickham gritando sem parar, mas ouvi um tiro com certeza, senhor, e talvez mais um ou dois."

"Quanto tempo fazia que os cavalheiros tinham saído da caleche quando você ouviu os tiros?"

"Acho que uns quinze minutos, senhor, mas pode ter sido mais. Sei que ficamos lá parados um bocado de tempo, esperando os cavalheiros voltar. Mas ouvi tiros, sim, senhor. Foi então que a sra. Wickham começou a gritar que nós todos íamos morrer e me mandou tocar para Pemberley a toda pressa. Parecia ser a melhor coisa a fazer, senhor, já que os cavalheiros não estavam lá para dar ordens. Achei que eles deviam ter se perdido na floresta, mas eu não podia sair para procurar os dois, senhor. Não com a sra. Wickham gritando que íamos morrer e com os cavalos nervosos daquele jeito."

"Não, claro que não. Os tiros vieram de perto?"

"Vieram bem de perto, sim, senhor. Acho que a pessoa devia estar atirando a uns cem passos de distância de nós, mais ou menos."

"Sei. Bem, vou precisar que você nos leve ao lugar em que os dois cavalheiros se embrenharam na floresta. Vou montar um grupo para procurar os dois."

Esse plano desagradou Pratt de tal forma que ele até se arriscou a fazer uma objeção. "Recebi ordens para ir até a King's Arms em Lambton, senhor, e depois voltar para a Green Man. Foram ordens muito claras. E os cavalos vão ficar com um medo danado de voltar para a floresta."

"Obviamente não faz sentido ir até Lambton sem o sr. Wickham e o capitão Denny. De agora em diante você segue minhas ordens. Elas serão bem claras. Sua tarefa é controlar os cavalos. Espere aqui e mantenha-os quietos. Depois converso com o sr. Piggott. Você não vai ser repreendido se fizer o que eu mandar."

Dentro da casa, Elizabeth se virou para a sra. Reynolds e disse em voz baixa: "Precisamos levar a sra. Wickham para a cama. A do quarto de hóspedes da ala sul no segundo andar já está feita?".

"Já, senhora, e a lareira também já foi acesa. Sempre preparamos esse quarto e mais dois outros na véspera do baile de Lady Anne, para o caso de termos outra noite de outubro como aquela de 97, quando as estradas ficaram cobertas por um palmo de neve e alguns convidados que tinham vindo de longe não puderam voltar para casa. É para lá que devemos levar a sra. Wickham?"

"Sim, seria melhor, mas, no estado em que ela se encontra, não podemos deixá-la sozinha. Alguém terá de dormir no mesmo quarto", respondeu Elizabeth.

"Há um sofá confortável e também uma cama de solteiro no quarto de vestir que fica ao lado, senhora", disse a sra. Reynolds. "Posso mandar transferir o sofá para o quarto e levar cobertas e travesseiros. Imagino que Belton ainda esteja lá em cima, esperando a senhora. Ela deve desconfiar de que há algo de errado acontecendo e é uma moça extremamente discreta. Sugiro que eu e ela nos revezemos para dormir no sofá no quarto da sra. Wickham."

"A senhora e Belton precisam descansar esta noite. A sra. Bingley e eu devemos conseguir nos arranjar."

Voltando para o saguão, Darcy viu Lydia sendo quase carregada escada acima por Bingley e Jane, enquanto a sra. Reynolds seguia na frente mostrando o caminho. Os ruidosos arquejos tinham cedido lugar a soluços mais silenciosos, mas, naquele momento, ela se desvencilhou dos braços de Jane e, virando-se, cravou um olhar furioso em Darcy. "Por que o senhor ainda está aqui? Por que não sai e vai procurá-lo? Eu disse que ouvi tiros. Ah, meu Deus, ele pode estar ferido ou morto! Meu marido pode estar morrendo e o senhor fica aí parado. Pelo amor de Deus, vá!"

Darcy respondeu com calma: "Estamos nos preparando para sair agora. Eu lhe trarei notícias assim que soubermos de alguma coisa. Não há razão para esperar o pior. O sr. Wickham e o capitão Denny podem já estar vindo para cá a pé. Agora tente descansar".

Murmurando palavras tranquilizadoras para Lydia, Jane e Bingley finalmente chegaram ao último degrau da escada e, conduzidos pela sra. Reynolds, seguiram pelo corredor e desapareceram de vista.

"Temo que Lydia acabe passando mal se continuar nervosa assim. Precisamos chamar o dr. McFee; ele pode lhe dar alguma coisa para que fique mais calma", disse Elizabeth.

"Já mandei que fossem buscá-lo de caleche, e agora temos de procurar Wickham e Denny na floresta. Lydia conseguiu lhe contar o que aconteceu?"

"Ela conseguiu controlar o choro por tempo suficiente para contar os fatos principais e exigir que a mala dela fosse trazida para cá destrancada. Quase acreditei que ela ainda está com esperança de ir ao baile."

Darcy tinha a sensação de que o magnífico saguão de Pemberley, com seus móveis elegantes, retratos de família e a linda escadaria que subia em curva até a galeria, havia se tornado tão estranho de repente que era como se ele estivesse entrando ali pela primeira vez. A ordem natural que dava segurança a Darcy desde menino tinha sido subvertida e, por um momento, ele se sentiu tão impotente como se não fosse mais o senhor de sua casa, um sentimento absurdo que extravasava irritando-se com detalhes. Não era dever de Stoughton, muito menos de Alveston, carregar malas, e Wilkinson, por longa tradição, era o único membro da criadagem que, além de Stoughton, recebia ordens diretamente do patrão. Mas pelo menos algo estava sendo feito. A bagagem de Lydia fora levada para dentro de casa e Wilkinson iria buscar o dr. McFee com a caleche de Pemberley. Instintivamente, Darcy procurou sua esposa e segurou-lhe a mão delicadamente. A mão de Elizabeth estava fria como a de um cadáver, mas ele sentiu sua pressão carinhosa e tranquilizadora e isso o reconfortou.

Bingley vinha descendo a escada e, em seguida, chegaram Alveston e Stoughton. Darcy relatou brevemente o que soubera através de Pratt, mas ficou claro que Lydia, mesmo tão aflita, havia de fato conseguido contar os elementos essenciais da história entre um arquejo e outro.

"Pratt terá de nos mostrar o lugar em que Denny e Wickham desceram do coche, então iremos até lá na caleche de Piggott", disse Darcy. "É melhor você ficar aqui com as senhoras, Charles, e Stoughton pode vigiar a porta. Se quiser ir também, Alveston, acho que nós três conseguiremos nos arranjar".

"Por favor, senhor, conte com minha ajuda para o que for preciso", disse Alveston.

Darcy se virou para Stoughton. "É possível que precisemos de uma maca. Há uma guardada no cômodo ao lado da sala das armas, não?"

"Sim, senhor, a que foi usada quando Lorde Instone quebrou a perna numa caçada."

"Então vá buscá-la, sim? Também vamos precisar de lençóis, uma garrafa de conhaque, água e lanternas."

"Eu posso ajudar a trazer essas coisas", disse Alveston, e então os dois imediatamente se retiraram.

Darcy tinha a impressão de que haviam passado tempo demais falando e fazendo preparativos, mas, olhando para seu relógio, viu que apenas quinze minutos haviam transcorrido desde a dramática chegada de Lydia. Foi então que ouviu o barulho de cascos de cavalo lá fora e, virando-se, viu um cavaleiro galopando no relvado à beira do rio. O coronel Fitzwilliam havia voltado. Antes que tivesse tido tempo de desmontar, Stoughton surgiu de trás de um dos cantos da casa trazendo uma maca no ombro, seguido por Alveston e por um empregado, que vinham com os braços carregados com dois lençóis dobrados, uma garrafa de conhaque e outra de água e três lanternas. Darcy foi até o coronel e rapidamente lhe fez um relato conciso dos acontecimentos da noite e contou o que eles pretendiam fazer.

Fitzwilliam ouviu em silêncio e depois disse: "Você está montando uma expedição e tanto para satisfazer uma mulher histérica. Aposto que aqueles dois tontos se perderam na floresta, ou um deles tropeçou numa raiz de árvore e torceu o tornozelo. É provável que estejam agora mesmo mancando rumo a Pemberley ou à King's Arms, mas se o cocheiro também ouviu tiros é melhor irmos armados. Vou buscar minha pistola e me encontro com vocês na caleche. Se for necessário usar a maca, seria bom contar com mais um homem, e um cavalo vai ser um transtorno se tivermos de nos embrenhar na floresta, o que é muito provável. Vou trazer também minha bússola de bolso. Dois homens adultos perdidos na floresta feito crianças já é estúpido o bastante, cinco seria ridículo".

Então, ele montou em seu cavalo e foi trotando rapidamente em direção aos estábulos. Não havia oferecido nenhuma explicação para sua ausência e Darcy, abalado pelos acontecimentos da noite, não tinha sequer se lembrado dele. Refletiu que, por onde quer que o coronel tivesse andado, sua volta seria inoportuna se atrasasse a partida do grupo ou exigisse informações e explicações que nenhum deles podia ainda fornecer, mas era verdade que seria bom poder contar com mais um homem. Bingley ficaria na casa para cuidar das mulheres e Darcy podia, como sempre, contar com Stoughton e com a sra. Reynolds para garantir que todas as portas e janelas permanecessem trancadas e para lidar com empregados curiosos. No entanto, não houve nenhum atraso significativo. Seu primo voltou depois de poucos minutos e ele e Alveston amarraram a maca à caleche. Em seguida, os três homens subiram na caleche e Pratt montou num dos cavalos.

Foi então que Elizabeth apareceu e correu até a caleche. "Estamos esquecendo Bidwell. Se houver algum problema na floresta, seria bom que ele estivesse com a família. Talvez até já esteja lá. O senhor sabe se ele já foi para casa, Stoughton?"

"Não foi, não, senhora. Ainda está polindo a prataria e só previa voltar para casa no domingo. Alguns dos empregados domésticos continuam trabalhando, senhora."

Antes que Elizabeth pudesse responder, o coronel desceu rapidamente da caleche, dizendo: "Vou buscá-lo. Sei onde ele deve estar: na copa". E se foi.

Olhando para o marido, Elizabeth viu que ele franzira o cenho e concluiu que estava tão surpreso quanto ela. Agora que o coronel havia chegado, ficou claro que ele estava determinado a assumir o controle da expedição em todos os aspectos, mas Elizabeth disse a si mesma que isso talvez não fosse de espantar; afinal, o coronel estava acostumado a assumir o comando em momentos de crise.

Ele voltou logo depois, mas sem Bidwell, e disse: "Ele ficou tão aflito com a ideia de abandonar seu trabalho inacabado que achei melhor não insistir. Como sempre faz na véspera do baile, Stoughton já tomou as providências para que Bidwell passe a noite aqui. Ele vai trabalhar o dia inteiro amanhã, e sua mulher só está contando que volte para casa no domingo. Eu disse a ele que passaríamos na cabana para ver se está tudo bem por lá. Espero não ter excedido minha autoridade".

Como o coronel não tinha autoridade alguma sobre os empregados de Pemberley para poder excedê-la, não havia nada que Elizabeth pudesse dizer.

Então, eles se foram por fim, observados da porta por um pequeno grupo formado por Elizabeth, Jane, Bingley e os dois empregados. Ninguém disse nada e, quando Darcy olhou para trás minutos depois, a grande porta da frente de Pemberley já estava fechada e a casa parecia deserta, serena e linda sob o luar.

2

Nenhuma parte do terreno de Pemberley era negligenciada, mas, ao contrário do arboreto, a floresta a noroeste nem recebia nem exigia muita atenção. De vez em quando, uma árvore era derrubada para fornecer lenha durante o inverno ou tábuas para fazer consertos estruturais nos chalés, arbustos inconvenientemente próximos da estrada eram podados ou uma árvore morta era cortada e seu tronco retirado. Uma senda estreita, sulcada pelas rodas das carroças que entregavam provisões pela entrada de serviço, ligava a casa do porteiro a um pátio amplo nos fundos de Pemberley, atrás do qual ficavam os estábulos. Do pátio, uma porta nos fundos da casa dava para um corredor que levava à sala das armas e ao escritório do administrador.

Sobrecarregada com três passageiros, maca e duas malas, uma de Wickham e outra do capitão Denny, a caleche avançava lentamente, enquanto os três passageiros se mantinham num silêncio absoluto, que, no caso de Darcy, beirava uma inexplicável letargia. De repente, a caleche estremeceu e parou. Levantando-se, Darcy olhou para o lado de fora e sentiu os primeiros pingos de uma chuva forte espetarem seu rosto. Parecia-lhe que um imenso e gretado paredão de rocha, soturno e impenetrável, pairava sobre eles, oscilando como se estivesse prestes a cair. Então, sua mente tomou pé da realidade, as gretas na rocha foram se alargando e se transformando em brechas entre árvores muito próximas umas das outras, e ele ouviu Pratt incitando os relutantes cavalos a entrar na estrada que atravessava a floresta.

Lentamente, foram penetrando naquela escuridão com cheiro de terra molhada. Viajavam sob a luz sinistra da lua cheia, que parecia planar diante deles como uma fantasmagórica companheira, ora sumindo, ora reaparecendo. Depois que avançaram alguns metros pela trilha, o coronel disse a Darcy: "É melhor seguirmos a pé daqui em diante. Pratt pode não ter uma lembrança muito precisa e precisamos procurar com muito cuidado pistas que indiquem o lugar em que Wickham e Denny entraram na floresta e onde podem ter saído. Vamos conseguir ver e ouvir melhor fora da caleche".

Desceram carregando suas lanternas e, como Darcy já esperava, o coronel tomou a dianteira. Folhas caídas deixavam o chão macio e abafavam o ruído de seus passos, e Darcy pouca coisa ouvia além do rangido da caleche, da respiração áspera dos cavalos e dos estalos das rédeas. Em alguns lugares, os galhos das árvores que ladeavam a estrada se encontravam lá no alto, formando um denso túnel abobadado por entre o qual só de vez em quando Darcy conseguia avistar a lua. Nessa escuridão enclausurada, só o que ele conseguia ouvir do vento era um leve farfalhar nos galhos mais altos e finos, como se eles ainda fossem a morada dos melodiosos passarinhos da primavera.

Como sempre acontecia quando caminhava pela floresta, Darcy pensou em seu bisavô. O encanto da floresta para o falecido George Darcy devia residir em parte em sua diversidade, suas trilhas secretas e vistas inesperadas. Ali, naquele refúgio guardado por árvores, onde pássaros e pequenos animais tinham total liberdade para entrar em sua casa, George Darcy podia acreditar que ele e a natureza eram uma coisa só, respiravam o mesmo ar, eram guiados pelo mesmo espírito. Quando era menino e brincava na floresta, Darcy sempre sentia uma afinidade com seu bisavô, mas bem cedo havia percebido que aquele Darcy raramente mencionado, que havia abdicado de sua responsabilidade para com as terras e a mansão, era motivo de embaraço para sua família. Antes de dar um tiro em seu cachorro, Soldier, e em si próprio, ele havia escrito um bilhete pedindo para ser enterrado junto com o animal, mas esse pedido ímpio fora ignorado pela família e George Darcy jazia com seus ancestrais na parte cercada do cemitério da aldeia que era reservada à família, enquanto Soldier tinha um túmulo só seu na floresta, com uma lápide de granito inscrita apenas com seu nome e a data de sua morte. Desde pequeno Darcy tinha consciência de que seu pai temia que pudesse haver um traço hereditário de fraqueza na família, o que o fizera inculcar desde cedo no filho as enormes responsabilidades que recairiam sobre seus ombros quando ele o sucedesse, responsabilidades tanto para com o patrimônio familiar quanto para com aqueles que serviam a família e dela dependiam, e das quais nenhum primogênito podia eximir-se.

O coronel Fitzwilliam imprimiu um ritmo lento ao avanço do grupo, balançando sua lanterna de um lado para o outro e parando de vez em quando para examinar mais de perto a folhagem cerrada, em busca de algum sinal de que alguém a tivesse atravessado. Mesmo consciente de que isso era um pensamento mesquinho, Darcy refletiu que o coronel, exercendo sua prerrogativa de assumir o comando, provavelmente estava se divertindo. Caminhando penosamente na frente de Alveston, Darcy seguia adiante com o espírito tomado por uma amargura que só era interrompida de tempos em tempos por ondas de raiva, como as que precedem a maré alta. Será que ele nunca se livraria de George Wickham? Aquela era a floresta em que os dois brincavam quando crianças. Era uma época da qual ele um dia já se lembrara como um tempo feliz e sem inquietações, mas será que aquela amizade infantil tinha mesmo sido genuína? Será que o jovem Wickham já naquela época alimentava invejas, rancores e sentimentos de hostilidade? Aquelas brincadeiras brutas de menino e brigas de mentira, que às vezes deixavam Darcy machucado... será que Wickham era violento de propósito? Os comentários maldosos e ofensivos que Wickham às vezes fazia vieram agora à consciência de Darcy, sob a qual haviam jazido sem perturbá-lo durante anos. Desde quando viria Wickham planejando sua vingança? Pensar que a irmã só havia escapado da desonra social e da ignomínia porque ele era rico o bastante para comprar o silêncio do homem que tentara seduzi-la lhe causou tamanha dor que quase gemeu alto. Tinha tentado tirar esse sentimento de humilhação da cabeça concentrando-se na felicidade de seu casamento, mas agora o sentimento voltava, fortalecido pelos anos de repressão, um fardo insuportável de vergonha e raiva de si mesmo, que se tornara ainda mais doloroso por ter consciência de que fora apenas o seu dinheiro que induzira Wickham a se casar com Lydia Bennet. Tinha sido uma generosidade nascida de seu amor por Elizabeth, mas fora seu casamento com Elizabeth que trouxera Wickham para sua família, dera a ele o direito de chamar Darcy de cunhado e o tornara tio de Fitzwilliam e Charles. Darcy podia ter conseguido manter Wickham longe de Pemberley, mas nunca conseguiria bani-lo de sua cabeça.

Passados cinco minutos, eles chegaram à trilha que ligava a estrada à cabana da floresta. Usada regularmente por pessoas a pé ao longo dos anos, ela era estreita, mas não era difícil de achar. Antes que Darcy tivesse tempo de falar, o coronel se dirigiu na mesma hora até ela, de lanterna na mão. Entregando sua pistola para Darcy, ele disse: "É melhor você ficar com isso. Não creio que eu vá ter problemas daqui até a cabana, e a arma só assustaria a sra. Bidwell e a filha. Vou ver se estão bem e recomendar à sra. Bidwell que mantenha a porta trancada e em hipótese nenhuma a abra para ninguém. Acho que é melhor informar à sra. Bidwell que os dois cavalheiros podem estar perdidos na floresta e que estamos à procura deles. Não há razão para lhe dizer mais nada além disso".

Então, entrando na trilha, ele imediatamente sumiu de vista, o ruído de seus passos abafado pela mata densa. Darcy e Alveston ficaram esperando em silêncio. Achando a espera longa, Darcy consultou seu relógio e viu que já haviam se passado quase vinte minutos quando eles finalmente ouviram o farfalhar de galhos sendo afastados e o coronel reapareceu.

Pegando de volta sua pistola da mão de Darcy, ele disse, sucinto: "Está tudo bem. A sra. Bidwell e a filha ouviram ruídos de tiros, que acharam ter vindo de perto, mas não das cercanias imediatas da cabana. Trancaram a porta na mesma hora e não ouviram mais nada. A moça — Louisa, não é? — ficou à beira da histeria, mas a mãe conseguiu acalmá-la. É uma pena que justo nesta noite Bidwell não esteja em casa". Virando-se para o cocheiro, acrescentou: "Aguce os olhos e pare quando tivermos chegado ao lugar em que o capitão Denny e o sr. Wickham desceram da caleche".

Novamente, ele assumiu seu lugar à frente da pequena procissão e seguiram adiante devagar. De vez em quando, Darcy e Alveston erguiam as lanternas no alto, procurando alguma marca na vegetação, tentando ouvir algum ruído. Cerca de cinco minutos depois, a caleche parou.

"Acho que foi mais ou menos por aqui, senhor", disse Pratt. "Eu me lembro desse carvalho do lado esquerdo e daquelas frutinhas vermelhas."

Antes que o coronel pudesse dizer qualquer coisa, Darcy perguntou: "Em que direção o capitão Denny foi?".

"Para a esquerda, senhor. Não tinha nenhuma trilha, pelo menos não que eu conseguisse ver, mas ele foi se enfiando na mata como se os arbustos não estivessem lá."

"Quanto tempo depois o sr. Wickham saiu atrás dele?"

"Acho que um ou dois segundos depois, se tanto. Como eu disse, senhor, a sra. Wickham segurou o marido e tentou impedir que fosse, depois ficou gritando para ele voltar. Mas, como o sr. Wickham não voltou e ela ouviu os tiros, a sra. Wickham me disse para tocar para Pemberley o mais rápido possível. Ela ficou berrando o tempo inteiro, senhor, dizendo que íamos todos morrer."

"Espere aqui e não saia da caleche", Darcy ordenou ao cocheiro. Em seguida, virou-se para Alveston. "É melhor levarmos a maca. Vamos parecer idiotas se os dois tiverem apenas se perdido e estiverem vagando ilesos pela mata, mas esses tiros são preocupantes."

Alveston desatou a maca, tirou-a de cima da caleche e disse para Darcy: "E mais idiotas ainda se nós próprios nos perdermos. Mas imagino que o senhor conheça bem essa floresta, não?".

"Bem o bastante para encontrar uma maneira de sair dela, espero", respondeu Darcy.

Não ia ser fácil manobrar a maca por entre os arbustos, mas, depois de discutir o problema com Darcy e o coronel, Alveston pôs a lona enrolada sobre os ombros e eles se embrenharam mata adentro.

Pratt não dissera nada quando Darcy mandou que ficasse na caleche, mas estava claro que não havia ficado nada contente em ser deixado sozinho, e seu medo acabou passando para os cavalos, cujos relinchos e trancos pareceram a Darcy um acompanhamento condizente para uma empreitada que ele estava começando a achar que era insensata. Abrindo caminho por entre os arbustos quase impenetráveis, iam andando em fila, o coronel na frente, movendo lentamente suas lanternas de um lado para o outro e parando sempre que encontravam um sinal de que alguém pudesse ter passado por ali recentemente, enquanto Alveston manobrava com dificuldade as varas compridas da maca sob os galhos baixos das árvores. A cada poucos passos eles paravam, chamavam e então ficavam ouvindo em silêncio, mas ninguém respondia. O vento, tão suave que mal o ouviam, cessou de repente e, naquela quietude, parecia que a vida secreta da floresta fora silenciada pela presença inusitada dos três.

A princípio, vendo galhos partidos e dependurados em alguns dos arbustos e marcas no chão que poderiam ser de pegadas, eles acalentaram a esperança de estar no rastro certo, mas depois de cinco minutos de caminhada as árvores e os arbustos foram ficando mais espaçados, seus chamados continuavam sem resposta e eles pararam para refletir sobre qual seria a melhor forma de proceder. Temendo perder contato caso algum deles se perdesse, eles haviam se mantido a poucos metros de distância uns dos outros, seguindo para oeste. Agora, decidiram voltar para a caleche seguindo para leste em direção a Pemberley. Era impossível para três homens cobrir toda a extensa floresta; se essa mudança de direção não surtisse resultado, eles voltariam para a casa e, se até o amanhecer Wickham e Denny ainda não tivessem voltado, convocariam empregados e talvez a polícia para fazer uma busca mais completa.

Continuaram andando, até que de repente a barreira de arbustos emaranhados se tornou menos densa e eles avistaram uma clareira enluarada, formada por um círculo de esguias bétulas prateadas. Seguiram em frente com energia renovada, atropelando moitas, ansiosos para sair daquela prisão de arbustos e troncos grossos e inflexíveis rumo à luz e à liberdade. Ali não havia nenhum dossel de galhos tapando o céu, e o luar, prateando os troncos delicados, fazia daquilo uma visão de beleza, mais quimera do que realidade.

E agora a clareira estava bem à frente deles. Passando devagar, quase reverentemente, entre dois dos troncos esguios, eles estacaram e ali ficaram, como que enraizados no chão, emudecidos de horror. Diante deles, em cores vívidas em brutal contraste com a luz branda, encontrava-se uma cena de morte. Ninguém disse nada. Eles se aproximaram lentamente, ao mesmo tempo, os três segurando suas lanternas no alto; a luz forte das lanternas, sobrepujando a suave claridade da lua, intensificou o vermelho vivo do casaco de um oficial, o medonho rosto manchado de sangue e os olhos ferozes e desvairados voltados para eles.

O capitão Denny estava estendido de costas no chão, seu olho direito coberto de sangue coagulado, o esquerdo, vitrificado, fixo na lua distante, sem enxergá-la. Ajoelhado ao lado dele, Wickham tinha as mãos ensanguentadas e o rosto respingado, imóvel como uma máscara. Sua voz saiu rouca e gutural, mas as palavras foram claras. "Ele está morto! Ah, meu Deus, Denny está morto! Ele era meu amigo, meu único amigo, e eu o matei! Eu o matei! Foi culpa minha."

Antes que eles pudessem responder, Wickham abaixou a cabeça e caiu num pranto desesperado, os soluços arranhando sua garganta, depois desabou sobre o corpo de Denny, os dois rostos ensanguentados quase se encostando.

O coronel se abaixou em direção a Wickham, depois se levantou. "Ele está bêbado", disse.

"E Denny?", perguntou Darcy.

"Morto. Não, é melhor não tocar nele. Sei quando estou diante de um cadáver. Vamos botar o corpo na maca e eu ajudo a carregá-lo. Alveston, você provavelmente é o mais forte de nós três. Acha que consegue levar Wickham até a caleche?"

"Acho que sim, coronel. Ele não é um homem pesado."

Em silêncio, Darcy e o coronel levantaram o corpo de Denny e o puseram na maca de lona. Depois, o coronel foi ajudar Alveston a pôr Wickham de pé. O homem estava trôpego, mas não impôs resistência. Arfando e soluçando, contaminava o ar da clareira com seu bafo de uísque. Alveston era mais alto que ele e, depois que conseguiu levantar o braço de Wickham e botá-lo em volta de seu ombro, não teve grandes dificuldades para sustentar seu peso inerte e arrastá-lo alguns passos.

O coronel tinha se abaixado de novo e logo se levantara. Havia uma pistola em sua mão. Cheirando a boca do cano, ele disse: "Presumo que esta seja a arma que disparou os tiros". Em seguida, ele e Darcy seguraram as varas da maca e, com certo esforço, a ergueram. A triste procissão iniciou sua penosa marcha rumo à caleche, a maca seguindo na frente e Alveston, sobrecarregado com Wickham, alguns passos atrás. A passagem dos três pela mata havia deixado marcas claras na vegetação e eles não tiveram dificuldade para encontrar o caminho de volta, mas foi uma caminhada lenta e tediosa. Darcy seguia atrás do coronel num desalento angustiado em que uma dezena de temores e ansiedades diferentes se embatiam em sua cabeça, tornando impossível qualquer pensamento racional. Ele nunca tinha se permitido cogitar que grau de proximidade teria existido entre Elizabeth e Wickham na época em que os dois travaram amizade em Longbourn, mas agora dúvidas ciumentas, que ele reconhecia serem injustificadas e deploráveis, enchiam sua cabeça. Por um terrível momento, sentindo o peso lhe forçar os ombros, desejou estar carregando o corpo de Wickham, e a consciência de ser capaz de desejar, ainda que por um segundo, que seu inimigo estivesse morto o horrorizou.

A volta dos três gerou um evidente alívio em Pratt, mas, ao ver a maca, ele começou a tremer de medo e foi só depois de ouvir a ordem ríspida do coronel que ele procurou controlar os cavalos, os quais, sentindo cheiro de sangue, estavam ficando indômitos. Darcy e o coronel pousaram a maca no chão e, em seguida, Darcy foi buscar um lençol na caleche e cobriu o corpo de Denny. Embora não tivesse causado problemas durante a caminhada pela floresta, Wickham agora estava ficando exaltado, e foi com alívio que Alveston, ajudado pelo coronel, enfiou-o dentro da caleche e se sentou a seu lado. Mais uma vez, Darcy e o coronel seguraram as varas da maca e, com os ombros doloridos, levantaram seu fardo. Pratt finalmente tinha os cavalos sob controle e, em silêncio e com um grande cansaço no corpo e no espírito, Darcy e o coronel, seguindo a caleche, iniciaram a longa e árdua marcha de volta a Pemberley.

3

Assim que conseguiu convencer Lydia, já mais calma, a ir para a cama, Jane achou que podia deixá-la aos cuidados de Belton e foi à procura de Elizabeth. Juntas, correram até a porta da frente para ver a partida do grupo de busca. Bingley, Stoughton e a sra. Reynolds já estavam lá, e os cinco ficaram olhando fixamente em direção à escuridão até a caleche se transformar em duas luzes longínquas e bruxuleantes. Depois que todos entraram, Stoughton fechou e trancou a porta.

Virando-se para Elizabeth, a sra. Reynolds disse: "Vou ficar com a sra. Wickham até o dr. McFee chegar, senhora. Imagino que ele vá dar alguma coisa para ela se acalmar e dormir. Sugiro que a senhora e a sra. Bingley voltem para a sala de música para esperar; já mandei que botassem mais lenha na lareira e as senhoras vão ficar confortáveis lá. Stoughton vai ficar de vigia na porta e avisará à senhora assim que vir a caleche chegando. E se o sr. Wickham e o capitão Denny forem encontrados na estrada, haverá lugar suficiente para todos na caleche, embora talvez não vá ser uma viagem muito confortável. Suponho que os cavalheiros queiram fazer uma refeição quente ao voltar, mas acho pouco provável que o sr. Wickham e o capitão Denny queiram ficar para comer. Assim que o sr. Wickham souber que a esposa está bem, ele e o amigo com certeza vão querer seguir viagem. Acho que Pratt disse que eles estavam a caminho da estalagem King's Arms, em Lambton".

Isso era exatamente o que Elizabeth queria ouvir e ela

ficou se perguntando se a sra. Reynolds teria dito aquilo só para tranquilizá-la. A ideia de que Wickham ou o capitão Denny pudessem ter quebrado ou torcido um tornozelo andando pela floresta e fosse necessário acolhê-los em Pemberley, talvez até para passar a noite, deixava-a muito aflita. Seu marido jamais recusaria acolhida a um homem ferido, mas ter Wickham sob o teto de Pemberley seria algo abominável para ele e poderia ter consequências que Elizabeth temia cogitar.

"Vou verificar se todos os empregados que estão trabalhando nos preparativos para o baile já se recolheram, senhora. Sei que Belton ficará acordada de bom grado caso a ajuda dela seja necessária, e Bidwell ainda está trabalhando na copa, mas ele é absolutamente discreto. Não há necessidade, por ora, de informar ninguém do incidente desta noite. Amanhã de manhã contaremos, e só o que for necessário", disse a sra. Reynolds.

Elas estavam começando a subir a escada quando Stoughton anunciou que a caleche que fora buscar o dr. McFee estava chegando, e então Elizabeth ficou esperando para recebê-lo e explicar brevemente o que havia acontecido. Sempre que ia a Pemberley, o dr. McFee era recebido com calorosas boas-vindas. Era um viúvo de meia-idade cuja esposa havia morrido cedo, deixando para ele uma considerável fortuna; embora tivesse recursos para usar sua própria carruagem, preferia fazer suas visitas a cavalo. Com sua pasta de couro quadrada presa à cela com uma correia, ele era uma figura familiar nas estradas e sendas de Lambton e Pemberley. Anos andando a cavalo em todo tipo de tempo haviam deixado suas feições ásperas, mas, embora não fosse considerado um homem bonito, tinha um rosto franco e inteligente no qual autoridade e benevolência estavam tão unidas que ele parecia predestinado por natureza a ser um médico do interior. Sua filosofia médica era que o corpo humano tendia a curar-se naturalmente se pacientes e médicos não conspirassem para interferir em seus processos benignos, mas, reconhecendo que a natureza humana necessita de pílulas e poções, ele recorria a remédios preparados por ele próprio, nos quais seus pacientes depositavam uma fé absoluta. Tinha aprendido cedo que parentes de pacientes atrapalham menos quando são mantidos ocupados com tarefas em benefício do doente e inventara poções cuja eficácia era proporcional ao tempo que se levava para prepará-las. Ele já era conhecido de sua paciente, pois a sra. Bingley costumava chamá-lo sempre que marido, filhos, amigos em visita ou empregados mostravam o mínimo sinal de indisposição, o que fizera com que ele se tornasse um amigo da família. Foi um imenso alívio para Elizabeth levá-lo até Lydia, que o recebeu com um novo acesso de lamúrias e recriminações, mas se acalmou quase no mesmo instante em que ele se aproximou da cama.

Elizabeth e Jane agora estavam livres para começar sua vigília na sala de música, de cujas janelas se tinha uma vista desobstruída da estrada que atravessava a floresta. Embora ambas estivessem tentando repousar no sofá, nenhuma das duas conseguia resistir ao impulso de ir constantemente até a janela ou andar de um lado para o outro pela sala. Elizabeth sabia que as duas estavam fazendo os mesmos cálculos silenciosos e, por fim, Jane os pôs em palavras.

"Minha querida Elizabeth, não podemos esperar que eles voltem muito rápido. Suponhamos que Pratt leve quinze minutos para identificar o lugar em que o capitão Denny e o sr. Wickham se embrenharam na floresta. Depois, se os dois cavalheiros de fato se perderam, eles teriam de procurá-los pela mata, o que pode levar mais quinze minutos ou mais, e temos de considerar também o tempo que vão levar para voltar para a caleche e depois para chegar até aqui. E não podemos esquecer que um deles vai precisar ir até a cabana da floresta para verificar se a sra. Bidwell e Louisa estão bem. Há tantos incidentes que podem atrasar o retorno deles. Temos de tentar ser pacientes; calculo que possa levar uma hora até avistarmos a caleche. E claro que é possível que o sr. Wickham e o capitão Denny tenham conseguido por fim encontrar o caminho de volta para a estrada e decidido voltar para a estalagem a pé."

"Não creio que fariam isso", disse Elizabeth. "Seria uma longa caminhada, e eles disseram a Pratt que, depois de deixar Lydia aqui em Pemberley, seguiriam viagem até a estalagem King's Arms, em Lambton. Além disso, precisariam de suas malas. E com certeza Wickham ia querer verificar se Lydia chegou aqui sã e salva. Mas não temos como saber de nada até que a caleche volte. Tenho muita esperança de que encontrem os dois na estrada e nós logo avistemos a caleche. Enquanto isso, o melhor que temos a fazer é descansar como pudermos."

No entanto, descansar lhes era impossível, e a toda hora elas se pegavam indo até a janela e voltando. Depois de meia hora, perderam a esperança de que o grupo de busca voltasse rápido, mas continuaram mergulhadas numa silenciosa agonia de apreensão. Lembrando-se dos tiros, temiam acima de tudo ver a caleche se aproximando com a lentidão de um carro fúnebre, com Darcy e o coronel seguindo a pé atrás, carregando a maca cheia. Na melhor das hipóteses, Wickham ou Denny poderia estar sendo trazido de maca não por ter sofrido um ferimento grave, mas apenas por estar machucado e não conseguir suportar os solavancos da caleche. Ambas se esforçavam ao máximo para tirar da cabeça a imagem de um corpo amortalhado e a atenuadora perspectiva de ter de contar a uma nervosa Lydia que seus piores temores haviam se concretizado e seu marido estava morto.

Esperavam fazia uma hora e vinte minutos e, cansadas de ficar em pé, já haviam até saído de perto da janela, quando Bingley apareceu com o dr. McFee.

"A sra. Wickham estava exausta de tensão e de tanto chorar, e eu lhe dei um sedativo", disse o médico. "Daqui a pouco já deve estar dormindo tranquilamente, e espero que durma por algumas horas. A criada Belton e a sra. Reynolds estão com ela. Posso me acomodar na biblioteca e voltar lá mais tarde para ver como está. Não é preciso que ninguém se preocupe comigo."

Elizabeth agradeceu afetuosamente ao médico e aceitou sua oferta. Quando o dr. McFee saiu da sala acompanhado por Jane, Elizabeth e Bingley foram de novo para perto da janela.

"Não devemos perder a esperança de que tudo esteja bem", disse Bingley. "Os tiros podem ter sido disparados por algum invasor à caça de coelhos, ou talvez o próprio Denny tenha dado tiros para afugentar alguém que estava de tocaia na mata. Não podemos deixar que nossa imaginação nos faça ter visões que a razão com certeza nos diria que são fantasiosas. Não é possível que haja nada na floresta que atraia alguém com más intenções contra Wickham ou Denny."

Elizabeth não respondeu. Agora, até a paisagem que ela conhecia tão bem e tanto amava lhe parecia estranha, o rio serpenteando como prata derretida sob a lua; uma súbita lufada de vento o fez tremer como se tivesse vida. A estrada se estendia no que parecia ser um vazio eterno numa paisagem espectral, misteriosa e sinistra, onde nada humano poderia viver. E foi justo quando Jane voltou que, por fim, a caleche surgiu ao longe, a princípio não mais que uma forma em movimento, definida pelo brilho tênue e tremeluzente de luzes distantes. Resistindo à tentação de correr para a porta, eles esperaram, com os olhos fixos na estrada.

Sem conseguir ocultar o desespero em sua voz, Elizabeth disse: "Eles estão vindo devagar. Se estivesse tudo bem, viriam depressa".

Ao pensar nisso, não conseguiu mais ficar esperando na janela e desceu a escada correndo, com Jane e Bingley a seu lado. Stoughton devia ter visto a caleche da janela do primeiro andar, pois a porta da frente já estava entreaberta.

"Não seria melhor voltar para a sala de música, senhora?", ele perguntou. "O sr. Darcy lhe levará notícias assim que eles chegarem. Está frio demais para esperar lá fora e não há nada que nenhum de nós possa fazer até que a caleche chegue."

"Eu e a sra. Bingley preferimos esperar na porta, Stoughton", disse Elizabeth.

"Como quiser, senhora."

Com Bingley, as duas saíram para o ar da noite e ficaram esperando. Ninguém disse nada. Quando a caleche chegou mais perto, viram o que temiam: um volume coberto por uma mortalha na maca. Uma súbita rajada de vento agitou o cabelo de Elizabeth, lançando-o contra seu rosto. Ela teve a impressão de que ia cair, mas conseguiu se segurar em Bingley, que pôs o braço em volta de seus ombros, amparando-a. Nesse momento, o vento levantou uma ponta do lençol e eles viram o vermelho do casaco de um oficial.

O coronel Fitzwilliam falou diretamente com Bingley. "Você pode dizer à sra. Wickham que o marido dela está vivo. Vivo, mas sem condições de ver ninguém. O capitão Denny está morto."

"Morto a tiros?", Bingley perguntou.

Foi Darcy quem respondeu. "Não, não foi a tiros." Virando-se para Stoughton, ele disse: "Vá buscar as chaves da porta externa e da porta interna da sala das armas. Eu e o coronel Fitzwilliam vamos carregar o corpo até lá pelo pátio dos fundos e botá-lo na mesa da sala das armas". Virou-se de novo para Bingley. "Por favor, leve Elizabeth e a sra. Bingley lá para dentro. Não há nada que elas possam fazer e precisamos tirar Wickham da caleche. Seria perturbador para elas vê-lo no estado em que está. Temos de levá-lo para algum quarto e botá-lo na cama."

Elizabeth se perguntava por que seu marido e o coronel pareciam não querer pousar a maca no chão. Eles ficaram parados ali, como que paralisados, até Stoughton voltar com as chaves, minutos depois. Então, quase cerimoniosamente, seguindo atrás de Stoughton como se ele fosse um agente funerário, contornaram a casa em direção ao pátio dos fundos e à sala das armas.

A caleche agora balançava violentamente e, entre uma rajada de vento e outra, Elizabeth ouvia os gritos desvairados e incoerentes de Wickham, que esbravejava contra Darcy e o coronel, chamando-os de covardes. Por que eles não tinham ido atrás do assassino? Eles tinham uma arma e sabiam usá-la. Ele, pelo menos, havia tentado acertar um ou dois tiros e ainda estaria lá agora, se não o tivessem arrastado até a caleche. Depois, veio uma torrente de impropérios, os piores deles dissipados pelo vento, seguida de um ataque de choro.

Elizabeth e Jane entraram. Ao descer da caleche, Wickham caiu no chão, mas Bingley e Alveston conseguiram, juntos, botá-lo de pé e, segurando-o um de cada lado, levaram-no para o saguão. Elizabeth viu de relance o rosto sujo de sangue e os olhos desvairados e logo se afastou, enquanto Wickham se debatia, tentando se desvencilhar de Alveston.

"Precisamos de um quarto que tenha uma porta forte e que possa ser trancada a chave. Qual você sugere?", perguntou Bingley.

A sra. Reynolds, que acabara de voltar, olhou para Elizabeth e disse: "O quarto azul, senhora, no final do corredor da ala norte, é o mais seguro. Ele só tem duas janelas pequenas e é o que fica mais distante do quarto das crianças".

Enquanto ajudava Alveston a segurar Wickham, Bingley gritou para a sra. Reynolds: "O dr. McFee está na biblioteca. Diga-lhe que precisamos dele agora. No estado em que o sr. Wickham está, não temos como controlá-lo. Avise ao doutor que estaremos no quarto azul".

Bingley e Alveston seguraram os braços de Wickham com firmeza e começaram a puxá-lo escada acima. Ele estava mais calmo agora, mas continuava chorando. Quando os três chegaram ao último degrau, Wickham conseguiu se soltar e, olhando para baixo com uma expressão furiosa, vociferou suas últimas maldições.

Jane virou-se para Elizabeth e disse: "É melhor eu voltar para perto de Lydia. Belton já está lá faz bastante tempo e pode estar precisando de um descanso. Espero que Lydia esteja dormindo profundamente agora, mas temos de contar a ela que o marido está vivo assim que despertar. Pelo menos, temos alguma coisa pela qual nos sentir gratas. Lizzy, querida, como eu queria poder poupar você disso tudo!".

As duas irmãs se abraçaram por um momento e então Jane se foi. O saguão ficou em silêncio. Elizabeth estava tremendo e, sentindo uma súbita fraqueza, sentou-se na cadeira mais próxima. Sentia-se desconsolada, ansiosa para que Darcy voltasse, e pouco depois ele apareceu, vindo da sala das armas pelos fundos da casa. Foi imediatamente até ela e, levantando-a, puxou-a delicadamente para junto de si.

"Minha querida, vamos sair daqui e eu lhe explico o que aconteceu. Você viu Wickham?"

"Sim, eu o vi sendo trazido aqui para dentro. Ele estava com uma aparência horrenda. Graças a Deus Lydia não o viu."

"Como ela está?"

"Dormindo, espero. O dr. McFee lhe deu um remédio para acalmá-la e agora foi ver Wickham, acompanhado pela sra. Reynolds. O sr. Alveston e Charles o levaram para o quarto azul, no corredor da ala norte. Parecia o melhor lugar para ele ficar."

"E Jane?"

"Ela está com Lydia e Belton. Vai passar a noite no quarto onde Lydia está, e o sr. Bingley ficará no quarto de vestir ao lado. Lydia não me quer perto dela. Tem de ser Jane."

"Então vamos para a sala de música. Preciso de alguns minutos a sós com você. Mal nos vimos hoje. Vou lhe contar tudo o que sei, mas o que tenho para dizer não é nada bom. Depois terei de ir à casa de Sir Selwyn Hardcastle para notificá-lo da morte do capitão Denny. Ele é o magistrado mais próximo. Não posso participar da investigação;

Hardcastle é quem deve assumir a responsabilidade daqui para frente."

"Mas isso não pode ficar para amanhã, Fitzwilliam? Você deve estar exausto. E até que Sir Selwyn venha para cá com a polícia, já vai ser mais de meia-noite. É pouco provável que ele consiga fazer alguma coisa antes que amanheça."

"O correto a fazer é avisar Sir Selwyn o quanto antes. Com certeza é isso que ele espera, e eu não lhe tiro a razão. É provável que queira remover o corpo de Denny e falar com Wickham, se estiver sóbrio o bastante para ser interrogado. De qualquer forma, meu amor, é melhor que o corpo do capitão Denny seja retirado daqui o mais rápido possível. Não quero parecer insensível nem desrespeitoso, mas seria conveniente tirá-lo da casa antes que os empregados acordem. Teremos de contar a eles o que aconteceu, mas será mais fácil para todos nós, principalmente para os empregados, se o corpo já não estiver mais aqui."

"Mas você poderia pelo menos comer e beber alguma coisa antes de ir. Já faz horas que jantamos."

"Vou ficar mais cinco minutos para tomar um café e pôr Bingley a par do que pretendo fazer, mas depois tenho de ir."

"E o capitão Denny? Conte-me o que aconteceu. Qualquer coisa é melhor do que essa incerteza. Charles falou em acidente. Foi um acidente?"

"Meu amor, vamos ter de esperar até que os médicos tenham examinado o corpo e possam nos dizer como o capitão Denny morreu. Até lá, tudo não passa de conjectura", respondeu Darcy num tom amável.

"Então pode ter sido um acidente?"

"É reconfortante ter essa esperança, mas eu ainda acho o que achei quando vi o corpo. Para mim, o capitão Denny foi assassinado."

4

Cinco minutos depois, Elizabeth estava na porta da frente com Darcy, esperando que o cavalo dele fosse trazido, e só tornou a entrar na casa depois que viu o marido disparar num galope e desaparecer na escuridão atenuada apenas pelo luar. Seria uma viagem desconfortável. O vento, que já havia perdido o pior de sua fúria, fora sucedido por uma chuva forte e oblíqua, mas Elizabeth sabia que aquela viagem era necessária. Darcy era um dos três magistrados que atuavam em Pemberley e Lambton, mas, como ele não podia tomar parte naquela investigação, era preciso informar um de seus colegas da morte de Denny o quanto antes. Ela também preferia que o corpo fosse removido de Pemberley antes da chegada da manhã, quando Darcy e ela teriam de contar aos empregados pelo menos parte do que havia acontecido. A presença da sra. Wickham na casa teria de ser explicada, e era pouco provável que Lydia fosse discreta. Darcy era um cavaleiro habilidoso e, mesmo no mau tempo, uma cavalgada noturna não lhe causaria medo algum, mas, aguçando a vista para divisar um último lampejo da imagem do cavalo a galope, Elizabeth teve de lutar para combater um medo irracional de que algo terrível ia acontecer antes que Darcy chegasse à propriedade de Hardcastle e de que ela estava fadada a nunca mais vê-lo.

A Darcy, a galopada noturna proporcionou uma sensação temporária de liberdade. Embora seus ombros ainda estivessem doloridos por causa do peso da maca e ele soubesse que estava exausto física e mentalmente, as vergastadas do vento e as ferroadas da chuva fria em seu rosto foram uma libertação. Conhecido por raramente sair de casa, Sir Selwyn Hardcastle era o único magistrado que morava num raio de oito milhas de Pemberley que poderia assumir o caso e, na verdade, o faria de bom grado, mas não era o colega que Darcy teria escolhido. Infelizmente, Josiah Clitheroe, o terceiro dos magistrados locais, sofria de gota, uma doença tão dolorosa quanto imerecida, já que o doutor, embora famoso por ser um bom garfo, jamais tomava vinho do Porto, tido comumente como a principal causa dessa enfermidade incapacitante. O dr. Clitheroe era um advogado ilustre, muito respeitado não só em Derbyshire, seu condado natal, como fora dele, sendo, portanto, considerado um grande trunfo para a magistratura, apesar de sua garrulice, que advinha da crença de que a validade de uma sentença era proporcional ao tempo gasto para chegar a ela. Ao julgar um caso, ele esquadrinhava em meticulosos detalhes cada nuance das circunstâncias, pesquisava e discutia casos anteriores e apresentava a lei relevante. E se achasse que os ensinamentos de um filósofo antigo — principalmente Platão ou Sócrates — podiam dar peso à argumentação, recorria a eles também. Mas, apesar da sinuosidade do percurso, as decisões a que ele por fim chegava eram invariavelmente sensatas, e eram poucos os réus que não se sentiriam injustamente discriminados se o dr. Clitheroe não lhes concedesse a honra de discorrer incompreensivelmente durante pelo menos uma hora ao pronunciar suas sentenças.

Para Darcy, a doença do dr. Clitheroe era particularmente inconveniente. Ele e Sir Selwyn Hardcastle, embora se respeitassem mutuamente como magistrados, não se sentiam muito à vontade um com o outro e, até o pai de Darcy herdar Pemberley, existia uma hostilidade entre as duas casas. A desavença remontava ao tempo do avô de Darcy, quando um jovem empregado de Pemberley chamado Patrick Reilly fora condenado e depois enforcado por roubar um cervo do parque do Sir Selwyn de então.

O enforcamento havia gerado indignação entre os aldeões de Pemberley, mas todos reconheciam que o sr. Darcy tinha tentado salvar o rapaz, o que acabou fazendo com que ele e Sir Selwyn ficassem assentados em seus papéis publicamente atribuídos de magistrado compassivo e rigoroso defensor da lei, uma distinção fomentada ainda pelo sobrenome aparentemente condizente de Hardcastle. Os empregados seguiram o exemplo dos patrões e o ressentimento e a hostilidade entre as duas casas foram passando de pai para filho. Só depois que o pai de Darcy se tornou o senhor de Pemberley é que foi feita uma tentativa de reconciliação e, mesmo assim, só quando ele já estava em seu leito de morte. Ele pediu ao filho que fizesse tudo o que estivesse ao seu alcance para restaurar a harmonia, argumentando que não era do interesse da lei, nem das boas relações entre as duas casas, que a hostilidade continuasse. Darcy, inibido por seu temperamento reservado e pela crença de que discutir um conflito abertamente poderia apenas confirmar sua existência, adotou uma estratégia mais sutil. Convites para caçadas e, de vez em quando, para jantares familiares foram enviados e aceitos por Hardcastle. Talvez ele também receasse os riscos que a prolongada inimizade poderia representar, mas a reaproximação nunca havia se transformado em intimidade. Darcy sabia que, no trato do atual problema, encontraria em Hardcastle um magistrado consciencioso e honesto, mas não um amigo.

O cavalo parecia estar tão grato pelo ar fresco e pelo exercício quanto seu cavaleiro e, meia hora depois, Darcy apeou na propriedade de Hardcastle. O ancestral de Sir Selwyn havia recebido seu título de baronete no tempo de Jaime I, quando a casa da família fora construída. Era uma edificação enorme, irregular e labiríntica, suas sete chaminés altas um marco na paisagem, elevando-se acima dos grandes olmos que cercavam a casa como uma barricada. Do lado de dentro, as janelas pequenas e os tetos baixos tornavam o ambiente escuro. O pai do atual baronete, impressionado com algumas das construções feitas pelos vizinhos, havia adicionado uma ala elegante, porém destoante, agora raramente usada salvo como acomodação para empregados, já que Sir Selwyn preferia a parte antiga da casa, apesar de suas várias inconveniências.

O puxão que Darcy deu na alça de ferro da campainha produziu um estrondo alto o bastante para acordar a casa inteira, e a porta foi aberta segundos depois por Buckle, o idoso mordomo de Sir Selwyn, que, como o patrão, aparentemente não precisava dormir, sendo famoso por estar sempre a postos não importava que horas fossem. Sir Selwyn e Buckle eram inseparáveis e o posto de mordomo da família Hardcastle era visto de modo geral como um cargo hereditário, uma vez que tanto o pai como o avô de Buckle o haviam ocupado antes dele. A semelhança familiar entre as gerações era espantosa: os três Buckle eram atarracados e robustos, tinham braços compridos e cara de buldogue bonzinho. Buckle pegou o chapéu e o casaco de Darcy e, embora soubesse muito bem quem era o visitante, perguntou o nome dele, pedindo em seguida, como era seu invariável costume, que ele esperasse enquanto sua chegada era anunciada. Depois de uma espera que pareceu interminável, Darcy por fim ouviu os passos pesados do mordomo se aproximando e, então, o velho anunciou: "Sir Selwyn está na sala de fumar, senhor. Queira por gentileza me acompanhar".

Eles atravessaram o enorme saguão, que tinha um teto alto e abobadado e uma janela de várias folhas e abrigava uma impressionante coleção de armaduras e uma cabeça de veado empalhada, já um tanto ou quanto embolorada. Abrigava também os retratos de família, que, ao longo das gerações, haviam feito os Hardcastle ganhar uma reputação entre as famílias da vizinhança em virtude do tamanho e do número impressionante de retratos, uma reputação mais fundada na quantidade do que na qualidade. Cada baronete havia legado pelo menos um forte preconceito ou opinião para instruir ou apoquentar seus sucessores, entre os quais se incluía a crença, nascida com um Sir Selwyn do século XVII, de que era um desperdício de dinheiro contratar um artista caro para pintar as mulheres da família. Só o que era preciso para satisfazer as pretensões dos maridos e a vaidade das esposas era que o pintor tornasse bonito um rosto sem graça, tornasse lindo um rosto bonito e gastasse mais tempo e tinta nas roupas da retratada do que em suas feições. Como os homens da família Hardcastle tinham uma tendência a admirar o mesmo tipo de beleza feminina, o candelabro de três braços que Buckle segurava no alto iluminava uma fileira de lábios franzidos e desaprovadores praticamente idênticos e olhos protuberantes e hostis igualmente mal pintados, enquanto trajes de cetim e renda sucediam trajes de veludo, trajes de seda substituíam os de cetim e trajes de seda cediam lugar a trajes de musselina. Já o lado masculino da família havia se saído melhor nos retratos. Uma sucessão de rostos de nariz ligeiramente adunco, sobrancelhas hirsutas bem mais escuras do que o cabelo e boca larga com lábios quase exangues olhava para Darcy com ar confiante. Tinha-se a impressão de que ali estava o atual Sir Selwyn, imortalizado ao longo dos séculos por pintores ilustres, em seus vários papéis: o responsável proprietário de terras e patrão, o pai de família, o benfeitor dos pobres, o capitão dos Voluntários de Derbyshire, ricamente uniformizado e com sua faixa de oficial, e por fim o magistrado, severo e meticuloso, mas justo. Poucos eram os visitantes mais humildes que, depois de passar por todos aqueles retratos, não ficassem profundamente impressionados e devidamente intimidados quando enfim se viam na presença do homem de carne e osso.

Darcy agora seguiu Buckle por um estreito corredor que se estendia em direção aos fundos da casa, no final do qual Buckle, sem bater, abriu uma pesada porta de carvalho e anunciou com uma voz estentórica: "O sr. Darcy de Pemberley está aqui para vê-lo, Sir Selwyn".

Selwyn Hardcastle não se levantou. Sentado numa poltrona de encosto alto ao pé da lareira, ele usava um boné

103

de fumar e sua peruca estava pousada numa mesa redonda a seu lado, na qual também havia uma garrafa de vinho do Porto e uma taça semicheia. Lia um livro grosso, aberto em seu colo, e fechou-o agora com óbvia contrariedade, depois de botar um marcador cuidadosamente sobre a página aberta. A cena era quase uma reprodução viva de seu retrato como magistrado, e Darcy imaginou entrever o pintor saindo discretamente pela porta, terminada a sessão de pose. O fogo obviamente havia sido alimentado fazia pouco e ardia com fúria; ao som das pequenas explosões das chamas e dos estalidos da lenha, Darcy se desculpou por estar fazendo aquela visita tão tarde da noite.

"Não tem importância. Raramente encerro minha leitura do dia antes de uma da manhã", disse Sir Selwyn. "O senhor parece agitado. Imagino que seja uma emergência. Que mal está afligindo a paróquia agora — alguma invasão, sedição, insurreição em massa? As tropas de Bonaparte enfim desembarcaram, ou as galinhas da sra. Phillimore foram atacadas de novo? Por favor, sente-se. Aquela cadeira de encosto talhado é confortável, dizem, e deve aguentar seu peso."

Como era a cadeira em que ele geralmente se sentava quando ia à casa de Sir Selwyn, Darcy tinha certeza de que ela aguentaria. Sentou-se e contou sua história integral mas sucintamente, relatando os fatos relevantes sem tecer comentários. Sir Selwyn ouviu em silêncio, depois disse: "Deixe-me ver se entendi tudo corretamente. O sr. e a sra. George Wickham e o capitão Denny seguiam numa caleche alugada para Pemberley, onde a sra. Wickham ia passar a noite para no dia seguinte ir ao baile de Lady Anne. Num determinado momento, quando estavam atravessando a floresta de Pemberley, o capitão Denny desceu da caleche, aparentemente por causa de um desentendimento, e então Wickham foi atrás dele, gritando para que voltasse. Os dois sumiram de vista e o fato de nenhum deles reaparecer gerou nervosismo. A sra. Wickham e Pratt, o cocheiro, disseram ter ouvido tiros cerca de quinze minutos depois e, temendo naturalmente sofrer alguma violência, a sra. Wickham, aflita, pediu ao cocheiro que tocasse a toda velocidade para Pemberley. Depois que ela chegou em considerável pânico, o senhor iniciou uma busca pela floresta, acompanhado pelo coronel visconde Hartlep e pelo honorável Henry Alveston, e juntos os senhores encontraram o corpo do capitão Denny e Wickham ajoelhado ao lado dele, chorando e aparentemente bêbado, com o rosto e as mãos ensanguentados". Depois de realizar essa proeza de memória, Sir Selwyn se calou, tomou alguns goles de vinho do Porto e, em seguida, perguntou: "A sra. Wickham havia sido convidada para o baile?".

A mudança na linha do interrogatório foi inesperada, mas Darcy reagiu com tranquilidade. "Não. Mas claro que seria recebida em Pemberley a qualquer hora, se chegasse inesperadamente."

"Não é convidada, mas é recebida, ao contrário do marido. É de conhecimento geral que George Wickham nunca é recebido em Pemberley."

"Não existe proximidade entre nós para tanto", disse Darcy.

Sir Selwyn pousou seu livro sobre a mesa com certa afetação e disse: "O caráter dele é bem conhecido na região. Teve um começo promissor na infância, mas depois descambou para o desregramento e a licenciosidade, um resultado natural para um rapaz que foi exposto a um estilo de vida que jamais poderia ter esperança de atingir pelos próprios esforços e que teve companheiros de uma classe à qual jamais poderia aspirar pertencer. Há rumores de que poderia existir outra razão para o antagonismo entre vocês, algo a ver com o casamento dele com a irmã da sua esposa?".

"Sempre há rumores", disse Darcy. "A ingratidão e a falta de respeito dele pela memória do meu pai e nossos temperamentos e interesses tão diferentes são suficientes para explicar a falta de intimidade entre nós dois. Mas será que não estamos nos esquecendo do motivo da minha vinda aqui? Não pode existir ligação alguma entre minha relação com George Wickham e a morte do capitão Denny."

"Perdoe-me, Darcy, mas eu discordo. Existem ligações, sim. O assassinato do capitão Denny, se é que foi assassinato, aconteceu na sua propriedade e é possível que o responsável por ele seja um homem que é seu cunhado e com quem todos sabem que o senhor tem uma desavença. Quando questões importantes me vêm à cabeça, tendo a expressá-las. Sua posição é um tanto ou quanto delicada. O senhor tem consciência de que não pode tomar parte nessa investigação, não tem?"

"É por isso que estou aqui."

"O chefe dos delegados terá de ser informado, é claro. Suponho que isso ainda não tenha sido feito."

"Achei que era mais importante notificar o senhor imediatamente."

"O senhor agiu certo. Eu mesmo vou comunicar o ocorrido a Sir Miles Culpepper e logicamente vou mantê-lo a par de todo o desenrolar da investigação. Duvido, porém, que se interesse a fundo pelo caso. Desde que se casou com a nova e jovem esposa, parece passar mais tempo gozando as várias distrações de Londres do que cuidando de assuntos locais. Não se trata de uma censura de minha parte. O posto de chefe dos delegados é, de certa forma, detestável. É dever dele, como o senhor sabe, garantir a obediência aos estatutos, cumprir as decisões executivas dos juízes e dirigir os subdelegados sob sua jurisdição. Como não tem nenhuma autoridade formal sobre eles, é difícil imaginar como poderia fazer isso com eficácia, mas, como tantas outras coisas no nosso país, o sistema funciona satisfatoriamente desde que seja deixado a cargo dos moradores locais. O senhor deve se lembrar de Sir Miles, claro. O senhor e eu fomos dois dos juízes que o empossamos dois anos atrás, numa das sessões trimestrais do tribunal. Vou entrar em contato também com o dr. Clitheroe. Talvez ele não possa participar de forma ativa, mas costuma dar contribuições inestimáveis em questões de lei e estou relutante em assumir toda a responsabilidade sozinho. Sim, acho que nós dois juntos vamos conseguir nos arranjar muito bem. Agora vou acompanhá-lo de volta a Pemberley na minha carruagem. Será preciso buscar o dr. Belcher antes que o corpo seja removido, e vou chamar também o carro fúnebre e dois subdelegados. O senhor conhece os dois: Thomas Brownrigg, que gosta de ser chamado bailio para deixar claro que é o oficial mais antigo, e o jovem William Mason."

Sem esperar por um comentário de Darcy, ele se levantou e, dirigindo-se à campainha, deu um vigoroso puxão na corda.

Buckle chegou com uma ligeireza que fez Darcy pensar que devia estar esperando atrás da porta. Sir Selwyn disse: "Meu sobretudo e meu chapéu, Buckle, e acorde Postgate, se ele estiver na cama, o que eu duvido. Quero que ele me leve de carruagem até Pemberley, mas vou parar no caminho para apanhar dois subdelegados e o dr. Belcher. O sr. Darcy vai nos acompanhar".

Buckle saiu para a penumbra do corredor, fechando a pesada porta com uma força que pareceu desnecessária.

"Temo que minha esposa não possa recebê-lo", disse Darcy. "Imagino que ela e a sra. Bingley já tenham se recolhido a essa altura, mas o mordomo e a governanta ainda estão a postos e o dr. McFee também está lá. A sra. Wickham estava bastante nervosa quando chegou a Pemberley e eu e a sra. Darcy achamos que ela devia receber atenção médica imediata."

"E eu acho que o dr. Belcher, sendo o médico que costuma ser chamado para orientar a polícia em questões médicas, deve se envolver já nesta fase inicial", disse Sir Selwyn. "Ele está acostumado a ter seu sono interrompido. O dr. McFee também ia examinar seu prisioneiro? Suponho que George Wickham esteja preso em algum lugar da casa."

"Não exatamente preso, mas sob vigilância constante. Quando saí, Stoughton, meu mordomo, e o sr. Alveston estavam com ele. O sr. Wickham também foi atendido pelo dr. McFee e é possível que esteja dormindo e só vá acordar daqui a algumas horas. Talvez fosse mais conveniente se o senhor chegasse depois do amanhecer."

"Mais conveniente para quem?", perguntou Sir Selwyn. "A maior inconveniência quem vai passar sou eu, mas isso não importa quando se trata de um dever. E o dr. McFee mexeu de alguma forma no corpo do capitão Denny? Imagino que o senhor tenha tomado providências para que ninguém tivesse acesso ao corpo até minha chegada."

"O corpo do capitão Denny está estendido numa mesa da sala das armas e a sala está trancada à chave. Achei que não deveria ser feita nenhuma tentativa de determinar a causa da morte antes da chegada do senhor."

"O senhor agiu certo. Seria lastimável se alguém pudesse insinuar que o corpo sofreu algum tipo de manipulação. Claro que o ideal era que o corpo tivesse sido deixado na floresta onde estava até ser examinado pela polícia, mas eu entendo que isso possa ter parecido impraticável na hora."

Darcy ficou tentado a dizer que em nenhum momento lhe passara pela cabeça deixar o corpo onde estava, mas achou mais prudente falar o menos possível.

Buckle havia voltado. Sir Selwyn pôs a peruca, que invariavelmente usava quando estava em alguma missão oficial como juiz de paz, depois vestiu o sobretudo com a ajuda do mordomo e recebeu o chapéu das mãos dele. Assim trajado e obviamente imbuído da autoridade para executar qualquer ação que lhe coubesse, ele parecia não só mais alto, mas também mais imponente, a personificação da lei.

Buckle conduziu os dois até a porta da frente e, enquanto esperavam no escuro pela carruagem, Darcy ouviu o ruído de três pesados ferrolhos sendo abertos. Sir Selwyn não demonstrou nenhuma impaciência com a demora. Perguntou: "George Wickham disse alguma coisa quando os senhores o encontraram ajoelhado, como o senhor disse, ao lado do corpo?".

Darcy sabia que aquela pergunta seria feita mais cedo ou mais tarde, e não só a ele. Respondeu: "Ele estava extremamente agitado, chorando até, e dizia coisas sem muita coerência. Estava claro que tinha bebido e é possível que estivesse embriagado. Parecia acreditar que tinha sido responsável por aquela tragédia de alguma forma, presumo que por não ter dissuadido o amigo a sair da caleche. A floresta é densa o bastante para oferecer esconderijo a qualquer fugitivo desesperado, e nenhum homem prudente andaria por ali sozinho depois do anoitecer".

"Preferiria, Darcy, que o senhor me dissesse quais foram as palavras exatas dele. Imagino que tenham ficado gravadas na sua memória."

Elas tinham de fato, e Darcy repetiu o que se lembrava. "Ele disse: 'Eu matei meu amigo, meu único amigo. Foi culpa minha'. Posso estar enganado quanto à ordem das palavras, mas esse foi o sentido do que ouvi."

"Então nós temos uma confissão?", perguntou Hardcastle.

"De forma alguma. Não podemos ter certeza do que exatamente ele estava admitindo, nem das condições em que estava na hora."

A carruagem de Hardcastle, que era velha e pesada embora impressionante, vinha agora contornando ruidosamente o canto da casa em direção a eles. Virando-se para fazer um último comentário antes de entrar na carruagem, Sir Selwyn disse: "Não tenho o hábito de procurar complicações. O senhor e eu já trabalhamos juntos como magistrados faz alguns anos e acho que nos entendemos. Tenho toda a confiança de que o senhor sabe seu dever, como sei o meu. Sou um homem simples, Darcy. Quando uma pessoa confessa um crime sem estar sob nenhum tipo de coação, tendo a acreditar nela. Mas vamos ver, vamos ver. Não devo tecer teorias antecipadas sobre os fatos".

Assim que seu cavalo foi levado até ele, Darcy montou e, rangendo e estalando, a carruagem pôs-se em movimento. Eles estavam a caminho.

5

Já passava de onze horas. Elizabeth não tinha dúvida de que Sir Selwyn viria para Pemberley assim que fosse informado a respeito do assassinato e, então, ela achou que deveria verificar como Wickham estava. Era extremamente improvável que se mantivesse acordado, mas ela permanecia ansiosa para certificar-se de que tudo estava bem.

No entanto, quando chegou a cerca de quatro passos da porta, Elizabeth hesitou, detida por um instante de franqueza íntima que a honestidade a impelia a aceitar. A razão pela qual estava ali era mais complexa e premente do que sua responsabilidade como anfitriã e, talvez, mais difícil de justificar. Ela tinha certeza de que Sir Selwyn Hardcastle levaria Wickham preso e não tinha a menor intenção de ver o cunhado ser retirado da casa sob o jugo da polícia e possivelmente algemado. Pelo menos dessa humilhação ele poderia ser poupado. Depois que tivesse sido levado, era improvável que ela tornasse a vê-lo um dia; o que agora lhe parecia insuportável era a ideia de ficar com aquela última imagem dele gravada em sua memória para sempre, o belo, agradável e galante George Wickham reduzido a um bêbado sujo de sangue, bradando impropérios enquanto era praticamente arrastado pelo saguão de Pemberley adentro.

Determinada, foi em frente e bateu na porta. Quem abriu foi Bingley, e Elizabeth viu com surpresa que Jane e a sra. Reynolds estavam no quarto, de pé perto da cama. Numa cadeira, havia uma bacia com água, rosada de sangue e, enquanto Elizabeth observava, a sra. Reynolds terminou de secar as mãos numa toalha e a pendurou na beira da bacia.

"Lydia ainda está dormindo, mas sei que ela vai exigir que a deixemos vir para perto do sr. Wickham assim que acordar e não queria que ela o visse no estado em que chegou aqui", disse Jane. "Ela tem todo o direito de ver o marido mesmo que ele esteja inconsciente, mas seria terrível demais se seu rosto ainda estivesse manchado do sangue do capitão Denny. Talvez parte do sangue fosse do próprio sr. Wickham; há dois arranhões na testa dele e outros em suas mãos, mas são leves e provavelmente causados por espinhos quando estava tentando passar por entre os arbustos."

Elizabeth se perguntava se teria sido sensato lavar o rosto de Wickham. Será que Sir Selwyn, quando chegasse, não esperaria ver Wickham no estado em que se encontrava quando fora descoberto debruçado sobre o corpo? Mas ela não estava surpresa com a atitude que Jane tomara, nem com o fato de Bingley estar presente para demonstrar apoio. Apesar de toda a sua gentileza e doçura, Jane também era muito determinada e, uma vez que tivesse decidido que era correto tomar determinada atitude, era pouco provável que algum argumento a fizesse mudar de ideia.

"O dr. McFee o examinou?", perguntou Elizabeth.

"Sim, ele veio aqui meia hora atrás e virá de novo quando o sr. Wickham acordar. Esperamos que já esteja mais calmo até lá e consiga comer alguma coisa antes de Sir Selwyn chegar, mas o dr. McFee acha que isso é pouco provável. Ele só conseguiu convencer o sr. Wickham a tomar alguns poucos goles do remédio, mas, como era bastante forte, o dr. McFee acha que já vai ser suficiente para garantir algumas horas de sono restaurador."

Elizabeth se aproximou da cama e ficou olhando para Wickham. O remédio do dr. McFee certamente havia sido eficaz; Wickham já não soltava mais aqueles arquejos ruidosos e fedendo a bebida e dormia tão profundamente quanto uma criança, sua respiração tão suave que se tinha a impressão de que ele estava morto. Com o rosto limpo, o cabelo escuro caído sobre o travesseiro e a camisa aberta deixando à mostra a linha delicada do pescoço, Wickham parecia um jovem cavaleiro medieval ferido e exausto depois de uma batalha. Enquanto o observava, Elizabeth foi invadida por uma enxurrada de emoções. Contra a sua vontade, sua cabeça foi assaltada por lembranças tão dolorosas que a fizeram sentir uma verdadeira repulsa por si mesma. Ela tinha chegado tão perto de se apaixonar por Wickham. Será que teria se casado com ele se fosse rico e não pobre? Certamente que não; sabia agora que o que sentira na época jamais havia sido amor. Wickham, o queridinho de Meryton, o belo forasteiro que deixara encantadas todas as moças da cidade, tinha cortejado Elizabeth como se ela fosse sua predileta. Fora tudo vaidade, um jogo perigoso que ambos haviam jogado. Ela havia aceitado e — pior — repassado para Jane as alegações que ele fizera a respeito da perfídia do sr. Darcy, de como todas as chances que ele tinha na vida haviam sido arruinadas, de como Darcy traíra a amizade que existia entre os dois e negligenciara descaradamente as responsabilidades para com Wickham que o pai lhe transmitira. Só muito mais tarde Elizabeth havia se dado conta de como essas revelações, feitas a uma relativa estranha, eram inapropriadas.

Olhando para Wickham agora, ela sentiu uma nova onda de vergonha e humilhação por ter demonstrado tamanha falta de bom senso e de discernimento e também por ter lhe faltado a sensibilidade para julgar o caráter das pessoas da qual sempre havia se orgulhado. Mas ainda restava algo, uma emoção próxima da pena que fazia com que fosse aterrador imaginar que fim levaria Wickham, e mesmo agora, quando já sabia o que de pior ele era capaz, ela não conseguia acreditar que ele fosse um assassino. Qualquer que fosse o desfecho, contudo, o casamento de Wickham com Lydia o havia tornado parte da família e da vida de Elizabeth, assim como o casamento dela o tornara parte da família e da vida de Darcy. E agora sempre que pensava em Wickham vinham-lhe à cabeça imagens aterrorizantes: uma multidão aos gritos que se silenciava de repente ao ver a figura algemada emergir da prisão, o patíbulo, a forca, o laço. Ela queria Wickham longe da vida deles, mas não assim — santo Deus, não assim.

LIVRO TRÊS
A POLÍCIA EM PEMBERLEY

1

Quando a carruagem de Sir Selwyn e o carro fúnebre chegaram a Pemberley pela entrada principal, a porta foi imediatamente aberta por Stoughton. Houve uma pequena espera até que um dos cavalariços chegasse para pegar o cavalo de Darcy e, depois de uma breve discussão, ele e Stoughton concordaram que a carruagem de Sir Selwyn e o carro fúnebre ficariam menos à vista de quem olhasse das janelas se fossem retirados da frente da casa e levados para o pátio dos fundos, de onde o corpo de Denny poderia mais tarde ser removido de maneira rápida e, esperava-se, discreta. Elizabeth achara que o correto a fazer seria receber formalmente aquele visitante tardio e nada bem-vindo, mas Sir Selwyn logo deixou claro que estava ansioso para começar a trabalhar imediatamente. Parou apenas para as costumeiras mesuras e para desculpar-se pelo adiantado da hora e pela inconveniência de sua visita antes de anunciar que começaria indo ver Wickham e que seria acompanhado pelo dr. Belcher e por dois policiais, o bailio Thomas Brownrigg e o subdelegado Mason.

Wickham estava sendo vigiado por Bingley e Alveston, que foi quem abriu a porta quando Darcy bateu. O quarto lembrava de fato uma cela. Os móveis eram simples e poucos: uma cama de solteiro sob uma das janelas altas, uma pia, um pequeno guarda-roupa e duas cadeiras de madeira de encosto reto. Duas cadeiras mais cômodas haviam sido trazidas para o quarto e postas uma de cada lado da porta, para oferecer algum conforto para quem quer que fosse montar guarda durante a noite. O dr. McFee, que estava sentado à direita da cama, se levantou ao ver Hardcastle entrar. Sir Selwyn havia sido apresentado a Alveston num dos jantares oferecidos em Highmarten e, claro, já conhecia o dr. McFee. Cumprimentou os dois homens com uma breve mesura e depois foi para perto da cama. Entreolhando-se, Alveston e Bingley reconheceram que a presença deles ali não era mais desejada e se retiraram em silêncio, enquanto Darcy permaneceu no quarto, mantendo-se a certa distância. Brownrigg e Mason se postaram um de cada lado da porta e ficaram olhando fixamente para a frente, como que para demonstrar que, embora não fosse apropriado por ora assumirem uma participação mais ativa na investigação, o quarto e a guarda de seu ocupante seriam agora de responsabilidade deles.

O dr. Obadiah Belcher era o conselheiro médico que costumava ser convocado pelo chefe dos delegados ou pelo magistrado para prestar auxílio nos inquéritos. Havia adquirido — o que não era de surpreender em se tratando de um homem mais acostumado a dissecar mortos do que a tratar vivos — uma reputação sinistra, alimentada ainda por sua malfadada aparência. Seu cabelo, quase tão fino quanto o de uma criança, era claro a ponto de parecer praticamente branco e, penteado para trás, deixava à mostra uma testa amarelada. Ele mirava o mundo com olhos desconfiados, encimados por sobrancelhas que formavam uma linha fina. Seus dedos eram compridos, as unhas muito bem cuidadas, e a reação que ele despertava na população fora bem resumida pela cozinheira de Highmarten: "Nunca vou deixar esse tal de dr. Belcher botar as mãos em mim. Sabe lá por onde elas andaram antes".

Sua fama de homem excêntrico e sinistro também era fomentada pelo fato de ter um quarto equipado como um laboratório no último andar de sua casa, onde, segundo rumores, realizava experiências com o intuito de descobrir quanto tempo o sangue levava para coagular sob diferentes condições e a velocidade das alterações por que um corpo passava após a morte. Embora nominalmente fosse um clínico geral, ele só tinha dois pacientes, o chefe dos delegados e Sir Selwyn Hardcastle, e como até onde se sabia nenhum dos dois jamais havia adoecido, tê-los sob seus cuidados não contribuiu em nada para sua reputação como médico. Era, porém, extremamente respeitado por Sir Selwyn e outros cavalheiros que se preocupavam com a aplicação da lei, pois emitia sua opinião médica no tribunal com grande autoridade. Sabia-se que mantinha contato com a Royal Society e trocava cartas com outros cavalheiros que se dedicavam a experiências científicas. De modo geral, seus vizinhos mais esclarecidos sentiam mais orgulho de sua reputação pública do que medo das pequenas explosões que de vez em quando chacoalhavam seu laboratório. Ele raramente falava sem antes refletir profundamente, e quando entrou se aproximou da cama e ficou observando em silêncio o homem adormecido.

A respiração de Wickham era tão suave que mal dava para ouvi-la. Deitado de barriga para cima, ele tinha os lábios ligeiramente entreabertos, seu braço esquerdo estava estendido para fora da cama e o direito dobrado por cima do travesseiro.

Hardcastle se virou para Darcy. "Ele obviamente não está mais no estado em que o senhor me disse que tinha sido trazido para cá. Alguém lavou seu rosto."

Depois de alguns segundos de silêncio, Darcy olhou nos olhos de Hardcastle e disse: "Assumo total responsabilidade por tudo o que aconteceu desde que o sr. Wickham foi trazido para minha casa".

A resposta de Hardcastle foi surpreendente. Sua boca larga se contorceu por um momento no que, em qualquer outro homem, poderia ser tomado por um sorriso indulgente e, em seguida, ele disse: "É muito cavalheiresco da sua parte, Darcy, mas acho que nós podemos deduzir que as senhoras foram responsáveis por isso. Não é isso que entendem como sua função, arrumar a desordem que criamos em nossos quartos e, às vezes, em nossas vidas? Não tem importância; o testemunho dos criados já vai ser suficiente para atestar o estado em que Wickham foi trazido para cá. Não parece haver nenhum sinal óbvio de ferimento no corpo dele, a não ser esses pequenos arranhões no rosto e nas mãos. A maior parte do sangue que estava no rosto e nas mãos dele devia ser do capitão Denny".

Ele se virou para o dr. Belcher. "Imagino, Belcher, que seus colegas cientistas, apesar de tão inteligentes, ainda não tenham descoberto uma maneira de distinguir o sangue de um homem do sangue de outro. Aceitaríamos de bom grado uma ajuda assim, embora, é claro, se ela fosse possível, eu ficaria sem função e Brownrigg e Mason sem emprego."

"Infelizmente, não, Sir Selwyn. Não pretendemos ser deuses."

"Não? Fico contente em saber. Achei que tivessem." Como que se dando conta de que a conversa adquirira um tom frívolo inadequado, Hardcastle virou-se para o dr. McFee com ar imponente e perguntou com voz severa: "O que o senhor deu a ele? Não sabia que esse homem pode ser o principal suspeito de um caso de homicídio e que eu ia querer interrogá-lo?".

McFee respondeu num tom calmo: "Para mim, Sir Selwyn, ele é um paciente. Quando entrei aqui pela primeira vez, ele estava claramente bêbado, comportava-se de modo violento e estava fora de controle. Antes que a medicação que lhe dei surtisse pleno efeito, ele começou a ficar incoerente de medo, gritando apavorado, mas nada que fizesse sentido. Ao que parecia, teve uma visão de corpos pendendo de forcas, com os pescoços esticados. Era como se estivesse dentro de um pesadelo antes mesmo de adormecer".

"Forcas?", perguntou Hardcastle. "Não surpreende, dada a situação dele. Que medicação foi essa? Imagino que tenha sido algum tipo de sedativo."

"É uma medicação que eu mesmo preparo e já utilizei em várias ocasiões. Eu o convenci a tomá-la para aliviar a aflição em que se encontrava. No estado em que o sr. Wickham estava, o senhor não poderia ter esperança de obter dele nenhuma declaração que fizesse sentido."

"Nem no estado em que ele está agora. Quanto tempo o senhor calcula que vá demorar para estar desperto e sóbrio o bastante para ser interrogado?"

"É difícil dizer. Às vezes, depois de um choque, a mente se refugia no torpor e o sono é profundo e prolongado. A julgar pela dose que ministrei, ele deveria voltar à consciência por volta das nove da manhã, talvez antes, mas não posso dar certeza. Só consegui convencê-lo a tomar alguns poucos goles da medicação. Se o sr. Darcy consentir, eu me proponho a ficar aqui até que meu paciente acorde. A sra. Wickham também está sob meus cuidados."

"E com certeza também sob efeito de sedativo e sem condições de responder a perguntas."

"A sra. Wickham estava histérica de pânico. Tinha se convencido de que o marido havia morrido. Atendi uma mulher profundamente abalada, que precisava do alívio do sono. O senhor não teria conseguido extrair nada dela até que tivesse ficado mais calma."

"Eu poderia ter extraído a verdade. Acho que o senhor e eu nos entendemos, doutor. O senhor tem suas responsabilidades e eu tenho as minhas. Não sou um homem insensato. Não tenho nenhuma intenção de incomodar a sra. Wickham antes que amanheça." Ele se voltou para o dr. Belcher. "Alguma observação, Belcher?"

"Nenhuma, Sir Selwyn, salvo que concordo com a decisão do dr. McFee de administrar sedativo a Wickham. Ele não poderia ter dado nenhuma declaração útil se fosse interrogado no estado descrito e, se mais tarde fosse levado a julgamento, a validade de qualquer coisa que tivesse dito poderia ser posta em dúvida no tribunal."

Hardcastle se virou para Darcy. "Então volto amanhã, às nove da manhã. Até lá, o bailio Brownrigg e o subdelegado Mason ficarão de guarda e tomarão posse da chave. Se Wickham precisar da atenção do dr. McFee, eles vão chamá-lo. Caso contrário, ninguém tem permissão para entrar neste quarto até que eu volte. Os delegados vão precisar de cobertas e de algo para comer e beber que os sustenha ao longo da noite — carne fria, pão, o de praxe."

"Tudo o que for necessário será providenciado", disse Darcy brevemente.

Foi então que Hardcastle pareceu notar pela primeira vez o sobretudo de Wickham pendurado numa das cadeiras e a bolsa de couro no chão ao lado dela. "Era só essa a bagagem que estava na caleche?"

Darcy respondeu: "Além de uma mala, uma caixa de chapéu e uma bolsa que pertencem à sra. Wickham, havia duas outras bolsas, uma marcada com as iniciais GW e outra com o nome do capitão Denny. Como fui informado por Pratt de que a caleche havia sido alugada para levar os cavalheiros à estalagem King's Arms, em Lambton, as bolsas ficaram na caleche até voltarmos com o corpo do capitão Denny, quando então foram trazidas aqui para dentro".

"Elas terão de me ser entregues, obviamente", disse Hardcastle. "Vou levar todas as bolsas, salvo as da sra. Wickham. Enquanto isso, vejamos o que Wickham trazia consigo."

Hardcastle pegou nas mãos o pesado sobretudo e o sacudiu vigorosamente. Três folhas secas que tinham ficado presas no sobretudo caíram no chão, e Darcy viu que havia outras grudadas nas mangas. Entregando o sobretudo a Mason para que o segurasse, o próprio Hardcastle meteu as mãos nos bolsos. Do bolso esquerdo, retirou os costumeiros pequenos pertences que se poderia esperar que um viajante carregasse: um lápis, um pequeno caderno, sem nenhuma anotação, dois lenços e um cantil que Hardcastle, depois de desatarraxar a tampa, disse conter uísque. O bolso direito continha um objeto mais interessante: uma carteira de couro. Abrindo-a, Hardcastle puxou de dentro dela um maço de notas, cuidadosamente dobradas, e as contou.

"Trinta libras exatas. Em notas novas ou, pelo menos, emitidas não faz muito tempo. Vou lhe dar um recibo por elas, Darcy, até que possamos descobrir a quem elas pertencem legalmente. Assim que chegar em casa, guardo esse dinheiro no meu cofre. Amanhã de manhã talvez consiga extrair de Wickham uma explicação sobre como obteve esse dinheiro. É possível que ele o tenha retirado do corpo do capitão Denny e, se foi assim, talvez tenhamos descoberto o motivo do crime."

Darcy abriu a boca para protestar, mas, achando que só ia piorar as coisas, não disse nada.

"E agora sugiro que vejamos o corpo", disse Hardcastle. "O cadáver está sendo mantido sob vigilância, suponho."

"Não sob vigilância", respondeu Darcy. "O corpo do capitão Denny está na sala das armas e a porta da sala está trancada. A mesa que temos lá me pareceu adequada. Tenho aqui comigo tanto a chave da sala, quanto a chave do armário onde estão guardadas as armas e a munição; pareceu-me desnecessário tomar outras precauções. Podemos ir até lá agora. Se o senhor não fizer objeção, gostaria que o dr. McFee nos acompanhasse. Talvez seja útil ter uma segunda opinião sobre o estado do corpo."

Depois de alguns instantes de hesitação, Hardcastle disse: "Não vejo motivo para objeções. O senhor mesmo, sem dúvida, vai querer estar presente e eu vou precisar do dr. Belcher e do bailio Brownrigg comigo, mas não será necessário mais ninguém. Não vamos fazer do morto um espetáculo público. Vamos precisar, é claro, de muitas velas".

"Eu já havia previsto isso", disse Darcy. "Velas extras foram levadas para lá e estão prontas para serem acesas. Creio que o senhor vai achar a luz na sala tão adequada quanto é possível à noite."

"Preciso que alguém fique de guarda com Mason enquanto Brownrigg estiver conosco. Stoughton seria uma escolha apropriada. O senhor pode chamá-lo de volta, Darcy?"

Como se já previsse ser convocado, Stoughton estava esperando perto da porta. Entrou na sala e postou-se em silêncio ao lado de Mason. Pegando suas velas, Hardcastle e o resto do grupo se retiraram, e Darcy ouviu a chave sendo girada na fechadura depois que eles saíram.

A casa estava tão silenciosa que era como se estivesse deserta. A sra. Reynolds havia ordenado que todos os empregados que ainda estavam preparando comida para o baile do dia seguinte fossem para a cama e, de toda a criadagem, só ela, Stoughton e Belton continuavam a postos. A sra. Reynolds aguardava no saguão, ao lado de uma mesa onde estavam pousadas várias velas novas em castiçais de prata altos. Quatro delas tinham sido acesas e as chamas, que ardiam intensamente, pareciam enfatizar em vez de iluminar a escuridão que dominava boa parte do enorme saguão ao redor.

"Talvez não sejam necessárias tantas velas, mas achei que os senhores iam precisar de muita luz", disse a sra. Reynolds.

Cada um dos homens pegou e acendeu uma das novas velas.

"Deixe as outras aí onde estão. O subdelegado virá buscá-las se for preciso", disse Hardcastle. Virando-se para Darcy, perguntou: "O senhor disse que está com a chave da sala das armas e que velas em quantidade suficiente já foram levadas para lá?".

"Já há catorze velas na sala, Sir Selwyn. Eu mesmo as levei com Stoughton. Salvo por essa vez, ninguém mais entrou na sala das armas desde que o corpo do capitão Denny foi posto lá."

"Então vamos ao trabalho. Quanto antes examinarmos o corpo, melhor."

Darcy ficou aliviado quando Hardcastle aceitou que ele tinha o direito de tomar parte no grupo. Denny fora levado para Pemberley e era justo que o dono da casa estivesse presente quando seu corpo fosse examinado, embora Darcy não visse como sua presença pudesse ser muito útil. Ele conduziu a procissão à luz de velas rumo aos fundos da casa e, tirando do bolso um chaveiro com duas chaves, usou a maior para abrir a porta da sala das armas. Surpreendentemente grande, a sala tinha nas paredes quadros de velhos grupos de caça com seus butins e uma prateleira onde se viam as lustrosas lombadas de couro de livros de registro que remontavam no mínimo ao século anterior. Havia também uma escrivaninha e uma cadeira de mogno e um armário trancado contendo armas e munição. A mesa estreita fora obviamente afastada da parede e agora estava no meio da sala, com o corpo coberto por um lençol limpo.

Antes de sair para informar Sir Selwyn da morte de Denny, Darcy havia instruído Stoughton a separar castiçais de tamanho igual e velas altas, as melhores da casa — uma extravagância que, Darcy imaginava, faria Stoughton e a sra. Reynolds trocarem cochichos de reprovação. Essas eram as velas normalmente reservadas para a sala de jantar. Juntos, ele e Stoughton as tinham disposto em duas fileiras sobre a escrivaninha, deixando à mão o longo cordão revestido de cera que era usado para acender velas. Darcy as acendeu e, conforme o cordão ia encontrando o pavio de cada uma das velas, a sala foi se iluminando, inundando os rostos expectantes com um brilho cálido e suavizando até mesmo as feições severas e ossudas de Hardcastle, enquanto cada fio de fumaça se espalhava no ar feito incenso, seu aroma doce e efêmero engolido pelo cheiro de cera de abelha. Darcy tinha a sensação de que a escrivaninha, com suas cintilantes fileiras de luz, havia se transformado num altar excessivamente decorado e a sala das armas, tão funcional, numa capela, e de que eles cinco estavam realizando secretamente os ritos fúnebres de alguma religião estranha, mas exigente.

Depois que eles se postaram em volta do corpo como acólitos trajados de forma inadequada, Hardcastle puxou o lençol para baixo. O olho direito de Denny estava coberto de um sangue negro, que havia se espalhado por boa parte do rosto, mas o esquerdo estava bem aberto e com a pupila voltada para cima, de modo que Darcy, parado atrás da cabeça de Denny, teve a impressão de que o olho estava fixo nele, não com a expressão vazia da morte, mas transmitindo com seu olhar viscoso rancores acumulados durante toda uma vida.

O dr. Belcher tocou com as mãos o rosto, os braços e as pernas de Denny e depois disse: "O *rigor mortis* já está presente no rosto. Numa estimativa preliminar, eu diria que ele morreu há cerca de cinco horas".

Hardcastle fez um breve cálculo mental e então disse: "Isso confirma o que já tínhamos inferido, ou seja, que ele morreu pouco depois de descer da caleche e aproximadamente na mesma hora em que os tiros foram ouvidos. O capitão Denny foi morto por volta das nove horas da noite de ontem. E quanto ao ferimento?".

O dr. Belcher e o dr. McFee se aproximaram do corpo, entregando suas velas a Brownrigg, que, pousando sua própria vela em cima da mesa, levantou-as no alto, enquanto os dois médicos examinavam de perto o coágulo de sangue escuro. "Precisamos lavar esse sangue para poder avaliar a profundidade da ferida, mas, antes disso, quero chamar atenção para o fragmento de folha morta e para a pequena mancha de terra logo acima da efusão de sangue", disse o dr. Belcher. "Algum momento depois de sofrer o ferimento, ele deve ter caído e batido com o rosto no chão. Onde está a água?", perguntou, como se esperasse que se materializasse do nada.

Darcy pôs a cabeça para fora da porta e pediu à sra. Reynolds que fosse buscar uma bacia com água e algumas toalhas pequenas. Ela trouxe tudo com tanta rapidez que Darcy achou que a mulher já devia ter previsto aquele pedido e deixado tudo preparado perto da torneira do quarto de banho adjacente; entregou a bacia e as toalhas a Darcy sem entrar na sala. O dr. Belcher foi até sua pasta de instrumentos, tirou de dentro dela alguns chumaços de lã branca, limpou com firmeza a pele suja, depois jogou a lã avermelhada na água. Um de cada vez, ele e o dr. McFee examinaram o ferimento de perto e novamente tatearam a pele em volta.

Foi o dr. Belcher quem por fim falou. "Ele foi atingido com algum objeto duro, possivelmente redondo, mas, como a pele se rompeu, não tenho como determinar com exatidão o formato e o tamanho da arma. O que posso dizer com certeza é que esse golpe não o matou, embora tenha provocado um escoamento de sangue considerável, como ferimentos na cabeça com frequência provocam. Mas não foi um golpe fatal. Não sei se meu colega concorda."

Sem pressa, o dr. McFee apalpou a pele em volta da ferida e, depois de cerca de um minuto, disse: "Concordo. O ferimento é superficial".

A voz enérgica de Hardcastle quebrou o silêncio. "Então virem o corpo."

Denny era um homem pesado, mas Brownrigg, com a ajuda do dr. McFee, conseguiu virá-lo num único movimento.

"Mais luz, por favor", disse Hardcastle.

Darcy e Brownrigg se aproximaram, depois cada qual pegou uma das velas que estavam em cima da mesa e, segurando uma vela em cada mão, chegaram bem perto do corpo. Fez-se um momento de silêncio, como se nenhum dos presentes quisesse dizer o óbvio. Então, Hardcastle declarou: "Aí está, senhores, a causa da morte".

Eles viram um talho horizontal de cerca de quatro polegadas de comprimento na base do crânio, mas sua extensão total estava oculta por mechas de cabelo, algumas das quais haviam penetrado na ferida. O dr. Belcher foi até sua pasta e, voltando com o que parecia ser uma pequena faca de prata, levantou cuidadosamente as mechas que cobriam o ferimento, revelando um talho de cerca de um quarto de polegada de espessura. O cabelo abaixo do talho estava duro e emaranhado, mas era difícil saber se era porque estava sujo de sangue ou de outro líquido que escorrera da ferida. Darcy se forçou a olhar o ferimento de perto, mas uma mistura de horror e pena fez um engulho lhe subir à garganta. Ouviu um gemido involuntário e ficou se perguntando se tinha sido ele que o soltara.

Os dois médicos se inclinaram sobre o corpo. O dr. Belcher mais uma vez fez um exame demorado e depois disse: "Ele foi atingido por um golpe vigoroso, mas a ferida tem bordas lisas, o que sugere que a arma era pesada, mas não era cortante. A marca tem as características de ferimentos graves sofridos na cabeça, em que fios de cabelo, fragmentos de tecido e vasos sanguíneos são empurrados de encontro ao osso, mas mesmo que o crânio tenha permanecido intacto, o rompimento dos vasos sanguíneos sob o osso resultaria numa hemorragia interna entre o crânio e a membrana que cobre o cérebro. A pancada foi desferida com uma força extraordinária, por alguém mais alto que a vítima ou do mesmo tamanho. Acredito que o agressor seja destro e que a arma utilizada tenha sido algo como as costas de um machado, ou seja, era pesada mas não tinha gume. Se o golpe tivesse sido desferido com uma espada ou com o lado cortante de um machado, a ferida seria mais funda e ele teria sido quase decapitado".

"Então o assassino atacou primeiro pela frente, incapacitando a vítima, e depois, quando Denny tentou se afastar, trôpego e cegado pelo sangue, que ele instintivamente tentou limpar esfregando os olhos, o assassino atacou de novo, desta vez por trás. A arma poderia ter sido uma pedra grande e pontiaguda?", perguntou Hardcastle.

"Pontiaguda não, pois o ferimento não é recortado", respondeu Belcher. "Certamente poderia ter sido uma pedra pesada, mas com bordas arredondadas, e sem dúvida deve haver algumas espalhadas pela floresta. As pedras e tábuas usadas para fazer consertos na propriedade não são trazidas por aquela estrada? Algumas pedras podem ter caído de uma carroça e depois ter sido empurradas a pontapés para o meio da vegetação, talvez ficando escondidas entre os arbustos durante anos. Mas se a arma foi uma pedra, seria preciso um homem excepcionalmente forte para desferir um golpe como esse. É bem mais provável que a vítima tenha caído de rosto no chão e a pedra tenha sido atirada com força enquanto ele estava estirado de bruços e indefeso."

"Por quanto tempo pode ter sobrevivido depois de sofrer esse ferimento?", perguntou Hardcastle.

"É difícil dizer. Ele pode ter morrido numa questão de segundos. Se sobreviveu mais um pouco, certamente não foi por muito tempo."

Ele se virou para o dr. McFee, que disse: "Sei de casos em que uma pancada na cabeça produziu poucos sintomas além de uma dor de cabeça e o paciente continuou a tocar a vida normalmente, vindo a morrer algumas horas depois. Mas isso não poderia ter acontecido nesse caso. O ferimento é grave demais para que ele possa ter sobrevivido mais que um período muito curto, se é que sobreviveu".

O dr. Belcher abaixou a cabeça, chegando ainda mais perto do ferimento, e disse: "Devo poder dar informações a respeito do dano causado ao cérebro depois que tiver feito a autópsia".

Darcy sabia que Hardcastle detestava autópsias e, embora o dr. Belcher invariavelmente ganhasse as discussões quando porfiavam sobre o assunto, Hardcastle disse: "Isso é realmente necessário, Belcher? A causa da morte não está clara para todos nós? Ao que tudo indica, o que aconteceu foi que o agressor desferiu um primeiro golpe na testa quando estava diante da vítima. O capitão Denny, cegado pelo sangue, tentou fugir, mas levou outro golpe, desta vez fatal e pelas costas. Nós sabemos pelos detritos em sua testa que ele caiu de rosto no chão. Se não me engano, Darcy, quando me notificou do crime, o senhor disse que o encontraram estendido de costas no chão".

"Encontramos, sim, Sir Selwyn, e foi assim que ele foi posto na maca. Essa é a primeira vez que estou vendo esse ferimento."

De novo houve um momento de silêncio e, então, Hardcastle se dirigiu a Belcher. "Obrigado, doutor. O senhor pode, é claro, realizar qualquer outro exame no corpo que achar necessário. Não tenho nenhuma intenção de atrapalhar o progresso do conhecimento científico. Bem, já fizemos tudo o que podíamos aqui. Agora vamos remover o corpo." Virou-se para Darcy. "Deixamos acertado, então, que estarei de volta aqui amanhã, às nove da manhã, quando espero poder falar com George Wickham e com membros da família e da criadagem, para poder estabelecer álibis para a hora estimada da morte. Tenho certeza de que o senhor entende por que isso é necessário. Como já determinei, o bailio Brownrigg e o delegado Mason vão permanecer aqui e ficarão responsáveis por vigiar Wickham. O quarto será mantido trancado por dentro e só será aberto em caso de necessidade. Deverá haver sempre dois homens de guarda. Gostaria que o senhor me desse sua garantia de que essas instruções serão cumpridas."

"Naturalmente que serão", respondeu Darcy. "O senhor e o dr. Belcher gostariam de beber ou comer alguma coisa antes de ir?"

"Não, obrigado." Como que consciente de que algo mais precisava ser dito, Hardcastle acrescentou: "Lamento que essa tragédia tenha acontecido nas suas terras. Inevitavelmente, será uma fonte de inquietação, principalmente para as senhoras da família. O fato de que o senhor e Wickham não mantinham boas relações, infelizmente, não vai tornar as coisas mais toleráveis. Como magistrado, o senhor com certeza compreende minha responsabilidade nessa questão. Vou mandar uma mensagem ao juiz de instrução e espero que o inquérito seja realizado em Lambton nos próximos dias. Será montado um júri local. O senhor, é claro, terá de estar presente, assim como as outras testemunhas que encontraram o corpo".

"Estarei lá, Sir Selwyn."

"Vou precisar de ajuda para carregar a maca até o carro fúnebre", disse Hardcastle, virando-se em seguida para Brownrigg. "O senhor pode assumir a tarefa de vigiar Wickham para que Stoughton possa ir conosco? E, dr. McFee, já que está aqui e sem dúvida deseja ser útil, talvez o senhor pudesse ajudar a transportar o corpo."

O corpo de Denny foi então retirado da sala das armas, ao som dos arquejos do dr. McFee, e cinco minutos depois já estava no carro fúnebre. O cocheiro, que tinha pegado sono, foi acordado, Sir Selwyn e o dr. Belcher entraram na carruagem, e Darcy e Stoughton ficaram observando da porta aberta até os dois veículos desaparecerem de vista.

Quando Stoughton se virou para entrar de volta na

casa, Darcy disse: "Entregue-me as chaves, Stoughton. Eu tranco as portas. Quero tomar um pouco de ar fresco".

O vento havia amainado, mas agora grossas gotas de chuva espetavam a superfície do rio sob a lua cheia. Quantas vezes Darcy não havia ficado ali sozinho, fugindo por alguns minutos da música e do murmurinho do salão de baile? Agora, atrás dele, a casa estava escura e silenciosa, e a beleza que sempre o havia reconfortado desta vez não tocou seu espírito. Elizabeth já devia estar na cama, mas duvidava que estivesse dormindo. Ele precisava do conforto da presença dela, mas sabia que sua mulher devia estar exausta, e mesmo ansiando por ouvir sua voz, sentir seu carinho tranquilizador e seu amor, ele não teria coragem de perturbá-la. No entanto, depois que entrou e girou a chave, empurrando os pesados ferrolhos de volta para o lugar, ele percebeu uma tênue luz atrás de si e, virando-se, viu Elizabeth, de vela na mão, descendo a escada e indo para seus braços.

Após alguns minutos de abençoado silêncio, Elizabeth se desvencilhou delicadamente e disse: "Meu amor, você não comeu nada desde o jantar e parece exausto. Precisa se alimentar um pouco antes de ir descansar. A sra. Reynolds serviu uma sopa quente na sala de jantar pequena. Charles e o coronel já estão lá".

O conforto de uma cama compartilhada e de se aninhar nos braços amorosos de Elizabeth lhe foi negado. Entrando na sala de jantar pequena, ele descobriu que Bingley e o coronel já haviam terminado de comer e que o coronel estava de novo determinado a assumir o comando.

"Eu me proponho, Darcy, a passar a noite na biblioteca, que fica perto o bastante da porta da frente, para oferecer alguma garantia de que a casa estará segura. Tomei a liberdade de instruir a sra. Reynolds a providenciar travesseiros e algumas cobertas. Não é necessário que se junte a mim, se precisar do maior conforto da sua cama."

Darcy achava desnecessária a precaução de passar a noite perto da porta da frente trancada e aferrolhada, mas

131

não podia permitir que um hóspede dormisse com certo desconforto enquanto ele próprio dormia na cama. Sentindo que não tinha escolha, disse: "Não creio que quem matou Denny teria a audácia de atacar Pemberley, mas claro que vou me juntar a você".

"A sra. Bingley está dormindo num sofá no quarto da sra. Wickham, e Belton ficará à disposição para o que for necessário, assim como eu", disse Elizabeth. "Vou verificar se está tudo bem lá antes de me recolher. Só posso desejar aos senhores uma noite sem incidentes e, espero, algumas horas de sono. Como Sir Selwyn virá para cá às nove, vou pedir que o café da manhã seja servido cedo. Por ora, eu lhes desejo uma boa noite."

2

    Entrando na biblioteca, Darcy viu que Stoughton e a sra. Reynolds haviam feito tudo o que podiam para garantir que ele e o coronel tivessem o máximo de conforto possível. O fogo havia sido realimentado, torrões de carvão tinham sido embrulhados com papel para não fazer barulho, uma boa quantidade de lenha fora empilhada na cesta ao lado da lareira caso fosse necessária e travesseiros e cobertas em número suficiente haviam sido deixados à disposição. Numa mesa redonda a certa distância da lareira havia uma travessa com tortas salgadas coberta com uma campânula, uma jarra de água e outra de vinho e pratos, copos e guardanapos.
    No íntimo, Darcy achava a vigília desnecessária. A porta da frente de Pemberley estava bem protegida, com duas trancas e dois ferrolhos, e mesmo que Denny tivesse sido assassinado por um estranho, talvez um desertor do Exército que tivesse sido desafiado e reagido com violência letal, o tal homem dificilmente poderia representar uma ameaça física à casa em si ou a qualquer pessoa dentro dela. Darcy estava cansado e agitado ao mesmo tempo, um estado aflitivo em que era quase impossível mergulhar num sono profundo, algo que, mesmo que fosse possível, pareceria uma abdicação de suas responsabilidades. Estava atormentado pelo pressentimento de que algum perigo ameaçava Pemberley, sem conseguir conceber qualquer ideia lógica de que perigo poderia ser esse. Cochilar numa das poltronas da biblioteca na companhia do coronel provavelmente

lhe proporcionaria tanto descanso quanto poderia esperar obter nas horas que ainda restavam até a manhã seguinte.

Enquanto eles se acomodavam nas duas poltronas de encosto alto e bem acolchoadas, o coronel na que ficava ao pé da lareira e Darcy na outra um pouco mais distante, ocorreu a ele que o primo poderia ter sugerido aquela vigília por ter alguma confidência a fazer. Ninguém perguntara nada ao coronel a respeito do passeio a cavalo que fizera pouco antes das nove, mas Darcy sabia que, como ele, Elizabeth, Bingley e Jane deviam estar esperando que o coronel oferecesse alguma explicação. Como o assunto ainda não tinha vindo à baila, certa delicadeza os impedia de fazer perguntas, mas Hardcastle não teria essa delicadeza quando voltasse. Fitzwilliam devia saber que era o único membro da família que ainda não apresentara um álibi. Em nenhum momento passara pela cabeça de Darcy que o primo estivesse envolvido de alguma forma na morte de Denny, mas o silêncio dele era preocupante e, o que era ainda mais surpreendente num homem de modos tão formais, tinha um quê de descortesia.

Para seu espanto, Darcy sentiu que estava caindo no sono mais rápido do que esperava, e foi um esforço até mesmo responder a alguns comentários banais, que ele tinha a impressão de estarem vindo de muito longe. Houve breves momentos de semiconsciência, quando se remexia na poltrona e se lembrava vagamente de onde estava. Num desses momentos, olhou brevemente para o coronel estendido na outra poltrona, seu rosto bonito avermelhado pelo fogo, sua respiração profunda e regular, depois ficou observando por um momento as chamas moribundas lambendo a lenha enegrecida. Forçou suas pernas enrijecidas a se erguerem da poltrona e, com extremo cuidado, pôs mais lenha e mais alguns torrões de carvão na lareira e esperou até que se acendessem. Depois, voltou para a poltrona, cobriu-se e dormiu.

A vez seguinte em que acordou foi curiosa. Foi uma volta súbita e completa à consciência, em que todos os seus sentidos ficaram num estado tão agudo de alerta que era como se já estivesse esperando aquele momento. Estava encolhido de lado na poltrona e, levantando muito ligeiramente as pálpebras, viu o coronel se movendo na frente da lareira, bloqueando por um momento a claridade do fogo, que era a única fonte de luz no cômodo. Darcy se perguntou se teria sido essa mudança na intensidade da luz que o acordara. Não teve dificuldade para fingir que estava dormindo, espiando com os olhos quase fechados. O casaco do coronel estava pendurado no encosto da poltrona da qual se levantara, e ele enfiou a mão num dos bolsos e puxou um envelope. Ainda de pé, tirou um documento de dentro do envelope e passou algum tempo o examinando. Depois, só o que Darcy conseguiu ver foram as costas do coronel, um movimento súbito de seu braço e uma chama mais intensa se avolumando na lareira; o papel queimava. Darcy soltou um leve grunhido e virou o rosto mais para o lado. Em circunstâncias normais, ele teria deixado claro para o primo que estava acordado e perguntado se ele havia conseguido dormir um pouco, de modo que aquela pequena farsa lhe pareceu vil. Contudo, o horror do momento em que ele vira pela primeira vez o corpo de Denny sob o luar desorientador o havia abalado como um terremoto mental, e ele tinha a sensação de que não pisava mais em terra firme e de que todas as confortáveis convenções e pressuposições que desde que era menino regiam sua vida estavam em ruínas à sua volta. Comparado àquele momento perturbador, o estranho comportamento do coronel, seu passeio noturno ainda não explicado e agora aquela queima aparentemente sub-reptícia de um documento eram pequenos temores, mas mesmo assim eram inquietantes.

Conhecia o primo desde criança e o coronel sempre parecera ser o homem mais descomplicado que poderia existir, o menos dado a subterfúgios ou fingimentos. Mas ele tinha mudado desde que se tornara o filho mais velho e herdeiro de um conde. O que era feito daquele jovem coronel galante e bem-humorado, daquela sua sociabilidade espontânea e confiante, tão diferente da timidez às vezes paralisante de Darcy? O coronel parecia o mais afável e popular dos homens. Mas mesmo naquela época tinha consciência de suas responsabilidades familiares, do que se esperava de um filho mais novo. Jamais teria se casado com Elizabeth Bennet, e Darcy às vezes sentia que o primo havia perdido um pouco do respeito que tinha por ele, porque Darcy tinha posto seu desejo por uma mulher acima de suas responsabilidades para com sua família e sua classe. Elizabeth certamente parecia ter sentido uma mudança, embora nunca tivesse comentado nada com ele a respeito do coronel, a não ser para avisá-lo que o coronel pretendia conversar com ele para pedir a mão de Georgiana em casamento. Elizabeth achara justo preparar o marido para essa conversa, que obviamente não havia se dado e agora jamais ia se dar; Darcy sabia desde o momento em que Wickham, bêbado, fora quase carregado pela porta de Pemberley adentro que o visconde Hartlep procuraria sua futura condessa em outro lugar. O que lhe causava surpresa agora não era que o pedido jamais seria feito, mas que ele, que sempre nutrira grandes ambições para sua irmã, estava contente com a ideia de que ao menos aquele pedido ela jamais ficaria tentada a aceitar.

Não era de surpreender que seu primo se sentisse oprimido com o peso de suas futuras responsabilidades. Darcy pensou no castelo imenso e ancestral, na infinidade de bocas de minas que se abriam para o ouro negro das jazidas de carvão da família, na mansão senhorial de Warwickshire com sua vasta extensão de terra fértil, na possibilidade de que o coronel, quando sucedesse ao pai, sentisse que teria de abrir mão da carreira que ele amava e assumir sua cadeira na Câmara dos Lordes. Era como se Fitzwilliam estivesse fazendo uma tentativa disciplinada de mudar a própria essência de sua personalidade, e Darcy se perguntava se isso era sensato ou até mesmo possível. Estaria ele enfrentando alguma obrigação ou problema particular sem ligação com as responsabilidades da herança? Darcy pensou de novo em como era estranho que o primo tivesse feito tanta questão de passar a noite na biblioteca. Se o que ele queria era destruir uma carta, havia lareiras acesas suficientes na casa para que encontrasse uma oportunidade de queimá-la sem que ninguém visse. E por que destruí-la naquele momento e às escondidas? Teria acontecido alguma coisa que tornava a destruição do documento imperativa? Tentando encontrar uma posição confortável o bastante para dormir, Darcy disse a si mesmo que já havia mistérios suficientes sem que precisasse criar outros e, passado um tempo, pegou no sono de novo.

Foi acordado pelo movimento do coronel, que abriu ruidosamente as cortinas e, depois de olhar rapidamente para fora, tornou a fechá-las, dizendo: "Ainda mal clareou. Você dormiu bem, creio".

"Não exatamente bem, mas razoavelmente." Darcy consultou seu relógio de bolso.

"Que horas são?"

"Sete em ponto."

"Acho melhor verificar se Wickham já acordou. Nesse caso, vai precisar comer e beber alguma coisa e é provável que os dois subdelegados também. Não podemos rendê-los. As instruções de Hardcastle foram categóricas. Mas acho que alguém deveria ver como está a situação naquele quarto. Se Wickham estiver acordado e ainda no mesmo estado em que chegou aqui, como descreveu o dr. McFee, Brownrigg e Mason podem ter dificuldade para controlá-lo."

Darcy se levantou. "Eu vou. Você toca a campainha e pede o café da manhã. Os criados só vão servi-lo na sala de jantar às oito."

O coronel, porém, já estava na porta. Virando-se, disse: "É melhor que eu vá. Quanto menos você tiver contato com Wickham, melhor. Hardcastle está atento a qualquer interferência sua e é ele que está no comando. Não pode correr o risco de contrariá-lo".

Intimamente, Darcy admitiu que o coronel tinha razão.

Ainda estava determinado a encarar Wickham como um hóspede em sua casa, mas seria tolice ignorar a realidade. Wickham era o principal suspeito numa investigação criminal e Hardcastle tinha o direito de esperar que Darcy mantivesse distância dele, pelo menos até que o homem tivesse sido interrogado.

O coronel mal havia saído da biblioteca quando Stoughton chegou trazendo café, seguido de uma criada para cuidar da lareira e da sra. Reynolds, que fora perguntar se Darcy queria que o café da manhã fosse servido. Uma acha de lenha que queimava lentamente no borralho acre estalou de repente e se inflamou quando a criada botou mais carvão, as chamas tremeluzentes iluminando os cantos da biblioteca, mas realçando ao mesmo tempo o tom sombrio da manhã de outono. O dia, que para Darcy só pressagiava desgraça, havia começado.

O coronel voltou dez minutos depois, quando a sra. Reynolds estava saindo, e foi direto para a mesa servir-se de café. Acomodando-se de novo na poltrona, disse: "Wickham está inquieto e gemendo, mas ainda dorme e é provável que demore algum tempo a acordar. Tenho a intenção de ir até lá de novo antes das nove para prepará-lo para a chegada de Hardcastle. Brownrigg e Mason foram bem servidos de comida e bebida durante a noite. Brownrigg está cochilando na cadeira dele e Mason se queixou de que suas pernas estavam dormentes e disse que precisava exercitá-las. O mais provável era que estivesse precisando fazer uma visita ao quartinho com descarga d'água, aquela engenhoca nova que você mandou instalar aqui e que, pelo que eu soube, despertou muito interesse e muitas zombarias chulas na vizinhança. Então, expliquei como chegar lá e fiquei de guarda até ele voltar. Até onde posso julgar, às nove horas Wickham já deve estar suficientemente acordado para ser interrogado por Hardcastle. Você pretende estar presente?".

"Wickham está na minha casa e Denny foi assassinado na minha propriedade. Obviamente, não seria correto que eu participasse da investigação, que, é claro, ficará sob a direção do primeiro delegado quando Hardcastle notificá-lo do crime; é pouco provável que ele participe ativamente. Receio que isso tudo possa ser um transtorno para você também; Hardcastle vai querer que o inquérito seja realizado assim que possível. Por sorte, o juiz de instrução está em Lambton, então não deve levar muito tempo para que sejam escolhidos os vinte e três membros que vão compor o júri. Serão todos homens aqui da região, mas não sei se isso será uma vantagem. A população da área sabe que Wickham não é recebido em Pemberley e não tenho dúvida de que os mexeriqueiros locais passam bastante tempo especulando por quê. Logicamente, nós dois vamos precisar prestar depoimento, o que suponho vá ter de assumir prioridade sobre seu retorno ao serviço."

"Nada pode assumir prioridade sobre isso, mas se o inquérito for realizado em breve não deverá haver problema", disse o coronel Fitzwilliam. "O jovem Alveston está em melhor posição; ele parece não ter dificuldade de se afastar do que dizem ser uma carreira muito ocupada em Londres para tirar proveito da hospitalidade de Highmarten e de Pemberley."

Darcy não respondeu. Depois de um breve silêncio, o coronel Fitzwilliam disse: "Quais são seus planos para hoje? Suponho que a criadagem tenha de ser informada do que está acontecendo e preparada para o interrogatório de Hardcastle".

"Agora vou ver se Elizabeth já está acordada, como imagino que esteja, e juntos vamos falar com todos os empregados. Se Wickham estiver consciente, Lydia vai exigir vê-lo, como é direito dela de fato. Depois, claro, nós todos teremos de nos preparar para ser interrogados. Seria conveniente que todos tivéssemos álibis, para que Hardcastle não precise perder muito tempo com ninguém que estava em Pemberley ontem à noite. Ele sem dúvida vai querer saber a que horas você saiu para cavalgar e a que horas voltou."

"Espero poder satisfazê-lo", respondeu o coronel brevemente.

"Quando a sra. Reynolds voltar, por favor diga a ela que estou com a sra. Darcy e vou tomar o café da manhã na sala de jantar pequena, como de costume", disse Darcy, retirando-se em seguida. Tinha sido uma noite desconfortável em mais de um sentido e ele estava aliviado que tivesse acabado.

3

Jane, que nunca havia dormido uma única noite longe do marido desde que se casara, passou horas inquietas no sofá ao lado da cama de Lydia, seus curtos períodos de sono interrompidos pela necessidade de verificar se a irmã estava dormindo. O sedativo do dr. McFee tinha sido eficaz e Lydia dormiu profundamente, mas às cinco e meia da manhã despertou por completo e exigiu ser levada imediatamente para junto do marido. Jane achou que era um pedido razoável e natural, mas entendeu por bem avisar a Lydia que era pouco provável que Wickham já estivesse acordado. Como Lydia não estava disposta a esperar, Jane a ajudou a se vestir — um processo demorado, já que Lydia fez questão de ficar o mais bonita possível e gastou um tempo considerável revirando sua mala e exibindo diferentes vestidos para exigir a opinião de Jane, atirando os que não queria usar numa pilha no chão, e depois ajeitando o cabelo. Jane se perguntava se devia acordar Bingley, mas, chegando perto da porta, não conseguiu ouvir nenhum ruído vindo do quarto ao lado e relutou em atrapalhar o sono do marido. Certamente acompanhar Lydia quando ela visse o marido pela primeira vez depois da provação por que ele passara era trabalho para uma mulher, e ela não devia abusar da infalível boa vontade do marido pelo bem de seu próprio conforto. Por fim Lydia ficou satisfeita com sua aparência e as duas, pegando suas velas acesas, seguiram por corredores escuros rumo ao quarto em que Wickham estava.

Foi Brownrigg quem abriu a porta e, quando elas entraram, Mason, que estava dormindo em sua cadeira, acordou sobressaltado. Depois disso, foi o caos. Lydia correu para a cama, onde Wickham ainda dormia, atirou-se em cima dele como se estivesse morto e começou a chorar, aparentemente tomada por uma grande angústia. Foram necessários alguns minutos para que Jane conseguisse arrancá-la delicadamente da cama e convencê-la de que seria melhor que ela voltasse mais tarde, quando o marido estivesse acordado e em condições de falar com ela. Depois de um último acesso de choro, Lydia se deixou conduzir de volta para seu quarto, onde Jane finalmente conseguiu acalmá-la e, em seguida, tocou a campainha para pedir que o café da manhã das duas fosse servido no quarto. A refeição foi prontamente trazida não pela criada de costume, mas pela sra. Reynolds, e Lydia, olhando com evidente satisfação para as iguarias cuidadosamente escolhidas, descobriu que a angústia havia lhe dado fome e pôs-se a comer com avidez. Jane ficou surpresa com o fato de Lydia não demonstrar nenhuma preocupação com o capitão Denny, que era o oficial de que ela mais gostava entre os que haviam ficado aquartelados em Meryton com Wickham. E mais surpresa ainda quando a notícia da morte brutal de que ele fora vítima, que Jane lhe deu da forma mais cuidadosa possível, pareceu mal penetrar sua compreensão.

Terminado o café da manhã, o humor de Lydia tornou a ficar instável, e ela alternava crises de choro com rompantes de autopiedade, de pavor pelo futuro dela e de seu amado Wickham, e de ressentimento contra Elizabeth. Se ela e o marido tivessem sido convidados para o baile, como deveriam, teriam chegado na manhã seguinte pelo devido caminho. Eles só tinham ido pela floresta porque sua chegada tinha de ser uma surpresa, caso contrário Elizabeth provavelmente não a deixaria entrar. Fora por culpa de Elizabeth que eles tinham sido forçados a contratar uma caleche de aluguel e a passar a noite na estalagem Green

142

Man, que não era de forma alguma o tipo de hospedaria de que ela e Wickham gostavam. Se Elizabeth lhes desse um auxílio mais generoso, talvez tivessem dinheiro para passar a noite de sexta-feira na estalagem King's Arms, em Lambton, e então uma das carruagens de Pemberley poderia ter ido buscá-los lá no dia seguinte, Denny não teria viajado com eles e nada daquilo teria acontecido. Jane teve de ouvir aquilo tudo, o que fez com grande pesar; como sempre, tentou aplacar o ressentimento, aconselhar paciência e instilar esperança, mas Lydia estava deliciando-se demais com sua mágoa para dar ouvidos à razão ou aceitar conselhos.

Nada disso era de surpreender. Lydia tinha birra de Elizabeth desde pequena, e jamais poderia haver grande afinidade ou proximidade entre irmãs de temperamentos tão diferentes. Lydia, indiscreta e impulsiva, vulgar no jeito de falar e no comportamento, avessa a qualquer tentativa de controlá-la, sempre fora um embaraço para as duas irmãs mais velhas. Era a filha predileta da mãe e, na verdade, era muito parecida com ela, mas havia outros motivos para o antagonismo entre Elizabeth e a irmã mais nova. Lydia desconfiava, e com razão, que Elizabeth havia tentado convencer o pai a proibi-la de visitar Brighton. Kitty contara ter visto Elizabeth bater na porta da biblioteca e receber permissão para entrar naquele santuário, o que era um privilégio raro já que o sr. Bennet defendia ferrenhamente a ideia de que a biblioteca era o único cômodo da casa em que ele tinha a chance de ficar sozinho e em paz. Tentar tirar de Lydia qualquer prazer que ela estivesse decida a desfrutar era considerado por ela uma das piores traições que uma irmã poderia cometer contra outra, e era questão de princípio para ela jamais perdoar nem esquecer tal coisa.

Havia ainda outro motivo para essa birra que beirava a inimizade: Lydia sabia que Wickham havia cortejado Elizabeth antes de voltar suas atenções para ela. Numa das visitas que Lydia fizera a Highmarten, Jane ouvira uma conversa dela com a governanta. Era a mesma Lydia de sempre, indiscreta, egoísta e sem consideração. "Claro que o sr. Wickham e eu jamais vamos ser convidados para ir a Pemberley. A sra. Darcy tem ciúme de mim e todo mundo em Meryton sabe por quê. Ela era louca por Wickham quando ele estava aquartelado em Meryton e o teria fisgado se pudesse. Mas ele escolheu outra pessoa — sorte minha! E, de qualquer forma, Elizabeth jamais teria se casado com Wickham, já que ele não tem dinheiro. Se tivesse, ela teria aceitado um pedido de casamento dele sem pensar duas vezes. Ela só se casou com Darcy — um homem arrogante, mal-humorado, detestável — por causa de Pemberley e de todo o dinheiro que ele tem. Todo mundo em Meryton sabe disso também."

A impropriedade de comentar com a governanta questões íntimas da família e a mistura de inverdades e vulgaridades com que Lydia passou adiante sua maledicência fizeram Jane se perguntar se seria sensato continuar aceitando tão prontamente as visitas em geral não anunciadas da irmã, e ela decidiu desestimulá-las no futuro pelo bem de Bingley, de seus filhos e dela própria. Mas ainda teria de tolerar mais uma visita. Prometera levar Lydia para Highmarten quando, conforme combinado, ela e Bingley fossem embora de Pemberley no domingo à tarde, e Jane sabia o quanto as dificuldades de Elizabeth seriam atenuadas se Lydia não estivesse lá, a exigir a toda hora atenção e comiseração, a ter ruidosos ataques de choro e a desfiar mágoas. Jane havia se sentido impotente diante da tragédia que se abatera sobre Pemberley, mas esse pequeno favor era o mínimo que podia fazer por sua querida Elizabeth.

4

Elizabeth dormiu um sono intermitente, com curtos períodos de abençoada inconsciência interrompidos por pesadelos que a faziam despertar sobressaltada e acordar para o horror real que pairava sobre Pemberley como um manto mortuário. Instintivamente ela esticava o braço para tocar no marido, mas logo se lembrava de que ele estava passando a noite na biblioteca com o coronel Fitzwilliam. O impulso de levantar da cama e andar pelo quarto era quase incontrolável, mas tentou pegar no sono de novo. Os lençóis de linho, em geral tão frescos e acolhedores, estavam retorcidos e a atavam como uma corda, enquanto os travesseiros, recheados de penas muito finas e macias, pareciam duros e quentes, exigindo que ela os sacudisse e os virasse constantemente para torná-los confortáveis.

Seus pensamentos se voltaram para Darcy e o coronel. Era absurdo que eles estivessem dormindo, ou tentando dormir, no que só podia ser um grande desconforto, principalmente depois de um dia tão terrível. E qual seria a intenção do coronel Fitzwilliam ao propor tal arranjo? Ela sabia que havia sido ideia dele. Será que tinha alguma coisa importante a comunicar a Darcy e precisava conversar com ele sem interrupções? Estaria dando alguma explicação para aquele misterioso passeio noturno a cavalo, ou será que o que tinha a dizer estava relacionado a Georgiana? Então, ocorreu a Elizabeth que o motivo que levara o coronel a propor que os dois dormissem na biblioteca poderia ter sido impedir que ela e Darcy passassem algumas horas a sós. Desde que o grupo de busca voltara com o corpo de Denny, ela e o marido mal haviam tido a chance de conversar reservadamente por mais do que alguns minutos. Achando a ideia ridícula, Elizabeth a pôs de lado e tentou novamente pegar no sono.

    Embora soubesse que seu corpo estava exausto, sua cabeça nunca estivera mais ativa. Pensava em tudo o que seria preciso fazer antes que Sir Selwyn Hardcastle chegasse. Cinquenta famílias teriam de ser notificadas do cancelamento do baile. Teria sido inútil enviar cartas na noite anterior, quando a maioria dos convidados com certeza já estaria na cama, mas talvez ela devesse ter ficado acordada até mais tarde ainda e pelo menos iniciado a tarefa de escrevê-las. No entanto, havia outra responsabilidade mais imediata que Elizabeth sabia que tinha de ser a primeira a ser enfrentada. Georgiana havia se recolhido cedo e não sabia nada a respeito da tragédia que se dera naquela noite. Desde que tentara seduzir Georgiana sete anos antes, Wickham nunca mais fora recebido em Pemberley nem seu nome mencionado. Todos haviam feito de conta que aquilo nunca havia acontecido. Elizabeth sabia que a morte de Denny aumentaria a dor do presente e reavivaria a infelicidade do passado. Será que Georgiana ainda conservava alguma afeição por Wickham? Como ela ia reagir ao revê-lo, principalmente com dois pretendentes na casa e naquela situação cheia de horror e de suspeitas? Assim que terminasse o horário do café da manhã dos empregados, Elizabeth e Darcy planejavam se reunir com todos eles para dar a notícia da tragédia, mas seria impossível esconder a presença de Lydia e de Wickham das criadas que começavam a limpar e arrumar os quartos e a acender as lareiras a partir das cinco horas da manhã. Elizabeth sabia que Georgiana acordava cedo e que a criada dela ia abrir as cortinas do quarto e lhe levar o chá da manhã pontualmente às sete. Era ela, Elizabeth, quem tinha de falar com Georgiana primeiro, antes que outra pessoa inadvertidamente lhe revelasse o que havia acontecido.

Elizabeth olhou para o pequeno relógio dourado que ficava em sua mesinha de cabeceira e viu que eram seis e quinze. Agora que era importante não adormecer, ela sentia que poderia finalmente cair no sono, mas precisava estar totalmente desperta antes das sete e então, quando faltavam dez minutos, acendeu sua vela e atravessou silenciosamente o corredor em direção ao quarto de Georgiana. Elizabeth sempre acordava cedo, com os ruídos familiares da casa ganhando vida, saudando cada dia com uma expectativa otimista de felicidade, as horas preenchidas com as tarefas e os prazeres de uma comunidade em paz consigo mesma. Naquele dia, ela ouvia ruídos suaves e distantes, como os de camundongos arranhando o chão com suas pequenas garras, o que significava que as criadas domésticas já estavam em atividade. Era pouco provável que encontrasse alguma delas naquele andar, mas, se encontrasse, elas sorririam e se encostariam à parede para deixá-la passar.

Elizabeth bateu delicadamente na porta do quarto de Georgiana e, ao entrar, encontrou-a já de penhoar, parada diante da janela e olhando para a escuridão vazia lá fora. Quase na mesma hora, a criada de Georgiana chegou; Elizabeth pegou a bandeja das mãos dela e pousou-a na mesa do quarto. Georgiana pareceu pressentir que havia alguma coisa errada. Assim que a criada saiu do quarto, foi rapidamente para perto de Elizabeth e disse, num tom preocupado: "Você parece cansada, Elizabeth, querida. Está indisposta?".

"Indisposta não, mas preocupada. Vamos nos sentar, Georgiana. Há uma coisa que preciso lhe contar."

"Não é nada com o sr. Alveston?"

"Não, não é nada com o sr. Alveston."

Então, Elizabeth fez um breve relato do que havia acontecido na noite anterior. Contou que, quando o capitão Denny foi encontrado, Wickham estava ajoelhado ao lado do corpo e profundamente abalado, mas não revelou o que Darcy lhe contara que Wickham havia dito. Georgiana ouviu tudo em silêncio, com as mãos pousadas no colo.

Olhando para ela, Elizabeth viu duas lágrimas brilhando em seus olhos e depois escorrendo por suas faces. Estendeu a mão e segurou a de Georgiana.

Depois de alguns instantes, Georgiana secou os olhos e disse com voz calma: "Você deve achar estranho, minha querida Elizabeth, que eu esteja chorando por um rapaz que nunca sequer conheci, mas não consigo deixar de pensar em como todos nós estávamos alegres na sala de música e que, enquanto eu tocava piano e cantava com o sr. Alveston, o capitão Denny estava sendo morto dessa maneira brutal a menos de duas milhas de distância. Como os pais dele vão suportar essa notícia terrível? Que perda, que dor para os amigos dele!". Depois, talvez vendo a surpresa no rosto de Elizabeth, acrescentou: "Minha querida cunhada, achou que eu estava chorando pelo sr. Wickham? Mas ele está vivo, e Lydia e ele logo vão estar reunidos novamente. Estou contente pelos dois. Não me espanta que o sr. Wickham tenha ficado tão abalado com a morte do amigo e por não ter podido salvá-lo, mas, querida Elizabeth, por favor não pense que o fato de ele ter voltado para nossas vidas me causa angústia. A época em que eu pensava estar apaixonada por ele já passou faz muito tempo e sei agora que era só a lembrança do carinho que me dedicava quando eu era criança e a gratidão que sentia pelo afeto dele, e talvez também a solidão, que me faziam acreditar estar apaixonada, mas o que eu sentia nunca fora amor. E sei também que jamais teria fugido com ele. Mesmo naquela época, aquilo tudo para mim parecia mais uma aventura infantil do que realidade".

"Georgiana, o sr. Wickham realmente pretendia se casar com você. Ele nunca negou."

"Ah, sim, ele estava absolutamente determinado." Ela corou e acrescentou: "Mas prometeu que viveríamos apenas como irmãos até que nos casássemos".

"E você acreditou nele?"

Havia uma ponta de tristeza na voz de Georgiana. "Ah, sim, eu acreditei nele. Sabe, ele nunca me amou. Era só dinheiro que ele queria, sempre foi só o dinheiro. Não guardo mágoa dele, a não ser pelo sofrimento e pela preocupação que causou ao meu irmão, mas prefiro não vê-lo."

"Sim, é melhor mesmo e não há necessidade", disse Elizabeth. Não mencionou, porém, que a menos que George Wickham tivesse muita sorte, muito provavelmente deixaria Pemberley mais tarde acompanhado pela polícia.

Elas tomaram o chá juntas e quase o tempo todo em silêncio. Quando Elizabeth se levantou para sair, Georgiana disse: "Fitzwilliam nunca vai falar nada sobre o sr. Wickham nem sobre o que aconteceu já faz tantos anos. Seria mais fácil se ele falasse. Por certo é importante que pessoas que se amam possam conversar de modo aberto e sincero sobre assuntos que as tocam".

"Acho que sim, mas às vezes é difícil", disse Elizabeth. "É preciso encontrar o momento certo."

"Nunca vamos encontrar o momento certo. A única coisa que me dói é a vergonha por ter desapontado o irmão que tanto amo e o fato de que ele com certeza nunca mais vai confiar na minha capacidade de discernimento. Mas, Elizabeth, o sr. Wickham não é um homem mau."

"Só, talvez, um homem perigoso e extremamente tolo", disse Elizabeth.

"Falei com o sr. Alveston sobre o que aconteceu e ele acha que é possível que o sr. Wickham estivesse apaixonado por mim, embora sempre tenha agido movido pela necessidade que sente de enriquecer. Posso conversar com liberdade com o sr. Alveston. Por que não com meu irmão?"

"Então o sr. Alveston sabe do segredo", Elizabeth comentou.

"Claro que sabe, somos muito amigos. Mas, como eu, o sr. Alveston vai compreender que não podemos ser mais do que isso enquanto esse mistério terrível pairar sobre Pemberley. Ele não me fez nenhuma proposta e não há nenhum noivado secreto. Nunca esconderia um segredo como esse de você, minha querida Elizabeth, nem do meu irmão, mas tanto eu quanto o sr. Alveston sabemos o que se passa nos nossos corações e estamos dispostos a esperar."

Então havia outro segredo na família. Elizabeth achava que sabia por que Henry Alveston não pretendia ainda pedir a mão de Georgiana em casamento nem deixar suas intenções claras. Poderia parecer que ele estava querendo tirar vantagem de qualquer ajuda que ele desse a Darcy, e tanto Alveston quanto Georgiana eram sensíveis o bastante para saber que a grande felicidade de um amor bem-sucedido não pode ser celebrada sob a sombra de uma forca. Não havia outra coisa que Elizabeth pudesse fazer senão beijar Georgiana, dizer o quanto gostava do sr. Alveston e expressar seus votos de felicidade pelos dois.

Então, Elizabeth achou que já estava na hora de trocar de roupa e dar início às tarefas do dia. Pensar em tudo que precisava ser feito antes que Sir Selwyn Hardcastle chegasse, às nove horas, estava deixando-a aflita. O mais importante era enviar as cartas aos convidados explicando, sem dar muitos detalhes, por que o baile teria de ser cancelado. Georgiana disse que havia pedido que lhe levassem o café da manhã no quarto, mas que se juntaria ao resto do grupo depois na sala onde a refeição matinal era servida e que gostaria muito de ajudar. O café da manhã de Lydia fora servido no quarto dela, e Jane lhe fizera companhia enquanto comia. Depois que as duas se vestiram e o quarto foi arrumado, Bingley, ansioso como sempre para estar perto da esposa, juntou-se a elas.

Assim que Elizabeth ficou pronta e Belton saiu do quarto para ver se Jane precisava de alguma ajuda, Elizabeth foi ao encontro de Darcy e, juntos, os dois se dirigiram ao quarto das crianças. Normalmente essa visita diária era feita depois do café da manhã, mas ambos estavam atormentados por um medo quase supersticioso de que o mal que anuviava Pemberley pudesse contaminar até mesmo o quarto delas e precisavam certificar-se de que tudo estava bem. Mas nada havia mudado naquele mundinho seguro e independente. Os meninos ficaram felicíssimos de ver os pais tão inesperadamente cedo e, depois que se abraçaram, a sra. Donovan chamou Elizabeth para um canto e disse em voz baixa: "A sra. Reynolds fez a gentileza de vir até aqui assim que amanheceu para me informar da morte do capitão Denny. É um enorme choque para todos nós, mas a senhora pode ficar tranquila que cuidarei para que o sr. Fitzwilliam não tome conhecimento de nada, até que o sr. Darcy entenda por bem conversar com ele e lhe contar o que julgar necessário uma criança saber. Não se preocupe, senhora; nenhuma criada vai trazer boatos para o quarto das crianças".

Depois que saíram do quarto, Darcy expressou seu alívio e gratidão por Elizabeth ter dado a notícia a Georgiana e pelo fato de a irmã não ter ficado mais aflita do que era natural, mas Elizabeth sentiu que as antigas dúvidas e preocupações do marido tinham vindo à tona novamente e que ele ficaria mais contente se Georgiana pudesse ser poupada de qualquer notícia que a fizesse se lembrar do passado.

Um pouco antes das oito, Elizabeth e Darcy entraram na sala onde era servido o café da manhã e descobriram que o único hóspede sentado à mesa era Henry Alveston e que a refeição estava praticamente intacta. Embora todos tenham tomado muito café, os costumeiros ovos, fatias de toucinho defumado caseiro, linguiças e rins pousados no aparador sob cúpulas de prata continuaram quase intocados.

Foi uma refeição dominada pelo constrangimento, e o ar de desconforto, tão incomum quando estavam todos reunidos, só se agravou com a chegada do coronel e, minutos depois, de Georgiana. Ela se sentou entre Alveston e o coronel e, enquanto Alveston a servia de café, disse: "Talvez depois do café, Elizabeth, possamos começar a cuidar das cartas. Quando você tiver decidido qual vai ser a mensagem, posso redigir as cópias. A carta pode ser igual para todos os convidados e certamente não precisa ser longa".

Depois de um momento de silêncio que pareceu desconfortável para todos, o coronel se dirigiu a Darcy. "Por certo a srta. Darcy não pode permanecer em Pemberley.

É bom que ela parta o mais rápido possível. Não convém que tome parte nessa situação ou seja submetida, de qualquer forma, ao interrogatório impertinente de Sir Selwyn e dos delegados."

Georgiana ficou muito pálida, mas disse com voz firme: "Eu gostaria de ajudar". Virou-se para Elizabeth. "Você terá de resolver tantas coisas esta manhã, mas, se me disser que mensagem quer pôr nas cartas, posso escrevê-las e depois só precisará assinar."

Alveston intercedeu. "Excelente plano. Uma mensagem curta já será suficiente." Dirigindo-se a Darcy, acrescentou: "Permita que eu seja útil, senhor. Se pudesse me ceder um cavalo rápido e outro sobressalente, eu poderia ajudar a entregar as cartas. Sendo um estranho para a maioria dos convidados, teria mais facilidade de evitar dar explicações, o que atrasaria um membro da família. Se a srta. Darcy e eu pudéssemos examinar juntos um mapa da região, poderíamos traçar a rota mais rápida e racional. Famílias que tenham vizinhos próximos que também foram convidados para o baile poderiam assumir a responsabilidade de espalhar a notícia".

Elizabeth pensou consigo que algumas delas sem dúvida se encarregariam com prazer da tarefa. Se alguma coisa podia compensar a perda do baile seria comentar com os vizinhos o drama que transcorria em Pemberley. Alguns de seus amigos certamente se compadeceriam da angústia que todos em Pemberley deviam estar sentindo e logo tratariam de escrever mensagens de condolência e apoio, e Elizabeth disse a si mesma com firmeza que muitas dessas mensagens seriam inspiradas por uma preocupação e um afeto genuínos. Ela não podia permitir que o ceticismo a fizesse descrer dos impulsos da compaixão e do amor.

Darcy, porém, estava falando, e com uma voz carregada de frieza. "Minha irmã não vai tomar parte nisso. Ela não está envolvida em nada disso e seria totalmente inapropriado que se envolvesse."

Georgiana objetou com voz suave, mas igualmente firme: "Mas, Fitzwilliam, eu estou envolvida. Todos nós estamos".

Antes que ele pudesse responder, o coronel se interpôs. "É importante, srta. Georgiana, que passe um tempo fora de Pemberley até que esse caso seja investigado e solucionado. Vou enviar uma carta expressa a Lady Catherine mais tarde e não tenho dúvida de que ela vai convidá-la imediatamente para se hospedar em Rosings. Sei que a senhorita não gosta particularmente de lá e que o convite será de certa forma indesejável, mas é desejo do seu irmão que vá para um lugar onde não corra nenhum perigo e onde nem o sr. nem a sra. Darcy precisem ficar preocupados com sua segurança e seu bem-estar. Tenho certeza de que, com seu bom senso, a senhorita entenderá que o que está sendo proposto é o mais prudente e adequado a fazer."

Ignorando-o, Georgiana virou-se para Darcy. "Não precisa ficar preocupado. Por favor, não me peça para sair daqui. Só quero ajudar Elizabeth e acho que posso de fato ser útil. Não consigo ver nada de inapropriado nisso."

Foi então que Alveston interveio. "Perdoe-me, senhor, mas não posso ficar calado. Os senhores estão discutindo o que a srta. Darcy deve fazer como se ela fosse uma criança. Já entramos no século XIX; não precisamos ser discípulos da sra. Wollstonecraft* para crer que as mulheres tenham direito a voz em assuntos que lhes dizem respeito. Já faz alguns séculos que aceitamos que as mulheres têm alma. Já não é hora de aceitarmos que elas também têm cérebro?"

O coronel fez uma pausa para se controlar e depois disse: "Sugiro que o senhor guarde as suas diatribes para o tribunal".

Darcy virou-se para Georgiana. "Eu só estava pensando no seu bem-estar e na sua felicidade. Claro que, se é essa

---

* Mary Wollstonecraft (1759-1797), escritora e filósofa inglesa, autora de *A Vindication of the Rights of Woman* [Uma defesa dos direitos da mulher]. (N. T.)

sua vontade, você deve ficar. Sei que Elizabeth vai ficar contente em poder contar com sua ajuda."

Elizabeth estava em silêncio, pensando se haveria um jeito de dizer o que pensava sem piorar a situação. Mas então disse: "Muito contente mesmo. Vou precisar ficar à disposição de Sir Selwyn Hardcastle depois que ele chegar e não sei como seria possível enviar as cartas necessárias a tempo, a menos que tenha ajuda. Então vamos começar?".

Empurrando sua cadeira para trás com certa força, o coronel fez uma rígida mesura para Elizabeth e Georgiana e em seguida se retirou.

Alveston se levantou e disse a Darcy: "Tenho de pedir desculpas, senhor, por me intrometer num assunto de família que não me diz respeito. Falei de modo inconveniente e com mais veemência do que seria gentil ou sensato".

"É ao coronel que o senhor deve desculpas, não a mim", disse Darcy. "Seus comentários podem ter sido inapropriados e atrevidos, mas isso não significa que não sejam verdadeiros." Virou-se para Elizabeth. "Se puder resolver a questão das cartas agora, meu amor, acho que está na hora de falarmos com os empregados, tanto com os domésticos quanto com os que possam estar trabalhando na casa. A sra. Reynolds e Stoughton ficaram de informar a eles apenas que houve um acidente e que o baile foi cancelado, e com certeza todos devem estar consideravelmente tensos e ansiosos. Vou chamar a sra. Reynolds agora para dizer que vamos falar com todos no refeitório dos empregados assim que você tiver terminado de rascunhar a carta para Georgiana copiar."

5

Meia hora depois, Darcy e Elizabeth entraram no refeitório dos empregados ao som de dezesseis cadeiras sendo empurradas para trás e de um suave "Bom dia, senhor" em resposta à saudação de Darcy, dito em uníssono em voz tão baixa que mal foi possível ouvi-lo. Elizabeth ficou surpresa com a quantidade de aventais e toucas recém-engomados e muito brancos, até que lembrou que, conforme as instruções da sra. Reynolds, todos os criados vestiam uniformes impecáveis na manhã do baile de Lady Anne. Havia no ar um aroma penetrante e delicioso de massas assando; na ausência de ordens em contrário, algumas das tortas e dos salgados já deviam ter sido levados aos fornos. Ao passar pela porta aberta do jardim de inverno, Elizabeth tinha ficado quase nauseada com o cheiro enjoativo das flores cortadas; indesejadas agora, quantas delas, Elizabeth se perguntava, ainda estariam vivas na segunda-feira? Pegou-se pensando no que seria melhor fazer com as inúmeras aves que haviam sido depenadas, com os enormes cortes de carne, com as frutas trazidas das estufas, com a sopa branca e os doces. A maior parte das comidas ainda não devia ter sido preparada, mas, com o cancelamento tão perto do baile, haveria inevitavelmente um excedente que Elizabeth não podia permitir que fosse desperdiçado. Parecia uma preocupação despropositada num momento como aquele, mas se misturou a uma infinidade de outras preocupações. Por que o coronel Fitzwilliam não havia dito nada sobre o fato de ter saído a cavalo na noite anterior e para onde teria

155

ido? Era difícil acreditar que tivesse saído apenas para cavalgar na beira do rio e tomar ar fresco. E se Wickham fosse preso, uma possibilidade que ninguém mencionava mas que todos deviam saber que era quase certa, o que aconteceria com Lydia? Era improvável que quisesse permanecer em Pemberley, mas precisaria ser acolhida em algum lugar que fosse próximo de onde o marido estivesse. Talvez o melhor plano e certamente a opção mais conveniente fosse Lydia ir para Highmarten com Jane e Bingley, mas isso seria justo com Jane?

Com essas preocupações ocupando por completo sua cabeça, Elizabeth mal conseguiu prestar atenção nas palavras do marido, que foram ouvidas em absoluto silêncio, e só as últimas frases penetraram de fato em sua consciência. Sir Selwyn Hardcastle havia sido chamado durante a noite e o corpo do capitão Denny fora levado para Lambton. Sir Selwyn voltaria às nove horas e precisaria conversar com todas as pessoas que estavam em Pemberley na noite anterior. Ele e a sra. Darcy estariam presentes quando isso acontecesse. Não havia nenhum tipo de suspeita contra nenhum dos empregados, mas era importante que eles respondessem as perguntas de Sir Selwyn com honestidade. Enquanto isso, deveriam continuar a cumprir seus deveres, sem discutir a tragédia nem cochichar uns com os outros. Todos estavam proibidos de ir à floresta, salvo o sr. e a sra. Bidwell e seus familiares.

A declaração foi recebida com um grande silêncio, que Elizabeth se sentiu no dever de quebrar. Quando se levantou, deu-se conta de que havia dezesseis pares de olhos fixos nela, de pessoas preocupadas e aflitas que esperavam ouvir que tudo acabaria bem, que eles não tinham nada a temer e que Pemberley continuaria a ser o que sempre fora, o lar e a segurança de todos eles.

"Obviamente não será mais possível realizar o baile. Cartas serão enviadas a todos os convidados, explicando brevemente o que aconteceu. Uma grande tragédia se abateu sobre Pemberley, mas sei que vocês vão continuar a cuidar de suas tarefas, manter a calma e cooperar com Sir Selwyn Hardcastle e com a investigação, como todos nós temos de fazer. Se alguma coisa em particular estiver lhes causando inquietação ou se tiverem alguma informação a dar, devem falar primeiro com o sr. Stoughton ou com a sra. Reynolds. Eu gostaria de agradecer a todos pelas muitas horas que, como sempre, dedicaram aos preparativos para o baile de Lady Anne. O sr. Darcy e eu lamentamos profundamente que, por uma razão tão trágica, todo esse trabalho tenha sido em vão. Como sempre, seja nos bons ou nos maus momentos, contamos com a lealdade e a dedicação mútuas que são a base da nossa vida em Pemberley. Não temam pela sua segurança nem pelo seu futuro. Pemberley já resistiu a muitas tempestades em sua longa história, e esta também vai passar".

A declaração de Elizabeth foi seguida de um breve aplauso, rapidamente reprimido por Stoughton, e então ele e a sra. Reynolds disseram algumas palavras, expressando solidariedade e prometendo cumprir as instruções do sr. Darcy. Depois, dispensaram a plateia, ordenando a todos que voltassem para suas tarefas e informando que seriam novamente convocados quando Sir Selwyn Hardcastle chegasse. Quando Darcy e Elizabeth voltaram para a parte principal da casa, ele disse: "Talvez eu tenha falado de menos e você, meu amor, um pouco demais, mas juntos, como sempre, acho que acertamos a medida. E agora precisamos nos preparar para a soberania da lei na pessoa de Sir Selwyn Hardcastle".

6

A visita de Sir Selwyn acabou sendo menos tensa e mais curta do que os Darcy temiam. O primeiro delegado, Sir Miles Culpepper, havia enviado uma mensagem a seu mordomo na quinta-feira anterior para dizer que voltaria para Derbyshire a tempo de jantar na segunda-feira, e o mordomo achara prudente passar essa informação a Sir Selwyn. Nenhuma explicação para essa mudança de planos foi dada, mas Sir Selwyn não teve muita dificuldade de adivinhar a verdade. A viagem de Sir Miles e Lady Culpepper a Londres, com suas lojas esplêndidas e sedutora variedade de divertimentos, havia agravado uma divergência comum a casamentos em que um marido mais velho acredita que o dinheiro deve ser usado para ganhar mais dinheiro e uma esposa jovem e bonita tem a firme opinião de que o dinheiro existe para ser gasto. De que outra forma, ela indagava com frequência, as pessoas saberiam que você tem dinheiro? Depois de receber as primeiras contas dos extravagantes gastos da esposa na capital, o grão delegado havia descoberto em si próprio um renovado compromisso para com as responsabilidades da vida pública e informara à esposa que era imperativo que voltassem para casa. Embora achasse improvável que a carta expressa que ele enviara com a notícia do assassinato já tivesse chegado às mãos de Sir Miles, Hardcastle sabia que o primeiro delegado ia querer um relatório completo do progresso da investigação assim que tomasse conhecimento da tragédia. Era ridículo considerar que o coronel e visconde Hartlep ou qualquer membro da comunidade de Pemberley pudesse ter qualquer participação na morte de Denny e, portanto, Sir Selwyn não tinha nenhuma intenção de passar mais tempo lá do que fosse necessário. O bailio Brownrigg já havia verificado, ao chegar, que nenhum cavalo nem carruagem deixara os estábulos de Pemberley depois que o coronel Fitzwilliam saiu para cavalgar. O suspeito que Sir Selwyn estava ansioso para interrogar, e urgentemente, era Wickham, e trouxera consigo o carro da prisão e dois oficiais com a intenção de transportá-lo para acomodações mais adequadas, na prisão de Lambton, onde poderia obter todas as informações necessárias para oferecer ao primeiro delegado um relato completo e impressionante das atividades realizadas por ele e pelos subdelegados.

Os Darcy receberam um Sir Selwyn anormalmente afável, que até aceitou fazer uma breve refeição antes de interrogar a família. O magistrado reuniu os Darcy, Alveston e o coronel na biblioteca e interrogou-os juntos. Apenas o depoimento do coronel, relatando suas atividades na hora aproximada do crime, despertou algum interesse. O coronel começou pedindo desculpas aos Darcy por seu silêncio até então. Em seguida, declarou que fora à estalagem King's Arms para encontrar-se com uma senhora que queria seus conselhos e sua ajuda numa questão delicada relativa ao irmão dela, um oficial que já estivera sob seu comando. Como ela estava na cidade para visitar um parente, o coronel sugeriu que um encontro na estalagem chamaria menos atenção do que no escritório dele em Londres. Ele não havia mencionado esse encontro antes porque estava ansioso para que a senhora em questão pudesse ir embora de Lambton antes que a notícia da presença dela na estalagem se espalhasse e ela virasse alvo da curiosidade da população local. Ele poderia fornecer o nome e o endereço dela em Londres, caso fosse necessário fazer uma verificação; estava confiante, porém, de que o depoimento do estalajadeiro e dos fregueses que estavam bebendo na hora em que ele chegou e na hora em que saiu confirmaria seu álibi.

Com certo ar de quem está orgulhoso de si mesmo, Hardcastle disse: "Isso não será necessário, Lorde Hartlep. No caminho para cá, como era conveniente para mim, passei na King's Arms para saber se alguma pessoa estranha havia estado lá na sexta-feira e me falaram dessa senhora. Sua amiga causou uma impressão e tanto na estalagem; chegou numa carruagem muito bonita, segundo me disseram, e acompanhada de uma criada e de um empregado. Imagino que tenha gastado bastante dinheiro lá, pois o estalajadeiro ficou triste de vê-la partir".

Era hora, então, de Hardcastle interrogar os empregados, que estavam reunidos no refeitório como antes, salvo pela sra. Donovan, que não tinha a menor intenção de deixar o quarto das crianças desprotegido. Como a culpa é mais frequentemente sentida por inocentes do que por quem de fato tem culpa, a atmosfera era mais de tensão do que de expectativa. Hardcastle havia resolvido fazer o discurso mais tranquilizador e curto possível, uma intenção em parte prejudicada por suas advertências severas habituais a respeito das consequências terríveis a que estavam sujeitas as pessoas que se recusavam a cooperar com a polícia ou omitiam informações. Num tom mais suave, ele continuou: "Não tenho dúvida de que todos vocês tinham coisas melhores a fazer na véspera do baile de Lady Anne do que sair de casa numa noite de tempestade com o intuito de matar um completo estranho na floresta. Agora vou pedir a todos os que tenham alguma informação a dar, ou que tenham saído de Pemberley entre as sete da noite de ontem e as sete da manhã de hoje, que levantem a mão".

Só uma pessoa levantou a mão. A sra. Reynolds sussurrou para o magistrado: "Betsy Collard, senhor, uma das criadas domésticas".

Hardcastle ordenou que ela se levantasse, o que Betsy fez imediatamente e sem dar nenhum sinal de relutância. Ela era uma moça decidida e confiante e falou com clareza: "Fui à floresta com a Joan Miller na quarta-feira, senhor, e vimos o fantasma da sra. Reilly tão bem como estou vendo o senhor agora. Ela estava lá, escondida no meio das árvores, com uma capa preta e um capuz, mas deu para ver direitinho a cara dela por causa do luar. Eu e Joan ficamos com medo e fugimos de lá correndo, mas ela não veio atrás de nós. Mas nós a vimos, senhor, eu juro por Deus que vimos".

Joan Miller foi instruída a pôr-se de pé e, nitidamente apavorada, confirmou a história de Betsy com um resmungo tímido. Hardcastle sentiu claramente que estava adentrando um terreno feminino e incerto. Olhou para a sra. Reynolds, que tomou a palavra. "Vocês sabem muito bem, Betsy e Joan, que não têm permissão para sair de Pemberley desacompanhadas depois do anoitecer. E é não só uma grande tolice, mas também indigno de pessoas cristãs, acreditar que os mortos vagam pela terra. É uma vergonha que tenham deixado uma fantasia ridícula dessas entrar na cabeça de vocês. Quero conversar com as duas na minha sala assim que Sir Selwyn Hardcastle tiver terminado de fazer perguntas."

Ficou patente para Sir Selwyn que nada do que ele pudesse dizer seria mais intimidante do que aquele prospecto. As duas moças murmuraram "Sim, sra. Reynolds" e prontamente se sentaram.

Hardcastle, impressionado com o efeito imediato das palavras da governanta, decidiu que convinha impor sua autoridade com uma advertência final. "Estou surpreso que moças que têm o privilégio de trabalhar em Pemberley deem ouvidos a uma superstição tão ignorante. Não aprenderam as lições do catecismo?", ele perguntou. Um murmurado "Aprendemos, sim, senhor" foi a única resposta.

Então Hardcastle voltou para a parte principal da casa e se juntou a Darcy e Elizabeth, aparentemente aliviado porque só o que restava era a tarefa mais fácil de transportar Wickham. O prisioneiro, agora agrilhoado, fora poupado da humilhação de ser levado embora à vista de todos, e apenas Darcy testemunhou sua partida, achando que era seu dever estar lá para lhe desejar boa sorte e vê-lo ser

161

posto no carro da prisão pelo bailio Brownrigg e pelo subdelegado Mason. Hardcastle entrou em sua carruagem, mas, antes que o cocheiro agitasse as rédeas, o magistrado pôs a cabeça para fora da janela e perguntou a Darcy: "O catecismo contém um preceito contra alimentar crenças supersticiosas e idólatras, não contém?".

Darcy lembrava que a mãe havia lhe ensinado o catecismo, mas apenas uma lei continuava gravada em sua memória, a de que ele não devia permitir que suas mãos roubassem nem se apossassem do que não lhe pertencia, o qual costumava lhe vir à cabeça com embaraçosa frequência quando ele e George Wickham, ainda meninos, iam em seus pôneis até Lambton e os galhos carregados de maçãs maduras das árvores do Sir Selwyn de então debruçavam-se, convidativos, sobre o muro do jardim. Com ar grave, Darcy disse: "Acho, Sir Selwyn, que podemos inferir que o catecismo não contém nada que seja contrário aos preceitos e práticas da Igreja da Inglaterra".

"Tem razão, tem razão. Exatamente como pensei. Mocinhas tolas."

Satisfeito com o sucesso de sua visita, Sir Selwyn ordenou ao cocheiro que tocasse e, então, a carruagem começou a descer a larga ladeira fazendo seu ribombo característico, seguida pelo carro da prisão, ambos sendo observados por Darcy até desaparecer de vista. Ocorreu a Darcy que observar visitantes indo e vindo estava se tornando quase um hábito, mas a partida do carro da prisão com Wickham livraria Pemberley de uma nuvem negra de recordações de horror e aflição, e ele tinha esperança de que não fosse necessário ver Sir Selwyn Hardcastle de novo até o inquérito.

LIVRO QUATRO
O INQUÉRITO

1

Tanto a família quanto os membros da paróquia contavam como certo que o sr. e a sra. Darcy, bem como seus empregados, seriam vistos na igreja de St. Mary às onze horas da manhã de domingo. A notícia do assassinato do capitão Denny havia se espalhado com extraordinária rapidez e o não comparecimento dos Darcy à cerimônia dominical seria interpretado como uma admissão de envolvimento no crime ou de que eles estavam convictos da culpa do sr. Wickham. O ofício divino era visto por todos como uma oportunidade legítima para a congregação avaliar não só a aparência, a conduta, a elegância e a possível riqueza de pessoas recém-chegadas à paróquia, mas também o aspecto de qualquer vizinho que estivesse atravessando uma situação interessante, como uma gravidez ou uma falência. Um assassinato brutal cometido na propriedade de um homem por seu cunhado, com quem todos sabiam que ele não mantinha boas relações, inevitavelmente atrairia um grande número de pessoas à igreja, incluindo alguns notórios inválidos cuja prolongada indisposição os vinha impedindo de enfrentar os rigores do ofício dominical fazia muitos anos. Ninguém, é claro, era indelicado a ponto de deixar sua curiosidade transparecer, mas há muita coisa que se pode descobrir separando-se discretamente os dedos ao erguer as mãos para rezar, ou lançando-se um olhar de soslaio sob a proteção de um touca do durante um cântico. O reverendo Percival Oliphant, que antes da cerimônia tinha ido visitar Pemberley para expressar condolências e oferecer apoio, havia feito tudo o que podia para mitigar a provação da família, primeiro pregando um sermão excepcionalmente longo e quase incompreensível sobre a conversão de São Paulo, depois detendo o sr. e a sra. Darcy quando estavam saindo da igreja com uma conversa tão demorada que as pessoas que esperavam para cumprimentá-los, impacientes para ir almoçar, acabaram por contentar-se em fazer apenas uma mesura para o casal antes de se dirigir a suas carruagens ou caleches.

Lydia não foi à igreja, e os Bingley ficaram em Pemberley não só para lhe fazer companhia, como também para se preparar para a viagem de volta para casa naquela tarde. Com a barafunda que Lydia havia feito com suas roupas desde que chegara, guardar seus vestidos de volta na mala a seu contento levou um tempo consideravelmente maior do que arrumar as malas dos Bingley. Mas tudo já estava pronto quando Darcy e Elizabeth voltaram para almoçar, e às duas e vinte da tarde os Bingley já estavam instalados em sua carruagem e prontos para partir. Depois que todos deram um último adeus, o cocheiro agitou as rédeas e a carruagem se pôs em movimento, seguindo rumo ao caminho largo à margem do rio, descendo a longa ladeira e por fim desaparecendo de vista. Por alguns instantes, Elizabeth ficou olhando na direção em que a carruagem seguira como se pudesse fazê-la reaparecer, mas depois o pequeno grupo entrou de volta na casa.

No saguão, Darcy parou e disse para Fitzwilliam e Alveston: "Ficaria grato se pudessem se encontrar comigo na biblioteca daqui a meia hora. Fomos nós três que encontramos o corpo de Denny e é provável que tenhamos de prestar depoimento no inquérito. Sir Selwyn enviou um mensageiro esta manhã para dizer que o juiz de instrução marcou o inquérito para as onze da manhã de quarta-feira. Eu gostaria de saber se lembramos da mesma forma o que houve naquela noite, principalmente o que foi dito quando encontramos o corpo do capitão Denny, e pode ser útil discutir de modo geral como devemos proceder em relação a esse assunto. A memória do que vimos e ouvimos é tão estranha, a luz da lua é tão enganosa, que às vezes preciso lembrar a mim mesmo que aquilo de fato aconteceu".

Os dois concordaram com um murmúrio e, mais tarde, entraram quase ao mesmo tempo na biblioteca, onde Darcy já os aguardava. Havia três cadeiras dispostas em torno de uma mesa retangular e duas poltronas de encosto alto, uma de cada lado da lareira. Depois de hesitar por um momento, Darcy fez um gesto para que Alveston e o coronel Fitzwilliam se sentassem nas poltronas; em seguida, foi buscar uma das cadeiras próximas da mesa e sentou-se entre os dois. Teve a impressão de que Alveston, sentado na beira de sua poltrona, estava pouco à vontade, quase constrangido, uma emoção tão diferente de sua costumeira autoconfiança que Darcy ficou surpreso quando o rapaz tomou a iniciativa de falar, dirigindo-se a ele.

"O senhor obviamente vai chamar seu advogado, mas se eu puder ajudar de alguma forma enquanto ele não chega, se ele estiver longe daqui, gostaria de dizer que estou à sua disposição, senhor. Como testemunha, não posso, é claro, representar nem o sr. Wickham nem Pemberley, mas se achar que posso ser útil, eu poderia tirar proveito da hospitalidade da sra. Bingley por mais alguns dias. Ela e o sr. Bingley tiveram a gentileza de sugerir que eu fizesse isso."

Alveston falou de maneira hesitante, o jovem advogado, tão inteligente e bem-sucedido, talvez até arrogante, transformado por um momento num rapaz inseguro e acanhado. Darcy sabia por quê. Alveston temia que sua oferta pudesse ser interpretada, principalmente pelo coronel Fitzwilliam, como uma manobra para fortalecer sua posição como pretendente à mão de Georgiana. Darcy hesitou apenas alguns segundos, mas isso deu a Alveston a chance de acrescentar mais que depressa: "O coronel Fitzwilliam por certo tem experiência com cortes marciais, e talvez o senhor ache que qualquer conselho que eu possa oferecer seja redundante, principalmente considerando que o coronel conhece bem os costumes locais, e eu não".

Darcy se voltou para o coronel. "Acho que você vai concordar, Fitzwilliam, que devemos aceitar qualquer ajuda jurídica que esteja à nossa disposição."

Num tom neutro, o coronel disse: "Não sou nem nunca fui magistrado, e não posso dizer de forma alguma que minhas ocasionais participações em cortes marciais sejam motivo para que me considere um perito em direito criminal civil. Como não sou parente de George Wickham, como Darcy, não tenho o direito de assumir qualquer posição nesse assunto, a não ser como testemunha. Cabe a você, Darcy, decidir que conselhos podem ser úteis. Como ele próprio admite, é difícil perceber como o sr. Alveston poderia oferecer auxílio nessa questão".

Virando-se para Alveston, Darcy disse: "Parece-me que o senhor perderia um tempo desnecessário se tivesse de fazer diariamente a viagem de ida e volta entre Highmarten e Pemberley. A sra. Darcy já conversou com a irmã dela e todos esperamos que o senhor aceite nosso convite para permanecer aqui em Pemberley. É possível que Sir Selwyn Hardcastle lhe peça para adiar seu retorno a Londres até que a investigação policial seja concluída, embora eu não creia que ele tenha motivo para isso depois que o senhor tiver prestado depoimento ao juiz de instrução. Mas seu trabalho não será prejudicado se ficar aqui mais tempo? Todos sabemos que é um advogado extremamente ocupado. Não seria certo aceitar sua ajuda se isso for prejudicá-lo".

"Não tenho nenhum caso que exija minha atenção pessoal nos próximos oito dias, e meu sócio, que é um profissional bastante experiente, poderá cuidar das questões de rotina até lá sem nenhuma dificuldade", respondeu Alveston.

"Então eu ficaria muito grato em poder contar com seus conselhos, quando o senhor julgar que é adequado dá-los. Nossos advogados estão mais acostumados a tratar de questões familiares, principalmente testamentos, compra e venda de propriedades, contendas locais, e até onde sei têm pouca experiência com casos de homicídio, se é que têm alguma. Certamente nunca tiveram de lidar com nenhum em Pemberley. Já lhes escrevi para contar o que aconteceu e agora vou enviar outra mensagem expressa para informá-los de que o senhor vai nos prestar auxílio. Preciso avisá-lo que é pouco provável que Sir Selwyn Hardcastle seja cooperativo. Ele é um magistrado experiente e justo, que se interessa por todas as minúcias dos processos investigativos que normalmente ficam a cargo dos delegados locais e é muito cioso de seus poderes."

O coronel não fez mais nenhum comentário.

"Seria de grande valia — pelo menos para mim — se pudéssemos discutir primeiro a percepção que nós três temos do crime, principalmente no que se refere à aparente confissão do réu", disse Alveston. "Todos acreditamos que o que Wickham quis dizer com suas palavras foi que, se ele não tivesse brigado com o capitão Denny, ele não teria saído da caleche e sido assassinado? Ou teria ele seguido Denny com a intenção de matá-lo? É uma questão que diz respeito em grande parte a caráter. Eu não conhecia o sr. Wickham, mas sei que é filho do antigo administrador do seu falecido pai e que o senhor o conhecia bem na infância. O senhor e o coronel acreditam que ele seria capaz de cometer um ato como esse?"

Ele olhou para Darcy, que, depois de alguns instantes de hesitação, respondeu: "Passei muitos anos praticamente sem me encontrar com Wickham. Depois que ele se casou com a irmã mais nova da minha mulher, nunca mais o vi. No passado, eu o achava ingrato, invejoso, desonesto e mentiroso. Ele tem um rosto bonito e é muito afável em reuniões sociais, principalmente com as senhoras, o que faz com que conquiste a estima de todos; se essa estima resiste a um convívio mais prolongado é outra questão, mas nunca o vi ser violento nem ouvi falar de nenhuma ocasião em que tivesse sido. As ofensas que cometeu são de um tipo mais mesquinho e prefiro não falar sobre elas; todos temos a capacidade de mudar. Só posso dizer que não acredito que o Wickham que um dia conheci, apesar de todos os seus defeitos, seria capaz de assassinar brutalmente um ex-colega e amigo. Eu diria que ele era um homem avesso à violência e a evitaria se possível".

"Ele lutou contra rebeldes na Irlanda e a bravura que demonstrou foi reconhecida", disse o coronel Fitzwilliam. "Coragem física temos de admitir que ele possui."

"Sem dúvida, se tivesse de escolher entre matar ou morrer, Wickham seria implacável", disse Alveston. "Não quero desmerecer a bravura dele, mas será que a guerra e a experiência direta das realidades da batalha não seriam capazes de corromper a sensibilidade até mesmo de um homem normalmente pacífico, de modo que a violência passasse a lhe parecer menos abominável? Será que não devemos considerar essa possibilidade?"

Darcy percebeu que o coronel estava tendo dificuldade para controlar a raiva. "Ninguém é corrompido por cumprir seu dever para com seu rei e seu país. Se alguma vez na vida tivesse tomado parte numa guerra, meu jovem, tenho certeza de que o senhor teria muito menos desdém por atos de extraordinária bravura", disse o coronel.

Darcy achou por bem intervir. "Li alguns artigos sobre a rebelião irlandesa de 1798 nos periódicos, mas eram textos muito breves. É provável que tenha perdido a maioria das notícias. Não foi nessa época que Wickham foi ferido e ganhou uma medalha? Que participação exatamente ele teve?"

"Ele participou, como eu, da batalha de 21 de junho em Enniscorthy, quando tomamos a colina de assalto e forçamos os rebeldes a bater em retirada. Depois, no dia 8 de agosto, o general Jean Humbert desembarcou com uma tropa de mil soldados franceses e marchou para o sul, rumo a Castlebar. O general francês incitou seus aliados rebeldes a fundar a chamada República de Connaught e, em 27 de agosto, desbaratou as forças do general Lake em Castlebar, no que foi uma derrota humilhante para o Exército britânico. Foi então que Lorde Cornwallis pediu reforços. Cornwallis manteve suas forças entre os invasores franceses e Dublin, encurralando a tropa de Humbert entre a sua e a do general Lake, o que foi fatal para os franceses. A cavalaria britânica atacou o flanco irlandês e foi então que Humbert se rendeu. Wickham participou desse ataque e depois do cerco aos rebeldes e da derrubada da República de Connaught. Foi um trabalho sangrento, pois os rebeldes foram perseguidos e punidos."

Ficou claro para Darcy que o coronel já havia dado esse relato detalhado várias vezes e sentia certo prazer em repeti-lo.

"E George Wickham tomou parte nisso?", perguntou Alveston. "Sabemos o que é necessário fazer para debelar uma rebelião. Será que não é o bastante para dar a um homem, se não um gosto pela violência, ao menos uma familiaridade com ela? Afinal, o que estamos tentando fazer é chegar a alguma conclusão a respeito do tipo de homem que George Wickham se tornou."

"Ele se tornou um homem bom e bravo. Concordo com Darcy. Não consigo imaginar Wickham como um assassino. Alguém sabe como ele e a mulher viviam desde que saiu do Exército, em 1800?", perguntou o coronel.

Darcy respondeu: "Já faz anos que ele não é mais recebido em Pemberley e nunca nos comunicamos, mas a sra. Wickham costuma ser recebida em Highmarten. Eles não prosperaram. Wickham conquistou certa fama de herói nacional depois da campanha irlandesa e isso garantiu que em geral tivesse facilidade para conseguir empregos, mas não para mantê-los. Ao que parece, o casal costumava ir para Longbourn quando Wickham estava desempregado e o dinheiro andava escasso, e sem dúvida a sra. Wickham gostava de rever velhas amigas e de se vangloriar das conquistas do marido, mas essas visitas raramente duravam mais que três semanas. Alguém devia estar ajudando o casal financeiramente e com regularidade, mas a sra. Wickham nunca deu maiores explicações a esse respeito, nem, é claro, a sra. Bingley perguntou. Isso é tudo o que sei e, na verdade, tudo o que quero saber".

"Como eu nunca tinha visto o sr. Wickham antes da noite de sexta-feira", disse Alveston, "minha opinião a respeito de sua culpa ou inocência se baseia não na personalidade ou no passado dele, mas apenas na minha análise dos indícios de que dispomos até o momento. Acho que ele tem excelentes argumentos de defesa. A suposta confissão pode não representar nada além da culpa que estava sentindo por ter feito com que o amigo saísse da caleche. Ele tinha bebido, e esse tipo de sentimentalismo choroso depois de um choque não é incomum quando um homem está embriagado. Mas vamos examinar os indícios concretos. O grande mistério do caso é por que o capitão Denny resolveu se embrenhar na floresta. O que temia que Wickham fizesse? Denny era maior e mais forte que Wickham e estava armado. Se tinha a intenção de voltar a pé para a estalagem, por que não foi pela estrada? Claro que se fosse pela estrada a caleche poderia alcançá-lo, mas, como eu disse, ele não corria perigo nenhum. Wickham não ia atacá-lo com a sra. Wickham na caleche. É provável que se argumente que Denny possa ter se sentido impelido a sair imediatamente da caleche por ser contrário ao plano de Wickham de deixar a esposa em Pemberley sem que ela tivesse sido convidada para o baile e sem avisar à sra. Darcy. O plano certamente demonstrava uma grande falta de educação e de consideração da parte deles, mas não era motivo para que Denny fugisse daquela maneira tão dramática. A floresta estava escura e ele não tinha nada para iluminar o caminho. Para mim, sua atitude é incompreensível.

"E há ainda indícios mais fortes", continuou Alveston. "Onde estão as armas? Com certeza foram usadas duas. O primeiro golpe produziu pouco mais que um pequeno sangramento, que impediu Denny de enxergar onde estava e o deixou trôpego. O ferimento na nuca foi feito com uma arma diferente, algo pesado e sem gume, talvez uma pedra. E, segundo o relato dos que viram o ferimento, incluindo o senhor, sr. Darcy, é uma ferida tão funda e longa que um homem supersticioso poderia dizer que não foi feita por mão humana, e certamente não pela mão de Wickham. Duvido que ele conseguisse erguer com facilidade uma pedra tão pesada alto o bastante para poder atirá-la exatamente no alvo. E devemos supor que a pedra estava lá, convenientemente à mão, por puro acaso? E há também aqueles arranhões na testa e nas mãos de Wickham. Por certo sugerem que Wickham pode ter se perdido na floresta depois de se deparar pela primeira vez com o corpo do capitão Denny."

"Então o senhor acha que, se o caso for a julgamento, Wickham vai ser absolvido?", perguntou o coronel Fitzwilliam.

"Com base nos indícios que temos até agora, acredito que ele deva ser, mas sempre existe o risco, em casos em que não há outro suspeito, de que os jurados se perguntem: se não foi ele, então quem foi? É difícil para um juiz ou para um advogado de defesa recomendar aos jurados que não adotem essa visão, sem ao mesmo tempo botar essa ideia na cabeça deles. Wickham vai precisar de um bom advogado."

"Isso é responsabilidade minha", disse Darcy.

"Sugiro que o senhor tente contratar Jeremiah Mickledore. Ele é brilhante nesse tipo de caso e com júris da capital, mas só aceita casos em que está interessado e detesta sair de Londres."

"Há alguma chance de o caso ser transferido para Londres?", perguntou Darcy. "Caso contrário, ele só será julgado na próxima sessão do tribunal de Derby, na Quaresma ou no verão". Olhou para Alveston. "Lembre-me de como é o procedimento."

"Em geral, o Estado prefere que os réus sejam julgados no tribunal local. O argumento é de que a população pode ver com seus próprios olhos que a justiça foi feita. Quando casos são transferidos, normalmente a transferência é feita apenas para o tribunal do condado mais próximo, e tem de haver uma boa razão, algo tão sério que impeça que se chegue a um julgamento justo na própria localidade, como dúvidas quanto à imparcialidade dos participantes, jurados que possam ter sofrido ameaças, juízes que possam ter sido subornados. Ou, então, quando a população local é tão hostil ao réu que não há como realizar uma audiência justa. É o procurador-geral que tem o poder de assumir o controle e interromper processos criminais, o que significa, no que concerne a nós, que julgamentos podem ser transferidos para outro lugar por determinação dele."

"Então a decisão caberá a Spencer Perceval?", perguntou Darcy.

"Exatamente. Talvez se possa argumentar que, como o crime foi cometido nas terras de um magistrado local, ele e a família poderiam se envolver no caso de maneira imprópria, ou que poderiam correr boatos e insinuações acerca da relação entre Pemberley e o acusado que prejudicariam a causa da justiça. Não creio que seria fácil conseguir fazer com que o caso seja transferido, mas o fato de Wickham ser parente por casamento tanto do senhor quanto do sr. Bingley é um fator complicador que o procurador-geral pode considerar relevante. Se decidir transferir o caso, não vai ser para satisfazer a vontade de ninguém, mas por acreditar que uma transferência seria a melhor forma de garantir justiça. Onde quer que o julgamento venha a se realizar, acredito que vale a pena tentar contratar Jeremiah Mickledore para a defesa. Trabalhei com ele até cerca de dois anos atrás e acho que posso ter algum poder de influência. Sugiro que o senhor lhe envie uma mensagem expressa relatando os fatos e depois eu converse sobre o caso com ele quando voltar para Londres, o que terei de fazer após o inquérito."

Darcy aceitou a sugestão e agradeceu. Em seguida, Alveston disse: "Creio, senhores, que deveríamos pensar sobre o testemunho que daremos quando nos perguntarem o que Wickham disse quando o encontramos ajoelhado ao lado do corpo. Isso será sem dúvida crucial para o caso. Obviamente, diremos a verdade, mas seria interessante saber se a lembrança que temos das palavras exatas dele coincide".

Sem esperar que qualquer um dos outros dois se manifestasse, o coronel Fitzwilliam disse: "Como é natural, elas deixaram uma forte impressão em mim e creio que possa repeti-las com exatidão. Wickham disse: 'Ele está morto! Ah, meu Deus, Denny está morto! Ele era meu amigo, meu único amigo, e eu o matei! Foi culpa minha'. Claro que o que ele quis dizer quando falou que a morte de Denny tinha sido culpa dele é uma questão de opinião".

"A lembrança que guardo das palavras de Wickham é exatamente igual à do coronel, mas, como ele, não creio que possa interpretá-las. Até aqui concordamos", disse Alveston.

Foi a vez de Darcy. "Não tenho uma lembrança tão precisa da ordem exata das palavras, mas posso afirmar com confiança que Wickham disse que tinha matado o amigo, o único amigo que ele tinha, e que havia sido culpa dele. Também acho ambíguas as últimas palavras e não pretendo tentar explicá-las, a menos que seja forçado, e talvez nem mesmo assim."

"É improvável que o juiz de instrução nos force a explicá-las", disse Alveston. "Se a pergunta for feita, ele pode observar que ninguém pode ter certeza do que se passa na cabeça de outra pessoa. Na minha opinião, que é puramente conjectural, Wickham quis dizer que Denny não teria se embrenhado na floresta e sido atacado pelo assassino se os dois não tivessem discutido e que ele assumia a responsabilidade pelo que quer que tenha feito Denny se sentir impelido a sair da caleche. O caso sem dúvida vai ficar na dependência do que Wickham quis dizer com essas poucas palavras."

Ao que parecia, aquela conversa podia ser dada por encerrada, mas, antes que eles se levantassem, Darcy disse: "Então o destino de Wickham, viver ou morrer, vai depender da opinião de doze homens, influenciados como necessariamente são por seus próprios preconceitos, da força do depoimento do acusado e da eloquência do promotor".

"De que outra forma isso poderia ser resolvido?", perguntou o coronel. "Wickham vai estar nas mãos de seus compatriotas e não pode haver maior garantia de justiça do que o veredicto de doze ingleses honestos."

"E sem apelação", disse Darcy.

"Como poderia haver apelação? A decisão do júri sempre foi sacrossanta. O que você está propondo, Darcy, que seja convocado um segundo júri para concordar ou discordar do primeiro e depois outro e mais outro? Seria o cúmulo da imbecilidade e, se isso fosse levado adiante *ad infinitum*, pode-se presumir que casos ingleses acabariam por ser julgados por tribunais estrangeiros. E isso seria o fim não só do nosso sistema jurídico, mas de muitas outras coisas também."

"Não seria possível existir uma corte de apelação que consistisse em três ou talvez cinco juízes e fosse convocada quando houvesse discordância a respeito de uma questão de direito complexa?"

Foi então que Alveston interveio. "Posso bem imaginar a reação de um júri inglês diante da proposta de que a decisão a que os jurados chegassem pudesse ser posta em dúvida por três juízes. É o juiz que preside o julgamento que deve resolver as questões de lei e, se não for capaz de fazer isso, então ele não tem direito de ser juiz. E de certa forma existe, sim, uma corte de apelação. O juiz que preside um julgamento pode iniciar um processo para a concessão de um perdão quando não ficar satisfeito com o resultado, e um veredicto que pareça injusto para a população sempre acaba gerando um clamor público e, às vezes, protestos violentos. Posso garantir ao senhor que não há nada mais poderoso que o povo inglês quando tomado de justa indignação. Mas, como talvez saiba, faço parte de um grupo de advogados que estão preocupados em examinar a eficácia do nosso sistema jurídico criminal, e há uma reforma que gostaríamos que fosse posta em prática: achamos que o direito que o promotor tem de fazer um discurso final antes do veredicto deveria ser estendido também ao advogado de defesa. Não vejo nenhuma razão contrária a essa mudança e temos esperança de que ela venha a ser feita antes do final deste século."

"Que objeção há contra ela?", perguntou Darcy.

"A principal objeção é o tempo. Os tribunais londrinos já estão sobrecarregados e inúmeros casos são despachados com uma pressa indecente. Os ingleses não gostam tanto de advogados a ponto de querer ouvi-los discursar ainda mais horas do que já ouvem. Muitos acham que o fato de o réu poder falar por si próprio e de os advogados de defesa poderem interrogar as testemunhas já é suficiente para garantir justiça. Não acho que esses argumentos sejam inteiramente convincentes, mas são defendidos com sinceridade."

"Você parece um radical, Darcy. Não sabia que tinha tanto interesse por leis nem que estava tão empenhado em modificá-las", disse o coronel.

"Nem eu, mas quando nos confrontamos, como agora, com a realidade do que aguarda George Wickham e quando vemos como é estreita a lacuna entre a vida e a morte, talvez seja natural ficar interessado e preocupado." Ele ficou alguns instantes em silêncio e então disse: "Se ninguém tem mais nada a acrescentar, talvez possamos nos unir às senhoras para jantar".

2

A manhã de terça-feira prometia que o dia seria agradável, estimulando até a esperança de que o sol do outono aparecesse. Wilkinson, o cocheiro, tinha a merecida fama de saber prever o tempo e, dois dias antes, profetizara que o vento e o tempo chuvoso seriam seguidos por um pouco de sol e chuvas ocasionais. Era o dia em que Darcy iria encontrar-se com seu administrador, John Wooler, que almoçaria em Pemberley, e à tarde iria até Lambton para ver Wickham, um dever que ele podia estar certo de que não traria satisfação a nenhum dos dois.

Enquanto Darcy estivesse ausente, Elizabeth planejava fazer uma visita à cabana da floresta com Georgiana e o sr. Alveston, para perguntar pela saúde de Will e levar vinho e iguarias delicadas, que ela e a sra. Reynolds esperavam que abrissem o apetite do rapaz. Também queria verificar se a sra. Bidwell e a filha não temiam ficar sozinhas na cabana enquanto Bidwell trabalhava em Pemberley. Georgiana havia dito que acompanharia Elizabeth com prazer, e Henry Alveston imediatamente se oferecera para ir também, a fim de proporcionar-lhes a companhia masculina que Darcy achava essencial e com a qual Alveston sabia que as duas damas se sentiriam mais tranquilas. Elizabeth havia pedido que o almoço fosse servido cedo e estava ansiosa para pôr-se a caminho tão logo terminassem a refeição; o sol do outono era uma bênção que não se poderia esperar que durasse muito, e Darcy havia insistido para que o grupo deixasse a floresta antes que a luz da tarde começasse a diminuir.

Antes, porém, Elizabeth tinha cartas a escrever. Tomou o café da manhã cedo e sentou-se diante de sua escrivaninha para dedicar algumas horas à tarefa. Ainda não conseguira responder a todos os amigos que haviam mandado cartas expressando pesar e pedindo notícias em resposta à sua mensagem sobre o cancelamento do baile, e sabia que sua família em Longbourn, que fora informada do ocorrido por Darcy por correio expresso, estaria esperando boletins quase diários. Também era preciso manter a sra. Hurst e a srta. Bingley, irmãs de Bingley, a par do andamento das coisas, mas isso pelo menos ela podia deixar a cargo do cunhado. As duas visitavam o irmão e Jane duas vezes por ano, mas estavam tão imersas nos encantos de Londres que achavam intolerável passar mais de um mês no campo. Enquanto estavam hospedadas em Highmarten, aceitavam convites para ir a Pemberley. Poder gabar-se de visitar Pemberley, de manter relações de amizade com o sr. Darcy e de desfrutar dos esplendores de sua casa era um prazer valioso demais para ser sacrificado por causa de esperanças frustradas ou de ressentimentos, muito embora ver Elizabeth na posição de senhora de Pemberley continuasse a ser uma afronta que as duas irmãs só conseguiam tolerar graças a um doloroso exercício de autocontrole. Então, para alívio de Elizabeth, as visitas não eram frequentes.

Ela sabia que Bingley devia ter lhes recomendado delicadamente que não fossem a Pemberley durante a presente crise e não tinha dúvida de que as duas se manteriam afastadas. Um assassinato na família pode causar frisson em jantares elegantes, mas pouca vantagem social se poderia tirar do aniquilamento brutal de um capitão de infantaria sem importância, sem dinheiro e sem berço. Como até as pessoas mais escrupulosas raramente conseguem esquivar-se de ouvir mexericos maliciosos, é preferível aproveitar o que não pode ser evitado, e era de conhecimento geral tanto em Londres quanto em Derbyshire que a srta. Bingley andava particularmente preocupada em não ausentar-se da capital. O cerco amoroso que ela vinha fazendo a um viúvo nobre e extremamente rico estava entrando numa fase muito promissora. Como ela própria admitia, se não tivesse o título de nobreza nem tanto dinheiro ele seria considerado o homem mais enfadonho de Londres, mas não se pode esperar ser chamada de "sua excelência" sem alguma inconveniência, e a concorrência pela riqueza, pelo título e por tudo mais que o viúvo se dispusesse a conceder era compreensivelmente acirrada. Havia um par de mães gananciosas, muito experientes nos jogos matrimoniais, que vinha trabalhando assiduamente cada qual por sua respectiva filha, de modo que a srta. Bingley não tinha a menor intenção de sair de Londres num estágio tão delicado da competição.

Elizabeth havia acabado de escrever uma carta para sua família em Longbourn e outra para sua tia Gardiner quando Darcy chegou trazendo uma carta expressa que fora entregue no final da tarde do dia anterior e que ele só abrira havia pouco.

Entregando-a para Elizabeth, ele disse: "Lady Catherine, como era de esperar, repassou a notícia para o sr. Collins e Charlotte e enviou uma carta deles junto com a dela. Imagino que nenhuma das duas cartas vá lhe causar surpresa nem satisfação. Vou estar no gabinete com John Wooller, mas espero vê-la no almoço, antes de eu ir para Lambton".

Lady Catherine havia escrito:

Meu querido sobrinho
Sua carta expressa, como você deve imaginar, causou-me um considerável choque, mas, felizmente, posso garantir a você e a Elizabeth que não sucumbi. Mesmo assim, tive de chamar o dr. Everidge, que me deu os parabéns por estar sendo tão forte. Vocês podem ficar seguros de que estou tão bem quanto seria de esperar. A morte desse desafortunado rapaz — que eu, é claro, nunca conheci — vai inevitavelmente provocar uma comoção nacional da qual, dada a importância de Pemberley, não há como escapar. O sr. Wickham, que a polícia fez muito bem em prender, parece ter um enorme talento para causar problemas e embara-

ços a pessoas respeitáveis, e não consigo deixar de pensar que a indulgência com que seus pais o trataram na infância, contra a qual eu diversas vezes me manifestei com veemência para Lady Anne, foi responsável por muitos dos comportamentos delinquentes que ele adotou mais tarde. Contudo, prefiro acreditar que pelo menos dessa atrocidade o sr. Wickham seja inocente e, como o lastimável fato de ele ter se casado com a irmã de sua mulher fez dele seu cunhado, você sem dúvida vai querer responsabilizar-se pelas despesas da defesa dele. Vamos torcer para que isso não deixe você e seus filhos na ruína. Vai precisar de um bom advogado. Em hipótese alguma contrate um advogado local, ou vai acabar ficando nas mãos de uma nulidade que combinará ineficiência com expectativas absurdas no que diz respeito a remuneração. Eu ofereceria meu próprio advogado, o sr. Pegworthy, mas preciso dele aqui. Aquela antiga querela com meu vizinho acerca das fronteiras das nossas terras está chegando a um estágio crítico e houve um lamentável aumento do número de invasões de caçadores nos últimos meses. Iria até aí eu mesma para lhe prestar aconselhamento — o sr. Pegworthy disse que, se eu fosse homem e tivesse abraçado a advocacia, abrilhantaria o tribunal inglês — mas minha presença é necessária aqui. Se fosse a todas as pessoas que se beneficiariam com meus conselhos, eu não pararia em casa. Sugiro que contrate um advogado do Inner Temple. Dizem que todos lá são muito cavalheiros e civilizados. Mencione meu nome e será bem atendido.

Transmitirei a notícia ao sr. Collins, já que não há como escondê-la por muito tempo. Como sacerdote, ele vai querer lhe enviar suas costumeiras e depressivas palavras de consolo e pretendo anexar sua carta à minha, mas vou limitar a extensão da mensagem.

Mando a você e à sra. Darcy minhas condolências. Se o caso vier a tomar um rumo adverso, não hesite em me chamar, que enfrentarei as neblinas do outono para estar com você.

Elizabeth não contava em tirar nada de interessante da carta do sr. Collins, a não ser o repreensível prazer de apreciar a mistura única de pompa e tolice que caracterizava o discurso do pároco. A carta era mais longa do que ela esperava. Apesar do que proclamara, Lady Catherine havia sido indulgente quanto à extensão da mensagem. O sr. Collins começava declarando que não conseguia encontrar palavras para expressar o choque e o horror que a notícia lhe causara e, em seguida, encontrava um número enorme delas, poucas apropriadas e nenhuma que ajudasse de forma alguma. Como fizera na ocasião do noivado de Lydia, ele atribuía todo aquele medonho incidente ao fato de o sr. e a sra. Bennet não exercerem o devido controle sobre a filha; depois, congratulava-se por ter retirado um pedido de casamento que o teria ligado inescapavelmente à desgraça da família. Então, profetizava todo um catálogo de tragédias que estaria à espera dos Bennet, indo da pior — o desagrado de Lady Catherine, que a faria banir os Bennet permanentemente de Rosings — até chegar à ignomínia pública, à bancarrota e à morte. Ele concluía a carta mencionando que, dali a alguns meses, sua querida Charlotte o brindaria com o quarto filho do casal. O presbitério de Hunsford estava ficando um pouco pequeno para sua crescente família, mas ele tinha confiança de que a Providência lhe concederia, no devido tempo, gratificações de valor considerável e uma casa maior. Elizabeth pensou consigo que aquilo era uma clara tentativa — e já não era a primeira — de despertar o interesse do sr. Darcy pela situação dele, e receberia a mesma resposta. Até ali, a Providência não havia dado nenhum sinal de estar inclinada a ajudar e Darcy certamente não ajudaria.

A carta de Charlotte, que viera sem lacre junto das outras duas, era o que Elizabeth já esperava: nada além de algumas frases breves e convencionais de pesar e condolências, seguidas da asseveração de que ela e o marido estavam rezando pelo bem-estar de toda a família Darcy. Sem dúvida o sr. Collins teria lido a carta da esposa e, portanto, não seria mesmo de esperar que a mensagem contivesse nada mais íntimo ou afetuoso. Charlotte Lucas era amiga de infância de Elizabeth e continuara a ser sua amiga quando as duas se tornaram moças, sendo a única mulher além de Jane com quem Elizabeth acreditava ser possível ter uma conversa racional. Elizabeth ainda lamentava que boa parte da proximidade que havia entre as duas tivesse se perdido, substituída por um vago bem-querer e uma correspondência regular, mas desprovida de revelações íntimas. Nas duas vezes em que ela e Darcy haviam ficado hospedados na casa de Lady Catherine desde que se casaram, fora necessário fazer uma visita formal ao presbitério, da qual Elizabeth se encarregara sozinha por não querer expor o marido às impertinentes civilidades do sr. Collins. Ela havia procurado entender o que levara Charlotte a aceitar o pedido de casamento do sr. Collins — um pedido que ele fizera um dia depois de ter sua proposta rejeitada por Elizabeth —, mas era pouco provável que Charlotte tivesse esquecido ou perdoado a reação de espanto da amiga ao saber da notícia.

Elizabeth suspeitava que, numa ocasião, Charlotte havia perpetrado sua vingança. Elizabeth já se perguntara muitas vezes como Lady Catherine teria descoberto que ela e o sr. Darcy provavelmente ficariam noivos. Ela nunca havia falado da primeira e desastrosa proposta de Darcy para ninguém, a não ser para Jane, e acabara chegando à conclusão de que só poderia ter sido Charlotte quem a havia traído. Recordando a noite em que Darcy e os Bingley haviam ido pela primeira vez a um baile público em Meryton, Elizabeth lembrava que Charlotte, de algum modo, havia desconfiado que Darcy poderia estar interessado em Elizabeth e a aconselhado a não permitir que sua predileção por Wickham a fizesse menosprezar um homem da importância de Darcy. E mais tarde, quando Elizabeth estava passando algumas semanas no presbitério com Sir William Lucas e a filha mais nova, Charlotte fizera um comentário a respeito da frequência das visitas do sr.

Darcy e do coronel Fitzwilliam durante a estadia dos hóspedes, dizendo que aquelas visitas todas só podiam ser por causa de Elizabeth. E, depois, houve a proposta em si. Assim que Darcy foi embora, Elizabeth saiu para caminhar sozinha para tentar se acalmar e aplacar sua raiva. Quando voltou, porém, Charlotte devia ter percebido pelo jeito da amiga que alguma coisa desagradável havia acontecido durante sua ausência.

Charlotte era a única pessoa que poderia ter deduzido o motivo da agitação de Elizabeth e, num momento de intriga conjugal, devia ter comunicado suas suspeitas ao marido. O sr. Collins, obviamente, teria tratado mais que depressa de avisar Lady Catherine e provavelmente exagerara o perigo, transformando o que era apenas suspeita em certeza. Curiosos sentimentos conflitantes deviam ter tomado conta do pároco naquele momento. Se o casamento acontecesse, ele poderia ter esperança de beneficiar-se de uma relação tão próxima com o sr. Darcy: que gratificações um homem tão rico não poderia conceder? Mas a prudência e o desejo de vingança provavelmente haviam sido estímulos mais fortes e sedutores. Ele nunca perdoara Elizabeth por ter recusado seu pedido de casamento. Ela devia ter ficado solteirona, solitária e pobre como punição, não ter recebido pouco depois uma proposta tão magnífica que nem a filha de um conde teria rejeitado. Afinal, Lady Anne não havia se casado com o pai de Darcy? Charlotte também poderia ter tido outras razões, mais justificáveis, para guardar ressentimento. Ela estava convencida, como aliás Meryton inteira estava, de que Elizabeth odiava Darcy; ela, sua única amiga, que a condenara por ter feito um casamento por prudência e pela necessidade de ter um lar, havia aceitado a proposta de um homem que todos sabiam que detestava porque não conseguira resistir ao prêmio que era tornar-se a senhora de Pemberley. Nunca é mais difícil felicitar uma amiga por sua boa sorte do que quando essa sorte parece imerecida.

O casamento de Charlotte poderia ser considerado um

sucesso, como talvez possam todos os casamentos em que os dois membros do casal obtêm da união exatamente o que a união prometia. O sr. Collins ganhara uma esposa e dona de casa competente, uma mãe para seus filhos e a aprovação de sua protetora, enquanto Charlotte tomara o único caminho por meio do qual uma mulher solteira que não era nem bonita nem rica poderia esperar conquistar independência. Elizabeth lembrava que Jane, gentil e tolerante como sempre, recomendara-lhe que, antes de condenar Charlotte por ter ficado noiva do sr. Collins, procurasse lembrar o que ela estava deixando para trás. Elizabeth nunca havia gostado dos irmãos de Charlotte. Mesmo ainda jovens, eles eram turbulentos, cruéis e desagradáveis, e Elizabeth não tinha dúvida de que, quando ficassem adultos, teriam sentido desprezo e rancor de uma irmã solteirona, vendo-a como um motivo de vergonha e uma fonte de despesas, e deixado patente o que sentiam. Desde o início, Charlotte havia lidado com o marido com a mesma habilidade com que lidava com criados e galinheiros. Já na primeira visita que fizera a Hunsford, na companhia de Sir William e da filha dele, Elizabeth notara os arranjos que Charlotte fizera para atenuar as desvantagens de sua situação. Ela havia, por exemplo, reservado para o sr. Collins um dos quartos da frente, onde o prospecto de ver as pessoas que passavam, incluindo Lady Catherine em sua carruagem, o mantinha sentado alegremente diante da janela. Com o incentivo de Charlotte, ele passara a dedicar a maior parte de suas horas vagas à horticultura, uma atividade para a qual demonstrava entusiasmo e talento. Cultivar a terra costuma ser considerada de modo geral uma atividade virtuosa, e ver um horticultor trabalhando diligentemente sempre desperta sentimentos de admiração e aprovação, ainda que seja apenas em virtude da perspectiva de em breve poder saborear batatas recém-tiradas da terra e ervilhas frescas. Elizabeth desconfiava que o sr. Collins nunca havia parecido um marido mais aceitável do que quando Charlotte o via, ao longe, debruçado sobre sua horta.

Sendo a filha mais velha de uma grande família, Charlotte havia adquirido certa habilidade para lidar com os delitos masculinos, e o método que usava com o marido era engenhoso. Felicitava-o constantemente por qualidades de que ele não dispunha na esperança de que, lisonjeado com os elogios e a aprovação dela, o marido as adquirisse. Elizabeth vira o sistema em operação quando, atendendo a um insistente pedido de Charlotte, fizera sozinha uma breve visita à amiga cerca de um ano e meio depois de ela ter se casado. O grupo estava sendo levado de volta à residência paroquial numa das carruagens de Lady Catherine quando o assunto da conversa se voltou para um dos convidados, um sacerdote de uma paróquia vizinha que fora ordenado havia pouco tempo e era parente distante de Lady Catherine.

Charlotte tinha dito: "O sr. Thompson é sem dúvida um excelente rapaz, mas fala demais para o meu gosto. Tecer elogios a todos os pratos foi um exagero e o fez parecer um glutão. Uma ou duas vezes, quando estava no auge de um daqueles seus discursos de louvor, olhei para Lady Catherine e percebi que ela não estava gostando muito daquilo. É uma pena que ele não tenha tomado você como exemplo, meu amor. Ele teria falado menos e dito coisas mais relevantes".

O sr. Collins não tinha uma inteligência sutil o bastante para captar a ironia nem desconfiar de que aquilo fosse um estratagema. Sua vaidade fez com que se aferrasse ao elogio e, na vez seguinte em que eles foram jantar em Rosings, ele passou a maior parte da refeição num silêncio tão antinatural que Elizabeth ficou com receio de que Lady Catherine batesse com a colher na mesa e perguntasse por que ele estava tão calado.

Elizabeth havia pousado sua caneta e passado os últimos dez minutos pensando nos tempos em que morava em Longbourn, em Charlotte e na longa amizade das duas. Agora estava na hora de guardar seus papéis e ver o que a sra. Reynolds havia preparado para que ela levasse para os Bidwell. No caminho até os aposentos da governanta, Elizabeth lembrou que Lady Catherine, numa das visitas que fizera a Pemberley no ano anterior, havia lhe feito companhia quando ela foi até a cabana da floresta levando alimentos adequados ao rapaz muito doente. Lady Catherine não havia sido convidada a entrar no quarto do enfermo nem demonstrara de forma alguma estar inclinada a entrar lá, limitando-se a dizer no caminho de volta: "O diagnóstico do dr. McFee deve ser considerado altamente suspeito. Nunca aprovei mortes demoradas. Na aristocracia, uma longa agonia é uma afetação; nas classes baixas é apenas uma desculpa para não trabalhar. O segundo filho do ferreiro supostamente está morrendo há quatro anos e, no entanto, quando passo por lá de carruagem, sempre o vejo ajudando o pai com uma aparência de quem goza de perfeita saúde. Os De Bourgh nunca gostaram de mortes prolongadas. As pessoas deviam decidir se querem viver ou morrer e fazer uma coisa ou outra causando o mínimo de transtorno para os outros".

Elizabeth tinha ficado espantada e chocada demais com essas declarações para fazer qualquer comentário. Como Lady Catherine podia falar com tanta calma de mortes demoradas quando sua única filha falecera meros três anos antes, depois de padecer durante anos de problemas de saúde? No entanto, passadas as primeiras manifestações da dor do luto, que foram contidas mas certamente genuínas, Lady Catherine recuperou sua equanimidade — e, com ela, boa parte da intolerância de antes — com espantosa rapidez. Delicada, insossa e muito calada, a srta. De Bourgh havia causado um impacto insignificante no mundo quando viva e outro menor ainda ao morrer. Elizabeth, que já era mãe na época, tinha feito tudo o que podia para dar apoio a Lady Catherine nas primeiras semanas de luto, convidando-a afetuosamente para visitar Pemberley e indo ela própria passar alguns dias em Rosings, e tanto os convites quanto o afeto, que talvez tenham sido uma surpresa para a grande dama, haviam surtido efeito. Lady

Catherine continuava sendo essencialmente a mesma mulher que sempre fora, mas agora as sombras de Pemberley pareciam menos maculadas quando Elizabeth fazia sua caminhada diária sob as árvores, e Lady Catherine passara a gostar tanto de visitar Pemberley que ia para lá com mais frequência do que tanto Darcy quanto Elizabeth de fato gostariam.

3

A cada dia havia novas obrigações a cumprir, e Elizabeth encontrou em suas responsabilidades para com Pemberley, para com sua família e para com os empregados ao menos um antídoto contra os piores horrores que sua imaginação fabulava. Aquele seria um dia de deveres tanto para ela quanto para o marido. Ela sabia que não podia mais adiar sua ida à cabana da floresta. Ouvir os tiros no silêncio da noite e saber que um assassinato brutal fora cometido a uma pequena distância da cabana enquanto Bidwell estava em Pemberley deviam ter deixado um legado de consternação e terror para a sra. Bidwell, que ia somar-se à sua carga já pesada de tristezas. Elizabeth sabia que Darcy havia feito uma visita na quinta-feira para dizer que fazia questão de liberar Bidwell de suas tarefas na véspera do baile para que ele pudesse ficar com a família naquele momento difícil, mas tanto o marido quanto a esposa tinham dito com toda a firmeza que isso não era necessário, e Darcy havia percebido que sua insistência só estava deixando-os nervosos. Bidwell sempre resistia a qualquer proposta que sugerisse que ele não era indispensável, ainda que temporariamente, para Pemberley e para o patrão; desde que renunciara à sua posição de cocheiro-chefe, sempre polia a prataria na véspera do baile de Lady Anne e, em sua opinião, não havia mais ninguém em Pemberley a quem se pudesse confiar a tarefa.

No ano anterior, quando o jovem Will começou a enfraquecer e a esperança de que ele se recuperasse foi aos poucos desvanecendo, Elizabeth passou a fazer visitas regulares à cabana da floresta, sendo a princípio conduzida ao pequeno quarto da frente onde o rapaz ficava. Nos últimos tempos, porém, ela havia percebido que, ao entrar no quarto junto com a sra. Bidwell, sua presença ao lado do leito causava mais constrangimento ao rapaz do que prazer, podendo mesmo ser vista como uma imposição, e passou a limitar-se a ficar na sala de estar, consolando da melhor forma que podia a mãe aflita. Quando os Bingley estavam em Pemberley, Jane invariavelmente a acompanhava nessa visita, junto com Bingley, e Elizabeth se deu conta de como sentiria falta da irmã naquele dia e que enorme conforto sempre havia sido tê-la como uma preciosa companheira, a quem podia confidenciar até seus pensamentos mais sombrios e cuja generosidade e gentileza amenizavam qualquer angústia. Na ausência de Jane, Georgiana e um dos empregados costumavam acompanhá-la, mas Georgiana, sensível à possibilidade de que a sra. Bidwell se sentisse mais reconfortada conversando a sós com a sra. Darcy, em geral prestava seus respeitos à família brevemente e depois ia sentar-se do lado de fora, num banco de madeira construído pelo jovem Will antes de adoecer. Darcy raramente a acompanhava nessas visitas de rotina, já que presentear famílias com uma cesta de iguarias delicadas preparadas pela cozinheira de Pemberley era uma tarefa considerada essencialmente feminina. Naquele dia, salvo pela visita que faria a Wickham, Darcy pretendia evitar ausentar-se de Pemberley, para o caso de acontecer algum imprevisto que exigisse sua atenção, e então foi acertado durante o café da manhã que um empregado acompanharia Elizabeth e Georgiana. Foi aí que Alveston, dirigindo-se a Darcy, disse em voz baixa que seria uma honra para ele acompanhar a sra. Darcy e a srta. Georgiana, se a sugestão lhes agradasse, e a oferta foi aceita com gratidão. Elizabeth olhou rapidamente para Georgiana e viu uma expressão de prazer em seu rosto, logo reprimida, o que deixou ainda mais patente o quanto aquela oferta a deixava feliz.

Elizabeth e Georgiana foram levadas até a floresta num pequeno landau, enquanto Alveston seguia ao lado em seu cavalo, Pompeu. Uma neblina matutina havia se dissipado depois de uma noite sem chuva e a manhã estava gloriosa, fria mas ensolarada, o ar impregnado do perfume familiar do outono — um cheiro doce de folhas e terra fresca, com um laivo de madeira queimada. Até os cavalos pareciam estar radiantes com aquele lindo dia, balançando a cabeça de um lado para o outro e puxando o freio. O vento havia cessado, mas a estrada estava coberta de detritos da tempestade, as folhas secas crepitando sob as rodas ou esvoaçando e rodopiando na esteira do landau. As árvores ainda não estavam totalmente desfolhadas, e os tons vivos de vermelho e dourado do outono pareciam mais intensos sob o céu azul. Um dia como aquele sempre contagiava o coração de Elizabeth de alegria e, pela primeira vez desde que acordara, ela sentiu uma pontinha de esperança. Quem visse o grupo, pensou Elizabeth — os cavalos agitando as crinas, o cocheiro de libré, o cesto de provisões, o jovem e belo rapaz cavalgando ao lado —, acharia que estavam a caminho de um piquenique. Eles adentraram a floresta e as copas escuras e cerradas das árvores, que ao anoitecer tinham a força crua de um telhado de prisão, deixavam passar raios de sol, que se derramavam sobre o caminho coberto de folhas e transformavam o verde-escuro dos arbustos num verde primaveril.

Por fim, o landau parou, o cocheiro foi instruído a voltar dali a exatamente uma hora e os três foram andando por entre os troncos lustrosos das árvores pela trilha estreita que levava à cabana, com Alveston puxando Pompeu e carregando o cesto. Não era por caridade que eles estavam levando comida para o rapaz doente — nenhum dos empregados de Pemberley carecia de abrigo, alimentos nem roupas. O que o cesto continha eram manjares especiais elaborados pela cozinheira na esperança de que pudessem estimular o apetite de Will: consomês preparados com carne de primeira qualidade e temperados com um pouco de

191

xerez, de acordo com uma receita criada pelo dr. McFee, pequenas tortas salgadas que se desmanchavam na boca, geleias de fruta, peras e pêssegos maduros cultivados na estufa. Will, no entanto, raramente tolerava ingerir até mesmo coisas tão apetitosas, mas elas eram recebidas com gratidão e, se o rapaz não conseguisse comê-las, a mãe e a irmã sem dúvida comeriam.

Apesar de os três estarem caminhando com passos suaves, a sra. Bidwell deve tê-los ouvido, pois estava parada em frente à porta da cabana para lhes dar as boas-vindas. Era uma mulher magra e franzina, cujo rosto, como uma aquarela desbotada, ainda evocava a beleza frágil e a promessa da juventude, mas a preocupação e a angústia de ver o filho morrendo a tinham transformado numa velhinha. Elizabeth apresentou Alveston, que, sem referir-se diretamente a Will, conseguiu expressar uma compaixão genuína, disse ter muito prazer em conhecê-la e sugeriu que seria melhor ele esperar pela senhorita e pela sra. Darcy no banco de madeira do lado de fora.

"Foi meu filho, William, que fez esse banco, senhor", disse a sra. Bidwell. "Ele terminou de fazê-lo uma semana antes de ficar doente. Meu filho era um bom carpinteiro, como o senhor pode ver, e gostava de fazer móveis, que ele mesmo criava. No Natal depois que o pequeno sr. Fitzwilliam nasceu, Will fez uma poltrona para a sra. Darcy se sentar no quarto das crianças quando fosse cuidar do bebê, não foi, senhora?"

"Foi sim", disse Elizabeth. "Gostamos muito daquela poltrona e sempre pensamos em Will quando as crianças sobem nela."

Alveston fez uma mesura e, em seguida, foi andando em direção ao banco, que ficava na beira da floresta, mas podia ser avistado da cabana, enquanto Elizabeth e Georgiana entravam na sala de estar e se sentavam nos lugares que lhes foram indicados. A sala era mobiliada de maneira simples, com uma mesa retangular no meio e quatro cadeiras, uma poltrona de cada lado da lareira e um consolo largo, repleto de recordações de família. A janela da frente estava ligeiramente aberta, mas mesmo assim a sala estava muito abafada e, embora o quarto de Will Bidwell ficasse no andar de cima, a cabana inteira parecia impregnada do cheiro azedo que uma doença de longa duração provoca. Perto da janela havia um berço de balanço com uma poltrona ao lado e, a convite da sra. Bidwell, Elizabeth foi até lá ver o bebê, que estava dormindo, e parabenizou a avó pela saúde e beleza do novo membro da família. Não havia sinal de Louisa. Georgiana sabia que a sra. Bidwell ficaria grata pela oportunidade de conversar a sós com Elizabeth e, depois de perguntar por Will e admirar o bebê, saiu da cabana para juntar-se a Alveston, como ela e Elizabeth já haviam combinado antes. O cesto de vime logo foi esvaziado, seu conteúdo recebido com gratidão e, então, as duas mulheres se sentaram nas poltronas ao pé da lareira.

"Ele agora não consegue mais comer quase nada, mas gosta muito daquele caldo de carne, e eu sempre procuro tentá-lo com os doces e, claro, o vinho. Foi muita bondade sua vir até aqui, mas não vou pedir que vá ao quarto dele. Isso só deixaria a senhora triste e ele não tem mais forças para dizer muita coisa", disse a sra. Bidwell.

"O dr. McFee vem visitá-lo com regularidade? Consegue lhe dar algum alívio?", perguntou Elizabeth.

"Ele vem dia sim, dia não, senhora, mesmo sendo tão ocupado, e nunca nos cobra nada. Disse que o Will não deve conseguir resistir por muito mais tempo. Ah, a senhora conheceu meu filho querido quando se mudou para cá. Por que isso tinha de acontecer com ele, senhora? Se houvesse alguma razão ou propósito, talvez eu conseguisse me conformar."

Elizabeth estendeu a mão e disse amavelmente: "Essa é uma pergunta que sempre fazemos e para a qual nunca recebemos resposta. O reverendo Oliphant costuma vir aqui? Ele disse alguma coisa no domingo, depois do ofício, sobre visitar Will".

"Ah, ele vem, sim, senhora, e a visita dele nos conforta muito, sem dúvida. Mas há pouco tempo Will me pediu que não o levasse mais até o quarto, então dou alguma desculpa, espero que sem ofender."

"Tenho certeza de que ele não se ofende, sra. Bidwell. O sr. Oliphant é um homem sensível e compreensivo. O sr. Darcy tem muita confiança nele", disse Elizabeth.

"Todos nós temos, senhora."

Elas ficaram em silêncio durante alguns minutos e então a sra. Bidwell disse: "Não falei da morte daquele pobre rapaz, senhora. Will ficaria muito aflito se soubesse que uma coisa dessas aconteceu tão perto da nossa casa, logo ali na floresta, e ele sem poder nos proteger".

"Mas vocês não se sentiram em perigo, espero, sra. Bidwell. Disseram-me que não ouviram nada."

"Só ouvimos os disparos de pistola, senhora, mas isso fez Will perceber o quanto está indefeso e como é pesado o fardo que o pai dele tem de suportar. Mas sei como essa tragédia é terrível para a senhora e para o patrão e acho melhor não falar sobre coisas de que nada sei."

"Mas a senhora conheceu o sr. Wickham quando ele era criança, não conheceu?"

"Conheci, sim, senhora. Ele e o patrão costumavam brincar juntos na floresta quando eram meninos. Eram travessos e barulhentos, como todos os meninos, mas o patrão era o mais quieto dos dois. Sei que o sr. Wickham ficou muito rebelde depois que cresceu e causou muita tristeza ao patrão, mas ninguém mais tocou no nome dele depois que a senhora e o patrão se casaram e, sem dúvida, é melhor assim. Só não consigo acreditar que o menino que conheci virou um assassino."

Por um momento, as duas ficaram em silêncio. Elizabeth tinha vindo até ali com a intenção de fazer uma proposta delicada e agora estava se perguntando qual seria a melhor maneira de entrar no assunto. Ela e Darcy temiam que, depois do ataque, os Bidwell se sentissem em perigo, morando isolados na cabana da floresta, principalmente com um rapaz gravemente doente em casa e Bidwell passando tanto tempo em Pemberley. Seria compreensível que eles ficassem nervosos, e Elizabeth e Darcy haviam achado por bem que ela sugerisse à sra. Bidwell que a família inteira se mudasse para Pemberley, pelo menos até que o mistério fosse solucionado. Isso só seria praticável, é claro, se Will conseguisse suportar a viagem até lá, mas ele seria transportado numa maca ao longo do caminho inteiro para evitar os solavancos de uma carruagem e receberia zelosos cuidados depois de instalado num quarto tranquilo em Pemberley. Quando fez a proposta, no entanto, Elizabeth ficou espantada com a reação da sra. Bidwell. Pela primeira vez, a mulher pareceu genuinamente assustada, e foi com uma expressão quase de pavor que ela disse:

"Ah, não, senhora! Por favor, não nos peça isso. Will não ficaria bem longe da cabana. Não sentimos nenhum receio aqui. Mesmo quando Bidwell não está, Louisa e eu não ficamos com medo. Depois que o coronel Fitzwilliam teve a bondade de vir até aqui para ver se estávamos bem, fizemos como ele recomendou. Trancamos a porta e as janelas do primeiro andar, e ninguém chegou perto daqui. Foi só um caçador, senhora. Ele deve ter sido pego desprevenido e agido por impulso, mas não tinha nada contra nós. E tenho certeza de que o dr. McFee diria que Will não aguentaria a viagem. Por favor, diga ao sr. Darcy com todo o nosso respeito que estamos muito gratos, mas gostaríamos de ficar aqui."

Os olhos da sra. Bidwell e suas mãos estendidas eram uma súplica. Elizabeth disse num tom amável: "Se é esse o desejo de vocês, nós aceitamos, mas podemos pelo menos garantir que seu marido fique em casa a maior parte do tempo. Ele vai nos fazer muita falta, mas outros empregados podem se encarregar das tarefas dele, já que Will está tão doente e precisa dos cuidados de vocês".

"Ele não vai querer, senhora. Vai ser uma tristeza para ele pensar que outras pessoas podem assumir seu trabalho."

Elizabeth ficou tentada a dizer que, se era assim, ele

teria de suportar a tristeza, mas sentiu que havia algo mais sério ali do que o desejo de Bidwell de sentir-se perpetuamente indispensável. Então, resolveu não insistir mais por ora; sem dúvida a sra. Bidwell ia discutir o assunto com o marido e talvez mudasse de ideia. Ela obviamente tinha razão; se o dr. McFee fosse da opinião de que Will não aguentaria a viagem, seria loucura tentar fazê-la.

As duas se despediram e estavam se levantando quando dois pezinhos rechonchudos apareceram acima da beira do berço e o bebê começou a chorar. Lançando um olhar aflito em direção ao quarto do filho no andar de cima, a sra. Bidwell foi às pressas para perto do berço e pegou a criança no colo. Naquele momento, ouviram-se ruídos de passos na escada e, então, Louisa Bidwell desceu. Por um instante, Elizabeth não conseguiu reconhecer a moça que, desde que ela começara a visitar a cabana da floresta como senhora de Pemberley, era o retrato da saúde e da alegria da juventude, com bochechas coradas, olhos cheios de brilho e uma aparência fresca como a de uma manhã de primavera, com suas roupas de trabalho recém-passadas. A moça parecia dez anos mais velha, pálida e abatida, o cabelo despenteado preso na nuca, revelando um rosto marcado por rugas de cansaço e preocupação, o vestido manchado de leite. Cumprimentou Elizabeth com uma rápida reverência e, sem dizer nada, quase arrancou o bebê dos braços da mãe. Em seguida, disse: "Vou levá-lo para a cozinha para que não acorde Will, mãe. Vou botar o leite para esquentar e ver se ele quer um pouco daquele mingau gostoso".

E, então, a moça se foi. Para quebrar o silêncio, Elizabeth disse: "Deve ser uma alegria ter um netinho recém-nascido em casa, mas também uma responsabilidade. Quanto tempo ele vai ficar aqui? Imagino que a mãe esteja sentindo falta dele".

"Ela está, sim, senhora. Foi um grande prazer para Will conhecer o novo sobrinho, mas ele não gosta de ouvi-lo chorar, embora seja mais que natural um bebê chorar quando está com fome."

"Quando ele vai para casa?", perguntou Elizabeth.

"Semana que vem, senhora. O marido da minha filha mais velha, Michael Simpkins — um bom homem, como a senhora sabe — vai se encontrar com eles na parada da diligência, em Birmingham, e levá-lo para casa. Estamos esperando que ele nos diga que dia é conveniente. É um homem ocupado e não é fácil sair da loja, mas ele e minha filha estão ansiosos para que Georgie volte para casa." Era impossível não notar a tensão na voz dela.

Elizabeth percebeu que estava na hora de ir embora. Despediu-se, ouviu de novo os agradecimentos da sra. Bidwell, saiu e imediatamente a porta da cabana se fechou atrás dela. Seu ânimo ficou abatido pela óbvia infelicidade que testemunhara, e ela se sentia confusa. Por que a sugestão de que os Bidwell se mudassem para Pemberley havia sido recebida de modo tão aflito? Teria sido uma falta de tato fazê-la, como se a oferta deixasse implícito que o rapaz moribundo receberia melhores cuidados em Pemberley do que uma mãe amorosa poderia lhe dar em casa? Nada poderia estar mais distante da intenção de Elizabeth. Será que a sra. Bidwell realmente acreditava que a viagem mataria seu filho? Mas haveria mesmo algum risco se o rapaz fosse transportado numa maca, muito bem agasalhado e sob a atenta vigilância do dr. McFee durante a viagem inteira? Ninguém pretendia fazer nada além disso. A sra. Bidwell parecia ter ficado mais nervosa com a ideia da mudança do que com a possibilidade de haver um assassino vagando pela floresta. Então, Elizabeth sentiu-se invadida por uma desconfiança, tão forte que quase beirava uma certeza; mas era uma suspeita que não podia discutir com Georgiana e Alveston e, na verdade, tinha dúvidas se seria certo comentá-la com quem quer que fosse. Pensou novamente em como gostaria que Jane ainda estivesse em Pemberley; sabia, porém, que era mais do que justo que os Bingley tivessem voltado para casa. O lugar de Jane era perto dos filhos e, além disso, em Highmarten Lydia estaria mais perto da prisão local, onde poderia ao menos visitar o marido. Para complicar ainda mais os sentimentos de Elizabeth, ela tinha de admitir que a atmosfera em Pemberley ficara bem mais tranquila sem as violentas oscilações de humor, as queixas e as lamúrias constantes de Lydia.

Imersa nessa mixórdia de pensamentos e emoções, por um momento Elizabeth mal prestara atenção em seus companheiros. Agora, no entanto, ela via que os dois caminhavam lado a lado ao longo da margem da clareira e olhavam para ela como que se perguntando por que estaria ali parada. Procurando esquecer suas preocupações, Elizabeth foi para perto deles. Viu as horas em seu relógio e disse: "O landau só vai voltar daqui a vinte minutos. O sol apareceu, ainda que brevemente, então vamos nos sentar um pouco antes de voltar?".

O banco ficava de costas para a cabana e de frente para um declive distante que descia rumo ao rio. Elizabeth e Georgiana se sentaram num dos lados do banco e Alveston no outro, com as pernas esticadas para a frente e as mãos entrelaçadas na nuca. Os ventos do outono haviam desfolhado boa parte das árvores, e era possível avistar ao longe a linha fina e suavemente luminosa que separava o rio do céu. Teria sido aquela vista da água que fizera o bisavô de Georgiana escolher o lugar para pôr um banco? O antigo banco já não existia fazia muito tempo, mas o novo construído por Will era resistente e confortável. Ao lado dele, como uma espécie de escudo, havia uma moita carregada de frutinhas vermelhas e um arbusto de cujo nome Elizabeth não se lembrava, com folhas grossas e flores brancas.

Depois de alguns minutos, Alveston se virou para Georgiana. "Seu bisavô morava na cabana o tempo todo ou só se refugiava aqui de vez em quando, para escapar dos assuntos da mansão?"

"Ah, ele morava aqui o tempo todo. Mandou construir a cabana e depois se mudou para cá sozinho, sem nenhum criado nem ninguém para cozinhar para ele. Os empregados traziam mantimentos para cá regularmente, mas ele e o cachorro, Soldier, não queriam a companhia de ninguém a não ser um do outro. A maneira como ele vivia causou um grande escândalo na época, e até a família o condenava por isso. Parecia uma abdicação de responsabilidade um Darcy morar em qualquer outro lugar que não fosse a mansão de Pemberley. E mais tarde, quando Soldier ficou velho e doente, meu bisavô deu um tiro nele e depois se matou, deixando um bilhete em que dizia que queria que os dois fossem enterrados juntos, no mesmo túmulo. Há uma lápide e um túmulo na floresta, mas só do cachorro. A família ficou horrorizada com a ideia de um Darcy querer ser enterrado num lugar não abençoado, e o senhor bem pode imaginar o que o pároco achou disso. Então, meu bisavô está enterrado na parte do cemitério reservada para a família, e Soldier, na floresta. Sempre senti pena do meu bisavô e, quando era criança, às vezes ia com a minha preceptora ao túmulo da floresta para deixar flores ou frutinhas. Era só uma fantasia infantil, mas eu imaginava que meu bisavô estava lá com Soldier. Quando a minha mãe descobriu o que estava acontecendo, a preceptora foi mandada embora e fui proibida de ir à floresta."

"Você, mas não seu irmão", disse Elizabeth.

"Não, não Fitzwilliam. Mas ele é dez anos mais velho que eu e já era adulto. E acho que não sentia o mesmo que eu em relação ao nosso bisavô."

Depois de alguns instantes de silêncio, Alveston disse: "O túmulo ainda está lá? A senhorita poderia botar flores nele agora, se quiser, já que não é mais criança".

Elizabeth teve a impressão de que a sugestão tinha uma implicação mais profunda do que uma visita ao túmulo de um cachorro.

"Quero sim", respondeu Georgiana. "Não vou lá desde que tinha onze anos. Gostaria de ver se alguma coisa mudou, embora não creia que tenha mudado. Conheço o caminho e o túmulo não fica longe da trilha, então acho que dá tempo de voltar antes de o landau chegar."

Eles se levantaram e puseram-se a caminho. Georgiana apontava na direção que tinham de seguir e Alveston ia na frente, puxando Pompeu, para afastar as urtigas da trilha com o pé e segurar qualquer galho que estivesse atrapalhando o caminho das duas. Georgiana segurava um ramalhete que Alveston havia feito para ela. Era surpreendente quanta alegria e quantas lembranças primaveris aquele pequeno arranjo de flores, colhidas num dia ensolarado de outubro, podia trazer. Alveston havia encontrado um ramo carregado de flores brancas de outono, um pequeno galho repleto de frutinhas bem vermelhas, mas ainda não maduras o bastante para cair, e uma ou duas folhas grandes com nervuras douradas. Os três caminhavam sem dizer nada. Elizabeth, com a cabeça já cheia de preocupações, imaginava se fazer aquela pequena expedição seria prudente, sem saber exatamente de que maneira o passeio poderia ser considerado desaconselhável. Era um dia em que qualquer coisa fora do normal parecia envolta em apreensão e perigo em potencial.

Foi então que ela começou a notar que alguém devia ter passado por aquela trilha havia pouco tempo. Em alguns lugares, os galhos e ramos mais frágeis estavam quebrados e, num ponto em que havia um leve declive no terreno e as folhas no chão estavam úmidas e amolecidas, teve a impressão de ver sinais de que elas haviam sido calcadas por pés pesados. Ficou se perguntando se Alveston teria notado o mesmo, mas ele não disse nada e, passados alguns minutos, eles deixaram os arbustos para trás e se viram diante de uma pequena clareira cercada de faias. No meio dela havia uma lápide de cerca de três palmos de altura levemente arredondada na parte de cima. Não havia nenhuma elevação sobre o túmulo e a lápide, que brilhava na frágil luz do sol, parecia ter brotado espontaneamente da terra. Leram a inscrição em silêncio. *Soldier. Fiel até o fim. Morreu aqui com seu dono, em 3 de novembro de 1735.*

Ainda sem dizer nada, Georgiana se aproximou para pôr o ramalhete ao pé da lápide. Enquanto os três contemplavam a pedra tumular, ela disse: "Coitado do meu bisavô. Gostaria de tê-lo conhecido. Ninguém falava sobre ele quando eu era criança, nem aqueles que ainda se lembravam dele. Era o fracassado da família, o Darcy que desonrou o nome porque botou a felicidade pessoal à frente das responsabilidades públicas. Mas não virei mais visitar este túmulo. Afinal, o corpo do meu bisavô não está aqui; foi só uma fantasia infantil minha imaginar que, se viesse aqui, ele saberia de alguma forma que eu gostava dele. Espero que tenha sido feliz na vida solitária que escolheu. Pelo menos ele conseguiu escapar".

Escapar do quê?, pensou Elizabeth. Ela estava ansiosa para ver se o landau já havia chegado para buscá-los. "Acho que está na hora de voltar para casa. O sr. Darcy deve chegar da prisão daqui a pouco e vai ficar preocupado se ainda estivermos na floresta", disse.

Eles seguiram pela trilha estreita e coberta de folhas em direção ao lugar onde o landau ia esperá-los. Embora tivessem passado menos de uma hora na floresta, a claridade da tarde já havia perdido a intensidade e o ar promissor e Elizabeth, que nunca gostara de andar em espaços confinados, tinha a sensação de que os arbustos e as árvores a esmagavam como um peso físico. Ainda sentia cheiro de doença em suas narinas e seu coração estava oprimido pela infelicidade da sra. Bidwell e por não haver mais esperança de que Will se recuperasse. Depois que chegaram à trilha principal, passaram a andar lado a lado quando a largura da trilha permitia e, se a trilha se estreitava, Alveston tomava a dianteira e seguia com Pompeu alguns passos à frente, olhando para o chão e em seguida para a direita e para a esquerda, como que à procura de pistas. Elizabeth sabia que ele teria preferido dar o braço para Georgiana, mas jamais deixaria nenhuma das duas caminhar sozinha. Georgiana também estava calada, talvez oprimida pela mesma sensação de mau agouro e ameaça.

De repente, Alveston parou e, em seguida, foi andando rapidamente em direção a um carvalho. Alguma coisa obviamente havia chamado sua atenção. Elas se aproximaram e viram as letras F. D—Y entalhadas no tronco do carvalho, cerca de oito palmos acima do chão.

Olhando ao redor, Georgiana disse: "Não há um entalhe parecido naquele azevinho ali?".

Um rápido exame confirmou que as mesmas iniciais tinham sido entalhadas em dois outros troncos.

"Não parece ser o entalhe costumeiro que uma pessoa apaixonada faz. Em geral, enamorados entalham apenas as iniciais da pessoa amada. Quem quer que tenha feito esse entalhe estava preocupado em não deixar dúvida de que essas iniciais são de Fitzwilliam Darcy", disse Alveston.

"Quando será que isso foi feito? Parece ser tão recente", disse Elizabeth.

"Certamente não tem mais de um mês, e foi feito por duas pessoas. O F E O D são superficiais e podem ter sido feitos por uma mulher, mas o traço e o Y que vêm depois são muito fundos e com quase toda a certeza foram entalhados com um instrumento mais afiado."

"Não acredito que tenha sido uma pessoa apaixonada que fez isso. Acho que essas letras foram entalhadas por um inimigo e que a intenção era maligna. Elas foram entalhadas com ódio, não com amor", concluiu Elizabeth.

Assim que terminou de dizer essas palavras, ela ficou se perguntando se não havia sido inépcia sua preocupar Georgiana, mas Alveston disse: "Suponho que seja possível que sejam as iniciais de Denny. Alguém sabe qual era o nome de batismo dele?".

Elizabeth tentou lembrar se alguma vez tinha ouvido alguém chamá-lo pelo primeiro nome em Meryton. Por fim, disse: "Acho que era Martin, ou talvez Matthew, mas imagino que a polícia saiba. Devem ter entrado em contato com os parentes dele, se é que tinha algum. Mas, até onde sei, o capitão Denny nunca havia estado nesta floresta antes de sexta-feira e certamente nunca visitara Pemberley".

Alveston se virou para ir embora e disse: "Vamos contar o que vimos quando voltarmos para casa. A polícia terá de ser informada. Se fizeram a busca meticulosa que deviam ter feito, os delegados talvez já tenham visto esse entalhe e chegado a alguma conclusão a respeito do que significa. Enquanto isso, espero que as senhoras não se preocupem demais com essa tolice. Pode ter sido só uma travessura, sem intenção de fazer nenhum mal. Talvez uma moça de uma das cabanas que estivesse apaixonada, ou algum empregado que quis pregar uma peça tola, mas inofensiva em alguém".

Elizabeth, no entanto, não ficou convencida. Sem dizer nada, ela saiu andando, afastando-se da árvore. Georgiana e Alveston foram atrás. Num silêncio que nenhum dos três estava disposto a quebrar, Elizabeth e Georgiana seguiram atrás de Alveston pela trilha da floresta em direção ao landau, que já os esperava. O ânimo sombrio de Elizabeth parecia ter contagiado seus companheiros. Depois de ajudar as duas senhoras a subir na carruagem, Alveston fechou a porta, montou em seu cavalo e eles tomaram o rumo de casa.

4

A prisão local, em Lambton, ao contrário da prisão do condado, situada em Derby, era mais intimidadora do lado de fora do que em seu interior, presumivelmente por ter sido construída com a crença de que, a fim de poupar verbas públicas, era mais inteligente desestimular futuros criminosos do que abater-lhes o ânimo depois de encarcerados. Darcy já conhecia a prisão, tendo-a visitado algumas vezes na qualidade de magistrado, notavelmente numa ocasião, oito anos antes, em que um prisioneiro que sofria de distúrbios mentais havia se enforcado em sua cela, o que fizera o carcereiro-chefe chamar o único magistrado que estava à disposição naquele momento para examinar o corpo. Tinha sido uma experiência tão perturbadora que imprimira em Darcy um horror permanente a enforcamentos, e não havia uma única vez em que ele visitasse a prisão sem que uma imagem vívida daquele corpo pendurado, com o pescoço esticado, lhe viesse à cabeça. Naquele dia, a imagem lhe surgira de uma forma mais intensa do que o normal. O diretor da prisão e seu assistente eram homens compassivos e, embora nenhuma das celas pudesse ser considerada espaçosa, percebia-se que os prisioneiros não eram submetidos a maus-tratos, e os que tinham condições de pagar bem para que lhes levassem comida e bebida podiam receber visitas com algum conforto e tinham poucos motivos de queixa.

Como Hardcastle havia desaconselhado Darcy com firmeza a encontrar-se com Wickham antes do inquérito, Bingley, com sua costumeira generosidade, oferecera-se para a tarefa e o havia visitado na manhã de segunda-feira, cuidando das necessidades imediatas do prisioneiro e deixando uma quantia suficiente em dinheiro para que pudesse comprar alimentos e outros confortos que ajudassem a tornar o encarceramento tolerável. Contudo, ao refletir um pouco mais, Darcy chegara à conclusão de que tinha o dever de visitar Wickham ao menos uma vez antes do inquérito. Não fazê-lo poderia ser interpretado pela população de Lambton e da aldeia de Pemberley como um claro sinal de que Darcy acreditava que o cunhado fosse culpado, e os jurados que participariam do inquérito seriam escolhidos justamente entre os habitantes de Lambton e de Pemberley. Ele podia não ter escolha quanto a prestar depoimento como uma testemunha da acusação, mas pelo menos podia tentar demonstrar discretamente que acreditava que Wickham fosse inocente. Havia também uma razão mais pessoal para fazer a visita: ele estava extremamente preocupado em evitar que as pessoas começassem a conjecturar abertamente a respeito do motivo da desavença familiar, o que poderia fazer com que a proposta de fuga feita por Wickham a Georgiana acabasse sendo descoberta. Era não só justo mas também prudente que Darcy fosse à prisão.

Bingley relatara que encontrara Wickham taciturno, contrariado e inclinado a bradar insultos contra o magistrado e a polícia, exigindo que redobrassem os esforços para descobrir quem havia matado seu melhor — senão único — amigo. Por que ele apodrecia na prisão, enquanto o verdadeiro culpado continuava livre, sem que ninguém o incomodasse? Por que a polícia a toda hora interrompia seu descanso para importuná-lo com perguntas idiotas e desnecessárias? Por que eles tinham perguntado o motivo de ter virado Denny de barriga para cima? Para ver o rosto dele, é claro; tinha sido uma atitude perfeitamente natural. Não, ele não havia notado o ferimento na cabeça de Denny, provavelmente porque o cabelo do amigo tapava o corte e, de qualquer forma, ele estava nervoso demais para reparar em detalhes. E o que, perguntavam, ele havia feito no espaço de tempo decorrido entre o momento em que os tiros foram ouvidos e a hora em que o grupo de busca encontrou o corpo de Denny? Ora, mesmo trôpego, ele tinha vagado pela floresta à procura do assassino, que era o que eles deveriam estar fazendo, em vez de perder tempo atormentando um homem inocente.

Naquele dia, Darcy encontrou um homem diferente. Vestido com roupas limpas, barbeado e de cabelo penteado, Wickham o recebeu como se estivesse em sua própria casa, procurando ser afável com um visitante que não era particularmente bem-vindo. Darcy lembrou que Wickham sempre fora uma criatura de humor instável e reconheceu naquele momento o velho Wickham, bonito, confiante e mais inclinado a saborear sua notoriedade do que a vê-la como uma desonra. Bingley havia levado os artigos que ele pedira: tabaco, algumas camisas e gravatas, um par de sapatos macios e confortáveis, tortas salgadas feitas em Highmarten, para reforçar a comida que era comprada para ele na padaria local, papel e tinta, com os quais pretendia escrever um relato não só de sua participação na campanha irlandesa, mas também da enorme injustiça que era seu atual encarceramento — um testemunho pessoal que estava certo de que encontraria leitores ávidos. Nenhum dos dois falou do passado. Embora Darcy não conseguisse se libertar do poder do passado, Wickham vivia para o momento, era otimista em relação ao futuro e reinventava o passado ao sabor de sua plateia. Ouvindo-o falar, Darcy quase conseguiu acreditar que, por ora, Wickham havia conseguido tirar inteiramente da cabeça o que de pior havia acontecido em sua vida.

Wickham contou que os Bingley haviam levado Lydia de Highmarten na tarde anterior para visitá-lo, mas que ela estava tão descontrolada, tão queixosa e chorosa, que ele achara sua presença desalentadora demais e instruíra os guardas a, no futuro, só permitir que ela o visitasse quando ele solicitasse e a não deixar que permanecesse mais do que quinze minutos. Ele esperava, no entanto, que nenhuma outra visita fosse ser necessária; o inquérito fora marcado para as onze horas da manhã de quarta-feira, e ele tinha confiança de que seria solto depois. Livre, ele se imaginava voltando de maneira triunfal para Longbourn com Lydia, onde seria calorosamente recebido por seus antigos amigos de Meryton. Nenhuma menção foi feita a Pemberley, talvez porque, mesmo em sua euforia, Wickham não acalentasse qualquer esperança de voltar a ser recebido lá, nem o desejasse. Sem dúvida, pensou Darcy, na feliz eventualidade de Wickham vir a ser solto, ele iria primeiro para Highmarten para juntar-se a Lydia, seguindo depois para Hertfordshire. Parecia injusto que Jane e Bingley tivessem de tolerar a presença de Lydia por mais um dia que fosse, mas tudo isso poderia ser decidido quando — e se — Wickham de fato fosse solto. Darcy gostaria de partilhar da confiança do outro.

Ele ficou com Wickham apenas por meia hora, recebeu dele uma lista de itens para lhe serem levados no dia seguinte e suas recomendações à sra. e à srta. Darcy. Ao sair da prisão, Darcy refletiu que fora um alívio ver que Wickham já não estava mais mergulhado em pessimismo e rancor, mas a visita tinha sido desconfortável para ele e profundamente deprimente.

Sabia que, se o julgamento corresse bem, ele teria de sustentar Wickham e Lydia ao menos durante algum tempo e isso lhe causava ressentimento. Os gastos dos dois sempre haviam excedido a renda de que dispunham, e Darcy imaginava que dependiam de contribuições feitas secretamente por Elizabeth e Jane para aumentar uma renda insuficiente. Jane de vez em quando ainda convidava Lydia para passar alguns dias em Highmarten, enquanto Wickham, queixando-se ruidosamente na intimidade, hospedava-se e divertia-se numa variedade de estalagens locais, e era através de Jane que Elizabeth recebia notícias do casal. Wickham não havia tido sucesso em nenhum dos empregos temporários que arranjara desde que pedira dispensa do Exército. Sua última tentativa de ganhar um ordenado fora trabalhando para Sir Walter Elliot, um baronete que, em virtude de seus hábitos perdulários, havia sido forçado a alugar sua mansão para estranhos e se mudara para Bath com as duas filhas. A mais nova, Anne, casara-se pouco depois com um capitão naval, agora um respeitado almirante, e tinha um casamento feliz e próspero, mas a mais velha, Elizabeth, ainda não havia encontrado um marido. Desencantado com Bath, o baronete havia decidido que já estava numa situação financeira confortável o bastante para voltar para casa, dera um prazo ao inquilino para sair da mansão e contratara Wickham como secretário para auxiliá-lo nas providências necessárias para realizar a mudança. Wickham tinha sido demitido seis meses depois. Quando tomava conhecimento de notícias desalentadoras sobre desavenças públicas ou, pior, de desentendimentos familiares, Jane sempre assumia a tarefa apaziguadora de achar que nenhum dos envolvidos havia feito nada de muito errado. Mas quando as circunstâncias do último fracasso de Wickham foram transmitidas à sua irmã mais cética, Elizabeth desconfiou que a srta. Elliot tivesse ficado preocupada com a reação do pai diante do flerte descarado de Lydia e que as tentativas de Wickham de conquistar as boas graças da moça, embora provavelmente tivessem sido recebidas a princípio com uma satisfação nascida do tédio e da vaidade, deviam ter acabado por causar repulsa.

Uma vez fora de Lambton, Darcy sentiu um grande prazer de respirar fundo, de inalar o ar fresco e perfumado, de se ver livre do inconfundível cheiro de prisão — uma mistura de odores de corpos, comida e sabão barato — e dos ruídos de chaves girando nas fechaduras. E foi com uma enorme sensação de alívio e a impressão de que ele próprio havia escapado do cárcere que virou a cabeça de seu cavalo na direção de Pemberley.

5

Pemberley estava tão silenciosa que parecia desabitada. Era óbvio que Elizabeth e Georgiana ainda não tinham voltado. Darcy mal havia apeado quando um dos meninos que trabalhavam no estábulo surgiu de trás da casa e foi andando em sua direção para buscar o cavalo, mas Darcy devia ter chegado mais cedo do que se esperava, pois não havia ninguém o aguardando à porta. Entrou no saguão silencioso e seguiu rumo à biblioteca, onde imaginava que fosse encontrar o coronel ávido por notícias. Mas, para sua surpresa, encontrou lá o sr. Bennet, sozinho, refestelado numa poltrona de encosto alto ao pé da lareira, lendo o *Edinburgh Review*. Estava claro pela xícara vazia e pelo prato sujo pousados na mesinha ao seu lado que os empregados já haviam lhe oferecido uma refeição ligeira para ajudá-lo a recuperar-se da viagem. Depois de um instante de imobilidade ocasionado pela surpresa, Darcy percebeu que estava extremamente feliz em encontrar aquele visitante inesperado e, quando o sr. Bennet se levantou da poltrona, apertou sua mão calorosamente.

"Por favor, senhor, não se incomode comigo. É um prazer tão grande vê-lo aqui. Já foi servido, espero?"

"Fui, como o senhor pode ver. Stoughton me recebeu com a eficiência de sempre, e eu encontrei o coronel Fitzwilliam. Depois de me cumprimentar, ele disse que ia aproveitar minha presença aqui para levar seu cavalo para se exercitar; tive a impressão de que ele estava um pouco aborrecido por estar confinado em casa. Também recebi as boas-vindas da admirável sra. Reynolds, que me garantiu que o quarto onde costumo ficar está sempre preparado para mim."

"Quanto tempo faz que o senhor chegou?"

"Cerca de quarenta minutos. Aluguei uma caleche, embora não seja o veículo mais confortável para se fazer uma viagem longa. Minha intenção era vir de carruagem, mas a sra. Bennet se queixou, dizendo que precisava dela para levar as últimas notícias acerca da triste situação de Wickham para a sra. Phillips, os Lucas e várias outras partes interessadas em Meryton. Usar uma caleche de aluguel seria aviltante, não só para ela, mas para toda a família. Tendo decidido abandoná-la neste momento de aflição, não podia privá-la de um conforto mais precioso. Então, a carruagem ficou com a sra. Bennet. Não quero de forma alguma lhe dar mais trabalho chegando assim, sem avisar, mas achei que o senhor ficaria contente em poder contar com mais um homem na casa, quando estivesse dando atenção à polícia ou a Wickham. Elizabeth disse na carta que me escreveu que é provável que o coronel seja convocado em breve a reassumir suas obrigações militares e que o jovem Alveston tenha de voltar para Londres."

"Eles vão partir depois do inquérito, que, segundo fui informado no domingo, será realizado amanhã. Sua presença aqui, senhor, será um conforto para as senhoras e uma tranquilidade para mim. O coronel Fitzwilliam já deve ter lhe contado como foi a prisão de Wickham", disse Darcy.

"Sucintamente, mas sem dúvida com exatidão. Ele parecia estar me dando um relatório militar. Quase me senti obrigado a bater continência. Creio que 'bater continência' seja a expressão correta; não tenho experiência em assuntos militares. O marido de Lydia parece ter se superado nessa última façanha dele, conseguindo ao mesmo tempo oferecer diversão para as massas e causar o máximo de vergonha possível para a família. O coronel me disse que o senhor tinha ido a Lambton fazer uma visita ao prisioneiro. Como ele estava?"

"Bem disposto. O contraste entre sua aparência hoje e no dia seguinte ao ataque contra Denny é espantoso, mas claro que naquele dia ele estava embriagado e profundamente abalado. Agora, porém, já recuperou tanto a coragem quanto a boa aparência. Estava também extremamente otimista em relação ao resultado do inquérito, e Alveston acha que ele tem razão para tanto. O fato de nenhuma arma ter sido encontrada certamente pesa a favor dele."

Os dois homens se sentaram. Darcy viu que os olhos do sogro se desviavam em direção ao *Edinburgh Review*, mas o sr. Bennet resistiu à tentação de retomar a leitura. Em seguida, disse: "Queria que Wickham decidisse de uma vez por todas como quer ser visto pelo mundo. Na época em que se casou com Lydia, ele era tenente da milícia e irresponsável, mas sedutor; cortejava a todos nós, sorrindo com ar satisfeito, como se tivesse trazido para o casamento uma renda de três mil libras por ano e uma residência desejável. Mais tarde, depois que assumiu o cargo no Exército, ele se metamorfoseou num homem de ação e num herói público, o que certamente foi uma mudança para melhor e agradou muitíssimo a sra. Bennet. Será possível que agora tenhamos de passar a vê-lo como um vilão abjeto, que corre o risco, embora eu espere que remoto, de terminar a vida como um espetáculo público? Ele sempre buscou a notoriedade, mas não, acho, ao preço dessa aparição final que agora corre o risco de ser obrigado a fazer. Não consigo acreditar que tenha cometido um assassinato. Os malfeitos dele, por mais nocivos que tenham sido para as vítimas, não envolveram, até onde sei, nenhuma violência contra outras pessoas nem contra si próprio".

"Não temos como saber o que há na cabeça de outra pessoa, mas acredito que ele seja inocente e vou providenciar para que tenha o melhor advogado possível."

"É muita generosidade sua, e acho — embora não tenha nenhuma confirmação — que não é o primeiro ato de generosidade que minha família deve ao senhor." Sem esperar resposta, o sr. Bennet acrescentou rapidamente: "Soube pelo coronel que Elizabeth e a srta. Darcy foram cumprir uma missão de caridade, levando um cesto de mantimentos para uma família que sofre. Quando devem voltar?".

Darcy tirou seu relógio do bolso. "Já devem estar para chegar. Se estiver inclinado a fazer um pouco de exercício, senhor, poderíamos caminhar em direção à floresta e encontrá-las no caminho."

Ficou claro que o sr. Bennet, embora sabidamente sedentário, estava disposto a abrir mão do *Review* e do conforto quente da biblioteca em troca do prazer de surpreender a filha. Foi então que Stoughton apareceu, pediu desculpas por não estar à porta quando o patrão chegou e foi mais que depressa buscar os chapéus e os sobretudos dos dois cavalheiros. Darcy estava tão ansioso quanto o sogro para avistar o landau vindo pelo caminho. Não teria deixado que as duas mulheres fizessem aquela excursão se achasse que correriam algum tipo de perigo e sabia que Alveston era digno de confiança e saberia lidar bem com qualquer tipo de dificuldade, mas, desde que Denny fora assassinado, Darcy vinha sendo consumido por uma ansiedade vaga e talvez irracional sempre que sua esposa não estava à vista, e foi com alívio que viu o pequeno landau reduzir a velocidade e parar a uma pequena distância de Pemberley. Ele não havia se dado conta do quanto ficara feliz com a vinda do sr. Bennet até ver Elizabeth sair às pressas do Landau, correr em direção ao pai e exclamar cheia de alegria, enquanto se atirava em seus braços: "Ah, pai, que bom que o senhor veio!".

6

O inquérito foi realizado na estalagem King's Arms, num salão construído nos fundos do prédio cerca de oito anos antes com o intuito de abrigar reuniões locais, incluindo ocasionais festas para dançar que, mesmo sem fazer jus ao nome, sempre eram chamadas de bailes. O entusiasmo inicial e o orgulho regional haviam garantido a princípio o sucesso do salão, mas naqueles tempos difíceis de guerra e carência não havia nem dinheiro nem ânimo para futilidades, e o salão, agora usado basicamente para reuniões oficiais, raras vezes ficava cheio e tinha a atmosfera um pouco desalentadora e abandonada de qualquer lugar um dia destinado a atividades públicas. O dono da estalagem, Thomas Simpkins, e sua mulher, Mary, tinham feito os costumeiros preparativos para um evento que sabiam que atrairia uma grande plateia e, posteriormente, lucros para o bar. À direita da porta havia um tablado grande o bastante para acomodar uma pequena orquestra e sobre ele fora posta uma impressionante cadeira de braços de madeira e quatro cadeiras menores, duas de cada lado, para juízes de paz e outras figuras locais importantes que decidissem comparecer. Todas as outras cadeiras disponíveis na hospedaria tinham sido levadas para o salão, e a heterogênea coleção sugeria que os vizinhos também haviam feito contribuições. Quem chegasse atrasado teria de ficar em pé.

Darcy sabia que o juiz de instrução tinha em alta conta sua própria posição e suas responsabilidades e ficaria contente em ver o proprietário de Pemberley chegar com pompa de carruagem. Darcy teria preferido ir a cavalo, como o coronel e Alveston pretendiam fazer, mas adotou uma solução intermediária indo de caleche. Ao entrar no salão, viu que o lugar já estava bastante cheio e tomado pelo murmurinho que costuma anteceder eventos que geram alguma expectativa, embora Darcy tivesse a impressão de que as pessoas conversavam de forma mais contida do que ansiosa. Ao vê-lo, todos se calaram e muitos levaram a mão à testa e murmuraram saudações. Ninguém, nem mesmo qualquer dos arrendatários de Pemberley, foi até ele para cumprimentá-lo, como Darcy sabia que teriam feito em circunstâncias normais, mas julgou que isso, longe de ser uma afronta da parte deles, devia-se a um sentimento de que era seu privilégio tomar a iniciativa de dirigir-se a eles.

Olhou ao redor para ver se encontrava alguma cadeira desocupada no fundo do salão, preferencialmente ao lado de outras que pudesse reservar para o coronel e Alveston, mas naquele momento houve um rebuliço perto da porta e uma grande cadeira de vime, com uma pequena roda na frente e duas bem maiores atrás, foi empurrada porta adentro, sendo manobrada com dificuldade. Nela, encontrava-se sentado com certa imponência o dr. Josiah Clitheroe, a perna direita apoiada numa tábua saliente, o pé enrolado de maneira intrincada com uma atadura de linho branco. Os que estavam sentados na frente do salão desapareceram mais que depressa e o dr. Clitheroe foi empurrado até lá, o que foi uma tarefa um pouco árdua pois a rodinha da frente, ziguezagueando freneticamente, mostrava-se recalcitrante. As cadeiras dos dois lados dele foram imediatamente desocupadas e, numa delas, ele pousou sua cartola. Em seguida, fez sinal para Darcy, chamando-o para sentar-se do outro lado. O círculo de cadeiras em volta deles agora estava vazio, oferecendo-lhes ao menos alguma chance de conversar reservadamente.

"Não creio que isso vá tomar o dia inteiro", disse o dr. Clitheroe. "Jonah Makepeace vai manter tudo sob controle.

É uma situação difícil para você, Darcy, e claro que também para a sra. Darcy. Espero que ela esteja bem."

"Ela está sim, senhor, felizmente."

"É claro que você não pode participar de forma alguma da investigação desse crime, mas sem dúvida Hardcastle o mantém a par das novidades."

"Ele me revelou tudo o que achou prudente revelar. A posição dele também é um pouco difícil", disse Darcy.

"Bem, ele não precisa exagerar na cautela. Vai manter o primeiro delegado informado de tudo, como é seu dever, e me consultar quando for necessário, embora eu não creia que possa ajudar muito. Ele, o bailio Brownrigg e o subdelegado Mason parecem estar mantendo tudo sob controle. Soube que já conversaram com todos os moradores de Pemberley e ficaram satisfeitos com o fato de todos vocês terem álibis, o que não é de surpreender: na noite da véspera do baile de Lady Anne, todos por certo tinham coisa melhor a fazer do que se embrenhar na floresta de Pemberley para cometer um assassinato. Fui informado de que Lorde Hartlep também tem um álibi, então pelo menos você e ele estão livres dessa preocupação. Como ele ainda não é um lorde, não seria necessário, caso fosse acusado, realizar o julgamento na Câmara dos Lordes, um procedimento pitoresco, mas dispendioso. Você também vai ficar aliviado em saber que Hardcastle conseguiu encontrar um parente do capitão Denny através do coronel do regimento dele. Parece que só tinha um parente vivo, uma tia idosa que reside em Kensington e que ele raramente visitava, mas que lhe dava regularmente ajuda financeira. Ela agora tem quase noventa anos e está velha e frágil demais para se interessar pelo desenrolar do caso, mas pediu que o corpo de Denny, que já foi liberado pelo juiz de instrução, fosse transportado para Kensington para ser enterrado lá."

"Se Denny tivesse morrido na floresta por acidente, ou se nós soubéssemos quem o matou, seria adequado que eu ou a sra. Darcy lhe enviássemos uma carta de condolências, mas, nas atuais circunstâncias, isso pode ser imprudente e até mal recebido", disse Darcy. "É estranho como até os acontecimentos mais terríveis e insólitos têm implicações sociais, e foi bondade sua me passar essa informação, que sei que deixará a sra. Darcy aliviada. E quanto aos arrendatários que vivem nas minhas terras? Não gostaria de perguntar diretamente a Hardcastle, mas queria saber se todos foram inocentados."

"Pelo que eu soube, sim. A maioria estava em casa, e os que nunca conseguem resistir à tentação de sair para fortalecer o ânimo na estalagem local, mesmo numa noite de tempestade, foram vistos por várias testemunhas, algumas das quais estavam sóbrias quando interrogadas e podem ser consideradas confiáveis. Ao que parece, ninguém viu nem ouviu nenhuma pessoa estranha na vizinhança. Você já deve saber, claro, que quando Hardcastle foi a Pemberley duas mocinhas que trabalham como empregadas domésticas vieram com a história de que tinham visto o fantasma da sra. Reilly vagando pela floresta. Como é apropriado, ela prefere se manifestar nas noites de lua cheia."

"É uma velha superstição", disse Darcy. "Aparentemente, segundo nos foi dito depois, as duas moças foram até a floresta por causa de um desafio, e Hardcastle não levou a história a sério. Achei na ocasião que estavam dizendo a verdade e podiam mesmo ter visto uma mulher na floresta naquela noite."

"O bailio Brownrigg conversou com elas na presença da sra. Reynolds", disse Clitheroe. "Elas afirmaram com espantosa firmeza que tinham visto o sombrio de uma mulher na floresta dois dias antes do assassinato, e que ela fez um gesto ameaçador, depois se enfiou no meio das árvores e sumiu. Também disseram com toda a certeza que a mulher que viram não era nenhuma das duas que moram na cabana da floresta, embora seja difícil saber como podem ter tanta certeza disso se a mulher estava de preto e desapareceu assim que uma das moças gritou. Mas, mesmo se houvesse uma mulher na floresta, isso não tem muita importância. Não foi uma mulher que cometeu aquele crime."

"Wickham está cooperando com Hardcastle e com a polícia?", perguntou Darcy.

"Pelo que eu soube, o comportamento dele é instável. Às vezes responde as perguntas de modo razoável e, outras vezes, começa a vociferar que ele, um homem inocente, está sendo atormentado pela polícia. Você obviamente já sabe que um maço de notas no valor de trinta libras foi encontrado no bolso do casaco dele. Pois bem, Wickham continua se negando terminantemente a dizer de onde veio esse dinheiro, limitando-se apenas a declarar que foi um empréstimo que contraiu para pagar uma dívida de honra e que havia feito um juramento solene de que nada revelaria sobre isso. Hardcastle, como seria de esperar, achou que Wickham poderia ter tirado o dinheiro do corpo do capitão Denny, mas nesse caso certamente haveria alguma mancha de sangue nas notas, considerando que as mãos de Wickham estavam ensanguentadas. E o dinheiro não estaria tão bem arrumado dentro da carteira de Wickham, imagino. Vi as notas e elas estavam novas em folha. Além disso, ao que parece, o capitão Denny disse ao dono da estalagem que não tinha dinheiro."

Os dois ficaram calados por um momento e então Clitheroe disse: "Entendo que Hardcastle relute em partilhar informações com você, tanto para a proteção dele quanto para a sua, mas, já que ele acredita que toda a família, todas as visitas e todos os empregados de Pemberley têm álibis satisfatórios, me parece uma cautela desnecessária omitir de você descobertas importantes. Tenho de lhe dizer, então, que ele acha que a polícia descobriu a arma do crime: uma pedra grande, achatada e de bordas arredondadas que foi encontrada debaixo de algumas folhas a cerca de cinquenta jardas da clareira onde o corpo de Denny estava".

Darcy conseguiu disfarçar sua surpresa e, olhando bem para a frente, perguntou em voz baixa: "Que indícios existem de que essa de fato foi a arma do crime?".

"Nenhum indício definitivo, já que não havia nenhum

vestígio de sangue nem de cabelo na pedra, mas isso não é surpresa. Como você deve se lembrar, naquela noite, depois da ventania, caiu uma chuva forte, de modo que as folhas deviam estar encharcadas. Mas vi a pedra e ela certamente tem o tamanho e o formato necessários para causar um ferimento como aquele."

Darcy manteve a voz baixa. "Todas as pessoas que moram nas terras de Pemberley foram proibidas de ir à floresta, mas sei que a polícia tem feito buscas constantes lá à procura das armas. O senhor sabe qual dos oficiais fez a descoberta?"

"Não foi Brownrigg nem Mason. Como estavam precisando de mais homens, chamaram subdelegados da paróquia vizinha, entre eles Joseph Joseph. Aparentemente, os pais dele gostavam tanto do próprio sobrenome que o deram ao filho também como nome de batismo. Ele parece ser um homem consciencioso e confiável, mas acho que não muito inteligente. Ele devia ter deixado a pedra no lugar onde estava e chamado os outros oficiais como testemunhas. Em vez disso, ele a levou com ar vitorioso para o bailio Brownrigg."

"Então não há como provar que ela estava onde ele disse que a encontrou?"

"Imagino que não. Segundo fui informado, havia outras pedras de diferentes tamanhos no local, todas parcialmente enterradas e cobertas de folhas, mas não existem provas de que aquela pedra específica estava entre elas. Alguém pode ter despejado o conteúdo de um carrinho de mão ali, ou ter derrubado o carrinho por acidente, anos atrás, provavelmente na época em que seu bisavô mandou construir a cabana, quando o material para a construção foi transportado pela floresta."

"Hardcastle e a polícia vão apresentar essa pedra agora durante o inquérito?"

"Parece que não. Makepeace é da firme opinião de que, como não há como provar que aquela pedra foi a arma do crime, não se pode considerá-la um indício. O júri será apenas informado de que uma pedra foi encontrada, talvez nem isso. Makepeace está preocupado em não deixar que o inquérito acabe se transformando num julgamento. Vai deixar claro os deveres dos jurados e explicar que não se pode usurpar os poderes do tribunal do condado."

"Então o senhor acha que vão levar Wickham a julgamento?"

"Sem dúvida, já que entenderão o que ele disse como uma confissão. Seria espantoso se não levassem. Ah, vejo que o sr. Wickham já chegou e parece surpreendentemente tranquilo para alguém na situação abominável em que ele se encontra."

Darcy tinha notado que havia três cadeiras vazias perto do tablado sendo vigiadas por subdelegados. Wickham, algemado e acompanhado por dois guardas da prisão, foi conduzido até a cadeira do meio, e então os dois guardas se sentaram nas outras duas. A postura de Wickham beirava a impassibilidade, enquanto examinava sua potencial plateia com aparente pouco interesse, sem fixar os olhos em rosto algum. A mala contendo suas roupas tinha sido levada para a prisão depois que Hardcastle a liberou, e Wickham usava o que obviamente era seu melhor paletó, enquanto o que podia ser visto de sua camisa atestava o esmero e a habilidade da lavadeira de Highmarten. Sorrindo, ele se virou para um dos guardas, que respondeu balançando a cabeça. Observando-o, Darcy acreditou estar vendo algo do jovem oficial de milícia, belo e sedutor, que tanto havia encantado as moças de Meryton.

Alguém bradou uma ordem, o murmurinho cessou e o juiz de instrução, Jonah Makepeace, entrou no salão com Sir Selwyn Hardcastle e, depois de fazer uma mesura para o júri, se dirigiu à sua cadeira, convidando Sir Selwyn a sentar-se à sua direita. Makepeace era um homem franzino, com um rosto pálido que em outros poderia ser visto como um sinal de falta de saúde. Ele exercia a função de juiz criminal fazia vinte anos e tinha orgulho do fato de, aos sessenta anos, ter presidido absolutamente todos os inquéritos realizados durante esse período quer em Lambton, quer na estalagem King's Arms. Tinha um nariz fino e comprido e uma boca de formato curioso, com um lábio superior muito carnudo. Seus olhos, sob sobrancelhas finas como linhas traçadas a lápis, ainda eram tão argutos como quando tinha vinte anos. Era muito respeitado como advogado e tinha uma carreira de sucesso não só em Lambton, mas também em outros lugares. Cada vez mais próspero e com clientes particulares aguardando ansiosos pelos seus serviços, nunca era indulgente com testemunhas que não fossem capazes de prestar seu depoimento de modo claro e conciso. Havia um relógio pendurado na parede do fundo do salão, ao qual dirigiu um olhar demorado e intimidante.

Quando Makepeace entrou, todos os presentes haviam se posto de pé, tornando a sentar-se apenas depois que ele tomou seu assento. Hardcastle estava sentado à sua direita e os dois policiais à sua frente, na primeira fileira de cadeiras dispostas diante do tablado. Os jurados, que estavam conversando uns com os outros numa roda, ocuparam suas cadeiras e depois imediatamente se levantaram. Como magistrado, Darcy já havia comparecido a vários inquéritos e viu que o grupo costumeiro de figuras notáveis da comunidade local havia sido convocado para o júri: George Wainwright, o boticário; Frank Stirling, dono da mercearia de Lambton; Bill Mullins, o ferreiro da aldeia de Pemberley; e John Simpton, o agente funerário, vestido como sempre com um fúnebre terno preto, que se dizia que herdara do pai. Os outros eram todos agricultores e muitos haviam chegado no último minuto, parecendo esbaforidos e acalorados. Nunca era uma boa hora para que se ausentassem de suas lavouras.

O juiz criminal voltou-se para o guarda da prisão. "Pode retirar as algemas do sr. Wickham. Nenhum prisioneiro jamais fugiu da minha jurisdição."

Isso foi feito em silêncio e Wickham, depois de esfregar os pulsos, ficou quieto, seus olhos percorrendo o salão como se procurassem um rosto familiar. O juramento foi proferido, durante o qual Makepeace fitou o júri com a intensidade cética de um homem que está cogitando comprar um cavalo de qualidade dúbia, fazendo em seguida seu habitual anúncio preliminar.

"Cavalheiros, já nos encontramos antes e acho que os senhores sabem qual é seu dever. É ouvir atentamente os depoimentos, analisar com cuidado os indícios e declarar qual foi, na visão dos senhores, a causa da morte do capitão Martin Denny, cujo corpo foi encontrado na floresta de Pemberley por volta das dez horas da noite de sexta-feira, dia 14 de outubro. Os senhores não estão aqui para participar de um julgamento criminal nem para ensinar a polícia a conduzir uma investigação. Das opções que têm diante de si, podem considerar descartar morte por acidente e assassinato involuntário, e um homem não comete suicídio aplicando um golpe violento na própria nuca. Isso pode logicamente levá-los à conclusão de que essa morte foi um homicídio voluntário e os senhores terão então dois possíveis veredictos a considerar. Se acharem que não existem indícios que mostrem quem foi o responsável, darão o veredicto de homicídio voluntário cometido por uma pessoa ou por pessoas desconhecidas. Deixei claras as opções que têm, mas preciso ressaltar que o veredicto acerca da causa morte cabe inteiramente aos senhores. Se os indícios os levarem à conclusão de que sabem quem foi o assassino, os senhores devem revelar o nome dele e então, como no caso de qualquer delito, o acusado será preso e levado a julgamento na próxima sessão do tribunal de Derby. Se tiverem perguntas a fazer a uma testemunha, por favor, levantem a mão e falem com clareza. Nós agora vamos começar, e a primeira pessoa que vou chamar é Nathaniel Piggott, proprietário da estalagem Green Man, que dará testemunho do início da última viagem desse desventurado cavalheiro."

Depois disso, para alívio de Darcy, o inquérito prosseguiu com considerável ligeireza. O sr. Piggott claramente tinha sido aconselhado a falar o menos possível no tribunal e, após fazer o juramento, apenas confirmou que o sr. e a sra. Wickham e o capitão Denny haviam chegado à estalagem numa caleche alugada na tarde de sexta-feira, um pouco depois das quatro horas, e pedido para serem levados naquela noite, na caleche que ele mantinha na estalagem, até Pemberley, onde deixariam a sra. Wickham. Em seguida, os dois cavalheiros seguiram na caleche até a estalagem King's Arms, em Lambton. Ele não tinha ouvido nenhuma discussão entre os três nem no decorrer da tarde, nem quando entraram na caleche. O capitão Denny havia ficado calado a maior parte do tempo — ele parecia ser um homem calado — e o sr. Wickham bebera bastante, mas, na sua opinião, não parecia ter ficado bêbado nem incapacitado.

O segundo a testemunhar foi George Pratt, o cocheiro, cujo depoimento obviamente estava sendo aguardado com ansiedade. Ele descreveu a viagem de modo bastante detalhado, referindo-se sempre ao comportamento dos cavalos, que na verdade eram éguas e se chamavam Betty e Millie. Elas vinham sendo obedientes até que entraram na floresta, quando então ficaram tão nervosas que ele teve dificuldade de fazer com que seguissem adiante. Os cavalos sempre detestavam entrar na floresta em noite de lua cheia, por causa do fantasma da sra. Reilly. Talvez os cavalheiros tivessem discutido dentro da caleche, mas ele não ouviu porque estava tentando controlar as éguas. Então, o capitão Denny botou a cabeça para fora da janela, mandou que ele parasse e depois desceu da caleche. Ele ouviu o capitão dizer que o sr. Wickham ia ter de se arranjar sozinho e que ele não ia tomar parte naquilo — ou coisa parecida. Aí o capitão Denny saiu correndo floresta adentro e o sr. Wickham foi atrás dele. Foi um pouco depois disso que se ouviram tiros, mas não sabia dizer quanto tempo depois. Então, a sra. Wickham, que estava num estado de nervos terrível, gritou para que tocasse para Pemberley, e foi isso o que ele fez. As éguas àquela altura estavam tão apavoradas que saíram em disparada, enquanto ele penava para segurar as duas, morrendo de medo de que a caleche virasse antes que chegassem a Pemberley. Em seguida, ele descreveu a viagem de volta, incluindo a hora em que parou a caleche para que o coronel Fitzwilliam fosse até a cabana da floresta ver como estava a família que morava lá. Ele achava que o coronel tinha levado uns dez minutos para voltar.

Darcy ficou com a impressão de que o júri e provavelmente Lambton e a aldeia de Pemberley inteira já conheciam a história de Pratt. Seu testemunho foi acompanhado por gemidos e suspiros solidários, principalmente quando ele falava da aflição de Betty e Millie. Ninguém fez nenhuma pergunta.

O coronel Fitzwilliam, visconde Hartlep, foi então chamado e o juramento prestado com impressionante autoridade. O coronel relatou brevemente, mas com firmeza, sua participação nos acontecimentos daquela noite, incluindo a descoberta do corpo, relato que foi repetido, também sem emoção nem floreios, por Alveston e finalmente por Darcy. O juiz de instrução perguntou aos três se Wickham havia falado alguma coisa quando eles o encontraram, e a danosa admissão de Wickham foi repetida pelos três.

Antes que qualquer outra pessoa tivesse chance da falar, Makepeace fez a pergunta fundamental. "Sr. Wickham, o senhor está decidido a manter a declaração de que é inocente, de que não assassinou o capitão Denny. Por que, então, quando foi encontrado ajoelhado ao lado do corpo, disse mais de uma vez que tinha matado seu amigo e que a morte dele era sua culpa?"

A resposta veio sem hesitação. "Porque, senhor, o capitão Denny saiu da caleche por estar indignado com meu plano de deixar a sra. Wickham em Pemberley quando ela não tinha sido convidada nem era esperada. Também achei que, se não estivesse bêbado, eu teria conseguido evitar que ele saísse da caleche e se embrenhasse na floresta."

Clitheroe sussurrou para Darcy: "Isso não foi nem um pouco convincente. O idiota é confiante demais. Ele vai ter de se sair melhor nas sessões do tribunal, se quiser salvar o pescoço. E, afinal, ele estava bêbado ou não estava?".

No entanto, nenhuma outra pergunta foi feita e, ao que pareceu, Makepeace se contentou em deixar que o júri formasse sua opinião sem a influência dos comentários dele e estava receoso de incentivar as testemunhas a especular sobre o que exatamente Wickham quisera dizer com suas palavras. O bailio Brownrigg testemunhou em seguida e sentiu um óbvio prazer em descrever sem pressa as atividades da polícia, incluindo as buscas que haviam sido feitas na floresta. Não se tinha notícia de que nenhuma pessoa estranha tivesse sido vista nas cercanias, todos os que estavam em Pemberley e em todos os chalés da propriedade tinham álibis e a investigação ainda estava em andamento. O dr. Belcher deu um depoimento recheado de termos médicos, que a plateia ouviu com respeito e Makepeace com óbvia irritação, antes de expressar em linguagem clara a opinião de que a causa da morte fora um violento golpe na nuca e de que o capitão Denny não poderia ter sobrevivido a um ferimento como aquele por mais do que alguns minutos, se tanto, embora fosse impossível determinar com precisão a hora da morte. Fora encontrada uma pedra achatada que poderia ter sido usada pelo agressor e que, na opinião dele, tinha o tamanho e o peso adequados para produzir tal ferimento se atirada com força, mas não havia nenhuma prova que ligasse aquela pedra específica ao crime. Apenas uma pessoa levantou a mão antes que o médico descesse da tribuna das testemunhas.

"Bem, Frank Stirling, eu estava mesmo estranhando o senhor ainda não ter se manifestado. O que tem a perguntar?", disse Makepeace.

"Só uma coisa, senhor. Pelo que pudemos entender, a sra. Wickham ia ser deixada em Pemberley para ir ao baile na noite seguinte, mas sem o marido. Imagino então que o sr. e a sra. Darcy não queriam receber o cunhado como convidado."

"E que relevância quem a sra. Darcy convidou ou deixou de convidar para o baile de Lady Anne tem em relação à morte do capitão Denny ou ao testemunho que o dr. Belcher acabou de prestar?"

"É só que, se as coisas entre o sr. Darcy e o sr. Wickham estavam tão ruim assim e se o sr. Wickham não era tido como uma pessoa decente para ser recebida em Pemberley, então, no meu entender, isso pode dizer alguma coisa sobre o caráter dele. É muito estranho um homem proibir o cunhado de ir à sua casa, a não ser que o cunhado seja um homem violento ou dado a criar desavença."

Makepeace pareceu refletir brevemente sobre essa declaração antes de responder que as relações entre o sr. Darcy e o sr. Wickham, quer fossem ou não como as que normalmente existem entre cunhados, não poderiam ter relevância alguma em relação à morte do capitão Denny. O capitão Denny fora assassinado, e não o sr. Darcy. "Vamos tentar nos ater aos fatos relevantes. O senhor deveria ter feito essa pergunta quando o sr. Darcy estava prestando depoimento, se achava que era relevante. No entanto, o sr. Darcy pode ser chamado de volta à tribuna das testemunhas para responder se o sr. Wickham era de modo geral um homem violento."

Isso foi feito imediatamente e, em resposta à pergunta de Makepeace, Darcy, depois de ser lembrado de que ainda estava sob juramento, declarou que, até onde ele sabia, o sr. Wickham nunca tivera tal reputação e ele nunca o vira ser violento. Já fazia alguns anos que os dois não se encontravam, mas na época em que eram mais próximos o sr. Wickham era tido de modo geral como um homem pacífico e socialmente afável.

"Suponho que essa resposta o satisfaça, sr. Stirling. Ele era tido como um homem pacífico e afável. Mais alguma pergunta? Não? Então sugiro que agora o júri delibere sobre o veredicto."

Depois de uma breve troca de ideias, os jurados decidiram que seria melhor fazer isso reservadamente e, após serem dissuadidos de irem para o local de sua escolha, o bar, dirigiram-se ao pátio e lá conversaram em voz baixa durante dez minutos num canto afastado. Quando voltaram para o salão, Makepeace lhes perguntou formalmente qual era o veredicto. Frank Stirling pôs-se de pé e leu o que estava escrito num pequeno caderno, determinado a proferir a decisão dos jurados com a necessária exatidão e firmeza. "Nós achamos, senhor, que o que causou a morte do capitão Denny foi um golpe na nuca e que quem desferiu esse golpe fatal foi George Wickham e que, portanto, o capitão Denny foi assassinado pelo mencionado George Wickham."

"E esse é o veredicto de todos os senhores?", perguntou Makepeace.

"É sim, senhor."

Depois de olhar para o relógio na parede, Makepeace tirou os óculos e guardou-os num estojo. Em seguida, disse: "Após as formalidades necessárias, o sr. Wickham será levado a julgamento na próxima sessão do tribunal de Derby. Obrigado, cavalheiros. Os senhores estão dispensados".

Darcy pensou consigo que o que ele imaginara que fosse ser um processo repleto de dificuldades linguísticas e constrangimentos terminara por ser algo quase tão rotineiro quanto a reunião mensal dos paroquianos. Todos haviam se mostrado interessados e empenhados, mas não houvera nenhum rebuliço nem momentos altamente dramáticos, e Darcy tinha de admitir que Clitheroe tinha razão, aquele resultado era inevitável. Mesmo que o júri tivesse concluído que o assassinato fora cometido por uma ou mais pessoas desconhecidas, Wickham continuaria sendo mantido preso por ser o principal suspeito e a investigação policial, concentrada nele, teria prosseguido quase certamente com o mesmo resultado.

O empregado de Clitheroe reapareceu para assumir o comando da cadeira de rodas. Consultando seu relógio,

Clitheroe disse: "Três quartos de hora do início ao fim. Imagino que tudo tenha transcorrido exatamente como Makepeace planejava, e o veredicto dificilmente poderia ter sido outro".

"E no tribunal, o senhor acha que o veredito será o mesmo?"

"De forma alguma, Darcy, de forma alguma. Eu poderia montar uma defesa muito eficaz. Sugiro que você arranje um bom advogado para ele e procure fazer com que o caso seja transferido para Londres. Henry Alveston poderá orientá-lo acerca do procedimento adequado; meus conhecimentos provavelmente estão desatualizados. Aquele rapaz é um tanto radical, pelo que ouço, apesar de ser herdeiro de um baronato muito antigo, mas é sem dúvida um advogado inteligente e bem-sucedido, embora já esteja mais que na hora de ele encontrar uma esposa e se aquietar em sua propriedade. É fundamental, para a paz e a segurança da Inglaterra, que os nobres morem em suas casas como bons proprietários de terra e patrões, compassivos com seus empregados, caridosos com os pobres e empenhados, como juízes de paz, a promover a tranquilidade e a ordem em suas comunidades. Se os aristocratas da França tivessem feito isso, jamais teria havido uma revolução. Mas esse caso é interessante e o resultado vai depender das respostas a duas perguntas: por que o capitão Denny saiu correndo floresta adentro e o que George Wickham quis dizer quando falou que o que tinha acontecido era culpa dele. Vou acompanhar os próximos acontecimentos com interesse. *Fiat justitia ruat caelum*. Tenha um bom dia, Darcy."

Então, a cadeira de rodas de Clitheroe foi empurrada rumo à porta, novamente com certa dificuldade, e ele se foi.

7

Para Darcy e Elizabeth, o inverno de 1803-4 parecia se estender como um longo charco negro que tinham de encontrar coragem para atravessar, sabendo que a primavera inevitavelmente traria uma nova provação e talvez um horror ainda maior, cuja lembrança turvaria o resto de suas vidas. Mas aqueles meses tinham de ser vividos de alguma forma e sem permitir que a aflição e a angústia que os dois sentiam contaminassem a vida de Pemberley nem destruíssem a paz e a confiança dos que dependiam deles. Felizmente, essa preocupação mostrou-se em grande parte infundada. Apenas Stoughton, a sra. Reynolds e os Bidwell haviam conhecido Wickham quando menino, e os empregados mais novos pouca curiosidade tinham pelo que quer que acontecesse fora de Pemberley. Darcy dera ordens para que ninguém tocasse no assunto do julgamento, e a aproximação do Natal despertou mais interesse e alvoroço do que o destino de um homem de quem a maioria dos empregados nunca ouvira falar.

O sr. Bennet era uma presença silenciosa e tranquilizadora na casa, um pouco como um fantasma benigno e familiar. Passava parte do tempo conversando com o genro na biblioteca, quando Darcy conseguia ter algum tempo livre. Sendo ele próprio inteligente, Darcy valorizava a inteligência em outras pessoas. De vez em quando, o sr. Bennet fazia uma visita à filha mais velha em Highmarten para se certificar de que os livros da biblioteca de Bingley estavam a salvo do excesso de zelo das criadas e para fazer uma nova lista de livros a serem adquiridos. No entanto, ele ficou apenas três semanas em Pemberley. A sra. Bennet lhe enviou uma carta dizendo andar ouvindo ruídos de passos furtivos ao redor da casa todas as noites e se queixando de sentir o coração latejar e sofrer palpitações constantes. O sr. Bennet precisava voltar para casa imediatamente para lhe oferecer proteção. Por que ele estava tão preocupado com o assassinato de outras pessoas quando, se ele não voltasse logo, era muito provável que houvesse outro em Longbourn?

A ausência dele foi sentida por todos em Pemberley, e a sra. Reynolds comentou com Stoughton: "É estranho, sr. Stoughton, que sintamos tanta falta do sr. Bennet agora que ele foi embora, quando raramente o víamos quando ele estava aqui".

Tanto Elizabeth quanto Darcy buscaram consolo no trabalho, e havia muita coisa a fazer. Darcy tinha em mãos alguns projetos de reformas de alguns dos chalés da propriedade e andava mais ocupado do que nunca cuidando dos problemas da paróquia. A guerra contra a França, que fora declarada no último mês de maio, já gerava inquietação e pobreza; o preço do pão havia subido e a colheita fora fraca. Darcy estava muito envolvido no socorro a seus arrendatários e, diariamente, uma torrente de crianças acorria à cozinha da mansão para apanhar grandes latas de uma sopa nutritiva, tão grossa e cheia de carne que mais parecia um guisado. Poucos jantares foram oferecidos em Pemberley nesse período e apenas para amigos chegados, mas os Bingley vinham regularmente para lhes dar coragem e auxílio, e o sr. e a sra. Gardiner enviavam cartas com frequência.

Depois do inquérito, Wickham fora transferido para a nova prisão do condado, em Derby, onde o sr. Bingley continuou a visitá-lo com regularidade, relatando que em geral o encontrava bem disposto. Na semana antes do Natal, eles finalmente tiveram a notícia de que a solicitação para que o julgamento fosse transferido para Londres fora aceita e Wickham seria julgado no tribunal de Old Bailey. Elizabeth estava determinada a acompanhar o marido no dia do julgamento, embora não houvesse hipótese de estar presente no tribunal. A sra. Gardiner escreveu uma carta carinhosa convidando-os a ficarem hospedados em sua casa, na Gracechurch Street, enquanto estivessem em Londres, e o convite foi aceito com gratidão. Antes do Ano-Novo, George Wickham foi transferido para a prisão Coldbath, em Londres, e o sr. Gardiner assumiu a tarefa de visitá-lo regularmente e levar o dinheiro enviado por Darcy para garantir o conforto de Wickham e seu prestígio com os carcereiros e os outros prisioneiros. Segundo o sr. Gardiner, Wickham continuava otimista e um dos capelães da prisão, o reverendo Samuel Cornbinder, fazia-lhe visitas regulares. O sr. Cornbinder era conhecido por sua habilidade no xadrez, jogo que havia ensinado a Wickham e ao qual o prisioneiro vinha dedicando boa parte de seu tempo. O sr. Gardiner achava que o reverendo era mais bem-vindo como adversário de xadrez do que como sacerdote, mas Wickham parecia de fato gostar dele, e o xadrez, que despertara em Wickham um interesse que beirava a obsessão, era um antídoto eficaz contra seus ocasionais acessos de raiva e desespero.

    O Natal chegou e a festa anual das crianças, para a qual todas aquelas que moravam na propriedade eram convidadas, foi realizada como sempre. Tanto Darcy quanto Elizabeth acharam que os pequenos não deviam ser privados dessa alegria, principalmente em tempos tão difíceis. Presentes foram escolhidos e entregues a todos os arrendatários, bem como a todos os empregados que trabalhavam dentro e fora da casa, uma tarefa que manteve Elizabeth e a sra. Reynolds bastante ocupadas. Quando não estava cuidando desses afazeres, Elizabeth procurava manter a cabeça ocupada seguindo um programa planejado de leitura e aperfeiçoando sua habilidade ao piano com a ajuda de Georgiana. Com menos obrigações sociais, Elizabeth tinha mais tempo para dedicar aos filhos e para visitar os pobres, os idosos e os doentes, e tanto ela quanto Darcy descobriram que, com dias tão repletos de atividades, era possível de vez em quando manter afastados até os mais persistentes pesadelos.

Houve uma boa notícia. Louisa andava muito mais alegre desde que Georgie voltara para perto da mãe e a sra. Bidwell achava a vida um pouco mais fácil agora que o choro do menino não estava mais angustiando Will. Depois do Natal, as semanas pareceram de repente começar a passar bem mais rápido à medida que a data do julgamento se aproximava.

LIVRO CINCO
O JULGAMENTO

1

O julgamento estava marcado para a quinta-feira, dia 22 de março, às onze horas, no tribunal de Old Bailey. Alveston estaria em seus aposentos perto do Middle Temple e havia se proposto a ir na véspera à casa dos Gardiner, na Gracechurch Street, junto com Jeremiah Mickledore, o advogado de defesa de Wickham, para explicar como seriam os procedimentos do dia seguinte e para aconselhar Darcy acerca do depoimento que ele teria de prestar. Saber que teria de passar dois dias na estrada causava ansiedade em Elizabeth e, então, eles decidiram parar em Banbury para pernoitar, o que significava que chegariam a Londres na tarde de quarta-feira, 21 de março. Quando os Darcy iam permanecer um tempo fora de Pemberley, normalmente um grupo dos empregados mais antigos postava-se à porta para lhes dar adeus e desejar boa viagem, mas aquela partida foi muito diferente das outras e apenas Stoughton e a sra. Reynolds estavam lá, com expressões graves no rosto, para fazer votos de que tudo corresse bem e garantir-lhes que a vida em Pemberley continuaria a transcorrer como deveria enquanto eles estivessem ausentes.

Abrir a residência londrina dos Darcy acarretava um considerável transtorno doméstico, e quando iam à cidade para passar pouco tempo, fosse para fazer compras ou para ver uma peça de teatro nova ou uma exposição, fosse porque Darcy tinha negócios a tratar com seu advogado ou precisava ir ao alfaiate, eles costumavam hospedar-se na casa dos Hurst, quando então a srta. Bingley se juntava ao grupo. A sra. Hurst preferia receber qualquer visita a não receber nenhuma e tinha orgulho de exibir o esplendor de sua casa e a grande quantidade de carruagens e criados que possuía, enquanto a srta. Bingley tinha o hábito de mencionar habilmente os nomes de seus amigos ilustres sempre que podia e de transmitir os últimos boatos sobre escândalos da alta sociedade. Elizabeth se divertia com isso como costumava se divertir com as pretensões e os absurdos de seus vizinhos, desde que o caso não fosse digno de compaixão, enquanto Darcy era da opinião de que se a harmonia familiar exigia que ele se encontrasse com pessoas com quem pouco tinha em comum, era melhor que isso se desse à custa dos parentes e não dele. Naquela ocasião, no entanto, eles não haviam recebido nenhum convite dos Hurst nem da srta. Bingley. Há certos acontecimentos dramáticos, certa notoriedade, dos quais é prudente manter distância, e os Darcy não esperavam ver nem os Hurst nem a srta. Bingley durante o período do julgamento. Mas o convite dos Gardiner fora feito imediata e calorosamente. Naquela casa de família confortável e sem ostentações, eles encontrariam a tranquilidade e a segurança da familiaridade, vozes suaves que não fariam exigências nem pediriam explicações e uma paz que os ajudaria a se preparar para a provação que tinham pela frente.

Contudo, quando chegaram ao centro de Londres e as árvores e a extensão verde do Hyde Park ficaram para trás, Darcy teve a sensação de estar entrando num lugar desconhecido, de respirar um ar acre e viciado e de estar cercado por uma população enorme e ameaçadora. Nunca tinha se sentido tão estrangeiro em Londres. Era difícil acreditar que o país estava em guerra; todos pareciam apressados, andavam como se estivessem absortos em suas próprias preocupações, mas de vez em quando ele notava alguém lançar um olhar de inveja ou de admiração para sua carruagem. Nem ele nem Elizabeth estavam dispostos a tecer qualquer comentário quando chegaram às ruas mais largas e conhecidas, onde o cocheiro avançava com todo o cuidado por entre as espalhafatosas fachadas das lojas, iluminadas com tochas, e as caleches, carroças e carruagens particulares que tornavam as vias quase intransitáveis. Por fim, porém, entraram na Gracechurch Street e, quando ainda estavam se aproximando da casa dos Gardiner, a porta se abriu e o sr. e a sra. Gardiner foram correndo para fora para lhes dar as boas-vindas e conduzir o cocheiro ao estábulo, nos fundos. Minutos depois a bagagem foi descarregada e Elizabeth e Darcy adentraram a paz e a segurança do que seria o refúgio dos dois até o julgamento terminar.

2

Alveston e Jeremiah Mickledore chegaram depois do jantar para dar breves instruções e conselhos a Darcy e, tendo expressado suas esperanças e votos de que tudo corresse bem, foram embora em menos de uma hora. Aquela viria a ser a pior noite da vida de Darcy. Sendo de uma hospitalidade infalível, a sra. Gardiner havia providenciado para que o quarto contivesse tudo o que fosse necessário ao conforto dele e de Elizabeth, não só as duas camas pelas quais eles tanto ansiavam, mas também uma mesa entre elas com uma jarra de água, livros e uma lata de biscoitos. A Gracechurch Street nunca ficava complemente silenciosa, mas os ribombos e rangidos de carruagens e os ocasionais ruídos de vozes normalmente não teriam sido suficientes para manter Darcy acordado, embora contrastassem com o silêncio total de Pemberley. Ele tentava tirar da cabeça seus temores em relação à provação do dia seguinte, mas era invadido por pensamentos ainda mais perturbadores. Era como se uma imagem dele estivesse parada ao lado da cama, encarando-o com um olhar acusador e quase desdenhoso, ensaiando argumentos e recriminações que julgava ter conseguido, com muita disciplina, silenciar fazia tempo, mas aos quais agora aquela visão indesejada dava voz de novo com renovada força e razão. Tinham sido as ações dele e de mais ninguém que haviam tornado Wickham parte de sua família, com direito a chamá-lo de cunhado. No dia seguinte ele seria obrigado a prestar um depoimento que poderia levar seu inimigo à forca ou libertá-lo. Mesmo que o veredicto fosse "inocente", o julgamento aproximaria Wickham de Pemberley, e se Wickham fosse condenado e enforcado, Darcy não só passaria a carregar um fardo de culpa e horror, como o legaria a seus filhos e a futuras gerações.

Ele não podia se arrepender de ter se casado com Elizabeth; seria como se arrepender de ter nascido. O casamento lhe trouxera uma felicidade que nunca acreditara ser possível, um amor do qual os dois belos e saudáveis meninos que dormiam no quarto das crianças em Pemberley eram uma prova e uma garantia. Mas ele havia se casado em desafio a todos os princípios que, desde a infância, regeram sua vida, a todas as convicções do que ele devia à memória de seus pais, a Pemberley e à sua classe social. Por mais forte que fosse o sentimento que nutria por Elizabeth, poderia ter se afastado, como suspeitava que o coronel Fitzwilliam havia feito. O preço que pagara ao subornar Wickham para casar-se com Lydia havia sido o preço de Elizabeth.

Lembrou-se do encontro com a sra. Younge. A casa de cômodos ficava numa parte respeitável de Marylebone e a mulher era a personificação da senhoria honrada e zelosa. Lembrou-se também da conversa que os dois tiveram. "Só hospedo rapazes das mais respeitáveis famílias que tenham saído de casa para trabalhar na capital e dar início a suas carreiras, em busca de independência. Os pais sabem que seus filhos serão bem alimentados e bem tratados e que o comportamento deles será mantido sob judiciosa observação. Tenho, já faz muitos anos, uma renda mais que adequada. Agora que expliquei minha situação, podemos fazer negócios. Mas, antes, posso lhe oferecer alguma bebida?"

Ele havia recusado a bebida sem fazer nenhum esforço para ser cortês, e ela dissera: "Sou uma mulher de negócios e nunca achei que certa adesão às regras formais da cortesia atrapalhasse, mas, se o senhor prefere assim, vamos dispensá-las. Sei o que o senhor quer. O senhor quer saber o paradeiro de George Wickham e Lydia Bennet.

Talvez possa iniciar as negociações declarando o máximo que está disposto a pagar por essa informação, que, eu posso lhe garantir, não conseguirá obter com ninguém, a não ser comigo".

A oferta que ele fez, obviamente, não tinha sido suficiente, mas no fim os dois acertaram um valor e Darcy saíra da casa como se o lugar estivesse contaminado pela peste. E aquela havia sido a primeira das vultosas somas que tivera de pagar para que George Wickham se casasse com Lydia Bennet.

Exausta da viagem, Elizabeth se recolheu logo depois do jantar. Já estava dormindo quando Darcy entrou no quarto e ficou alguns minutos parado ao lado da cama dela, observando com amor seu rosto bonito e tranquilo; pelo menos por mais algumas horas ela estaria livre de preocupações. Uma vez na cama, ele pôs-se a virar de um lado para o outro, inquieto, à procura de um conforto que nem os travesseiros macios podiam proporcionar, mas, passado algum tempo, sentiu finalmente que estava pegando no sono.

3

Alveston havia saído cedo de seus aposentos rumo ao tribunal de Old Bailey e Darcy estava sozinho quando, pouco depois das dez e meia, atravessou o imponente saguão que levava à sala de audiências. A impressão imediata que teve foi de entrar numa gaiola cheia de gente tagarela no interior de um hospício. O julgamento só ia começar dali a trinta minutos, mas as primeiras fileiras de cadeiras já estavam tomadas por uma multidão de mulheres faladeiras vestidas no rigor da moda, enquanto as fileiras de trás eram ocupadas rapidamente. Toda Londres parecia estar lá, os pobres aglomerados em ruidoso desconforto. Embora Darcy tivesse apresentado a carta de intimação que recebera ao oficial postado perto da porta, ninguém lhe mostrou onde deveria se sentar nem, aliás, lhe deu a mínima atenção. A temperatura estava amena para março e o ar dentro da sala começava a ficar quente e úmido, numa enjoativa mistura de perfume e cheiro de suor. Perto da cadeira do juiz, um grupo de advogados conversava numa roda, tão à vontade como se estivesse numa sala de estar. Darcy viu que Alveston estava entre eles. Notando Darcy, o jovem advogado imediatamente se aproximou para cumprimentá-lo e lhe mostrar os assentos reservados para as testemunhas.

"A acusação vai chamar apenas o coronel e o senhor para depor sobre a descoberta do corpo de Denny", ele disse. "Há a habitual pressão do tempo e esse juiz fica impaciente quando as mesmas informações são repetidas desnecessariamente. Vou ficar por perto; talvez tenhamos uma chance de nos falar durante o julgamento."

Naquele momento, o murmurinho cessou de súbito, como se ruídos pudessem ser cortados com uma faca. O juiz Moberley havia entrado na sala. Ele portava suas insígnias com confiança, mas não era um homem elegante e seu rosto de feições miúdas, no qual apenas os olhos escuros se destacavam, quase sumia debaixo de uma enorme peruca comprida, o que fazia com que parecesse, Darcy achou, um animal curioso espiando o mundo pelo buraco de sua toca. Grupos de advogados reunidos para trocar ideias se dispersaram e depois tornaram a se juntar em novos grupos, conforme eles, os jurados e o escrivão iam tomando os lugares que lhes eram destinados. Com um oficial de polícia de cada lado, o prisioneiro foi visto de repente postado diante do banco dos réus. Darcy ficou espantado com a aparência de Wickham. Ele estava mais magro, apesar da comida que lhe era levada de fora regularmente, e seu rosto tenso estava pálido, não tanto em virtude da aflição do momento, pareceu a Darcy, e mais pelos longos meses de prisão. Enquanto o observava, Darcy mal prestou atenção às preliminares do julgamento, que consistiam na leitura da denúncia em voz clara, na seleção dos jurados e na prestação do juramento. No banco dos réus, Wickham mantinha-se rigidamente ereto e, ao lhe perguntarem como se declarava diante da denúncia, pronunciou a palavra "inocente" com voz firme. Mesmo algemado e pálido, ele continuava bonito.

Então, Darcy viu um rosto familiar. Ela devia ter pagado alguém para guardar-lhe um lugar na primeira fileira de cadeiras, todas ocupadas por mulheres, e se dirigido até lá rápida e silenciosamente. Estava sentada lá, quase imóvel, em meio a leques em movimento e cabeças balançantes, enfeitadas com toucados da moda. A princípio Darcy a viu apenas de perfil, mas depois ela virou o rosto e, embora os dois tenham se entreolhado sem esboçar nenhum sinal de reconhecimento, ele não teve dúvida de que era a sra. Younge; na verdade, já tinha quase certeza disso desde que vislumbrara pela primeira vez seu perfil.

Estava determinado a não deixar que seus olhares se encontrassem de novo, mas, correndo os olhos pela sala de vez em quando, percebeu que ela usava roupas caras, mas de uma elegância e simplicidade que contrastavam com a espalhafatosa ostentação ao seu redor. Seu chapéu, adornado com fitas roxas e verdes, emoldurava um rosto que parecia tão jovem como quando eles se conheceram. Ela estava trajada com a mesma elegância quando ele e o coronel Fitzwilliam a convidaram para ir a Pemberley para realizar uma entrevista como candidata ao posto de acompanhante de Georgiana. Naquela ocasião, ela se apresentou aos dois jovens cavalheiros como o retrato de uma senhora bem nascida, bem falante e confiável, com uma compreensão profunda dos jovens e consciente das responsabilidades com que teria de arcar. Tinha sido diferente, embora não muito, quando ele fora atrás dela em seu esconderijo, aquela casa respeitável em Marylebone. Darcy se perguntava que força mantinha aquela mulher e Wickham unidos, intensa o bastante para fazer com que ela se juntasse à plateia de mulheres que achavam divertido ver um ser humano lutar pela própria vida.

4

Enquanto o promotor se preparava para fazer suas considerações iniciais, Darcy notou uma mudança na sra. Younge. Ela continuava sentada e ereta, mas olhava em direção ao banco dos réus com extrema intensidade e concentração, como se por meio de seu silêncio e do encontro dos olhares dos dois pudesse transmitir uma mensagem ao prisioneiro, talvez de esperança ou de tenacidade. Durou apenas alguns segundos, mas, para Darcy, foi como se, naquele momento, todo o pomposo aparato do tribunal, a toga vermelha do juiz e as cores vivas dos espectadores não existissem mais, e ele estivesse consciente apenas daquelas duas pessoas, absortas uma na outra.

"Cavalheiros do júri, o caso a ser apresentado perante os senhores é singularmente perturbador para todos nós: o assassinato brutal cometido por um ex-oficial do Exército contra um amigo e antigo colega. Ainda que muito do que aconteceu vá continuar sendo um mistério, já que a única pessoa que poderia atestar seria a vítima, os fatos conhecidos são claros e não dão margem a conjecturas. Eles serão apresentados aos senhores por meio de testemunhos e provas. Acompanhado do capitão Denny e da sra. Wickham, o réu saiu da estalagem Green Man, na aldeia de Pemberley, em Derbyshire, por volta das nove horas da sexta-feira, dia 14 de outubro, e foi conduzido de caleche pela estrada da floresta rumo à casa, onde a sra. Wickham passaria a noite e lá permaneceria por um período indefinido, enquanto seu marido e o capitão Denny seriam levados até a estalagem King's Arms, em Lambton. Os senhores ouvirão testemunhos de que o réu e o capitão Denny discutiram enquanto estavam na estalagem e das palavras ditas pelo capitão ao sair da caleche e se embrenhar na floresta. Wickham então correu atrás dele. Ouviram-se tiros e, como Wickham demorava a voltar, a sra. Wickham, aflita, foi levada para Pemberley. Mais tarde, foi feita uma expedição de resgate. Os senhores ouvirão os depoimentos de duas testemunhas que encontraram o corpo e guardam uma vívida lembrança desse momento significativo. O réu, sujo de sangue, estava ajoelhado ao lado da vítima e por duas vezes, com palavras absolutamente claras, confessou ter matado o amigo. Ainda que possam haver muitas circunstâncias que não estejam claras e permaneçam misteriosas neste caso, esse fato está no cerne dele; houve uma confissão, ela foi repetida e, eu sugiro aos senhores, foi entendida claramente. O grupo de resgate não foi atrás de outro potencial assassino; o sr. Darcy teve o cuidado de manter Wickham sob vigilância e de chamar imediatamente o magistrado. Apesar de uma busca ampla e extremamente meticulosa ter sido realizada, não há indícios de que qualquer pessoa estranha tenha estado na floresta naquela noite. Os moradores da cabana da floresta, uma mulher idosa, a filha dela e um homem à beira da morte, por certo não conseguiriam manejar uma pedra grande e pesada como a que se acredita ter causado o ferimento fatal. Os senhores ouvirão testemunhos de que pedras desse tipo podem ser encontradas na floresta e de que Wickham, que conhecia o lugar desde criança, teria sabido onde encontrar uma.

"Esse foi um crime particularmente cruel. Um médico confirmará que o golpe desferido contra a testa da vítima só a deixou atordoada e foi seguido de um ataque letal, feito quando o capitão Denny tentava fugir, cegado pelo sangue. É difícil imaginar um assassinato mais covarde e atroz. Não podemos ressuscitar o capitão, mas podemos lhe fazer justiça, e estou confiante de que os senhores, cavalheiros do júri, não hesitarão em apresentar o veredicto de culpado. Vou chamar agora a primeira testemunha da acusação."

5

Alguém gritou "Nathaniel Piggott" e quase imediatamente o dono da estalagem Green Man subiu na tribuna das testemunhas; em seguida, segurando a Bíblia no alto com certa cerimônia, prestou o juramento. Estava vestido com apuro, com o terno que costumava usar para ir à igreja aos domingos, mas que trajava com a confiança de um homem que se sente à vontade em suas roupas. Ficou parado por um minuto, examinando deliberadamente o júri com o olhar crítico de quem está diante de candidatos pouco promissores a um emprego na estalagem. Por fim, fixou os olhos no promotor como que confiante de ser capaz de lidar com qualquer pergunta que Sir Simon Cartwright pudesse lhe lançar. Como solicitado, declarou seu nome e endereço: "Nathaniel Piggott, estalajadeiro da Green Man, aldeia de Pemberley, Derbyshire".

Seu depoimento foi simples e direto e tomou muito pouco tempo. Em resposta às perguntas do promotor, ele disse à corte que George Wickham, a sra. Wickham e o falecido capitão Denny haviam chegado à estalagem na sexta-feira, dia 14 de outubro do ano anterior, numa caleche alugada. O sr. Wickham tinha pedido comida, vinho e uma caleche para levar a sra. Wickham até Pemberley naquela noite. A sra. Wickham havia lhe dito, quando ele estava conduzindo o grupo ao bar, que ia passar a noite em Pemberley para ir ao baile de Lady Anne no dia seguinte. "Ela parecia muito animada." Em resposta a outras perguntas, ele disse que o sr. Wickham havia lhe falado que queria que a caleche, depois de passar por Pemberley, seguisse viagem até a estalagem King's Arms, em Lambton, onde ele e o capitão Denny pretendiam pernoitar para, no dia seguinte, tomar a diligência para Londres.

"Então ninguém disse nada que sugerisse que o sr. Wickham também ficaria em Pemberley?", perguntou Sir Cartwright.

"Não que eu tenha ouvido, senhor. Não era de esperar. O sr. Wickham, como alguns de nós sabem, nunca é recebido em Pemberley."

Um murmurinho se espalhou pela sala. Instintivamente, Darcy enrijeceu em sua cadeira. Eles estavam adentrando um terreno perigoso mais cedo do que ele esperava. Darcy manteve os olhos no promotor, mas sabia que os do júri estavam fixos nele. Depois de fazer uma pausa, no entanto, Simon Cartwright mudou o rumo de suas indagações. "O sr. Wickham lhe pagou pela comida, pelo vinho e pelo aluguel da caleche?"

"Pagou, sim, senhor, quando ainda estavam no bar. O capitão Denny disse para o sr. Wickham: 'A conta é sua. É você que vai ter que pagar. O que eu tenho só dá para o que vou gastar indo a Londres'."

"O senhor os viu partir na caleche?"

"Vi, sim, senhor. Eram por volta de quinze para as nove."

"E quando eles estavam de partida o senhor reparou qual era o estado de espírito deles, como estavam os ânimos entre os dois cavalheiros?"

"Não posso dizer que reparei, senhor. Estava dando instruções para Pratt, o cocheiro. A sra. Wickham estava falando para ele ter cuidado na hora de botar a mala dela na caleche, porque o vestido que ia usar no baile estava lá dentro. Reparei que o capitão Denny estava muito quieto, mas ele também estava quieto quando os dois bebiam na estalagem."

"Algum deles tinha bebido demais?"

"O capitão Denny só tomou uma caneca de cerveja. O sr. Wickham tomou umas duas canecas e depois passou para o uísque. Quando foram embora, ele estava com a cara vermelha e trançava um pouco as pernas, mas estava falando até bem claro, e alto, e subiu na caleche sem precisar de ajuda."

"O senhor ouviu alguma conversa entre os dois quando entraram na caleche?"

"Não ouvi, não, senhor, pelo que me lembro. Foi a sra. Piggott que ouviu os cavalheiros discutindo, conforme ela me falou, mas isso foi antes."

"Vamos ouvir sua esposa daqui a pouco. Já fiz todas as perguntas que tinha a lhe fazer, sr. Piggott. Está dispensado, a menos que o sr. Mickledore queira lhe perguntar alguma coisa."

Nathaniel Piggott se voltou para o advogado de defesa com confiança, enquanto o sr. Mickledore se punha de pé. "Então nenhum dos dois cavalheiros estava com disposição para conversar. O senhor teve a impressão de que eles estavam satisfeitos em viajar juntos?"

"Nunca disseram que não estavam, senhor, e não estavam discutindo quando foram embora da estalagem."

"Não havia nenhum sinal de desentendimento entre eles?"

"Não que eu tenha visto, senhor."

Mickledore não fez mais perguntas e Nathaniel Piggott saiu da tribuna com o ar satisfeito de quem está confiante de que causou uma boa impressão.

Martha Piggott foi então chamada e houve uma pequena agitação num canto da sala, onde uma mulherzinha atarracada abria caminho por entre a multidão, que lhe dava apoio murmurando palavras de incentivo. De cabeça erguida e peito estufado, ela foi andando em direção ao tablado. Usava um chapéu muito enfeitado com fitas cor-de-rosa que aparentava ser novo, comprado sem dúvida em deferência à importância da ocasião. O adereço impressionaria mais se não estivesse no alto de uma cabeleira loura que parecia uma touceira, e volta e meia a sra. Piggott levava a mão até ele, como que em dúvida se ainda estava em sua cabeça. Ela manteve os olhos fixos no juiz, até que o promotor se levantou para dirigir-se a ela, depois que o juiz lhe fez um aceno de incentivo. Ela declarou seu nome e endereço, prestou o juramento com voz clara e confirmou o que o marido dissera a respeito da chegada do casal Wickham e do capitão Denny.

Darcy sussurrou para Alveston: "Ela não foi chamada para testemunhar no inquérito. Existe alguma informação nova?".

"Existe e pode ser perigosa", disse Alveston.

Simon Cartwright perguntou: "Como a sra. descreveria a atmosfera entre o sr. e a sra. Wickham e o capitão Denny enquanto estavam na estalagem? A senhora diria que o grupo estava alegre?".

"Não diria, não, senhor. A sra. Wickham, sim, estava alegre e rindo. Ela é uma senhora muito simpática e conversadeira, senhor, e foi ela que disse para mim e para o sr. Piggott quando estávamos no bar que ia para o baile de Lady Anne e que ia ser muito engraçado, porque o sr. e a sra. Darcy nem sabiam que ela ia para lá e não iam poder mandá-la embora, não numa noite de tempestade. O capitão Denny estava muito calado, mas o sr. Wickham estava agitado como se quisesse ir embora logo."

"E a senhora ouviu alguma discussão, alguma troca de palavras entre eles?"

O sr. Mickledore imediatamente se levantou para reclamar que o promotor estava conduzindo a testemunha e a pergunta foi reformulada. "A senhora ouviu alguma conversa entre o capitão Denny e o sr. Wickham?"

A sra. Piggott entendeu na mesma hora o que ele queria. "Não enquanto eles estavam na estalagem, senhor, mas depois que comeram a carne fria que tinham pedido e beberam, a sra. Wickham pediu que levassem a mala dela para cima para poder trocar de roupa antes de ir para Pemberley. Ela explicou que não era o vestido do baile que queria botar, mas uma roupa bonita para chegar lá. Então mandei Sally, minha empregada, para ajudar. Depois disso, tive a chance de ir à casinha do quintal — a latrina, sabe? E quando abri a porta de mansinho para sair, vi o sr. Wickham e o capitão Denny conversando."

"A senhora ouviu o que eles estavam dizendo?"

"Ouvi, sim, senhor. Eles só estavam a alguns passos de distância de mim. Reparei que o rosto do capitão Denny estava muito branco, e então ele disse: 'Foi um embuste do início ao fim. Você é muito egoísta. E não faz ideia de como uma mulher se sente'."

"A senhora tem certeza de que foram essas as palavras dele?"

A sra. Piggott hesitou. "Bem, senhor, pode ser que eu tenha trocado um pouco a ordem delas, mas o capitão Denny com certeza disse que o sr. Wickham era egoísta e não entendia como as mulheres se sentem e que tinha sido um embuste do início ao fim."

"E o que aconteceu depois?"

"Bem, como não queria que os cavalheiros me vissem sair da casinha, encostei a porta e fiquei espiando pela fresta até eles irem embora."

"E a senhora está disposta a jurar que ouviu essas palavras?"

"Bom, eu já jurei, senhor. Estou testemunhando sob juramento."

"Exato, sra. Piggott, e fico contente que a senhora saiba a importância que isso tem. O que aconteceu depois que a senhora voltou para a estalagem?"

"Os cavalheiros entraram logo depois, e o sr. Wickham subiu até o quarto que eu tinha reservado para a mulher dele. A sra. Wickham já devia ter se trocado àquela altura, porque ele logo desceu e disse que a mala estava pronta e já podia ser levada para a caleche. Então os cavalheiros botaram os casacos e os chapéus e o sr. Piggott mandou Pratt levar a caleche até a porta."

"Em que condições o sr. Wickham estava nessa hora?"

A sra. Piggott ficou em silêncio por alguns instantes, como se não tivesse entendido o que ele queria dizer. Com certa impaciência, Simon Cartwright disse: "Ele estava sóbrio ou dava sinais de ter bebido demais?".

"Eu sabia, claro, que ele tinha bebido, senhor, e pelo jeito dele parecia que tinha bebido bastante. Quando se despediu, eu achei que a voz dele estava meio engrolada. Mas ele ainda estava se segurando em pé e subiu na caleche sem ajuda de ninguém, e então eles foram embora."

Houve um momento de silêncio. O promotor consultou seus papéis e depois disse: "Obrigado, sra. Piggott. A senhora pode por ora permanecer onde está, por favor?".

Jeremiah Mickledore se levantou. "Então, se houve essa conversa hostil entre o sr. Wickham e o capitão Denny — digamos que foi um desentendimento —, ela não terminou em gritos nem em violência. Algum dos dois cavalheiros tocou no outro durante a conversa que a senhora ouviu no pátio?"

"Não, senhor, não que eu tenha visto. Ia ser muita estupidez do sr. Wickham puxar briga com o capitão Denny. O capitão era uns quatro dedos mais alto que ele e muito mais pesado."

"E a senhora viu, quando os dois entraram na caleche, se algum deles estava armado?"

"O capitão Denny estava, senhor."

"Até onde a senhora pode dizer, o capitão Denny, fosse qual fosse a opinião dele sobre o comportamento do companheiro, poderia viajar na caleche com ele sem receio de sofrer qualquer ataque físico? Ele era mais alto, mais pesado e estava armado. Pelo que a senhora se lembra, era essa a situação?"

"Acho que sim, senhor."

"Não estou perguntando o que a senhora acha, sra. Piggott. A senhora viu os dois cavalheiros entrarem na caleche e viu o capitão Denny, que era o mais alto dos dois, com uma arma de fogo?"

"Vi, sim, senhor."

"Então mesmo que eles tenham discutido, o fato de estarem viajando juntos não teria lhe causado nenhuma preocupação?"

"A sra. Wickham estava com eles, senhor. Não iam brigar dentro da caleche com uma dama ali com eles. E Pratt não é nenhum parvo. Se houvesse algum problema, na certa ia tocar os cavalos e voltar para a estalagem."

Jeremiah Mickledore tinha uma última pergunta a fazer. "Por que a senhora não deu esse testemunho no inquérito, sra. Piggott? A senhora não percebeu como era importante?"

"Ninguém me perguntou nada, senhor. Só depois do inquérito o sr. Brownrigg foi até a estalagem e me perguntou se eu tinha visto alguma coisa."

"Mas com certeza, mesmo antes de falar com o sr. Brownrigg, a senhora tinha consciência de que havia testemunhado coisas que deviam ser reveladas no inquérito, não?"

"Eu achei, senhor, que se precisavam que eu falasse, deviam ter me procurado e perguntado, e eu não queria que o povo inteiro de Lambton ficasse rindo de mim. É uma verdadeira desgraça uma dama não poder ir à latrina sem que as pessoas fiquem fazendo perguntas sobre isso em público. Ponha-se no meu lugar, sr. Mickledore."

A plateia deixou escapar um princípio de riso, mas logo o reprimiu. O sr. Mickledore disse não ter mais perguntas a fazer, e a sra. Piggott, assentando o chapéu com mais firmeza na cabeça, voltou para seu lugar com passadas vigorosas e mal disfarçada satisfação em meio aos sussurros de congratulação de seus incentivadores.

6

A linha adotada por Simon Cartwright na acusação estava patente e Darcy reconheceu como era perspicaz. A história seria contada cena a cena, conferindo tanto coerência como credibilidade à narrativa e produzindo nas pessoas presentes, à medida que a história ia se desenrolando, algo da estimulante expectativa gerada por uma peça teatral. Mas o que mais além de um entretenimento público, Darcy se perguntou, era um julgamento de assassinato? Os atores vestidos de acordo com os papéis que haviam sido incumbidos de desempenhar, o murmurinho de animados comentários e previsões antes que o personagem encarregado da cena seguinte aparecesse e, então, o momento dramático em que o ator principal ocupava o banco dos réus, do qual não podia escapar antes de enfrentar a cena final: vida ou morte. Isso era a legislação inglesa na prática, uma legislação respeitada em toda a Europa. E de que outra forma uma decisão como aquela poderia ser tomada, com toda a sua terrível irrevogabilidade, com mais justiça? Darcy havia sido intimado a estar presente, mas, olhando para a sala repleta ao seu redor, para as cores vivas e os toucados balançantes daqueles que podiam se dar o luxo de seguir a moda e para os trajes grosseiros e pardacentos dos pobres, sentiu vergonha de ser um deles.

George Pratt foi então convocado a prestar testemunho. Na tribuna, parecia mais velho do que Darcy se lembrava. Suas roupas estavam limpas, mas não eram novas e seu cabelo claramente fora lavado havia pouco tempo e se eriçava em tufos pálidos em volta do rosto, dando-lhe o ar petrificado de um palhaço. Ele prestou o juramento lentamente, com os olhos fixos no papel como se aquela língua lhe fosse estranha, depois olhou para Cartwright com um ar que lembrava a expressão suplicante de uma criança delinquente.

O promotor obviamente havia decidido que a benevolência seria a ferramenta mais eficaz para lidar com aquela testemunha.

"O senhor prestou o juramento, sr. Pratt, o que quer dizer que prometeu dizer a verdade a este tribunal, tanto em resposta às minhas perguntas quanto no que quer que o senhor venha a dizer", ele disse. "Quero que conte com suas próprias palavras a todos aqui presentes o que aconteceu na noite de sexta-feira, 14 de outubro."

"Recebi ordens para levar os dois cavalheiros, o sr. Wickham e o capitão Denny, e a sra. Wickham até Pemberley na caleche do sr. Piggott, deixar a senhora na casa e depois levar os dois cavalheiros para a King's Arms, em Lambton. Mas o sr. Wickham e o capitão não chegaram a ir até Pemberley, senhor."

"Sim, sabemos disso. O senhor deveria ir até a mansão de Pemberley por onde? Por que portão da propriedade deveria entrar?"

"Pelo portão noroeste, senhor, e depois seguir pela estrada da floresta."

"E o que aconteceu? O senhor teve alguma dificuldade para passar pelo portão?"

"Não tive, não, senhor. Jimmy Morgan foi abrir o portão. Ele disse que tinha ordens para não deixar ninguém passar, mas me conhece e, quando eu contei que tinha que levar a sra. Wickham para o baile, ele nos deixou entrar. Já tínhamos avançado mais ou menos meia milha pela estrada quando um dos cavalheiros — acho que foi o capitão Denny — bateu na janela para pedir para parar, então eu parei. Aí ele desceu da caleche e se enfiou na floresta, gritando que não queria mais saber daquilo e que o sr. Wickham ia ter que se arranjar sozinho."

"Foram essas as palavras exatas dele?"

Pratt hesitou. "Não tenho certeza, senhor, mas acho que ele falou: 'Você agora vai ter que se arranjar sozinho, Wickham. Não quero mais saber disso'."

"O que aconteceu depois?"

"O sr. Wickham desceu da caleche e gritou para ele deixar de tolice e voltar, mas o capitão Denny não voltou. Então o sr. Wickham se meteu na floresta atrás dele. Logo depois, a sra. Wickham também saiu da caleche, gritando para ele voltar e não a deixar lá sozinha, mas o marido não deu atenção. Quando ele sumiu de vista, ela voltou para a caleche e caiu num choro de dar dó. Então, ficamos lá, senhor."

"O senhor não pensou em ir procurá-los na floresta?"

"Não, senhor. Não podia abandonar a sra. Wickham nem as éguas, então fiquei. Mas um pouco depois ouvimos tiros e a sra. Wickham começou a berrar e a dizer que todos íamos morrer e que era para eu tocar para Pemberley o mais rápido que pudesse."

"Os tiros vieram de perto?"

"Não sei direito, senhor. Mas não devem ter vindo de muito longe, porque deu para ouvir bem."

"E quantos tiros o senhor ouviu?"

"Acho que uns três ou quatro. Não tenho certeza, senhor."

"E depois o que aconteceu?"

"Toquei as éguas e elas saíram correndo a galope até Pemberley. A sra. Wickham berrou a viagem inteira e, quando paramos na frente da porta, ela quase caiu para fora da caleche. O sr. Darcy estava perto da porta com outras pessoas. Não lembro direito quem era, mas acho que era o sr. Darcy e outros dois cavalheiros e mais duas senhoras. As senhoras levaram a sra. Wickham para dentro da casa e o sr. Darcy disse que era para eu esperar ali com os cavalos, porque ele queria que eu o levasse com uns outros cavalheiros até o lugar onde o capitão Denny e o sr. Wickham tinham se enfiado na mata. Então fiquei esperando, senhor. Depois, o cavalheiro que agora eu sei que é o coronel Fitzwilliam chegou a cavalo, subiu muito rápido pela entrada principal e se juntou aos outros. Umas pessoas foram buscar uma maca, uns lençóis e algumas lanternas, e então os três cavalheiros — o sr. Darcy, o coronel e outro homem que eu não conhecia — subiram na caleche e tocamos de volta para a floresta. Quando chegamos lá, os três cavalheiros desceram e foram andando na frente da caleche até chegar à trilha que dá na cabana da floresta. O coronel tomou a trilha e foi ver se a família que mora lá na cabana estava bem e dizer para trancarem a porta. Então, os três cavalheiros seguiram a pé pela estrada na minha frente até que vi o lugar onde achei que o capitão Denny e o sr. Wickham tinham sumido. O sr. Darcy me disse para ficar esperando lá e eles entraram na mata."

"Deve ter sido difícil ficar esperando, sr. Pratt."

"Foi, sim, senhor. Fiquei com muito medo, sem ninguém lá comigo e sem arma nenhuma, e demorou muito, senhor. Mas depois ouvi os cavalheiros chegando. Eles levavam o corpo do capitão Denny na maca, e o terceiro cavalheiro ajudou o sr. Wickham, que estava com as pernas meio frouxas, a subir na caleche. Virei as éguas e voltamos para Pemberley devagar, enquanto o coronel e o sr. Darcy iam atrás carregando a maca. O terceiro cavalheiro estava na caleche com o sr. Wickham. Depois disso está tudo embaralhado na minha cabeça, senhor. Só sei que carregaram a maca para algum lugar e levaram o sr. Wickham, que estava gritando muito e mal conseguia ficar em pé, para dentro da casa, e alguém me disse para esperar. Depois de um tempo, o coronel veio e me disse para seguir viagem até a King's Arms e avisar às pessoas da estalagem que os cavalheiros não iam para lá, mas para ir embora rápido, antes que tivessem tempo de fazer alguma pergunta. Disse também que, quando eu voltasse para a Green Man, não era para dizer para ninguém o que tinha acontecido, senão eu podia ter problemas com a polícia, e que eles iam lá falar comigo no dia seguinte. Eu estava com medo que o sr.

Piggott me perguntasse alguma coisa quando eu voltasse, mas ele e a sra. Piggott já tinham ido para a cama. Naquela hora a ventania já tinha passado, mas estava chovendo muito. O sr. Piggott abriu a janela do quarto e gritou de lá para me perguntar se tinha corrido tudo bem e se eu tinha deixado a sra. Wickham em Pemberley. Respondi que sim e ele me mandou recolher as éguas e ir para a cama. Eu estava muito cansado, senhor, e ainda estava dormindo quando a polícia chegou de manhã, um pouco depois das sete horas. Contei para eles o que tinha acontecido até onde eu me lembrava e sem esconder nada, que nem estou contando para o senhor."

"Obrigado, sr. Pratt. Seu testemunho foi muito claro", disse Cartwright.

O sr. Mickledore imediatamente se levantou. "Tenho uma ou duas perguntas para lhe fazer, sr. Pratt. Quando o sr. Piggott o chamou para levar o grupo até Pemberley, essa foi a primeira vez que viu os dois cavalheiros juntos?", perguntou.

"Foi, sim, senhor."

"E como o senhor achou que estavam as relações entre eles?"

"O capitão Denny estava muito calado e dava para perceber que o sr. Wickham tinha bebido, mas eles não estavam discutindo nem brigando."

"Houve alguma relutância da parte do capitão Denny em entrar na caleche?"

"Não, senhor. Ele entrou sem pestanejar."

"O senhor ouviu alguma conversa entre eles durante a viagem, antes de o capitão Denny pedir para o senhor parar?"

"Não ouvi, não, senhor. Ia ser difícil, com o barulho do vento e das rodas no chão esburacado, a não ser que estivessem gritando muito alto."

"E ninguém gritou?"

"Não, senhor, não que eu tenha ouvido."

"Então os três, até onde o senhor sabe, estavam se entendendo bem quando iniciaram a viagem e o senhor não tinha nenhum motivo para esperar que houvesse algum problema?"

"Não tinha, não, senhor."

"Tomei conhecimento de que no inquérito o senhor falou ao júri dos problemas que teve para controlar as éguas na floresta. Deve ter sido uma viagem difícil para elas."

"Ah, foi, sim, senhor. Assim que entraram na floresta, elas ficaram muito nervosas, relinchando e tentando empinar."

"Deve ter sido difícil para o senhor controlar as duas."

"Foi, sim, foi muito difícil, senhor. Nenhum cavalo gosta de entrar na floresta na lua cheia. E nenhuma pessoa."

"Então o senhor pode ter absoluta certeza do que o capitão Denny disse quando saiu da caleche?"

"Bom, senhor, ouvi o capitão dizer que não ia mais ajudar e que o sr. Wickham ia ter que se arranjar sozinho, ou algo assim."

"Algo assim. Obrigado, sr. Pratt. Era só isso que eu tinha para perguntar."

Pratt foi dispensado e desceu da tribuna das testemunhas consideravelmente mais feliz do que havia subido. Alveston sussurrou para Darcy: "Não há mais problema. Mickledore conseguiu lançar dúvida sobre o testemunho de Pratt. E agora, sr. Darcy, o próximo vai ser o senhor ou o coronel".

7

Quando seu nome foi chamado, Darcy teve um sobressalto de surpresa, embora já soubesse que sua vez não demoraria a chegar. Atravessou o tribunal em meio ao que pareciam ser fileiras de olhos hostis e procurou manter seus pensamentos sob controle. Era importante que conseguisse conservar a compostura e a calma. Estava determinado a não encarar Wickham, a sra. Younge e um membro do júri que, sempre que ele corria os olhos pela tribuna dos jurados, fitava-o com intensa animosidade. Manteria o olhar fixo no promotor ao responder as perguntas e só se permitiria lançar de vez em quando rápidos olhares de soslaio em direção ao júri ou ao juiz, que estava sentado em sua cadeira imóvel como um Buda, as mãos pequenas e rechonchudas entrelaçadas sobre a mesa, os olhos semicerrados.

A primeira parte do interrogatório foi bastante direta. Em resposta às perguntas que lhe foram feitas, Darcy descreveu a noite do jantar que fora oferecido em Pemberley, informando quem estava presente e a hora em que o coronel Fitzwilliam e a srta. Darcy se retiraram, falando da chegada da caleche com uma aflita sra. Wickham e, por fim, da decisão de levar o veículo de volta à floresta para tentar descobrir o que havia acontecido e se o sr. Wickham e o capitão Denny precisavam de ajuda.

"O senhor antevia algum perigo, alguma tragédia talvez?", perguntou Simon Cartwright.

"De forma alguma, senhor. Eu imaginava, acreditava mesmo, que o pior que poderia ter acontecido seria os cavalheiros terem sofrido algum pequeno acidente na floresta, que dificultasse a locomoção dos dois, e que nós encontraríamos o sr. Wickham e o capitão Denny no caminho, andando devagar em direção a Pemberley ou de volta à estalagem, um ajudando o outro. Foi a notícia dada pela sra. Wickham e depois confirmada por Pratt de que tinham ouvido tiros que me convenceu de que seria prudente montar uma expedição de resgate. O coronel Fitzwilliam voltou a tempo de participar e estava armado."

"O visconde Hartlep prestará, claro, o testemunho dele depois. Vamos continuar? Descreva agora, por favor, o itinerário dos senhores até a floresta e os acontecimentos que levaram à descoberta do corpo do capitão Denny."

Darcy não precisara ensaiar esse relato, mas havia mesmo assim passado algum tempo escolhendo as exatas palavras que usaria e o tom em que as diria. Tinha dito a si mesmo que estaria num tribunal de justiça, e não relatando uma história para um círculo de amigos. Permitir que o silêncio se prolongasse, interrompido apenas por ruídos de passos e rangidos de rodas, seria um luxo perigoso; só era necessário relatar os fatos sem rodeios e de modo convincente. Declarou então que o coronel havia se afastado brevemente do grupo a fim de avisar à sra. Bidwell, à filha e ao filho doente que poderiam ocorrer problemas e recomendar-lhes que mantivessem a porta da cabana trancada.

"O visconde Hartlep, ao ir à cabana, informou qual era a intenção dele?"

"Sim, informou."

"E por quanto tempo se ausentou?"

"Não mais do que quinze ou vinte minutos, acho, mas na ocasião pareceu mais tempo."

"E depois disso os senhores seguiram adiante?"

"Seguimos. Pratt conseguiu indicar com alguma certeza o lugar onde o capitão Denny havia se embrenhado na floresta, e eu e meus companheiros fizemos o mesmo, tentando descobrir que caminho um deles ou os dois poderiam ter tomado. Depois de alguns minutos, talvez cerca de dez, nós nos deparamos com uma clareira e encontramos o corpo do capitão Denny e o sr. Wickham debruçado sobre ele chorando. Percebi imediatamente que o capitão Denny estava morto."

"Qual era o estado do sr. Wickham?"

"Ele estava extremamente nervoso e eu achei, pelo modo como falava e pelo cheiro do hálito dele, que havia bebido e provavelmente muito. O rosto do capitão Denny estava sujo de sangue. Também havia sangue nas mãos e no rosto do sr. Wickham — provavelmente, pensei, porque ele tinha tocado no amigo."

"O sr. Wickham falou alguma coisa?"

"Sim, falou."

"E o que ele disse?"

Lá estava, enfim, a pergunta temida, e por alguns pavorosos segundos a cabeça de Darcy ficou absolutamente vazia. Então, ele olhou para Cartwright e disse: "Não sei se me lembro da ordem exata das palavras, senhor, mas creio ter uma lembrança precisa delas. Pelo que me lembro, ele disse: 'Eu o matei. Foi culpa minha. Ele era meu amigo, meu único amigo, e eu o matei'. Depois ele repetiu: 'Foi culpa minha'.".

"E o que, naquela hora, o senhor achou que as palavras dele significavam?"

Darcy tinha consciência de que todos os presentes aguardavam sua resposta. Virou-se para o juiz, que então abriu lentamente os olhos e o fitou. "Responda a pergunta, sr. Darcy."

Só então Darcy se deu conta, em pânico, de que já devia estar em silêncio fazia alguns segundos. Dirigindo-se ao juiz, disse: "Eu estava diante de um homem profundamente angustiado, ajoelhado ao lado do corpo do amigo. Achei que o sr. Wickham queria dizer que, se não tivesse havido algum desentendimento entre eles que fez com que o capitão Denny saísse da caleche e corresse floresta adentro, o amigo não teria sido assassinado. Essa foi minha impressão imediata. Não vi nenhuma arma e sabia que o capitão Denny era maior que o sr. Wickham e estava armado. Teria sido o cúmulo da tolice o sr. Wickham se embrenhar pela mata atrás do amigo, sem lanterna e sem arma, com a intenção de matá-lo. Ele não teria como saber nem se conseguiria encontrar o capitão no meio dos arbustos densos e das árvores, tendo apenas a luz da lua para guiá-lo. Pareceu-me que não era possível que o sr. Wickham tivesse assassinado o amigo, nem por impulso nem de modo premeditado."

"O senhor viu ou ouviu mais alguém na floresta ou na cena do crime, além de Lorde Hartlep e do sr. Alveston?"

"Não, senhor."

"Então o senhor está declarando sob juramento que encontrou o corpo do capitão Denny, que viu o sr. Wickham debruçado sobre ele e sujo de sangue e que ouviu o sr. Wickham dizer não uma, mas duas vezes que era responsável pelo assassinato do amigo."

O silêncio foi ainda mais longo. Pela primeira vez Darcy se sentiu como um animal acuado. Por fim, disse: "Esses são os fatos. O senhor me perguntou o que eu achei, naquela hora, que esses fatos significavam. Eu lhe respondi o que achei na hora e ainda acho agora: que o sr. Wickham não estava confessando um assassinato, mas dizendo o que era de fato a verdade, que se o capitão Denny não tivesse saído da caleche e se embrenhado na mata, não teria se deparado com o assassino".

Cartwright, no entanto, ainda não havia terminado. Mudando de tática, perguntou: "Se tivesse chegado a Pemberley inesperadamente e sem ter sido convidada, a sra. Wickham teria sido recebida?".

"Sim, teria."

"Ela, é claro, é irmã da sra. Darcy. O sr. Wickham também teria sido bem-vindo se chegasse nas mesmas circunstâncias? Ele e a sra. Wickham haviam sido convidados para o baile?"

"Isso, senhor, é uma pergunta hipotética. Não havia razão para nós os convidarmos. Já fazia algum tempo que não estávamos em contato com os dois e eu não sabia o endereço deles."

"Creio, sr. Darcy, que sua resposta seja um tanto evasiva. O senhor teria convidado os dois se soubesse o endereço deles?"

Foi então que Jeremiah Mickledore se levantou e se dirigiu ao juiz. "Meritíssimo, que relevância a lista de convidados da sra. Darcy pode ter em relação ao assassinato do capitão Denny? Todos nós por certo temos o direito de convidar quem quisermos para ir à nossa casa, sejam parentes ou não, sem que exista a necessidade de explicar as nossas razões num tribunal de justiça em circunstâncias em que o convite não pode ter nenhuma importância."

Fazendo um leve movimento, o juiz disse com voz inesperadamente firme: "O senhor tem algum motivo para adotar essa linha de indagação, sr. Cartwright?".

"Tenho, meritíssimo: lançar luz sobre as relações do sr. Darcy com o cunhado e, assim, indiretamente dar ao júri uma noção do caráter do sr. Wickham."

"Duvido que a inexistência de um convite para um baile possa dar alguma noção da natureza essencial de um homem", disse o juiz.

Então, Jeremiah Mickledore se levantou. Virando-se para Darcy, perguntou: "O senhor tem alguma informação a respeito da conduta do sr. Wickham na campanha da Irlanda em agosto de 1798?".

"Tenho, senhor. Sei que recebeu uma condecoração por bravura e também que foi ferido."

"Até onde o senhor sabe, ele alguma vez foi preso por algum crime ou teve algum tipo de problema com a polícia?"

"Até onde sei, não, senhor."

"E como ele é casado com uma irmã da sra. Darcy, presumivelmente coisas desse tipo chegariam ao seu conhecimento?"

"Se fossem sérias ou frequentes, creio que sim."

"Pelas descrições feitas do sr. Wickham, ele mostrava sinais de haver bebido. Que medidas foram tomadas para controlá-lo quando os senhores chegaram a Pemberley?"

"Ele foi posto na cama e o dr. McFee foi chamado, para atender tanto a sra. Wickham quanto o marido."

"Mas ele não foi trancado num quarto nem mantido sob vigilância?"

"A porta do quarto não foi trancada, mas dois homens ficaram de guarda."

"Isso era necessário, considerando que o senhor acreditava que ele fosse inocente?"

"Ele estava embriagado, senhor. Eu não podia deixar que vagasse pela casa, principalmente porque tenho filhos. Também estava apreensivo quanto ao estado físico dele. Sendo magistrado, senhor, eu sabia que todos os envolvidos no caso teriam de estar em condições de ser interrogados quando Sir Selwyn Hardcastle chegasse."

O sr. Mickledore se sentou e Simon Cartwright retomou sua inquirição. "Uma última pergunta, sr. Darcy. O grupo de busca consistia em três homens, um dos quais estava armado. Os senhores também tinham à disposição a arma do capitão Denny, que provavelmente estava em condições de uso. Não havia nenhuma razão para suspeitar que o capitão Denny tivesse sido assassinado muito tempo antes de os senhores o encontrarem. O assassino poderia muito bem estar ali perto, escondido. Por que os senhores não foram à procura dele?"

"Achei que a primeira providência necessária a tomar era voltar o mais rápido possível para Pemberley com o corpo do capitão Denny. Teria sido quase impossível encontrar alguém escondido na floresta densa, e me pareceu que o mais provável era que o assassino já tivesse fugido."

"Algumas pessoas podem achar que sua explicação não é muito convincente. Por certo a primeira reação de qualquer um ao encontrar um homem assassinado é tentar capturar o assassino."

"Naquelas circunstâncias, senhor, isso não me ocorreu."

"De fato, sr. Darcy, entendo que isso não lhe tenha ocorrido. O senhor já estava diante do homem que o senhor, apesar de negar, acreditava ter sido o assassino. Por que, de fato, ia ocorrer ao senhor ir à procura de outra pessoa?"

Antes que Darcy pudesse responder, Simon Cartwright consolidou a vitória proferindo suas palavras finais. "Tenho de lhe dar os parabéns, sr. Darcy, pela sua acuidade de raciocínio, pois o senhor parece ter uma extraordinária facilidade para pensar de forma coerente mesmo em momentos em que a maioria de nós ficaria tão abalada que seria incapaz de uma reação tão cerebral. Era, afinal, uma cena de um horror sem precedentes. Eu lhe perguntei qual havia sido sua reação ao ouvir as palavras do réu quando o senhor e seus companheiros o encontraram debruçado sobre o corpo do amigo assassinado, de joelhos e com as mãos sujas de sangue. O senhor foi capaz de deduzir no mesmo instante que devia ter havido algum desentendimento que fez com que o capitão Denny saísse do veículo onde eles estavam e fugisse floresta adentro, lembrar a diferença de altura e de peso que existia entre os dois, pensar no que isso significava e ainda notar que não havia nenhuma arma por perto que pudesse ter sido usada para infligir qualquer dos dois ferimentos. Por certo, o assassino não foi prestativo a ponto de deixar as armas convenientemente à mão. Obrigado. O senhor pode descer agora."

Para surpresa de Darcy, o sr. Mickledore não se levantou para interrogá-lo de novo, e Darcy ficou se perguntando se teria sido porque não havia nada que o advogado de defesa pudesse fazer para mitigar o estrago que ele causara. Não se lembrava de ter voltado para seu lugar. Uma vez lá, foi invadido por uma desconsolada raiva de si mesmo. Xingou-se de tolo incompetente. Por acaso Alveston não havia lhe dado cuidadosas instruções sobre como se comportar durante o interrogatório? "Pare para pensar antes de responder, mas não demore a ponto de parecer estar calculando as consequências da sua resposta. Responda as perguntas de maneira simples e precisa, não diga nada além do que lhe for perguntado e jamais floreie. Se Cartwright quiser mais informações, ele pode perguntar. Testemunhos desastrosos em geral acontecem quando a pessoa fala demais, não de menos." Ele havia falado demais e tinha sido desastroso. Sem dúvida o coronel se sairia melhor, mas o estrago já estava feito.

Sentiu a mão de Alveston em seu ombro. "Prejudiquei a defesa, não foi?", Darcy disse, angustiado.

"De forma alguma. O senhor, uma testemunha da acusação, fez um discurso muito eficaz para a defesa, o qual Mickledore não pode fazer. O júri ouviu e é isso que importa. Cartwright não pode apagar o que o senhor disse da memória dos jurados."

Testemunhas e mais testemunhas da acusação prestaram depoimento. O dr. Belcher depôs sobre a causa da morte e os subdelegados descreveram em certo detalhe suas infrutíferas tentativas de identificar as armas do crime, embora pedras do tamanho e do formato certo tivessem sido encontradas cobertas por folhas na mata; apesar de terem sido feitas indagações e buscas exaustivas, não fora descoberto nenhum indício de que um fugitivo ou alguma pessoa estranha tivesse estado na floresta no período relevante.

Agora, o chamado para que o coronel Fitzwilliam, visconde Hartlep, se dirigisse à tribuna das testemunhas foi seguido de um imediato silêncio, e Darcy se perguntou o que teria levado Simon Cartwright a decidir que aquela importante testemunha da acusação seria a última a depor. Teria sido porque acreditava que, se aquele fosse o último testemunho ouvido pelo júri, a impressão gerada seria mais duradoura e eficaz? O coronel estava de uniforme e Darcy se lembrou de que o primo tinha de se apresentar no Ministério da Guerra mais tarde. Ele foi andando rumo à tribuna com a naturalidade de quem faz uma caminhada matinal, cumprimentou o juiz com uma breve reverência, prestou o juramento e ficou aguardando que Cartwright iniciasse a inquirição. Darcy achou que ele tinha o ar levemente impaciente de um soldado profissional com uma guerra a ser ganha; parecia estar preparado para demonstrar o devido respeito pela corte, ao mesmo tempo que se mantinha distante da presunção de seus membros. Investido da dignidade de seu uniforme, ele era o retrato de um oficial que já fora descrito como um dos mais galantes do Exército britânico e um excelente partido. Ouviram-se alguns murmúrios, rapidamente silenciados, e Darcy viu que as fileiras de mulheres embonecadas inclinavam-se para a frente, atentas e ansiosas — um pouco como cãezinhos de colo adornados com fita estremecendo ao sentir o cheiro de um bom pedaço de carne, pensou.

O coronel foi minuciosamente interrogado acerca de cada detalhe dos acontecimentos, desde o momento em que voltou de seu passeio noturno e juntou-se ao grupo de busca até a hora em que Sir Selwyn Hardcastle chegou para assumir a investigação. Ele havia saído a cavalo para ir à estalagem King's Arms, em Lambton, onde tivera uma conversa particular com uma pessoa, justamente durante o período em que o capitão Denny fora assassinado. Quando Cartwright lhe perguntou se ele conhecia a origem das trinta libras encontradas com Wickham, o coronel respondeu com calma que fora ele quem dera o dinheiro ao réu para que pudesse quitar uma dívida de honra e que era apenas o dever de depor no tribunal que o levava a quebrar a promessa solene que os dois haviam feito de manter a transação em segredo. O coronel não tinha a intenção de revelar o nome do pretendido beneficiário, mas declarou que não era o capitão Denny e que tampouco o dinheiro tinha qualquer ligação com a morte do capitão.

Nesse momento, o sr. Mickledore se levantou para interrogá-lo brevemente. "O senhor pode garantir a este tribunal, coronel, que esse empréstimo ou doação não se destinava ao capitão Denny nem tem qualquer relação com o assassinato?"

"Posso."

Em seguida, Cartwright voltou mais uma vez ao sentido das palavras ditas por Wickham quando estava debruçado sobre o corpo do amigo. O que a testemunha supunha que o réu quisera dizer com elas?

O coronel ficou alguns segundos calado antes de responder. "Não tenho como saber o que se passa na cabeça de outro homem, senhor, mas concordo com a opinião dada pelo sr. Darcy. Para mim, foi uma questão de instinto, e não resultado de uma análise imediata e detalhada dos indícios. Não desprezo o instinto; ele já salvou minha vida algumas vezes. E o instinto, é claro, se baseia numa percepção de todos os fatos salientes, percepção essa que não é necessariamente errada só porque não estamos conscientes dela."

"E em algum momento foi cogitada a hipótese de deixar o corpo do capitão Denny onde estava e sair imediatamente à procura do assassino? Suponho que, se essa busca tivesse sido feita, teria sido o senhor que, sendo um comandante insigne, teria assumido o comando."

"Não foi cogitada por mim, senhor. Não penetro em territórios hostis e desconhecidos quando não disponho de tropas adequadas, deixando minha retaguarda desprotegida."

Não houve mais perguntas e ficou claro que os testemunhos da acusação estavam encerrados. Alveston sussurrou para Darcy: "Mickledore foi brilhante. O coronel validou seu testemunho e pôs em dúvida a credibilidade do depoimento de Pratt. Estou começando a ficar esperançoso, mas ainda falta Wickham falar em defesa própria e o juiz dar instruções ao júri".

8

Roncos ocasionais haviam deixado patente que o calor da sala de audiências provocava sono, mas cotoveladas, sussurros e um alvoroço de interesse se espalharam pela plateia quando Wickham finalmente se levantou do banco dos réus para falar. A voz dele era clara e firme, mas sem emoção, quase como se ele estivesse lendo, e não falando, as palavras que poderiam salvar-lhe a vida, pensou Darcy.

"Eu estou aqui por ter sido acusado de assassinar o capitão Martin Denny e me declarei inocente de tal acusação. Confirmo que sou de fato totalmente inocente desse crime e aqui me apresento tendo me posto à mercê de meu país. Servi na milícia com o capitão Denny seis anos atrás, quando ele se tornou não só meu companheiro de armas, mas também um grande amigo. Essa amizade continuou e a vida dele era tão cara a mim quanto a minha própria. Eu o defenderia até a morte de qualquer ataque e o teria defendido se estivesse presente quando foi perpetrado o ataque covarde que causou sua morte. Testemunhas disseram ter nos visto discutir quando estávamos na estalagem, antes de partir na viagem fatal. Não foi nada além de um desentendimento entre amigos, do qual sou o culpado. O capitão Denny, que era um homem de honra e profundamente compassivo, achou que eu havia agido errado ao renunciar ao meu posto quando não tinha uma profissão sólida nem um lar certo para dar à minha esposa. Além disso, achou que meu plano de deixar a sra. Wickham em Pemberley para passar a noite lá e ir ao baile no dia seguinte não só demonstrava uma grande falta de consideração da minha parte, como seria inconveniente para a sra. Darcy. Acredito que tenha sido a crescente irritação dele para com minha conduta que tornou minha companhia intolerável para ele e que tenha sido isso que o fez mandar a caleche parar e correr para a floresta. Fui atrás dele para pedir que voltasse. Era uma noite de tempestade; a floresta é impenetrável em alguns pontos e pode ser perigosa. Não nego ter dito as palavras que foram atribuídas a mim, mas o que quis dizer foi que a morte do meu amigo tinha sido responsabilidade minha, já que foi nosso desentendimento que o fez entrar na mata. Eu tinha bebido muito, mas, embora não consiga recordar boa parte do que aconteceu, lembro claramente o horror que senti quando o encontrei e vi seu rosto sujo de sangue. Seus olhos confirmaram o que eu já sabia: que Denny estava morto. O choque, o terror e a pena que isso me causou me deixaram sem forças, mas não a ponto de me impedir de tomar a atitude que podia para capturar o assassino. Peguei a pistola do capitão Denny e disparei alguns tiros em direção ao que achei que fosse um vulto em fuga e o persegui mata adentro. Àquela altura, a bebida que tinha ingerido já havia surtido efeito e não me lembro de mais nada, a não ser de estar ajoelhado ao lado do meu amigo, com a cabeça dele nos braços. Foi então que o grupo de resgate chegou.

"Cavalheiros do júri, a argumentação feita contra mim não se sustenta. Se golpeei meu amigo na testa e depois, com mais força e crueldade, na nuca, onde estão as armas? Mesmo tendo sido realizada uma busca meticulosa, nenhuma foi apresentada no tribunal. Alegou-se que eu teria seguido meu amigo com a intenção de matá-lo, mas como eu poderia ter subjugado um homem mais alto e mais forte do que eu e que dispunha de uma arma? E por que eu faria isso? Nenhum motivo foi alegado. O fato de não ter sido encontrado nenhum vestígio de que um estranho tenha se emboscado na floresta não significa que tal homem não exista; ele dificilmente ficaria esperando na cena do crime. Só o que posso fazer é dar minha palavra, lembrando que estou sob juramento, de que não tive participação alguma no assassinato do capitão Martin Denny e, com confiança, pôr-me à mercê de meu país."

Todos ficaram em silêncio. Então, Alveston sussurrou para Darcy: "Não foi bom".

Em voz baixa, Darcy disse: "Como não foi bom? Achei que ele tinha dito o suficiente. Os principais argumentos foram desenvolvidos com clareza: a falta de provas de que houve uma discussão séria, a ausência de armas, a irracionalidade de perseguir o amigo com a intenção de matá-lo, a inexistência de um motivo. O que ele fez de errado?".

"É difícil explicar, mas já ouvi muitos discursos de réus e temo que esse possa não ter êxito. Apesar de ter sido construído de modo muito cuidadoso, faltou a centelha vital que vem da segurança da inocência. A maneira de falar, a falta de paixão, o esmero das frases; Wickham pode ter se declarado inocente, mas não se sente inocente. Isso é uma coisa que o júri percebe, não me pergunte como. Ele pode não ser culpado desse assassinato, mas alguma culpa sente."

"Como todos nós às vezes; sentir culpa não faz parte da condição humana? Sem dúvida ele conseguiu semear uma dose razoável de dúvida no júri. O discurso de Wickham teria sido suficiente para mim."

"Espero sinceramente que também seja suficiente para o júri, mas não estou muito otimista", disse Alveston.

"Mas se ele estava bêbado?"

"Ele certamente alegou estar bêbado na hora do crime, mas não estava bêbado a ponto de precisar de ajuda para subir na caleche quando saiu da estalagem. Não foram feitas muitas perguntas a esse respeito durante os testemunhos, mas, para mim, seu grau de embriaguez naquele momento é discutível."

Durante o discurso, Darcy havia procurado se concentrar em Wickham, mas agora não conseguiu resistir à tentação de olhar para a sra. Younge. Não havia risco de os olhares dos dois se encontrarem. Os olhos dela estavam cravados em Wickham, e às vezes Darcy percebia que ela mexia os lábios, como se estivesse ouvindo alguém recitar algo que ela própria escrevera, ou estivesse rezando em silêncio. Quando tornou a olhar para o banco dos réus, Darcy viu que Wickham olhava fixamente para a frente; virou-se em direção ao juiz quando o meritíssimo sr. Moberley começou a instruir o júri.

9

O juiz Moberley não havia feito anotação alguma e então se inclinou um pouco em direção ao júri, como se o assunto não interessasse ao resto da corte, mas a bela voz que logo atraíra a atenção de Darcy foi ouvida com clareza por todas as pessoas presentes. Ele descreveu os testemunhos e provas de forma sucinta mas cuidadosa, como se o tempo não tivesse importância. Darcy achou que o juiz encerrou sua fala com palavras que davam crédito à defesa e ficou mais animado.

"Cavalheiros do júri, os senhores ouviram com paciência e claramente com muita atenção os testemunhos prestados neste longo julgamento, e agora é hora de avaliar as provas e dar seu veredicto. O acusado foi no passado um soldado profissional e tem um histórico de notável bravura, pelo qual foi condecorado com uma medalha, mas isso não pode afetar a decisão dos senhores, que deve se basear nos testemunhos e provas apresentados. A tarefa que lhes cabe é de muita responsabilidade, mas sei que vão cumpri-la sem medo e sem parcialidade, e de acordo com a lei.

"O mistério, se posso chamar assim, que está no cerne deste caso é o que teria levado o capitão Denny a se embrenhar na mata, quando poderia ter permanecido na caleche com segurança e conforto; é difícil conceber que um ataque fosse perpetrado contra ele na presença do sr. Wickham. O acusado procurou explicar por que o capitão Denny desceu da caleche de forma tão inesperada, e os senhores terão de decidir se acham que essa explicação é satisfatória. O capitão Denny não está vivo para explicar a atitude que tomou e não dispomos de outro elemento para elucidar a questão, a não ser o testemunho do sr. Wickham. Como em grande parte desse caso, o que há é suposição, e é com base em testemunhos prestados sob juramento, e não em opiniões sem comprovação, que os senhores podem dar com segurança seu veredicto: as circunstâncias sob as quais os membros do grupo de resgate encontraram o corpo do capitão Denny e ouviram as palavras atribuídas ao acusado. Os senhores ouviram a explicação do réu sobre o que quis dizer e cabe aos senhores decidir se acreditam nele ou não. Se estiverem plenamente convictos de que George Wickham é culpado do assassinato do capitão Denny, então os senhores devem apresentar o veredicto de culpado; se não tiverem essa convicção plena, o acusado tem o direito de ser absolvido. Agora vou deixar que deliberem. Se desejarem se retirar para discutir o veredicto, há uma sala à disposição."

10

Ao final do julgamento, Darcy sentia-se tão esgotado como se ele próprio tivesse ocupado o banco dos réus. Estava ansioso para perguntar a opinião de Alveston, na esperança de receber uma resposta tranquilizadora, mas o orgulho e a consciência de que importunar o jovem advogado seria não só irritante como inútil o manteve em silêncio. Não havia nada que ninguém pudesse fazer, a não ser aguardar e procurar manter a esperança. O júri havia preferido se retirar para debater o veredicto e, em sua ausência, a sala de audiências tinha ficado de novo tão ruidosa quanto uma enorme gaiola de papagaios, enquanto a plateia discutia os testemunhos e fazia apostas sobre qual seria o veredicto. Não tiveram de esperar muito. Menos de dez minutos depois, os jurados voltaram à sala. Darcy ouviu o oficial de justiça perguntar ao júri com voz alta e imponente: "Quem é o primeiro jurado?".

"Sou eu, senhor." O homem alto e moreno que havia encarado Darcy com tanta frequência durante o julgamento e obviamente assumira o comando do grupo se levantou.

"Os senhores chegaram a um veredicto?"

"Chegamos."

"Consideram o prisioneiro culpado ou inocente?"

A resposta foi dada sem hesitação. "Culpado."

"E esse é o veredicto de todos os senhores?"

"Sim, senhor."

Darcy deduziu que provavelmente soltara um gemido. Sentiu a mão de Alveston em seu braço, amparando-o. A sala se encheu de vozes — uma mistura de grunhidos, gritos e protestos que foram ficando cada vez mais altos, até que, como que por uma espécie de compulsão coletiva, todos emudeceram e voltaram os olhos para Wickham. Cercado pelo rebuliço, Darcy fechou os olhos, depois se forçou a abri-los e fixou-os no banco dos réus. O rosto de Wickham tinha a rigidez e a palidez doentia de uma máscara da morte. Ele abriu a boca como se fosse falar, mas nenhuma palavra saiu. Estava agarrado ao corrimão do banco dos réus e pareceu perder o equilíbrio por um momento. Darcy sentiu seus próprios músculos enrijecerem enquanto observava Wickham se recuperar e, com evidente esforço, encontrar forças para pôr-se ereto. Fitando o juiz, recobrou a voz, a princípio uma voz falha, mas depois alta e clara. "Sou inocente dessa acusação, meritíssimo. Juro por Deus que sou inocente." De olhos arregalados, esquadrinhou desesperadamente a sala de audiências como se procurasse um rosto amigo, uma voz que confirmasse sua inocência. Em seguida, repetiu com mais firmeza: "Sou inocente, meritíssimo, inocente".

Darcy olhou em direção ao lugar onde vira a sra. Younge sentada, vestida com sobriedade e em silêncio, em meio a sedas, musselinas e leques tremulantes. Ela não estava mais lá. Devia ter saído assim que o veredicto fora proferido. Darcy sabia que tinha de encontrá-la; precisava saber que papel ela havia desempenhado na tragédia da morte de Denny, descobrir por que assistira ao julgamento com os olhos cravados nos de Wickham, como se alguma força, alguma coragem estivesse sendo transmitida entre eles.

Darcy se desvencilhou de Alveston e foi andando rumo à porta, abrindo caminho por entre a multidão. A porta estava sendo mantida fechada à força contra uma turba reunida do lado de fora, que, a julgar pelo clamor crescente, estava determinada a entrar. A vozearia dentro da sala de audiências estava aumentando de novo, perdendo o tom lamentoso e tornando-se mais raivosa. Darcy teve a impressão de ouvir o juiz ameaçar chamar a polícia ou o

Exército para expulsar os desordeiros, e alguém perto dele disse: "Onde está o capuz preto? Por que eles não vão buscar o maldito capuz e enfiam na cabeça dele?". Ouviu-se um grito como que de vitória e, olhando ao redor, Darcy viu um quadrado preto sendo agitado acima da multidão por um rapaz que estava trepado sobre os ombros de um companheiro. Com um estremecimento, Darcy se deu conta de que aquilo era o capuz preto.

Lutou para conseguir manter seu lugar perto da porta e, quando a turba do lado de fora conseguiu entreabri-la, ele deu um jeito de passar pela fresta e, às cotoveladas, abriu passagem até a rua. Ali também havia tumulto, a mesma cacofonia de grunhidos, berros e um coro de brados que Darcy achou serem mais de pena do que de raiva. Um coche pesado estava parado em frente ao tribunal e algumas pessoas puxavam o cocheiro, tentando arrancá-lo de seu assento. O cocheiro gritava: "Não foi culpa minha. Vocês viram a senhora. Ela se atirou na frente das rodas!".

E lá estava ela, esmagada sob as rodas pesadas feito um animal desgarrado, seu sangue escorrendo num arroio vermelho e empoçando debaixo das patas dos cavalos. Cheirando o sangue, os cavalos relinchavam e se empinavam, e era difícil para o cocheiro controlá-los. Tão logo viu aquela cena, Darcy virou o rosto e vomitou violentamente na sarjeta. O odor acre parecia contaminar o ar. Ele ouviu uma voz bradar: "Onde está o carro fúnebre? Por que não a levam daqui? Não é certo deixar uma pessoa assim".

O passageiro que estava no coche fez menção de sair, mas, vendo a multidão, recuou e fechou a cortina, achando melhor esperar que os oficiais de polícia chegassem e restaurassem a ordem. A multidão parecia crescer cada vez mais, reunindo crianças que olhavam para aquilo sem compreender e mulheres com bebês de colo que, assustados com o alarido, punham-se a chorar. Não havia nada que Darcy pudesse fazer. Ele precisava voltar para a sala de audiências e encontrar o coronel e Alveston. Quem sabe pudessem lhe oferecer alguma esperança? Em seu íntimo, porém, sabia que não havia nenhuma.

Então, ele viu o chapéu adornado com fitas roxas e verdes. Devia ter caído da cabeça dela e rolado pela calçada, parando aos pés dele. Darcy ficou olhando para o chapéu como que em transe. Ali perto, uma mulher trôpega, que segurava um bebê aos berros debaixo de um braço e uma garrafa de gim debaixo do outro, foi andando na direção dele, abaixou-se e botou o chapéu na cabeça, torto. Sorrindo para Darcy, ela disse: "Não tem mais serventia para ela, não é?". E foi embora.

11

Tal qual um novo espetáculo a concorrer pela atenção da multidão, o cadáver havia feito parte das pessoas antes aglomeradas diante do tribunal acorrer para a rua, permitindo que Darcy conseguisse abrir caminho entre o restante e fosse arrastado porta adentro com as últimas seis pessoas a receber permissão para entrar. Alguém bradou com uma voz retumbante: "Uma confissão! Trouxeram uma confissão!". Imediatamente a corte ficou em polvorosa. Por um momento, pareceu que a multidão ia arrastar Wickham do banco dos réus, mas ele logo foi cercado por guardas do tribunal e, depois de manter-se de pé por alguns instantes de atordoamento, sentou-se e cobriu o rosto com as mãos. O alarido aumentou. Foi então que Darcy viu o dr. McFee e o reverendo Percival Oliphant cercados de oficiais de polícia. Espantado com a presença deles, ficou observando duas pesadas cadeiras serem arrastadas até a frente da sala e os dois desabarem nelas como que exaustos. Tentou enfiar-se por entre as pessoas e chegar mais perto deles, mas a multidão era uma massa impenetrável e ondeante.

Várias pessoas haviam abandonado seus lugares e agora se aproximavam do juiz. Erguendo seu martelo, ele deu vigorosas pancadas, até que por fim conseguiu fazer com que sua voz fosse ouvida e a multidão se calasse. "Oficial, tranque as portas. Se houver mais algum tumulto, vou ordenar que o público se retire. O documento que examinei parece ser uma confissão assinada diante da presença dos dois cavalheiros aqui presentes, o dr. Andrew McFee e o reverendo Percival Oliphant. Cavalheiros, estas assinaturas são suas?"

O dr. McFee e o sr. Oliphant responderam ao mesmo tempo. "São, meritíssimo."

"E este documento foi escrito pela pessoa cujo nome está assinado acima das assinaturas dos senhores?"

Quem respondeu foi o dr. McFee. "Parte dele, sim, meritíssimo. William Bidwell estava à beira da morte e redigiu sua confissão na cama, apoiado em travesseiros, mas creio que a letra dele, embora trêmula, esteja clara o suficiente para permitir a leitura. O último parágrafo, como se percebe, está escrito numa caligrafia diferente. Fui eu que o escrevi, conforme as palavras que me foram ditadas por William Bidwell. Nessa hora ele ainda conseguia falar, mas não teve mais forças para escrever, salvo para assinar seu nome."

"Então vou pedir ao advogado de defesa que o leia em voz alta. Depois, decidirei qual será a melhor forma de proceder. Se alguém interromper a leitura, será expulso do tribunal."

Jeremiah Mickledore pegou o documento e, ajeitando os óculos, correu os olhos pelas folhas; em seguida, começou a ler em voz alta e clara. A sala inteira ficou em silêncio.

Eu, William John Bidwell, faço esta confissão por livre e espontânea vontade, oferecendo um relato verdadeiro do que aconteceu na floresta de Pemberley na noite de 14 de outubro do ano passado. Faço isso com a certeza de que estou prestes a morrer. Eu estava na cama, no quarto da frente do andar de cima. Não havia mais ninguém na cabana, a não ser meu sobrinho, Georgie, que estava no berço. Meu pai estava em Pemberley, trabalhando. Tínhamos ouvido as galinhas cacarejarem alto e minha mãe e minha irmã, Louisa, foram ver o que estava acontecendo, com medo de que alguma raposa andasse rondando o galinheiro. Como estou muito fraco, minha mãe não gosta que saía da cama, mas eu quis olhar pela janela. Consegui me levantar e fui me apoiando na cama até chegar perto da janela. Ventava forte e o luar estava claro e, quando olhei lá para fora, vi um oficial de uniforme sair do meio da floresta e ficar olhando para a cabana. Eu me escondi atrás da cortina para poder espiar sem ser visto.

Minha irmã Louisa tinha contado que um oficial da milícia que ficara aquartelada em Lambton no ano passado tinha atentado contra a virtude dela, e eu soube instintivamente que era aquele homem e que ele tinha voltado para levá-la com ele. Por que mais estaria ali parado na frente da cabana, numa noite como aquela? Meu pai não estava em casa para proteger minha irmã, e sempre me causou muito sofrimento pensar que sou um inválido inútil, incapaz de trabalhar enquanto ele trabalha tanto, fraco demais para proteger minha família. Então calcei meus chinelos e desci a escada como pude. Peguei o atiçador da lareira e saí.

O oficial começou a andar na minha direção e levantou a mão em sinal de que vinha em paz, mas eu sabia que não era verdade. Cambaleando, dei alguns passos em direção a ele e esperei que chegasse perto de mim. Depois, levantei o atiçador e bati na cabeça dele com toda a força que pude. Não foi uma pancada forte, mas fez um corte na testa dele e o corte começou a sangrar. O homem esfregou os olhos, tentando limpar o sangue, mas eu sabia que ele não estava enxergando direito. Aos tropeções, voltou para o meio das árvores e senti uma grande sensação de vitória, que me deu força. Ele já tinha sumido de vista quando ouvi um estrondo, como se uma árvore tivesse caído. Fui andando pela floresta me apoiando no tronco das árvores e vi, na claridade da lua, que ele tinha tropeçado na borda do túmulo do cachorro e caído para trás, batendo a cabeça na lápide. Era um homem pesado e o ruído que fez quando caiu tinha sido muito alto, mas eu não sabia que a queda tinha sido fatal. Só o que senti foi orgulho por ter conseguido salvar minha irmã tão querida. Enquanto estava lá parado, olhando, eu o vi rolar para o lado, depois ficar de quatro no chão e pôr-se a engatinhar. Sabia que estava tentando fugir de mim, embora eu não tivesse força para ir atrás dele. Pensar que ele não ia mais voltar me deixou muito contente.

Não tenho nenhuma lembrança de como voltei para a cabana, mas lembro que limpei a ponta do atiçador com meu lenço e joguei o lenço no fogo. Depois disso, só me lembro da minha mãe me ajudando a subir a escada e a ir para o quarto, ralhando comigo por ter feito a tolice de sair da cama. Não falei nada sobre meu encontro com o oficial. No dia seguinte, ela me contou que o coronel Fitzwilliam tinha ido à cabana mais tarde para falar dos dois cavalheiros que haviam desaparecido, mas eu não sabia nada sobre isso.

Não contei nada a ninguém mesmo após saber que o sr. Wickham ia ser levado a julgamento. Continuei calado durante os meses em que ele ficou preso em Londres, mas depois vi que precisava fazer esta confissão para que, se ele fosse considerado culpado, todos soubessem a verdade. Decidi contar ao reverendo Oliphant e ele me disse que o julgamento do sr. Wickham seria realizado em poucos dias e que eu tinha de escrever esta confissão o quanto antes para que fosse levada ao tribunal antes do início do julgamento. O sr. Oliphant na mesma hora mandou chamar o dr. McFee e esta noite confessei tudo aos dois e perguntei ao doutor quanto tempo de vida previa que eu ainda tivesse Ele disse que não tinha como ter certeza, mas que era pouco provável que eu sobrevivesse por mais de uma semana. O dr. McFee também insistiu comigo para que eu escrevesse esta confissão e a assinasse, e eu concordei. O que escrevi aqui é a mais pura verdade, e eu a revelo sabendo que em breve terei de responder por todos os meus pecados diante do trono de Deus e na esperança de merecer Sua misericórdia.

"Ele levou mais de duas horas para escrever esse documento e só teve forças para isso graças a um remédio que lhe dei", disse o dr. McFee. "O reverendo Oliphant e eu não temos dúvida de que ele sabia que estava prestes a morrer e de que o que escreveu é sua confissão da verdade a Deus."

Depois de alguns instantes de silêncio, um grande alarido novamente tomou conta da sala. As pessoas se levantaram, berrando e batendo os pés no chão, e alguns homens iniciaram um novo coro de brados, ao qual toda a multidão aderiu, gritando em uníssono: "Soltem o réu! Soltem o réu! Soltem o réu!". Eram tantos os guardas e oficiais de justiça que agora cercavam o banco dos réus que mal dava para ver Wickham.

Mais uma vez a voz retumbante pediu silêncio. O juiz se dirigiu ao dr. McFee. "O senhor poderia me explicar por que só trouxe à corte esse documento tão importante no último minuto do julgamento, quando a sentença estava prestes a ser proferida? Essa sua chegada desnecessariamente dramática é um insulto a mim e a esta corte, e exijo uma explicação."

"Pedimos sinceras desculpas, meritíssimo", disse o dr. McFee. "A data que consta no documento é de três dias atrás, quando eu e o reverendo Oliphant ouvimos a confissão, mas já era tarde da noite. No dia seguinte, bem cedo, partimos para Londres na minha carruagem. Só paramos para fazer breves refeições e dar de beber aos cavalos. Como o senhor pode ver, meritíssimo, o reverendo Oliphant, que já tem mais de sessenta anos, está exausto."

O juiz voltou a falar, num tom rabugento: "Já estou cansado de julgamentos em que provas vitais só são apresentadas na última hora. No entanto, parece que os senhores não tiveram culpa e aceito suas desculpas. Agora vou conversar com meus conselheiros sobre qual deve ser a próxima medida a ser tomada. O réu será levado de volta à prisão e lá permanecerá enquanto a questão de um perdão real, que é obviamente prerrogativa da Coroa, é considerada pelo secretário de Estado, pelo presidente da Câmara dos Lordes, pelo presidente do Supremo Tribunal de Justiça e outras autoridades judiciais. Eu próprio, como juiz que presidiu o julgamento, também vou participar da decisão. À luz deste documento, não vou proferir a sentença, mas o veredicto do júri tem de ser levado em conta. Os senhores podem ter certeza, cavalheiros, de que os tribunais da Inglaterra não condenam à morte um homem comprovadamente inocente".

Houve certo murmurinho, mas a sala de audiências começou a esvaziar. Wickham estava de pé, com as mãos agarradas ao corrimão do banco dos réus, os nós dos dedos brancos. Imóvel e pálido, parecia em transe. Um dos guardas, levantando seus dedos um a um, fez com que ele largasse o corrimão, como se fosse uma criança. Um caminho se abriu entre o banco dos réus e uma porta lateral. Wickham, sem olhar nenhuma vez para trás, foi levado em silêncio de volta à sua cela.

LIVRO SEIS
GRACECHURCH STREET

1

Fora acertado que Alveston permaneceria no tribunal com o sr. Mickledore, para o caso de sua ajuda ser necessária durante as formalidades a serem cumpridas para o perdão, e então Darcy, saudoso de Elizabeth, voltou sozinho para a Gracechurch Street. Já passava de quatro horas quando Alveston foi ter com Darcy para dizer que previa-se que todos os procedimentos para a obtenção de um perdão real estariam concluídos dois dias depois, até o fim da tarde, quando então ele poderia conduzir Wickham da prisão à casa da Gracechurch Street. Esperava-se que isso pudesse ser feito de modo a atrair a mínima atenção possível. Uma caleche alugada ficaria de prontidão diante da porta dos fundos da prisão Coldbath e outra diante da porta da frente, como chamariz. Era uma grande vantagem terem conseguido manter em segredo o fato de Darcy e Elizabeth estarem hospedados na casa dos Gardiner e não, como todos certamente esperavam, num hotel elegante, e se fosse possível evitar que o público tomasse conhecimento da hora exata em que Wickham seria solto, havia grande chance de conseguir chegar incógnito à Gracechurch Street. Por ora, ele estava de volta a Coldbath, mas o capelão de lá, o reverendo Cornbinder, que fizera amizade com ele, havia providenciado para que Wickham se hospedasse com ele e a esposa na noite de sua soltura, e Wickham tinha expressado o desejo de ir direto para lá depois de ter contado sua história para Darcy e o coronel, recusando o convite do sr. e da sra. Gardiner para permanecer na Gracechurch Street. Os Gardiner haviam se sentido no dever de fazer o convite, mas o alívio foi geral quando foi recusado.

"Parece um milagre a vida de Wickham ter sido salva, mas o veredicto certamente foi cruel e irracional. Wickham jamais deveria ter sido considerado culpado", disse Darcy.

"Não concordo", Alveston retorquiu. "Os jurados entenderam o que ele disse e repetiu como uma confissão, e acreditaram. Além disso, muita coisa ficou sem explicação. Teria mesmo o capitão Denny saído da caleche e se embrenhado numa floresta densa e, para ele, desconhecida numa noite como aquela apenas para evitar o constrangimento de estar presente quando a sra. Wickham chegasse a Pemberley? Ela era, afinal, irmã da sra. Darcy. Não seria muito mais provável que Wickham tivesse se envolvido em alguma transação ilegal em Londres e, como Denny não estava mais disposto a ser seu cúmplice, resolvido que tinha de silenciá-lo antes que eles saíssem de Derbyshire?

"Mas há ainda outra coisa que pode ter contribuído para o veredicto e da qual só tomei conhecimento quando conversei com um dos jurados ainda no tribunal", continuou Alveston. "Ao que parece, o primeiro jurado tem uma sobrinha viúva de quem ele gosta muito, cujo marido participou da rebelião irlandesa e foi morto. Desde então, ele nutre um ódio implacável contra o Exército. Se isso tivesse sido revelado, sem dúvida Wickham poderia ter rejeitado esse jurado em particular, mas os sobrenomes eram diferentes e era improvável que o segredo viesse a ser descoberto. Wickham deixou claro antes do julgamento que não tinha nenhuma intenção de contestar a escolha dos jurados, como era direito dele, nem de convocar três testemunhas para depor sobre seu caráter. Parece ter adotado desde o início uma atitude otimista, mas essencialmente fatalista. Tinha sido um oficial respeitado, ferido quando servia seu país, e agora estava contente em ser julgado por ele. Se sua palavra não era suficiente, onde poderia buscar justiça?"

"Mas há uma coisa que me preocupa e sobre a qual eu gostaria de saber sua opinião", disse Darcy. "Você realmente acredita, Alveston, que um homem moribundo poderia ter desferido aquele primeiro golpe?"

"Acredito", respondeu Alveston. "Já vi casos, no decorrer da minha carreira, em que pessoas muito doentes foram capazes de encontrar uma força espantosa quando o esforço foi necessário. O golpe foi leve e, depois que o desferiu, Bidwell não chegou a ir muito longe mata adentro, mas não acredito que tenha voltado para casa sem ajuda. Acho mais provável que tenha deixado a porta da cabana aberta e que a mãe tenha saído, o encontrado e o ajudado a voltar para casa e para a cama. Deve ter sido ela que limpou a ponta do atiçador e queimou o lenço. Mas no meu entender, e tenho certeza de que no do senhor também, tornar pública essa suspeita não contribuiria em nada para a justiça. Não existe prova alguma e jamais poderá existir, e acho que devemos ficar felizes com o perdão real, que será concedido, e com o fato de que Wickham, que demonstrou uma admirável coragem ao longo de toda essa provação, estará livre para começar o que esperamos que seja uma vida mais bem-sucedida."

Eles jantaram cedo e num silêncio quase total. Darcy havia imaginado que o alívio de saber que Wickham escaparia de um enforcamento público seria uma bênção tão grande que outras preocupações pareceriam menos importantes, mas, passada a angústia maior, outras menores invadiram sua cabeça. Que história eles iam ouvir quando Wickham chegasse? Como ele e Elizabeth evitariam o horror de ser alvo da curiosidade pública enquanto permanecessem na casa dos Gardiner? E que papel o coronel teria desempenhado naquele misterioso enredo, se é que desempenhara algum? Darcy sentiu-se tomado por uma necessidade desesperada de voltar para Pemberley e por uma premonição, que admitia ser irracional, de que algo de errado acontecia por lá. Sabia que, como ele, Elizabeth raramente conseguia dormir bem fazia meses e que essa pesada sensação de desastre iminente, que ela também sentia, devia-se em grande parte a um cansaço físico e mental esmagador. O resto do grupo parecia contagiado pela mesma culpa de não conseguir celebrar da forma adequada uma libertação aparentemente milagrosa. O sr. e a sra. Gardiner foram muito solícitos, mas o delicioso jantar ficou quase intocado e os hóspedes se recolheram pouco depois de o último prato ser servido.

No café da manhã ficou claro que o estado de espírito do grupo estava mais leve; a primeira noite livre de premonições medonhas havia proporcionado descanso e um sono profundo, e eles agora pareciam mais preparados para lidar com o que quer que o dia pudesse lhes trazer. O coronel ainda estava em Londres e chegou naquele momento à casa da Gracechurch Street. Depois de cumprimentar o sr. e a sra. Gardiner, ele disse: "Tenho coisas a lhe contar a respeito da minha participação nessa história toda, Darcy. São fatos que agora posso revelar em segurança e que você tem o direito de saber antes de Wickham chegar. Prefiro conversar com você a sós, mas pode, claro, transmitir o que vou lhe contar à sra. Darcy".

O coronel explicou à sra. Gardiner o motivo de sua chegada e ela sugeriu que ele e Darcy usassem a sala de estar, que, a seu ver, era o cômodo mais confortável e tranquilo para abrigar um encontro fadado a ser difícil para todos os envolvidos e que ela havia preparado, com a solicitude de sempre, para a reunião que seria realizada no dia seguinte, quando Wickham chegasse com Alveston.

Os dois se sentaram e, inclinando-se para a frente em sua cadeira, o coronel disse: "Achei que era importante falar primeiro para que você possa julgar o relato de Wickham em contraste com o meu. Nem eu nem ele temos motivo para sentir orgulho do que fizemos, mas agi sempre com a melhor das intenções e lhe fiz a cortesia de acreditar que ele fez o mesmo. Não pretendo justificar minha conduta nessa história, apenas explicá-la, e tentarei ser breve.

"No final de novembro de 1802, recebi uma carta de Wickham na minha casa em Londres, onde residia na época. Nela, ele dizia brevemente que estava enfrentando um problema e ficaria grato se eu aceitasse encontrá-lo, na esperança de que pudesse lhe oferecer conselhos e alguma ajuda. Eu não queria de forma alguma me envolver, mas tinha uma dívida com ele, um tipo de dívida que não podia ignorar. Durante a rebelião irlandesa, Wickham salvou a vida de um jovem capitão que estava sob meu comando. O rapaz era meu afilhado e estava gravemente ferido. Rupert não sobreviveu por muito tempo aos ferimentos, mas, ao resgatá-lo, Wickham deu à mãe dele e a mim a oportunidade de dizer adeus e de garantir que ele morresse com conforto. Era um favor que nenhum homem honrado poderia esquecer. Então, quando li a carta, aceitei me encontrar com ele.

"A história que Wickham me contou não é incomum e é fácil de relatar. Como você sabe, sua esposa era recebida regularmente em Highmarten, mas não ele. Nessas ocasiões, Wickham ficava hospedado numa estalagem local ou numa pensão, o lugar mais barato possível, e se ocupava da melhor forma que podia até que a sra. Wickham decidisse se juntar a ele. Os dois na época levavam uma vida itinerante e difícil. Depois de deixar o Exército — a meu ver uma decisão extremamente infeliz —, ele ficou pulando de emprego em emprego, sem ficar muito tempo em nenhum. A última pessoa a lhe oferecer trabalho tinha sido um baronete, Sir Walter Elliot. Wickham não foi explícito ao revelar por que não trabalhava mais para o baronete, porém disse o suficiente para deixar claro que o baronete era suscetível demais aos encantos da sra. Wickham, o que preocupava a srta. Elliot, e que ele próprio, Wickham, acalentava a ideia de cortejar a filha do baronete. Estou lhe contando isso para que saiba o tipo de vida que eles levavam. Quando me procurou, Wickham estava em busca de um novo trabalho. Enquanto isso, a sra. Wickham havia encontrado um lar confortável mas temporário com a sra. Bingley, em Highmarten, e ele estava se arranjando como podia.

"Não sei se você se lembra, mas o verão de 1802 foi

particularmente quente e bonito. Então, para economizar dinheiro, Wickham passou algum tempo dormindo ao ar livre; para um soldado, isso não é nenhum grande sacrifício. Ele sempre havia gostado da floresta de Pemberley e, saindo de uma estalagem perto de Lambton, caminhava muitas milhas para passar os dias e às vezes algumas noites lá, dormindo debaixo das árvores. Foi lá que conheceu Louisa Bidwell. Ela também andava aborrecida e solitária. Tinha parado de trabalhar em Pemberley para ajudar a mãe a cuidar do irmão doente, e o noivo, muito ocupado com suas tarefas, só raramente ia visitá-la. Ela e Wickham se encontraram por acaso na floresta. Ele nunca conseguiu resistir a uma mulher bonita e o resultado talvez tenha sido quase inevitável, dado o caráter dele e a vulnerabilidade dela. Começaram a se encontrar com frequência e, algum tempo depois, ela lhe contou que desconfiava estar grávida. A princípio, Wickham agiu com mais generosidade e compaixão do que aqueles que o conhecem poderiam esperar. Parecia, na verdade, ter um afeto genuíno por ela, talvez estivesse até um pouco apaixonado. Fossem quais fossem os motivos ou os sentimentos dele, juntos os dois traçaram um plano. Ela escreveria para a irmã casada, que mora em Birmingham, iria para lá assim que começasse a haver risco de sua condição se tornar óbvia e lá daria à luz o bebê, que passaria por filho da irmã. Wickham tinha esperança de que o sr. e a sra. Simpkins aceitassem a responsabilidade de criar o bebê como filho, mas reconhecia que precisariam de dinheiro. Foi por isso que me procurou e, de fato, não sei a quem mais poderia ter pedido ajuda.

"Embora não tivesse ilusões a respeito do caráter de Wickham, nunca senti um rancor tão forte dele quanto você, Darcy, e estava disposto a ajudar. Havia também um motivo mais forte: o desejo de livrar Pemberley de qualquer ameaça de escândalo. Como Wickham se casou com a srta. Lydia Bennet, o filho dele, embora ilegítimo, seria sobrinho da sra. Darcy e seu, e também dos Bingley. O acordo que fizemos foi que eu lhe emprestaria trinta libras, sem juros, e Wickham me pagaria em prestações quando pudesse. Eu não tinha nenhuma ilusão de que receberia esse dinheiro de volta, mas era um valor do qual podia prescindir e, na verdade, teria pagado mais ainda para garantir que um filho bastardo de George Wickham não morasse nas terras de Pemberley ou brincasse na floresta."

"Foi uma generosidade tão grande que beira a excentricidade e, conhecendo o homem como você conhece, alguns diriam que foi uma estupidez", disse Darcy. "Só posso supor que você tivesse um interesse mais pessoal do que o desejo de evitar que a floresta de Pemberley fosse conspurcada."

"Se tive, não foi nada que me desonre. Admito que, na época, eu acalentava um desejo, uma expectativa mesmo, que não era insensato, mas que agora reconheço que nunca vai se realizar. Dada a esperança que eu então alimentava e sabendo o que eu sabia, creio que você também teria elaborado algum plano para salvar sua casa e a si próprio do constrangimento e da ignomínia."

Sem esperar por qualquer resposta, o coronel continuou. "O plano era relativamente simples. Depois de dar à luz, Louisa voltaria para a cabana da floresta com a criança, sob o pretexto de que os pais e o irmão deviam estar desejosos de conhecer o novo membro da família. Era importante para Wickham, obviamente, ver que a criança existia e estava viva e saudável. O dinheiro seria então entregue na manhã do dia do baile de Lady Anne, quando Louisa e Wickham sabiam que todos em Pemberley estariam muito ocupados. Uma caleche ficaria à espera na estrada da floresta. Depois, Louisa levaria o menino de volta para a casa da irmã e de Michael Simpkins. As únicas pessoas que estariam na cabana da floresta àquela hora seriam a sra. Bidwell e Will, e eles eram também as únicas pessoas que tinham conhecimento do plano. Não era um segredo que uma moça pudesse esconder da mãe, tampouco de um irmão de quem era muito próxima e que nunca saía de casa. Os três estavam convictos de que era melhor Bidwell não saber de nada. Louisa havia dito à mãe e ao irmão que o pai do menino era um oficial da milícia que ficara aquartelada em Lambton no verão anterior. Ela não tinha ideia na época que seu amante era Wickham."

Nesse momento, o coronel fez uma pausa, pegou uma taça de vinho e bebeu lentamente. Nenhum dos dois disse nada; ficaram em silenciosa espera. Passaram-se pelo menos dois minutos antes que o coronel retomasse sua narrativa.

"Então, até onde Wickham e eu sabíamos, tudo havia sido acertado de modo satisfatório. O bebê seria aceito e amado pelos tios e nunca saberia quem eram seus verdadeiros pais, Louisa se casaria com o noivo, como estava planejado antes, e assim tudo se resolveria.

"Wickham não é de agir sozinho quando tem a possibilidade de encontrar um aliado ou companheiro, uma falta de prudência que provavelmente explica o desatino que cometeu levando consigo a srta. Lydia Bennet quando fugiu de seus credores e de suas obrigações em Brighton. Desta vez, depositou sua confiança no capitão Denny e principalmente na sra. Younge, que, ao que parece, exercia um papel controlador na vida de Wickham desde que ele era jovem. Creio que fossem as contribuições financeiras regulares dela que basicamente sustentavam Wickham e a esposa quando ele estava desempregado. Ele pediu à sra. Younge que fosse em segredo à floresta para ver o bebê e depois lhe dissesse como ele estava. Então, passando-se por alguém que está visitando a região, ela foi ao encontro de Louisa e do bebê na floresta, conforme já tinha sido combinado. O resultado, porém, foi adverso num aspecto; a sra. Younge se afeiçoou imediatamente ao menino e decidiu que era ela que devia adotá-lo e não os Simpkins. Então, o que parecia uma desgraça acabou contando a favor dela: Michael Simpkins escreveu dizendo que não estava disposto a criar o filho de outro homem. Aparentemente, as duas irmãs não haviam se entendido muito bem durante o tempo em que Louisa ficara confinada, e a sra. Simpkins já tinha três filhos e sem dúvida ainda teria outros. Os Simpkins cuidariam do menino por mais três semanas para que Louisa pudesse procurar um lar para ele, mas não mais que isso. Louisa deu a notícia a Wickham e ele a transmitiu à sra. Younge. Louisa estava, é claro, desesperada. Não sabia como encontrar um lar para o menino, e logo ela e Wickham começaram a achar que a oferta da sra. Younge era a solução para todos os problemas dos dois.

"Wickham havia informado a sra. Younge do meu interesse nesse assunto e das trinta libras que havia prometido e já tinha, aliás, dado a Wickham. Ela sabia que eu me hospedaria em Pemberley para ir ao baile de Lady Anne, como era meu hábito quando estava de folga do Exército — Wickham sempre fez questão de saber o que se passava em Pemberley e tinha notícias através da esposa, que fazia visitas frequentes a Highmarten. A sra. Younge enviou uma carta para meu endereço em Londres na qual dizia que estava interessada em adotar o menino, que ficaria hospedada na King's Arms durante dois dias e que desejava discutir essa possibilidade comigo, já que soubera que eu era uma das partes envolvidas. Marcamos um encontro às nove horas da noite da véspera do baile de Lady Anne, quando ela supôs que todos estariam ocupados demais para notar minha ausência. Não tenho dúvida, Darcy, de que você achou não só estranho, mas também indelicado da minha parte ter saído da sala de música de maneira tão peremptória, com a desculpa de que queria andar a cavalo. Eu não tinha outra escolha senão ir ao tal encontro, embora não tivesse praticamente nenhuma dúvida do que a sra. Younge pretendia. Você deve se lembrar que quando a conhecemos ela era uma mulher não só bonita, mas também elegante, e achei que ela continuava bonita, embora, depois de oito anos, talvez não a tivesse reconhecido se já não soubesse de quem se tratava.

"Ela foi muito persuasiva. Você há de lembrar, Darcy, que eu só a tinha visto uma vez, quando a entrevistamos na época em que estávamos procurando uma acompanhante para a srta. Georgiana. Então, não preciso lhe dizer o quanto sabia ser encantadora e sensata. Ela obviamente tinha uma boa situação financeira, pois chegou à estalagem em sua própria carruagem com cocheiro e acompanhada por uma criada. Para provar que tinha condições de sustentar o menino, ela me mostrou documentos do banco no qual tinha conta, mas disse — quase com um sorriso — que era uma mulher cautelosa e, portanto, esperava que aquelas trinta libras fossem duplicadas. Mas disse também que depois disso não seria preciso fazer mais nenhum pagamento e me garantiu que, se fosse adotado por ela, o menino ficaria longe de Pemberley para sempre."

"Você estava se pondo nas mãos de uma mulher que sabia que era corrupta e que com quase toda a certeza era uma chantagista", disse Darcy. "Se só ganhasse dinheiro alugando quartos, como ela poderia viver com tamanha opulência? Você já sabia, pelas nossas negociações anteriores com ela, que tipo de mulher era."

"Quem fez essas negociações foi você, Darcy, não eu", retrucou o coronel. "Reconheço que tomamos juntos a decisão de contratá-la como acompanhante da srta. Darcy, mas essa foi a única vez em que estive com ela antes daquela noite. Você pode ter negociado com ela depois, mas não estou a par disso nem quero estar. Ouvindo-a falar e examinando os documentos que ela havia trazido, fiquei convencido de que a solução que estava oferecendo para o bebê de Louisa era não só sensata, mas justa. A sra. Younge claramente tinha se afeiçoado ao bebê e estava disposta a assumir a responsabilidade pela educação e pelo futuro sustento do menino. Acima de tudo, ele ficaria totalmente afastado de Pemberley e não teria nenhuma ligação com a propriedade. Esse era o principal fator para mim, e creio que teria sido para você também. Jamais teria feito nada contra a vontade da mãe, e não fiz."

"Será que Louisa realmente ficaria feliz se o filho fosse entregue a uma mulher que era uma chantagista e vivia à custa alheia? Você realmente acreditou que a sra. Younge não ia lhe pedir mais dinheiro várias e várias vezes?"

O coronel sorriu. "Darcy, às vezes eu me espanto com sua ingenuidade. Como conhece pouco o mundo que existe fora da sua amada Pemberley. A natureza humana é bem mais complicada do que supõe. A sra. Younge era uma chantagista, sem dúvida, mas uma chantagista bem-sucedida, e o negócio que estava propondo me pareceu confiável, desde que administrado com discrição e sensatez. São os maus chantagistas que acabam na prisão ou na forca. Ela pedia o máximo que suas vítimas podiam pagar, mas nunca levou ninguém à bancarrota nem ao desespero, e cumpria sua palavra. Não tenho dúvida de que pagou pelo silêncio dela quando a despediu. Alguma vez ela falou para alguém sobre a época em que foi acompanhante da srta. Darcy? E quando Wickham fugiu com Lydia, você deve ter pagado uma boa quantia para que ela lhe desse o endereço dos dois, mas alguma vez ela tocou nesse assunto com alguém? Não estou defendendo a sra. Younge, sei o que ela era, mas acho mais fácil lidar com alguém assim do que com a maioria dos moralistas."

"Não sou tão ingênuo quanto você pensa, Fitzwilliam. Faz tempo que sei como ela administrava os negócios. Então, o que aconteceu com a carta que ela lhe enviou? Seria interessante ver que promessas aquela mulher fez para convencê-lo não só a apoiar seu plano de adotar a criança, mas a dar mais dinheiro ainda. Agora sou eu que digo que você não pode ser ingênuo a ponto de imaginar que Wickham ia lhe pagar as trinta libras."

"Queimei a carta naquela noite em que nós dois dormimos na biblioteca. Esperei você pegar no sono e a joguei no fogo. Achei que não teria mais nenhuma utilidade. Mesmo que os motivos da sra. Younge fossem suspeitos e ela traísse sua palavra, como eu poderia tomar alguma medida judicial contra ela? Sempre acreditei que cartas que contêm informações que não possam vir a público devem ser destruídas; não há outra maneira segura de garantir que não venham a ser lidas. Quanto ao dinheiro, propus à sra. Younge, e com toda a confiança, que ela se encarregasse da tarefa de convencer Wickham a lhe entregar as trinta libras. Eu estava certo de que ela daria conta da tarefa; tinha um poder de convencimento e uma experiência que eu não tinha."

"E quando você sugeriu que dormíssemos na biblioteca e depois acordou cedo e foi ao quarto onde Wickham estava — isso tudo também fazia parte do seu plano?"

"Se o encontrasse acordado e sóbrio e tivesse a oportunidade, eu pretendia convencê-lo de que as circunstâncias sob as quais ele havia recebido as trinta libras tinham de permanecer em absoluto sigilo e ele não deveria fazer nenhuma menção a elas em nenhum tribunal, a menos que eu próprio revelasse a verdade, quando então ele poderia confirmar meu depoimento. Se fosse interrogado a esse respeito pela polícia ou no tribunal, eu diria que havia lhe emprestado as trinta libras para que pagasse uma dívida de honra, o que de fato era verdade, e que dera a ele minha palavra de que o motivo do empréstimo jamais seria revelado."

"Sendo você quem é, coronel e Lorde Hartlep, duvido que alguma corte o coagisse a quebrar sua palavra. Mas eles poderiam querer apurar se o dinheiro se destinava a Denny", disse Darcy:

"Se quisessem, eu poderia lhes garantir que não. Era importante para a defesa que isso fosse confirmado no julgamento."

"Eu já havia mesmo me perguntado por que, antes de sairmos em busca de Denny e Wickham, você teria ido às pressas falar com Bidwell para dissuadi-lo de juntar-se a nós na caleche e de voltar para a cabana da floresta. Você agiu antes mesmo que a sra. Darcy tivesse a chance de dar instruções a Stoughton ou à sra. Reynolds. Pareceu-me, na hora, que aquela sua atitude tão prestativa era desnecessária e até impertinente. Mas agora entendo por que era importante manter Bidwell longe da cabana na floresta naquela noite e por que você fez questão de ir até lá para avisar Louisa."

"Fui impertinente e peço desculpas tardias por isso. Era vital, claro, que as duas mulheres fossem informadas de que o plano de entregar o bebê no dia seguinte talvez tivesse de ser abandonado. Eu estava cansado de tantos subterfúgios e achei que estava na hora de dizer a verdade. Contei a elas que Wickham e o capitão Denny estavam perdidos na floresta e que o pai do bebê de Louisa era casado com a irmã da sra. Darcy."

"Louisa e a mãe devem ter ficado num estado terrível de aflição", disse Darcy. "É difícil imaginar o choque que foi para as duas descobrir que o menino era filho bastardo de Wickham e que ele e um amigo estavam perdidos na floresta. Quando ouviram os tiros, devem ter receado o pior."

"Não havia nada que eu pudesse fazer para tranquilizá-las. Não havia tempo. Quando revelei a verdade, a sra. Bidwell exclamou: 'Bidwell vai morrer se souber disso! Um filho de Wickham aqui, na cabana da floresta! A desonra para Pemberley, o choque terrível para o patrão e a sra. Darcy, a desgraça para Louisa e para nós todos'. Foi interessante a ordem em que ela pôs as coisas. Eu estava mais preocupado com Louisa. Ela quase desmaiou, depois foi cambaleando até uma cadeira ao pé da lareira e lá ficou, tremendo violentamente. Eu sabia que ela estava em choque, mas não havia nada que pudesse fazer. Já tinha me demorado muito ali, por certo mais do que você, Darcy, e Alveston esperavam."

"Antes de Bidwell, o pai e o avô dele haviam morado naquela cabana e trabalhado para a minha família", disse Darcy. "A angústia das duas era uma consequência natural dessa lealdade. E, de fato, se o menino tivesse permanecido em Pemberley, ou mesmo visitado a propriedade regularmente, Wickham teria uma desculpa para entrar na minha casa e se aproximar da minha família, o que me causaria um profundo desgosto. Nem Bidwell nem a mulher dele jamais viram Wickham depois de adulto, mas o fato de ser meu cunhado e mesmo assim continuar não sendo bem-vindo em Pemberley deve ter lhes servido como um sinal do quanto era profunda e indelével a desavença entre nós."

O coronel continuou: "E então encontramos o corpo de Denny e, até o dia raiar, a sra. Younge e toda a gente da estalagem King's Arms e, na verdade, da região inteira saberia que um assassinato fora cometido na floresta de Pemberley e que Wickham havia sido preso. Alguém acreditaria que Pratt não havia contado nada quando fora à King's Arms naquela noite? Eu não tinha dúvida de que a reação da sra. Younge teria sido voltar imediatamente para Londres, sem o bebê. Mas é possível que isso não signifique que ela tenha desistido permanentemente da adoção. Talvez Wickham, quando chegar, possa nos dizer se ela desistiu ou não. O sr. Cornbinder virá com ele?".

"Imagino que sim", respondeu Darcy. "Ao que parece, o capelão fez muito bem a Wickham. Espero que a influência dele perdure, embora eu não esteja muito otimista. Para Wickham, o sr. Cornbinder provavelmente está associado demais à cela da prisão, à ameaça da forca e a meses de sermão para que queira passar mais tempo em sua companhia além do necessário. Quando Wickham chegar, ouviremos o resto dessa lastimável história. Lamento muito, Fitzwilliam, que você tenha sido envolvido nos problemas de Wickham e nos meus também. Deve ter sido penoso ir ao encontro de Wickham e lhe dar as trinta libras. Reconheço que você estava agindo no interesse do menino quando apoiou a proposta de adoção feita pela sra. Younge. Só o que posso fazer é esperar que essa pobre criança, depois de um início tão terrível, encontre um lar feliz e permanente na casa dos Simpkins."

2

Pouco depois do almoço, um funcionário do escritório de Alveston chegou à casa dos Gardiner para confirmar que o perdão real seria concedido até o meio da tarde do dia seguinte e para entregar a Darcy uma carta, para a qual ele disse não estar sendo esperada uma resposta imediata. Era do reverendo Samuel Cornbinder, da prisão Coldbath, e Darcy e Elizabeth se sentaram para lê-la juntos.

Reverendo Samuel Cornbinder
Prisão Coldbath

Honrado senhor,
Por certo lhe causará surpresa receber esta mensagem de um homem que é um estranho para o senhor, embora o sr. Gardiner, a quem conheci, talvez já tenha lhe falado de mim. Devo começar pedindo desculpas por estar me intrometendo em sua intimidade, quando o senhor e sua família estão celebrando o fato de seu cunhado ter se livrado de uma acusação injusta e de uma morte desonrosa. Contudo, se tiver a bondade de examinar o que escrevo, estou certo de que concordará comigo que o assunto de que trato é não só importante, como de certa urgência e afeta o senhor e sua família.
Antes, porém, preciso me apresentar. Meu nome é Samuel Cornbinder e sou um dos capelães nomeados para a prisão Coldbath, onde tive o privilégio ao longo dos últimos nove anos de servir como sacerdote tanto àqueles que

aguardam julgamento quanto aos que já foram condenados. Entre os primeiros, encontrava-se o sr. George Wickham, que logo estará com o senhor para lhe explicar as circunstâncias que levaram à morte do capitão Denny, um esclarecimento ao qual o senhor obviamente tem direito.

Vou deixar esta carta nas mãos do nobre sr. Henry Alveston, que a entregará com uma mensagem do sr. Wickham. Ele expressou o desejo de que o senhor a leia antes que vá ao seu encontro, a fim de que já esteja a par da participação que tive nos planos que ele traçou para o futuro. O sr. Wickham suportou o cárcere com notável perseverança, mas, como é natural, por vezes deixava-se abater pela possibilidade de vir a ser considerado culpado, quando era então meu dever fazer com que seus pensamentos se voltassem para Ele que é o único que pode nos perdoar a todos pelo que se passou e fortalecer-nos para o que podemos ter pela frente. Como era inevitável, nas nossas conversas muito me foi revelado a respeito da infância e da vida posterior do sr. Wickham. Preciso deixar claro que, como membro evangélico da Igreja da Inglaterra, não creio em confissão auricular, mas gostaria de garantir-lhe que todos os assuntos a mim confiados por prisioneiros permanecem inviolados. Procurei nutrir no sr. Wickham a esperança de vir a ser considerado inocente, e em seus momentos de otimismo — que folgo em dizer que foram muitos — ele refletiu sobre seu futuro e o de sua esposa.

O sr. Wickham manifestou o firme desejo de partir da Inglaterra e tentar a sorte no Novo Mundo. Felizmente, tenho condições de ajudá-lo a realizar esse desejo. Meu irmão gêmeo, Jeremiah Cornbinder, emigrou cinco anos atrás para a antiga colônia de Virgínia, onde se estabeleceu como adestrador e vendedor de cavalos, e seu negócio, graças principalmente a seu conhecimento e sua habilidade, prosperou muitíssimo. Em virtude da expansão dos negócios, ele agora está à procura de um assistente, de alguém que tenha experiência com cavalos, e me escreveu há pouco mais de um ano para pedir auxílio nessa busca, dizendo que qualquer candidato recomendado por mim seria gentilmente recebido e contratado para o posto por um período de experiência de seis meses. Quando o sr. Wickham foi levado para a prisão Coldbath e comecei a lhe fazer visitas, logo ficou evidente para mim que ele tinha qualidades e experiência para ser um bom candidato ao emprego oferecido pelo meu irmão se, como ele esperava, viesse a ser considerado inocente daquela terrível acusação. O sr. Wickham é um excelente cavaleiro e já mostrou que é corajoso. Conversei com ele sobre isso e ele está ansioso para tirar proveito dessa oportunidade e, embora eu ainda não tenha falado com a sra. Wickham, ele me garantiu que ela está igualmente entusiasmada com a ideia de deixar a Inglaterra e aproveitar as oportunidades oferecidas pelo Novo Mundo.

Há, no entanto, como o senhor deve ter previsto, um problema de dinheiro. O sr. Wickham tem esperança de que possa fazer a bondade de lhe emprestar a quantia necessária, que compreenderia o custo da passagem e uma soma suficiente para sustentá-los durante quatro semanas, até que receba seu primeiro pagamento. Lá, uma casa lhes será oferecida, livre de aluguel. A fazenda de criação de cavalos — pois assim se pode chamar o negócio do meu irmão — situa-se a duas milhas da cidade de Williamsburg. A sra. Wickham, portanto, não ficará privada de convívio social nem dos confortos de que uma senhora bem-nascida precisa.

Se esta proposta tiver sua aprovação e o senhor puder ajudar, terei enorme prazer em encontrá-lo na hora e no lugar que lhe forem mais convenientes para lhe dar mais detalhes acerca da quantia necessária e das acomodações oferecidas, bem como para lhe apresentar cartas de recomendação dando fé da posição de meu irmão na Virgínia e do caráter dele, que, nem preciso dizer, é excepcional. Ele é um homem justo e um ótimo patrão, mas não tolera desonestidade nem preguiça. Se for possível ao sr. Wickham aceitar uma oferta pela qual demonstra entusiasmo, isso vai afastá-lo de todas as tentações. O fato de ter sido solto e de ter um histórico de bravura como soldado vai transfor-

má-lo num herói nacional e, por mais breve que tal fama possa ser, temo que a notoriedade não contribua para a mudança de vida e regeneração que ele me garantiu estar determinado a realizar.

O senhor poderá me encontrar a qualquer hora do dia ou da noite no endereço acima, e posso lhe assegurar que minha proposta é feita de boa-fé e que estou disposto a lhe dar todas as informações de que necessite acerca do posto oferecido.

Subscrevo-me cordialmente,
Samuel Cornbinder

Darcy e Elizabeth leram a carta em silêncio e em seguida, sem fazer nenhum comentário, ele a entregou ao coronel. Depois, disse: "Acho que devo me encontrar com esse reverendo. Foi bom ter tomado conhecimento desse plano antes de falar com Wickham. Se a oferta for genuína e adequada, como parece ser, certamente vai resolver meu problema e o de Bingley, se não o de Wickham. Ainda tenho de saber quanto isso vai me custar, mas, se ele e Lydia permanecerem na Inglaterra, nada leva a crer que consigam sobreviver sem uma ajuda regular".

"Desconfio que tanto a sra. Darcy quanto a sra. Bingley venham contribuindo com seus próprios recursos para pagar as despesas de Wickham", disse o coronel Fitzwilliam. "Para falar com toda a franqueza, esse arranjo vai livrar as duas famílias de um fardo financeiro. Quanto ao futuro comportamento de Wickham, tenho dificuldade de partilhar da confiança do reverendo de que ele vá mesmo se regenerar, mas suspeito que Jeremiah Cornbinder será mais competente do que a família de Wickham na tarefa de garantir que mantenha a boa conduta. Estou disposto a contribuir para providenciar a quantia necessária, que, imagino, não será vultosa."

"A responsabilidade é minha", retrucou Darcy. "Vou responder agora mesmo ao sr. Cornbinder na esperança de que possamos nos encontrar amanhã cedo, antes que Wickham e Alveston cheguem."

3

O reverendo Samuel Cornbinder chegou depois da cerimônia religiosa no dia seguinte, em resposta a uma carta de Darcy que lhe fora entregue em mãos. Tinha uma aparência inesperada, pois, lendo sua carta, Darcy havia imaginado um homem de meia-idade ou mais velho e ficou surpreso ao ver que ou era consideravelmente mais jovem do que seu estilo literário sugeria, ou conseguira enfrentar os rigores e responsabilidades de seu trabalho sem perder o ar e o vigor da juventude. Darcy expressou sua gratidão por tudo o que o reverendo havia feito para ajudar Wickham a suportar o cárcere, mas sem mencionar sua aparente conversão a um modo de vida melhor, um assunto que não se sentia preparado para comentar. Gostou do sr. Cornbinder, que não era nem cerimonioso em demasia nem adulador, e lhe trouxe uma carta do irmão e todas as informações financeiras necessárias para permitir que Darcy decidisse de forma bem fundamentada até que ponto deveria e poderia ajudar Wickham e a esposa a iniciar a vida nova que tanto pareciam desejar.

A carta vinda da Virgínia fora recebida cerca de três semanas antes. Nela, Jeremiah Cornbinder expressava confiança no discernimento do irmão e, sem exagerar as vantagens que o Novo Mundo tinha a oferecer, apresentava um retrato animador da vida que o candidato que lhe fora recomendado poderia esperar.

O Novo Mundo não é um refúgio para indolentes,

criminosos, indesejáveis ou velhos, mas um jovem que foi claramente absolvido de um crime capital, que mostrou tenacidade durante a provação por que passou e notável bravura no campo de batalha parece ter as qualidades que lhe garantirão uma boa acolhida aqui. Procuro um homem que tenha não só habilidades práticas e, de preferência, experiência no adestramento de cavalos, mas também boa educação, e estou certo de que ele estará se unindo a uma sociedade que, em inteligência e na amplitude de seus interesses culturais, pode igualar-se a qualquer cidade européia civilizada e oferecer oportunidades quase ilimitadas. Acho que posso prever com toda a confiança que os descendentes daqueles aos quais ele agora deseja juntar-se serão cidadãos de um país tão poderoso quanto, ou talvez até mais poderoso do que aquele do qual eles partiram, e que continuará a dar um exemplo de liberdade para o mundo todo.

"Da mesma forma que o meu irmão confia no meu discernimento ao recomendar o sr. Wickham, confio na boa vontade dele para fazer tudo o que puder para ajudar o jovem casal a sentir-se em casa e a prosperar no Novo Mundo", disse o reverendo Cornbinder. "Ele está particularmente ansioso para atrair imigrantes ingleses casados. Quando lhe escrevi para recomendar o sr. Wickham ainda faltavam dois meses para o julgamento, mas eu estava confiante não só de que ele seria absolvido, mas também de que era exatamente o homem que meu irmão procurava. Sei avaliar com rapidez o caráter dos prisioneiros e até hoje não me enganei. Embora respeitando a confiança do sr. Wickham, percebi que havia certos aspectos da vida dele que poderiam fazer um homem prudente hesitar, mas me senti seguro para garantir ao meu irmão que o sr. Wickham mudou e está determinado a manter essa mudança. Certamente as virtudes que tem superam os defeitos, e meu irmão é sensato o bastante para saber que não se pode esperar perfeição. Todos pecamos, sr. Darcy, e não podemos buscar compaixão se não a demonstramos em nossas vidas. Se o senhor estiver disposto a arcar com o custo da passagem e da módica quantia necessária para que o sr. Wickham sustente a si e à esposa nos primeiros meses de trabalho, eles poderão embarcar no *Esmeralda*, em Liverpool, daqui a duas semanas. Conheço o capitão e tenho plena confiança tanto nele como na qualidade do navio. Imagino que o senhor vá precisar de algumas horas para refletir sobre o assunto e, sem dúvida, para discuti-lo com o sr. Wickham, mas seria conveniente se eu pudesse ter uma resposta até as nove horas da noite de amanhã."

"A previsão é de que George Wickham seja trazido para cá esta tarde com o advogado dele, o sr. Alveston", disse Darcy. "Em vista do que o senhor disse, estou confiante de que o sr. Wickham vá aceitar de muito bom grado a oferta do seu irmão. Pelo que sei, a intenção do sr. e da sra. Wickham por ora é ir para Longbourn e lá permanecer até decidir o que farão no futuro. A sra. Wickham está ansiosa para encontrar-se com a mãe e com as amigas de infância; se ela e o marido de fato emigrarem, é pouco provável que torne a vê-las um dia."

Levantando-se para ir embora, Samuel Cornbinder disse: "De fato, é extremamente improvável. Atravessar o Atlântico não é algo que se faça levianamente e poucos dos meus conhecidos na Virgínia realizaram ou desejam realizar uma viagem de volta. Eu lhe agradeço, senhor, por me receber com tanta presteza e pela sua generosidade ao concordar com a proposta que lhe apresentei".

"Sua gratidão é generosa, mas imerecida. É difícil que me arrependa da minha decisão. Já o sr. Wickham talvez se arrependa da dele", disse Darcy.

"Não creio, senhor."

"Não pretende esperar que ele chegue?"

"Não, senhor. O que podia fazer por Wickham, já fiz. À noite nos encontraremos, e ele não há de querer me ver antes disso."

Dizendo essas palavras, ele apertou a mão de Darcy com extraordinária força, pôs o chapéu na cabeça e se foi.

4

Eram quatro horas da tarde quando eles ouviram ruídos de passos seguidos de vozes e não tiveram dúvida de que o grupo que vinha do tribunal de Old Bailey havia enfim chegado. Pondo-se de pé, Darcy sentiu um intenso desconforto. Sabia o quanto o sucesso da vida social dependia da expectativa tranquilizadora do uso das convenções instituídas e fora treinado desde criança a adotar as atitudes esperadas de um cavalheiro. Admitia que a mãe por vezes expressava uma visão mais generosa, segundo a qual boas maneiras consistiam essencialmente na devida consideração pelos sentimentos de outras pessoas, principalmente quando se estava em companhia de alguém de uma classe mais baixa, uma precaução para com a qual sua tia, Lady Catherine de Bourgh demonstrava uma flagrante falta de atenção. Agora, porém, nem as convenções nem o conselho servindo-lhe serviam de guia. Não havia regras sobre como receber um homem que o costume ditava que se devia chamar de cunhado e que, algumas horas antes, fora condenado a ser enforcado em praça pública. Claro que Darcy havia ficado feliz por Wickham ter escapado da forca, mas será que essa felicidade era tanto por sua própria paz de espírito e reputação quanto pelo fato de que a vida de Wickham seria preservada? Os ditames do decoro e da compaixão certamente o impeliriam a trocar um caloroso aperto de mão com Wickham, mas o gesto agora lhe parecia não só inapropriado como também desonesto.

O sr. e a sra. Gardiner tinham saído às pressas da sala

para postar-se diante da casa assim que ouviram os primeiros passos, e Darcy escutava suas vozes elevadas para dar as boas-vindas aos recém-chegados, mas não ouviu nenhuma resposta. Então, a porta se abriu e os Gardiner entraram, instando gentilmente Wickham e Alveston a fazer o mesmo.

Darcy esperava que o momento de choque e surpresa não tivesse transparecido em seu rosto. Era difícil acreditar que o homem que havia encontrado forças para erguer-se ereto do banco dos réus e declarar sua inocência em voz clara e firme fosse o mesmo Wickham agora diante deles. Ele parecia ter diminuído fisicamente e suas roupas, as mesmas que usara no julgamento, pareciam grandes demais, um traje grosseiro, barato e mal ajustado para um homem que não se esperava que fosse usá-lo por muito tempo. Seu rosto conservava a palidez doentia adquirida no cárcere, mas, quando os olhares dos dois se encontraram e se detiveram por um momento, Darcy viu nos olhos de Wickham um vestígio do homem que ele já fora, um ar de maquinação e talvez de desdém. Acima de tudo, ele parecia exausto, como se o choque do veredicto de culpado e o alívio de escapar da forca tivessem sido mais do que o corpo humano é capaz de suportar. Mas o velho Wickham ainda estava lá e Darcy viu o esforço e também a coragem com que procurava manter-se ereto e enfrentar o que quer que o aguardasse. "O senhor precisa dormir", disse a sra. Gardiner. "Alimentar-se também, talvez, porém mais que tudo dormir. Posso lhe oferecer um quarto para descansar e pedir que lhe levem uma refeição. Não seria melhor o senhor dormir ou pelo menos descansar por uma hora antes de conversar?"

Sem desviar os olhos do grupo reunido, Wickham disse: "Agradeço sua gentileza, senhora, mas quando dormir não vai ser por uma hora, e sim muitas, e temo ter me acostumado a acalentar a esperança de nunca mais acordar. Além disso, preciso falar com os cavalheiros e é melhor que seja já. Estou bem, senhora, fique tranquila, mas se for possível alguém me trazer um café forte e talvez algo para comer...".

A sra. Gardiner olhou rapidamente para Darcy, depois disse: "Claro. Já dei ordens para que preparassem uma leve refeição e vou mandar que a tragam agora mesmo. O sr. Gardiner e eu vamos deixá-los à vontade agora para que conte sua história. Soube que o reverendo Cornbinder virá buscá-lo antes do jantar e lhe ofereceu hospedagem para esta noite, quando então o senhor poderá descansar sem ser incomodado e dormir um sono profundo. Assim que o reverendo chegar, o sr. Gardiner e eu lhe avisaremos". Então, os dois se retiraram da sala e a porta se fechou silenciosamente.

Sacudindo a cabeça, Darcy se forçou a sair de um momento de indecisão, depois deu um passo à frente com o braço estendido e disse, com uma voz que mesmo a seus ouvidos soou fria e formal: "Eu o felicito, Wickham, pela tenacidade que demonstrou enquanto estava preso e por ter se livrado de uma acusação injusta. Por favor, sente-se e fique à vontade. Depois que tiver se alimentado podemos conversar. Temos muito a dizer, mas não há razão para pressa".

"Prefiro falar logo", disse Wickham, deixando-se cair numa poltrona. Os outros também se sentaram. Um silêncio desconfortável se instalou e foi um alívio quando, instantes depois, a porta se abriu e um empregado entrou trazendo uma grande bandeja com um bule de café e uma travessa com pão, queijo e carnes frias. Assim que o empregado se retirou, Wickham se serviu de café e o tomou com enormes goles sôfregos. Depois disse: "Desculpem a falta de modos. Acabo de sair de uma péssima escola para a prática do comportamento civilizado".

Passados alguns minutos, durante os quais comeu avidamente, Wickham empurrou a bandeja para o lado e disse: "Bem, talvez seja melhor eu começar. O coronel Fitzwilliam poderá confirmar boa parte do que vou dizer. Você já me tem como um canalha, então duvido que qualquer coisa que eu tenha a acrescentar à minha lista de delinquências vá lhe causar surpresa".

"Não é necessário justificar nada. Você já enfrentou um júri, nós não somos outro", disse Darcy.

Wickham riu um riso curto, alto e rouco. "Então espero que vocês tenham menos preconceitos. Suponho que o coronel Fitzwilliam já tenha lhe contado os fatos essenciais", disse.

O coronel confirmou: "Contei apenas o que sei, que não é muito, e não creio que nenhum de nós acredite que toda a verdade tenha vindo à tona no julgamento. Estávamos esperando sua chegada para ouvir o relato completo a que temos direito".

Wickham não começou a falar imediatamente. De cabeça baixa, ficou olhando para as próprias mãos entrelaçadas, depois se levantou com aparente esforço e iniciou sua narrativa com uma voz quase sem expressão, como se conhecesse a história de cor.

"Você já deve saber que sou o pai do bebê de Louisa Bidwell. Nós nos conhecemos no penúltimo verão, quando minha mulher estava em Highmarten, onde gostava de passar algumas semanas durante o verão. Como não sou recebido naquela casa, costumava me hospedar na estalagem local mais barata que conseguisse encontrar, onde às vezes, por sorte, conseguia marcar um encontro com Lydia. As terras de Highmarten seriam profanadas se eu entrasse lá, então eu preferia ir para a floresta de Pemberley. Passei alguns dos momentos mais felizes da minha infância naquela mata e sentia um pouco daquela antiga alegria juvenil quando estava lá com Louisa. Eu a encontrei por acaso, vagando pela floresta. Ela também se sentia muito só. Passava a maior parte do tempo confinada na cabana, cuidando de um irmão que estava à beira da morte, e raramente conseguia ver o noivo, um homem ambicioso que vivia ocupado com suas obrigações em Pemberley. Pelo que ela disse sobre ele, formei a imagem de um homem mais velho e enfadonho, que só se preocupava em manter aquele seu trabalho servil e não tinha a sensibilidade para perceber que a noiva estava aborrecida e insatisfeita. Louisa também é inteligente, uma qualidade à qual ele não daria valor, mesmo se tivesse tino para reconhecê-la. Admito que seduzi Louisa, mas lhes asseguro de que não a forcei a nada. Nunca precisei violentar mulher alguma e nunca tinha visto uma moça tão ávida de amor como ela.

"Quando descobriu que estava grávida, foi uma catástrofe para nós dois. Muito nervosa, ela deixou claro que não queria que ninguém soubesse, salvo a mãe, claro, que dificilmente poderia ser mantida na ignorância. Louisa achava que não podia dar mais aquele desgosto ao irmão nos últimos meses de sua vida, mas, quando ele desconfiou do que estava acontecendo, ela confessou. A principal preocupação dela era evitar que o pai sofresse. A coitada sabia que, para ele, a perspectiva de desonrar Pemberley seria pior do que qualquer coisa que pudesse acontecer com ela. Eu não conseguia entender por que um ou dois bastardos tinham de ser vistos como uma desgraça tão grande; é um revés comum em casas onde mora muita gente. Mas era assim que Louisa pensava. Foi ela que teve a ideia de ir, com a conivência da mãe, para a casa da irmã casada, antes que seu estado se tornasse evidente, e ficar lá até a criança nascer. A ideia era fazer o bebê passar por filho da irmã, e eu então sugeri que Louisa voltasse com a criança para Pemberley assim que tivesse condições de viajar, com a desculpa de mostrar o bebê para a avó. Eu precisava me certificar de que o menino estava vivo e saudável antes de decidir qual seria a melhor forma de proceder. Combinamos que eu daria um jeito de arranjar dinheiro para persuadir os Simpkins a ficar com o bebê e criá-lo como filho. Foi então que enviei um pedido desesperado de ajuda ao coronel Fitzwilliam, que me forneceu trinta libras quando chegou o momento de entregar Georgie aos Simpkins. Isso eu imagino que vocês já soubessem. O coronel disse que estava me ajudando por compaixão a um soldado que já servira sob seu comando, mas sem dúvida também tinha outras razões; Louisa ouvira boatos entre os empregados de que ele poderia estar procurando uma esposa em Pemberley. Um homem orgulhoso e prudente, principalmente se é aristocrata e rico, não se associa a uma casa atingida por um escândalo, especialmente em se tratando de um vexame tão sórdido e corriqueiro. A ideia de ver um filho ilegítimo meu brincando na floresta de Pemberley causava-lhe tanta repulsa quanto teria causado a Darcy."

"O senhor nunca revelou a Louisa sua verdadeira identidade, suponho?", perguntou Alveston.

"Não. Teria sido uma tolice e só faria Louisa ficar mais aflita. Fiz o que a maioria dos homens faz na minha situação. Aliás, me orgulho de ter inventado uma história tão convincente e capaz de despertar compaixão em qualquer moça suscetível. Disse a ela que me chamava Frederick Delancey — sempre gostei da ideia dessas iniciais. Disse também que era soldado, que tinha sido ferido na campanha irlandesa — o que era verdade — e que, ao voltar para casa, descobrira que minha amada esposa e meu filho haviam morrido no parto. Essa triste saga fez com que Louisa ficasse ainda mais apaixonada por mim e, então, fui forçado a acrescentar-lhe um ornato, dizendo que em breve teria de ir a Londres procurar trabalho, mas que voltaria depois para me casar com ela, quando nosso bebê não precisaria mais ficar com os Simpkins e nós três poderíamos formar uma família. Por insistência de Louisa, entalhamos juntos minhas iniciais nos troncos de algumas árvores, como sinal do meu amor e do meu compromisso. Foi ideia dela, mas confesso que eu tinha certa esperança de que aquelas iniciais causassem confusão. Prometi mandar o dinheiro para os Simpkins assim que tivesse encontrado um lugar para ficar em Londres e pagado por ele."

"Foi um embuste vil esse seu, sr. Wickham, cometido contra uma moça crédula e essencialmente inocente. Suponho que, depois que a criança nascesse, o senhor pretendia desaparecer para sempre e que o caso terminaria aí", disse o coronel.

"Admito o embuste, mas me parecia que o resultado não seria ruim. Louisa logo se esqueceria de mim e se casaria com o noivo, e a criança seria criada por pessoas da família. Já ouvi falar em maneiras muito piores de lidar com um bastardo. Infelizmente, as coisas não correram como eu esperava. Quando Louisa voltou para casa com o filho e nos encontramos como de hábito perto do túmulo do cachorro, ela levou uma mensagem de Michael Simpkins. Nela, ele dizia não estar mais disposto a ficar com o bebê permanentemente, nem mesmo por uma quantia generosa. Ele e a mulher já tinham três meninas e sem dúvida teriam outros filhos, e ele não podia aceitar a ideia de que Georgie seria o primogênito da família, tendo precedência sobre qualquer filho que ele viesse a ter. Ao que parecia, também haviam ocorrido certas dificuldades entre Louisa e a irmã nos meses em que ela ficou na casa deles, esperando o nascimento do filho. Suponho que raramente as coisas corram bem quando duas mulheres ficam juntas na mesma cozinha. Eu havia confidenciado à sra. Younge que Louisa estava grávida, e ela fez questão de ver a criança e pediu que eu marcasse um encontro entre ela e Louisa na floresta. Então, a sra. Younge se apaixonou por Georgie e ficou determinada a adotar o menino. Eu sabia que ela acalentava o desejo de ter filhos, mas não fazia ideia até então de que esse desejo fosse tão forte. Georgie é um menino bonito e, claro, é meu filho."

Darcy não conseguiu mais continuar calado. Havia muitas coisas que precisava saber. "Suponho então que a tal mulher vestida de preto que as duas criadas viram na floresta fosse a sra. Younge. Como teve coragem de envolver aquela mulher em qualquer plano relacionado ao futuro do seu filho, uma mulher cuja conduta, até onde sabemos, mostra que está entre as mais abjetas e desprezíveis de seu sexo?"

Nesse momento, Wickham quase saltou do assento. Com o rosto subitamente vermelho de fúria, apertou os braços da poltrona com tal força que os nós de seus dedos ficaram brancos. "É melhor você saber a verdade logo de uma vez. Eleanor Younge foi a única mulher que me amou de fato. Nenhuma outra, nem mesmo minha esposa, me deu o carinho, a atenção generosa, o apoio, a sensação de ser importante para ela como minha irmã me deu. Sim, ela era minha irmã, minha meia-irmã. Sei que isso lhe causa espanto. Meu pai tem a reputação de ter sido o mais eficiente, o mais leal, o mais admirável dos administradores do falecido sr. Darcy, e ele foi de fato. Minha mãe era severa com ele, como era comigo; não havia riso na nossa casa. Ele era um homem como outro qualquer e, quando os negócios do sr. Darcy o obrigavam a ir a Londres e passar uma ou mais semanas lá, ele levava uma vida diferente. Nada sei sobre a mulher com quem se envolveu, mas ele me confidenciou em seu leito de morte que tinha uma filha. Preciso dizer, por uma questão de justiça, que ele fez o que podia para sustentá-la, mas pouco me foi revelado a respeito da infância dela, salvo que foi posta num colégio interno em Londres que, na verdade, não passava de um orfanato. Ela fugiu de lá quando tinha doze anos e, depois disso, meu pai perdeu contato com ela, apesar dos esforços que fez para encontrá-la. Quando a idade e as responsabilidades em Pemberley começaram a lhe pesar, ele não pôde mais continuar a busca. Mas ela lhe veio à consciência nos últimos minutos de vida, e ele me implorou que fizesse o possível para encontrá-la. O colégio já não existia fazia anos e ninguém sabia quem era o proprietário, mas consegui me comunicar com os moradores de uma casa vizinha que haviam feito amizade com uma das meninas e ainda mantinham contato com ela. Foi ela que me deu as primeiras pistas de onde eu poderia encontrar Eleanor. E, por fim, eu a encontrei. Ela não estava nem de longe na penúria. Tinha sido casada por um breve período com um homem bem mais velho, que havia lhe deixado dinheiro suficiente para comprar uma casa em Marylebone, onde passou a alugar quartos, sempre para rapazes de famílias respeitáveis que tinham deixado a casa dos pais para trabalhar em Londres. As boas mães dos rapazes eram imensamente gratas àquela senhora digna e maternal, que cumpria fielmente a regra de não receber nenhuma moça na casa, fosse como hóspede ou como visita."

"Isso eu já sabia, mas o senhor não fez nenhuma menção ao modo como sua irmã tinha vivido antes, nem aos pobres homens que ela chantageou", disse o coronel.

Wickham teve certa dificuldade para controlar a raiva. "Ela causou menos mal ao longo da vida do que muitas matronas respeitáveis", disse. "O marido não tinha lhe deixado nenhuma propriedade e ela foi forçada a viver de expedientes. Logo nos afeiçoamos um ao outro, talvez por ter tanto em comum. Ela era inteligente. Dizia que meu grande trunfo, talvez o único, era que as mulheres gostavam de mim e que eu tinha talento para cativá-las. Minha melhor chance para escapar da pobreza era me casar com uma mulher rica, e achava que eu tinha as qualidades necessárias para conseguir isso. Como os senhores sabem, minha primeira e mais promissora chance deu em nada, quando Darcy apareceu em Ramsgate para fazer o papel de irmão indignado."

Antes que Darcy pudesse esboçar qualquer reação, o coronel se levantou de salto e disse: "Há um nome que jamais pode sair da sua boca, seja nesta casa ou em qualquer outro lugar, se o senhor dá algum valor à sua vida".

Wickham olhou para ele com uma centelha de sua antiga confiança e disse: "Não estou no mundo há tão pouco tempo, senhor, a ponto de não saber quando uma dama tem um nome que jamais poderá ser maculado por escândalos e uma reputação que é de fato sagrada, e também sei que existem mulheres cujo modo de vida ajuda a proteger essa pureza. Minha irmã era uma delas. Mas vamos voltar ao assunto de que estávamos tratando. Felizmente, os anseios maternais da minha irmã acabaram por oferecer uma solução para nosso problema. A irmã de Louisa tinha se recusado a ficar com o menino, e teríamos de encontrar um lar para ele de algum modo. Eleanor encantou Louisa contando histórias sobre a vida que ele teria e ela enfim concordou. A proposta era que, na manhã do dia do baile de Pemberley, Eleanor iria à cabana da floresta comigo para pegar o bebê e levá-lo conosco para Londres, onde eu ia procurar trabalho e ela cuidaria temporariamente do menino até que Louisa e eu pudéssemos nos casar. Claro que não tínhamos nenhuma intenção de lhe dar o endereço da minha irmã.

"E, então, o plano malogrou. Tenho de admitir que foi em grande parte por culpa de Eleanor. Ela não estava acostumada a lidar com mulheres e havia adotado como política nunca fazer negócios com elas. Homens eram mais diretos, e ela sabia como persuadi-los e bajulá-los. Mesmo depois de lhe pagarem, os homens nunca a tratavam com hostilidade. Ela não tinha paciência para as vacilações sentimentais de Louisa. Para Eleanor, era uma questão de bom senso: Georgie precisava urgentemente de um lar e ela podia lhe dar um muito superior ao dos Simpkins. Louisa simplesmente não gostou de Eleanor e começou a sentir desconfiança, e Eleanor, por sua vez, falava demais na necessidade de que as trinta libras prometidas aos Simpkins fossem entregues a ela. No fim, Louisa aceitou que levássemos o menino como estava planejado, mas sempre havia o risco de ela resistir quando chegasse a hora de se separar do filho. Era por isso que eu queira que Denny estivesse conosco quando fôssemos pegar Georgie. Eu tinha certeza de que Bidwell estaria em Pemberley e de que todos os empregados estariam ocupados, e sabia que o portão noroeste seria aberto sem grandes problemas para deixar passar a carruagem da minha irmã. É espantoso como um ou dois xelins conseguem eliminar essas pequenas dificuldades. Eleanor já havia marcado antes um encontro com o coronel na estalagem King's Arms, em Lambton, na noite anterior, a fim de informá-lo da mudança de plano."

"Eu obviamente não via a sra. Younge desde a época em que fizemos uma entrevista com ela como candidata ao posto de preceptora", disse o coronel Fitzwilliam. "Ela foi tão convincente naquela noite como havia sido na época. Descreveu em detalhes sua situação financeira e me mostrou documentos. Eu já disse a Darcy que estava convicto de que a proposta dela era a melhor solução para o menino e, na verdade, ainda acredito que teria sido. Quando estávamos a caminho da floresta para investigar os tiros, fiz questão de passar na cabana e achei que era justo avisar a Louisa que seu amante era Wickham, que ele era casado e que ele e um amigo tinham se perdido na mata. Isso acabou com qualquer esperança de que Louisa viesse a permitir que a sra. Younge, a amiga e confidente de Wickham, ficasse com o menino."

"Mas a escolha nunca foi de Louisa", disse Darcy, virando-se em seguida para Wickham. "Sua intenção era pegar o menino à força se fosse necessário."

Wickham disse com aparente tranquilidade: "Eu teria feito qualquer coisa, qualquer coisa, para dar Georgie para Eleanor criar. Ele era meu filho, era o futuro dele que importava para nós dois. Desde que eu e minha irmã nos conhecemos, eu nunca havia tido condições de lhe dar nada em troca do apoio e do amor que ela me dava. Agora eu tinha algo para lhe dar, algo que ela queria desesperadamente, e eu não ia deixar que a indecisão e a estupidez de Louisa me impedissem de fazer isso".

"E que vida o menino teria, sendo criado por uma mulher como aquela?", perguntou Darcy.

Wickham não respondeu. Os olhos de todos estavam fixos nele, e Darcy percebeu com um misto de horror e compaixão que Wickham estava fazendo um enorme esforço para manter a compostura. A confiança e o ar quase impassível com que começara a narrar sua história haviam desaparecido. Ele estendeu uma mão trêmula em direção ao bule de café, mas, com os olhos cegados por lágrimas, só o que conseguiu foi derrubá-lo no chão. Ninguém disse nada, ninguém se mexeu, até que o coronel se abaixou para pegar o bule e o pôs de volta na mesa.

Por fim, controlando-se, Wickham disse: "O menino teria sido amado, mais amado do que fui na minha infância, ou você na sua, Darcy. Minha irmã nunca teve filhos e havia uma chance de que cuidasse do meu. Não tenho dúvida de que ela pediu dinheiro, era assim que sobrevivia, mas tudo teria sido gasto com o menino. Ela tinha visto o bebê. Ele é lindo. Meu filho é lindo. E agora sei que nunca mais vou ver nenhum dos dois".

O tom de Darcy foi duro. "Mas você não conseguiu resistir à tentação de aliciar Denny. As únicas pessoas que teria de enfrentar eram uma velha senhora e Louisa, mas a última coisa que você queria era que Louisa ficasse histérica e se recusasse a entregar a criança. Tudo tinha de ser feito de forma silenciosa, para não alertar o irmão doente. Você queria um homem ao seu lado, um amigo com quem pudesse contar, mas, quando percebeu que você estava disposto a tomar o menino à força caso fosse necessário e soube que tinha prometido se casar com a moça, Denny não quis tomar parte nessa história e foi por isso que desceu da caleche. Sempre foi um mistério para nós por que Denny teria saído da estrada que o levaria de volta à estalagem ou, o que era mais razoável, por que não seguiu viagem na caleche até chegar a Lambton, onde poderia ter descido e ido embora sem dar explicações. Ele morreu porque estava a caminho da cabana para avisar Louisa Bidwell das suas intenções. O que você disse quando estava debruçado sobre o corpo dele era verdade. Você matou seu amigo. Foi tão responsável pela morte dele como teria sido se tivesse lhe enterrado uma espada no peito. E Will, em sua solitária espera pela morte, achou que estava protegendo a irmã de um sedutor. Em vez disso, ele matou o único homem que tentou ajudá-la."

Wickham, no entanto, pensava em outra morte. "Quando Eleanor ouviu a palavra 'culpado', a vida dela acabou. Ela sabia que dali a algumas horas eu estaria morto. Teria se postado diante da forca e testemunhado meus últimos esforços se isso pudesse me trazer algum conforto no fim, mas há certos horrores que nem quem ama consegue suportar. Não tenho dúvida de que ela se matou. Tinha perdido tanto a mim quanto ao meu filho, mas podia pelo menos garantir que, como eu, também jazeria num túmulo não abençoado."

Darcy pretendia dizer que essa última indignidade por certo poderia ser evitada, mas Wickham calou-o com um olhar e disse: "Você desprezava Eleanor quando viva; não a trate com complacência agora que está morta. O reverendo Cornbinder está tomando as providências necessárias e não precisa da sua ajuda. Em certas áreas da vida, ele tem uma autoridade da qual nem o sr. Darcy de Pemberley dispõe".

Ninguém disse nada. Por fim, Darcy perguntou: "O que é feito do menino? Onde ele está agora?".

Quem respondeu foi o coronel: "Fiz questão de me informar a esse respeito. O menino voltou para a casa dos Simpkins e, portanto, como todos acreditam, está com a mãe. O assassinato de Denny causou uma considerável tensão em Pemberley, e Louisa não teve dificuldade para convencer os Simpkins a deixar que ela levasse o bebê de volta para lá, a fim de afastá-lo do perigo. Eu lhes enviei uma generosa quantia, anonimamente e, até onde sei, ninguém até agora fez nenhuma sugestão de que o menino seja levado embora de lá, ainda que mais cedo ou mais tarde possam surgir problemas. Não quero mais me envolver nesse assunto; é provável que em breve eu seja convocado para tratar de questões mais prementes. A Europa só vai se libertar de Bonaparte se conseguir derrotá-lo inteiramente tanto em terra quanto no mar, e eu espero estar entre os que terão o privilégio de tomar parte nessa grande batalha".

Todos agora estavam exaustos e ninguém conseguia pensar em mais nada que precisasse ser dito. Foi um alívio quando, mais cedo do que se esperava, o sr. Gardiner abriu a porta para anunciar que o sr. Cornbinder havia chegado.

5

Com a notícia do perdão de Wickham, um enorme fardo de ansiedade fora retirado dos ombros dos Darcy, mas não houve nenhuma efusão de alegria. Eles haviam suportado aflições demais para fazer qualquer coisa além de expressar profundos e sinceros agradecimentos pelo fato de Wickham ter sido libertado e prepararem-se para a alegria de voltar para casa. Elizabeth sabia que, como ela, Darcy sentia uma necessidade desesperada de dar início à viagem de volta a Pemberley e achou que podiam partir logo cedo no dia seguinte. Isso, no entanto, acabou sendo impossível. Darcy precisava tratar com seus advogados da transferência de dinheiro para o reverendo Cornbinder, e por meio dele para Wickham, e na véspera eles haviam recebido uma carta de Lydia declarando sua intenção de ir a Londres para encontrar-se com o amado marido tão logo fosse possível e, obviamente, de realizar com ele um retorno triunfal a Longbourn. Lydia viajaria no coche da família acompanhada por um empregado e dava por certo poder hospedar-se na Gracechurch Street. Seria fácil encontrar uma cama para o empregado numa estalagem local. Como não havia na carta nenhuma menção ao provável horário de chegada no dia seguinte, a sra. Gardiner pôs-se imediatamente a providenciar novas acomodações e a arranjar de alguma forma um espaço na cocheira para uma terceira carruagem. Elizabeth tinha consciência apenas de estar sentindo um cansaço arrasador e só com muita força de vontade conseguia evitar cair num pranto de alívio. A necessidade de ver os filhos era o principal pensamento em sua cabeça, como ela sabia que era também na de Darcy, e eles fizeram planos para partir dois dias depois.

A primeira tarefa do dia seguinte foi enviar uma mensagem expressa a Pemberley para informar a Stoughton o horário em que previam chegar. Tendo de cuidar de todas as formalidades necessárias e da arrumação das malas, Elizabeth ficou tão ocupada que pouco viu Darcy. Ambos pareciam carregar um peso no peito que não lhes permitia falar, e Elizabeth sabia que estava feliz, mas não se sentia feliz, ou melhor, sabia que ficaria feliz tão logo voltasse para casa. Havia certa preocupação de que, quando a notícia do perdão se espalhasse, uma ruidosa multidão acorresse à Gracechurch Street com a intenção de felicitá-los, mas felizmente tal rebuliço não havia acontecido. A família que estava hospedando Wickham a pedido do reverendo Cornbinder vinha sendo absolutamente discreta e o endereço da casa era desconhecido. Assim, os ajuntamentos que se formaram foram apenas ao redor da prisão.

Lydia chegou no coche dos Bennet no dia seguinte, depois do almoço, mas tal chegada também não despertou nenhum tipo de interesse público. Para alívio tanto dos Darcy quando dos Gardiner, ela se comportou de modo mais discreto e razoável do que seria de esperar. A angústia dos últimos meses e a consciência de que o marido podia ser condenado à morte haviam abrandado seus modos normalmente espalhafatosos, e Lydia até foi capaz de agradecer a hospitalidade da sra. Gardiner com algo próximo de uma gratidão genuína e um reconhecimento do quanto devia à generosidade dos tios. Já em relação a Elizabeth e Darcy ela não estava tão certa, e nenhum agradecimento foi expresso.

Antes do jantar, o reverendo Cornbinder chegou para pegá-la e levá-la ao local onde Wickham estava hospedado. Ela voltou cerca de três horas depois, ocultada pelo escuro da noite e com excelente ânimo. O marido voltara a ser seu belo, galante e irresistível Wickham, e ela falou do futuro dos dois com plena confiança de que a aventura na qual iam se lançar seria o início da prosperidade e da fama para ambos. Lydia sempre fora impetuosa, e ficou claro que estava tão ansiosa quanto Wickham para ir embora da Inglaterra para sempre. Ela se juntou a ele, que recuperava as forças, na casa onde estava hospedado, mas não conseguiu tolerar por muito tempo as reuniões religiosas que os anfitriões realizavam logo cedo e as preces que faziam antes de toda santa refeição, de modo que, três dias depois, a carruagem dos Bennet atravessou as ruas de Londres em direção à bem-vinda vista da estrada que seguia para o norte, rumo a Hertfordshire e Longbourn.

6

A viagem até Derbyshire deveria levar dois dias, já que Elizabeth estava muito cansada e sem disposição para passar muitas horas seguidas na estrada. No meio da manhã da segunda-feira depois do julgamento, a carruagem foi conduzida até a porta da frente e, depois de expressar uma gratidão para a qual era difícil encontrar palavras adequadas, os Darcy tomaram o rumo de casa. Ambos cochilaram durante boa parte da viagem, mas estavam acordados quando a carruagem cruzou a fronteira do condado, entrando em Derbyshire. Foi com uma alegria cada vez maior que eles passaram por vilas familiares e trilharam sendas que traziam guardadas na memória. No dia anterior, eles apenas sabiam que estavam felizes; agora, sentiam a força irradiante da alegria em todos os nervos do corpo. A chegada a Pemberley não poderia ter sido mais diferente do que fora a partida. Todos os empregados, de uniformes limpos e passados, esperavam em fila para cumprimentá-los; a sra. Reynolds tinha lágrimas nos olhos quando fez uma reverência e, emocionada demais para falar, deu silenciosas boas-vindas a Elizabeth.

A primeira visita que fizeram foi ao quarto das crianças, onde foram recebidos por Fitzwilliam e Charles com gritinhos e pulos de alegria e passaram algum tempo ouvindo as novidades que a sra. Donovan tinha para contar. Tanta coisa havia acontecido naquela semana em Londres que Elizabeth tinha a sensação de ter passado meses longe de casa. Depois, chegou a hora de a sra. Reynolds fazer seu relatório. "Por favor, fique tranquila, senhora, que não tenho nenhuma má notícia a lhe dar, mas há um assunto de certa importância do qual a senhora precisa saber", ela disse.

Elizabeth sugeriu que fossem, como de hábito, para sua sala particular. A sra. Reynolds tocou a campainha e deu ordens para que levassem chá para as duas, e então elas se sentaram em frente ao fogo, que fora aceso mais para dar conforto do que para aquecer, e a sra. Reynolds começou a contar sua história.

"Soubemos, claro, da confissão de Will a respeito da morte do capitão Denny e todos estão muito solidários à sra. Bidwell, embora algumas pessoas tenham censurado Will por não ter confessado antes e, assim, poupado a senhora, o sr. Darcy e o sr. Wickham de tanta angústia e sofrimento. Sem dúvida o rapaz demorou a falar porque precisava de tempo para fazer as pazes com Deus, mas alguns acham que esse tempo teve um preço alto demais. Ele foi enterrado no adro da igreja; o sr. Oliphant falou com muito sentimento e a sra. Bidwell ficou muito agradecida por tanta gente ter ido ao funeral, muitos, aliás, tendo vindo de Lambton. As flores estavam uma beleza e o sr. Stoughton e eu providenciamos para que uma coroa em nome do sr. Darcy e da senhora fosse levada para a igreja. Tínhamos certeza de que era o que a senhora gostaria. Mas é de Louisa que preciso falar.

"No dia seguinte à morte do capitão Denny, Louisa me procurou e perguntou se poderia conversar comigo reservadamente. Eu a levei para a minha sala e ela, muito aflita, caiu em prantos. Quando, com muita paciência e dificuldade, consegui acalmá-la, ela me contou o que havia acontecido. Disse que, até o momento em que o coronel foi à cabana na noite da tragédia, ela não fazia ideia de que o pai do filho dela era o sr. Wickham, e receio, senhora, que tenha se deixado enganar por completo pela história que ele lhe contou. Ela não queria vê-lo nunca mais e até começava a ficar com mágoa do bebê. O sr. Simpkins e a irmã dela não queriam mais ficar com o menino, e Joseph Billings, que sabia do bebê, não estava disposto a se casar com Louisa se isso significasse ter de assumir a responsabilidade pelo filho de outro homem. Ela havia confidenciado a ele que tinha um amante, mas o nome do sr. Wickham não foi relevado e, na minha opinião e na de Louisa, jamais deverá ser, para evitar causar vergonha e angústia a Bidwell. Louisa estava desesperada para encontrar um lar decente e amoroso para Georgie, e por isso fora à minha procura, e eu fiquei contente em poder ajudar. A senhora há de se lembrar de me ouvir falar da viúva do meu irmão, a sra. Goddard, que durante alguns anos manteve uma escola bem-sucedida em Highbury. Uma de suas antigas alunas, que também morava com ela, casou-se com um agricultor local, chamado Robert Martin, e está muito feliz em sua vida de casada. O casal tem três filhas e um filho, mas o médico disse a ela que é improvável que tenha outros filhos, e ela e o marido estão ansiosos para adotar um menino para brincar com o filho deles. O sr. e a sra. Knightley, da abadia de Donwell, são o casal mais importante de Highbury, e a sra. Knightley é amiga da sra. Martin e sempre demonstrou muito interesse pelos filhos dela. A sra. Knightley teve a gentileza de me mandar uma carta, além das que recebi da sra. Martin, para me assegurar de que podíamos contar com sua ajuda e seu contínuo interesse por Georgie se ele fosse para Highbury. Pareceu-me que o menino não poderia ter encontrado um lar melhor. Então, foi acertado que ele deveria voltar o quanto antes para a casa da sra. Simpkins, em Birmingham, pois seria melhor apanhar o menino lá do que em Pemberley, onde a carruagem enviada pela sra. Knightley com quase toda a certeza seria notada. Tudo aconteceu exatamente conforme o combinado; cartas subsequentes confirmaram que o menino se adaptou bem, é alegre e encantador e muito amado por toda a família. É claro que guardei toda a correspondência para que a senhora visse. A sra. Knightley ficou aflita quando soube que Georgie ainda não havia sido batizado, mas o batismo já foi celebrado na igreja de Highbury, e o menino agora se chama John, em homenagem ao pai da sra. Martin.

"Peço desculpas por não ter lhe contado antes, mas eu havia prometido a Louisa que tudo seria mantido em absoluto segredo, embora eu tenha deixado claro que a senhora precisaria ser informada. A verdade teria causado um grande desgosto a Bidwell, e ele ainda acredita, como todos em Pemberley, que a mãe do menino é a sra. Simpkins e que Georgie voltou para junto dela. Espero ter agido certo, senhora, mas eu sabia o quanto Louisa estava desesperada para encontrar uma forma de garantir que o pai do menino nunca viesse a encontrá-lo e de que o menino fosse bem cuidado e amado. Ela não quer mais ver a criança, não deseja receber relatórios regulares de seu desenvolvimento e, na verdade, nem sabe com quem está. Para ela, é suficiente saber que o filho será criado com amor e dedicação."

"A senhora não poderia ter agido mais certo e eu, é claro, vou respeitar seu segredo. Mas eu ficaria grata se pudesse abrir uma exceção; o sr. Darcy precisa ser posto a par. Sei que ele não passará o segredo adiante. Louisa reatou o noivado com Joseph Billings?", perguntou Elizabeth.

"Reatou, senhora, e o sr. Stoughton diminuiu um pouco a carga de trabalho dele para que possa passar mais tempo com Louisa. Acho que o sr. Wickham de fato a abalou, mas o que quer que tenha sentido por ele se transformou em ódio e ela agora parece contente em concentrar seus pensamentos na vida que ela e Joseph terão juntos em Highmarten."

Fossem quais fossem seus defeitos, Wickham era um homem inteligente, bonito e fascinante, e Elizabeth se perguntava se, durante o tempo em que os dois ficaram juntos, Louisa, uma moça que o reverendo Oliphant considerava extremamente inteligente, tivera um vislumbre de uma vida diferente e mais estimulante. Porém, não havia dúvida de que a solução encontrada fora melhor para o filho e provavelmente para Louisa também. O futuro que a aguardava era o de uma copeira em Highmarten, esposa do mordomo, e com o tempo Wickham não seria mais do que uma vaga lembrança. Pareceria irracional e bastante estranho a Elizabeth se Louisa sentisse uma pontinha de tristeza com isso.

EPÍLOGO

Numa manhã do início de junho, Elizabeth e Darcy tomaram o café da manhã juntos na varanda. O dia prometia ser agradável, com a perspectiva de compartilhar momentos de alegria com amigos. Henry Alveston havia conseguido tirar uma breve folga de suas responsabilidades em Londres e chegara na noite anterior, e os Bingley eram esperados para o almoço e o jantar.

"Eu ficaria grato, Elizabeth, se você pudesse caminhar comigo pela beira do rio. Há coisas que eu preciso dizer, inquietações que estão na minha cabeça há muito tempo e das quais eu já devia ter lhe falado antes", disse Darcy.

Elizabeth concordou e, cinco minutos depois, atravessaram juntos o relvado rumo à trilha que margeava o rio. Ambos em silêncio, seguiram pela trilha até a parte em que o rio se estreitava, quando então cruzaram a ponte que levava ao banco instalado na época em que Lady Anne esperava o primeiro filho, a fim de proporcionar-lhe um conveniente lugar de repouso. Daquele ponto, tinha-se uma boa vista da casa de Pemberley do outro lado do rio, uma vista que tanto Darcy quanto Elizabeth adoravam e em direção à qual seus passos sempre se voltavam instintivamente. O dia nascera encoberto por uma névoa matinal, que, conforme invariavelmente profetizava o chefe dos jardineiros, pressagiava um dia quente, e as árvores, que já não tinham mais os tenros brotos de folhas verde-claras da primavera, estavam agora carregadas de luxuriante folhagem, enquanto as touceiras de flores de verão e o rio cintilante combinavam-se numa celebração viva da beleza e da plenitude.

Fora um alívio quando a ansiada carta vinda da América enfim chegara a Longbourn, e uma cópia enviada por Kitty a Elizabeth tinha sido entregue naquela manhã. Wickham escrevera apenas um breve relato, ao qual Lydia acrescentara algumas linhas apressadas. Os dois estavam extasiados com o Novo Mundo. Wickham falava principalmente dos magníficos cavalos e dos planos que o sr. Cornbinder e ele tinham de criar cavalos de corrida, enquanto Lydia dizia que Williamsburg era um avanço em todos os aspectos em relação à enfadonha Meryton e que ela já tinha feito amizade com alguns dos oficiais e suas esposas aquartelados num forte do Exército próximo à cidade. Ao que parecia, Wickham havia finalmente encontrado um trabalho que seria capaz de manter; se ele seria capaz de manter a esposa já era uma questão da qual os Darcy sentiam-se gratos por estarem afastados por três mil milhas de oceano.

"Tenho pensado em Wickham e na viagem que ele e sua irmã enfrentaram e, pela primeira vez, desejo sinceramente que tudo corra bem para ele", disse Darcy. "Acredito que a grande provação pela qual ele passou possa de fato levar à regeneração da qual o reverendo Cornbinder está tão confiante, e que o Novo Mundo continue a satisfazer todas as expectativas dele, mas o passado é uma parte muito grande do que sou e minha única vontade agora é nunca mais ver Wickham. O fato de ter tentado seduzir Georgiana foi tão abominável que nunca consigo deixar de sentir repugnância quando penso nele. Procurei tirar o caso todo da minha cabeça como se nada daquilo tivesse acontecido, um expediente que achei que seria mais fácil de levar a efeito se nunca falasse sobre o assunto com Georgiana."

Por um momento, Elizabeth ficou calada. Wickham não era uma sombra sobre a felicidade deles, nem poderia prejudicar a perfeita confiança, declarada ou não, que tinham um no outro. Se aquele não fosse um casamento feliz, tais palavras não teriam sentido. A amizade que havia existido entre Wickham e Elizabeth jamais era mencionada por uma questão de tato que ambos julgavam importante, mas os dois tinham a mesma opinião acerca do caráter e do estilo de vida de Wickham, e Elizabeth partilhava da convicção do marido de que Wickham jamais deveria ser recebido em Pemberley. Também por tato, ela nunca havia falado com o marido sobre a proposta de fuga feita a Georgiana, uma proposta que Darcy via como um plano de Wickham para pôr as mãos na fortuna da menina e vingar-se de desconsiderações de que ele imaginava ter sido vítima. O coração de Elizabeth estava tão cheio de amor pelo marido e confiança no discernimento dele que não havia espaço para censuras; ela não conseguia acreditar que ele tivesse agido com a irmã de modo irrefletido ou descuidado, mas talvez fosse chegada a hora de irmão e irmã conversarem sobre o passado, por mais doloroso que fosse.

Num tom amável, Elizabeth disse: "Será que esse silêncio entre você e Georgiana não é um erro, meu amor? É preciso lembrar que nada desastroso aconteceu. Você chegou a Ramsgate a tempo e Georgiana confessou tudo, com alívio. Não podemos nem mesmo ter certeza de que ela teria, de fato, fugido com ele. Você deveria poder olhar para ela sem que sempre lhe viesse à lembrança algo que é tão doloroso para vocês dois. Sei que ela anseia sentir que foi perdoada".

"Sou eu que preciso ser perdoado", disse Darcy. "A morte do capitão Denny me fez refletir sobre minha própria responsabilidade, talvez pela primeira vez, e não foi só Georgiana que foi prejudicada pela minha negligência. Wickham jamais teria fugido com Lydia, nem se casado com ela, nem entrado para sua família se eu tivesse domado meu orgulho e dito a verdade a respeito dele quando foi pela primeira vez para Meryton."

"Dificilmente você poderia ter feito isso sem trair o segredo de Georgiana", disse Elizabeth.

"Algumas palavras de advertência nos círculos certos

teriam bastado. Mas os erros começaram ainda antes disso, quando decidi tirar Georgiana da escola e deixá-la aos cuidados da sra. Younge. Como posso ter sido tão cego, tão descuidado, tão indiferente às mais elementares precauções, eu, que sou irmão dela, que era seu tutor, que fui incumbido pelos meus pais de cuidar dela e mantê-la em segurança? Georgiana só tinha quinze anos na época e não estava feliz na escola. Era um colégio caro e sofisticado, mas não dava às alunas uma atenção cuidadosa e amorosa, e inculcava o orgulho e os valores do mundo elegante, em vez de uma cultura sólida e bom senso. Era correto tirar Georgiana daquele colégio, mas ela não estava preparada para viver de forma independente. Como eu, era tímida e insegura em ocasiões sociais; você mesma viu isso quando veio a Pemberley pela primeira vez com o sr. e a sra. Gardiner e fez uma refeição conosco."

"Vi também, como vejo até hoje, a confiança e o amor que existe entre vocês", disse Elizabeth.

Darcy continuou como se ela não tivesse falado. "E montar uma casa para ela, primeiro em Londres, e depois sancionar uma mudança para Ramsgate! Ela precisava ficar em Pemberley; Pemberley era a casa dela. Eu podia ter trazido Georgiana para cá, encontrado uma senhora adequada para ser sua acompanhante, talvez também uma preceptora para aprimorar uma educação que fora negligente em aspectos essenciais, e ficar aqui com ela, para lhe dar o amor e o apoio de um irmão. Em vez disso, eu a deixei sob os cuidados de uma mulher que, mesmo agora que está morta e além de qualquer reconciliação terrena, para mim sempre será a personificação do mal. Embora nunca tenha dito nada, você por certo devia se perguntar por que Georgiana não havia permanecido comigo em Pemberley, a única casa que era um lar para ela."

"Admito que me perguntei sobre isso algumas vezes, mas, depois que conheci Georgiana e vi vocês dois juntos, tive a certeza de que você não poderia ter tido qualquer outro motivo para agir assim a não ser a felicidade e o bem-estar dela. Quanto a Ramsgate, talvez médicos tivessem recomendado que o ar marítimo faria bem a ela. Talvez Pemberley, onde tanto o pai como a mãe dela faleceram, tivesse ficado carregada demais de tristeza, e o fato de você ter de cuidar da propriedade o impedisse de dedicar a Georgiana o tempo que desejaria. Eu vi como ela estava feliz na sua companhia e concluí com toda a confiança que sempre agira como um irmão amoroso." Elizabeth fez uma pausa e depois perguntou: "E o coronel Fitzwilliam? Ele partilhava com você a tutela de Georgiana. Presumo que tenham entrevistado juntos a sra. Younge, não?".

"Sim. Mandei um coche para transportá-la até Pemberley para a entrevista e depois a convidamos para o jantar. Lembrando disso agora, percebo como foi fácil para ela manipular dois rapazes suscetíveis. A sra. Younge se apresentou como a pessoa perfeita para assumir a responsabilidade por uma jovem menina. Tinha a aparência adequada, falava as palavras certas, dizia-se uma mulher de boa família, culta, compreensiva com os jovens, moralmente irrepreensível e com modos impecáveis."

"Ela não trouxe referências?"

"Sim, referências de impressionar. Mas eram, claro, forjadas. Nós as aceitamos principalmente porque ficamos ambos seduzidos pela sua aparência e pelo fato de parecer tão adequada para a função, e embora devêssemos ter escrito para seus pretensos antigos patrões, acabamos não o fazendo. Apenas uma referência foi verificada, mas, mais tarde, viemos a descobrir que o testemunho que havíamos recebido fora dado por um parceiro dela e era tão falso quanto as informações que a sra. Younge nos dera ao apresentar-se como candidata ao posto. Eu acreditava que Fitzwilliam tivesse escrito e ele pensava que eu cuidaria do assunto, e admito que a responsabilidade era minha. Ele tinha sido chamado de volta ao seu regimento e estava ocupado demais com questões mais imediatas. Sou eu que devo carregar o peso maior da culpa. Não há como justificar a conduta de nenhum de nós dois, mas na época eu achei que havia."

"Era uma obrigação pesada para dois homens jovens e solteiros, ainda que um fosse irmão da menina. Não havia nenhuma parente ou amiga chegada da família que Lady Anne pudesse designar para partilhar a tutela?", perguntou Elizabeth.

"Era exatamente esse o problema. A escolha óbvia seria Lady Catherine de Bourgh, a irmã mais velha da minha mãe. Escolher outra parente provocaria uma ruptura permanente entre as duas. Mas elas nunca haviam sido próximas, pois tinham temperamentos muito diferentes. Minha mãe era considerada, de modo geral, severa em suas opiniões e imbuída do orgulho de sua classe, mas era extremamente generosa com os aflitos e necessitados e tinha uma capacidade de discernimento infalível. Você sabe como Lady Catherine é, ou melhor, era. A imensa bondade com que você a vem tratando desde que ela perdeu a filha fez com que o coração dela começasse a amolecer."

"Quando penso nos defeitos de Lady Catherine, sempre lembro que foi a visita que ela fez a Longbourn, tão determinada a descobrir se estávamos noivos ou não e, se estivéssemos, a me fazer romper o noivado, que acabou por nos unir", disse Elizabeth.

"Quando ela descreveu o modo como você reagiu à interferência dela, eu soube que ainda havia esperança", disse Darcy. "Mas você era uma mulher adulta e orgulhosa demais para tolerar a insolência de Lady Catherine. Ela teria sido uma tutora desastrosa para uma menina de quinze anos. Georgiana sempre teve um pouco de medo dela. A toda hora chegavam convites a Pemberley para que minha irmã visitasse Rosings. A proposta de Lady Catherine era que Georgiana e a prima partilhassem uma preceptora e crescessem como irmãs."

"Talvez com a intenção de que um dia elas se tornassem cunhadas. Lady Catherine deixou claro para mim que você estava prometido à filha dela."

"Prometido por ela própria, não pela minha mãe. Essa foi outra razão por que Lady Catherine não foi escolhida para partilhar a tutela de Georgiana. Mas, por mais que eu desaprove as interferências da minha tia na vida de outras pessoas, ela certamente teria sido mais responsável do que eu e não teria se deixado enganar pela sra. Younge. Botei em risco a felicidade e talvez até a vida de Georgiana quando a pus sob o domínio daquela mulher. A sra. Younge sabia desde o início onde queria chegar e Wickham sempre fora parte desse plano. Ele fazia questão de se manter informado sobre o que estava acontecendo em Pemberley; foi Wickham que disse à sra. Younge que eu estava à procura de uma acompanhante para Georgiana e então, mais que depressa, ela se apresentou como candidata ao posto. Ela sabia que, com a grande habilidade que Wickham tinha para cativar as mulheres, a melhor chance que ele tinha de conquistar o estilo de vida ao qual achava que tinha direito era se casar por dinheiro, e Georgiana foi escolhida como vítima."

"Então você acha que foi tudo uma trama torpe dos dois, desde o momento em que você a viu pela primeira vez?"

"Sem dúvida. Ela e Wickham tinham planejado a fuga já no princípio. Ele admitiu isso quando nos encontramos na Gracechurch Street."

Eles ficaram algum tempo calados, olhando para o lugar em que as águas formavam ondas e torvelinhos ao passar pelas pedras planas do rio. Então, Darcy se levantou.

"Mas há ainda outras coisas que precisam ser ditas. Como posso ter sido tão insensível, tão presunçoso a ponto de tentar separar Bingley de Jane? Se tivesse me dado o trabalho de conversar com ela, de conhecê-la melhor e notar como ela é boa e generosa, teria percebido que Bingley seria um homem de sorte se conseguisse conquistar o amor dela. Acho que eu temia que, se Bingley se casasse com sua irmã, seria mais difícil para mim superar meu amor por você, uma paixão que havia se tornado uma necessidade implacável, mas que eu tinha me convencido de que precisava vencer. Por causa da sombra que a vida do meu bisavô havia lançado sobre a família, fui ensinado desde pequeno que grandes posses vêm acompanhadas de grandes responsabilidades e que um dia a missão de cuidar de Pemberley, e das muitas pessoas cujo sustento e bem-estar dependem da propriedade, recairia sobre meus ombros. Anseios íntimos e minha felicidade pessoal deveriam estar sempre em segundo lugar em relação a essa responsabilidade quase sagrada.

"Foi essa certeza de estar agindo errado que me levou a lhe fazer aquele primeiro e vergonhoso pedido de casamento e a escrever a carta mais lamentável ainda que lhe enviei em seguida, tentando justificar ao menos em parte meu comportamento. De modo deliberado, fiz uma proposta que nenhuma mulher que sentisse qualquer afeição pela própria família, ou fosse leal a ela, ou tivesse um mínimo de orgulho e de respeito por si mesma, poderia ter aceitado. E, quando você recusou com desdém minha proposta e eu lhe enviei aquela carta me justificando, fiquei convencido de que nunca mais tornaria a pensar em você. Mas não foi o que aconteceu. Depois que nos separamos, você continuou na minha cabeça e no meu coração e, quando você e seus tios vieram visitar Derbyshire e inesperadamente nos encontramos em Pemberley, tive a absoluta certeza de que ainda a amava e nunca deixaria de amá-la. Foi então que comecei, ainda que sem muita esperança, a tentar lhe mostrar que eu havia mudado e me tornado o tipo de homem que você poderia considerar digno de aceitar como marido. Agi como um menininho que exibe seus brinquedos, desesperado para agradar."

Depois de uma pausa, Darcy continuou: "Quando recebi você e o sr. e a sra. Gardiner em Pemberley tão pouco tempo depois de ter lhe entregado aquela carta lastimável em Rosings, de ter sido tão insolente, arrogante e ofensivo com sua família e de ter demonstrado tanto ressentimento injustificado, minha necessidade de fazer com que acreditasse numa mudança tão súbita, de compensar tudo aquilo e tentar de alguma forma conquistar seu respeito e até, quem sabe, algum sentimento mais terno... minha necessidade era tão grande que sobrepujou o comedimento. Mas como poderia acreditar que eu tinha mudado? Como qualquer criatura racional poderia? Até mesmo o sr. e a sra. Gardiner, que por certo já conheciam minha reputação de orgulhoso e arrogante, devem ter ficado espantados com a transformação. E você sem dúvida deve ter achado minha conduta para com a srta. Bingley repreensível. Você viu como o modo como eu agia com ela quando Jane ficou doente e você foi visitá-la em Netherfield. Se eu não tinha nenhuma intenção de pedir Caroline Bingley em casamento, por que lhe dei esperanças indo tanto à casa da família? A maneira descortês como às vezes eu a tratava devia ser humilhante. E Bingley, um homem tão bom, devia acalentar esperanças de que as nossas famílias se unissem. Eu não me comportei como um amigo nem como um cavalheiro com nenhum dos dois. A verdade é que tinha tanto asco de mim mesmo que não estava mais apto a conviver em sociedade".

"Não creio que Caroline Bingley se deixe humilhar com facilidade quando está perseguindo um objetivo, mas se você está determinado a acreditar que a decepção que causou a Bingley ao tirar-lhe a esperança de unir as duas famílias pesa mais do que o incômodo de ser casado com a irmã dele, não vou ser eu que vou tentar convencê-lo do contrário", disse Elizabeth. "Mas você não pode ser acusado de ter enganado nem um nem outro, pois sempre deixou seus sentimentos muito claros. Quanto à sua mudança de conduta em relação a mim, precisa lembrar que eu estava descobrindo como você era de fato e começando a me apaixonar. Talvez tenha acreditado que você havia mudado porque meu coração precisava acreditar. E, se fui guiada pelo instinto e não pelo pensamento racional, o resultado final não acabou mostrando que eu estava certa?"

"Ah, certíssima, meu amor."

Elizabeth continuou: "Tenho tantos motivos de arrependimento quanto você, e sua carta teve uma vantagem: me fez pensar pela primeira vez que eu podia estar enganada em relação a George Wickham e em como era improvável que o cavalheiro que o sr. Bingley havia escolhido como melhor amigo tivesse agido do modo como o sr. Wickham descreveu, traindo os desejos do pai por razões mesquinhas. A carta que você tanto lastima teve ao menos um efeito bom".

"Os trechos sobre Wickham foram as únicas palavras honestas na carta inteira", disse Darcy. "Não é estranho que eu tenha escrito tão determinado a magoá-la e humilhá-la e, no entanto, não conseguisse suportar a ideia de que, rompidos como ficaríamos, você viesse a me ver para sempre como o homem que Wickham havia descrito?"

Elizabeth chegou mais perto de Darcy e, por um momento, eles ficaram em silêncio. Então, ela disse: "Não somos mais, nenhum de nós dois, as pessoas que éramos na época. Vamos lembrar do passado apenas o que nos der alegria e olhar para o futuro com confiança e esperança".

"Tenho mesmo pensado no futuro", disse Darcy. "Sei que é difícil me tirar de Pemberley e que pode ser complicado viajar pela Europa no momento, mas não seria um prazer voltar à Itália e visitar de novo os lugares onde estivemos na nossa viagem de núpcias? Poderíamos viajar em novembro e escapar do inverno inglês. Não precisamos passar muito tempo fora, se estar longe dos meninos a desagrada."

Elizabeth sorriu. "Os meninos ficarão seguros aos cuidados de Jane. Você sabe o quanto ela gosta de tomar conta deles. Voltar à Itália será de fato uma alegria, mas teremos de adiá-la um pouco. Eu estava mesmo para lhe contar meus planos para novembro. No início daquele mês, meu amor, eu espero estar segurando nossa filha nos braços."

Darcy não conseguia falar; a felicidade lhe trouxe lágrimas aos olhos e lhe inundou o rosto, mas a força com que apertou a mão de Elizabeth foi suficiente. Quando conseguiu recuperar a voz, perguntou: "Mas você está bem? Por certo precisa de um xale. Não seria melhor voltarmos para dentro de casa para que possa descansar? Não é imprudente ficar sentada aqui?".

Elizabeth riu. "Estou perfeitamente bem. Não fico sempre bem? E não poderia haver melhor lugar para lhe dar a notícia. Lembre que era neste banco que Lady Anne costumava descansar quando estava esperando você. Não posso, claro, prometer uma menina. Tenho um pressentimento de que estou predestinada a ser mãe de homens, mas se for outro menino encontraremos um lugar para ele."

"Certamente, meu amor, tanto no quarto das crianças quanto no nosso coração."

No silêncio que se seguiu, viram Georgiana e Alveston descendo os degraus de Pemberley em direção ao relvado na margem do rio. Darcy disse num tom de falsa severidade: "O que é isso que vejo, sra. Darcy? Nossa irmã e o sr. Alveston andando de mãos dadas e à vista de quem quer que olhe das janelas de Pemberley? Não é um escândalo? O que isso pode querer dizer?".

"Deixo a seu cargo determinar, sr. Darcy."

"Só posso concluir que o sr. Alveston tenha algo de importante a comunicar, algo a me pedir, talvez?"

"Não a pedir, meu amor. Precisamos lembrar que Georgiana não está mais sob tutela. Tudo por certo já foi acertado entre os dois e eles vêm juntos ali não para pedir, mas para contar. No entanto, há algo que eles precisam e esperam receber: sua bênção."

"E vão recebê-la, com todo o meu amor. Não consigo pensar em outro homem a quem eu chamaria de cunhado com mais prazer. E pretendo conversar com Georgiana ainda esta noite. Não haverá mais silêncios entre nós."

Juntos, os dois se levantaram do banco e ficaram observando Georgiana e Alveston, ainda de mãos entrelaçadas, suas risadas elevando-se acima da música constante do rio, correrem pela relva luzidia em direção a eles.

1ª EDIÇÃO [2013] 2 reimpressões

ESTA OBRA FOI COMPOSTA PELO GRUPO DE CRIAÇÃO EM GARAMOND E
IMPRESSA PELA GEOGRÁFICA EM OFSETE SOBRE PAPEL ALTA ALVURA
DA SUZANO S.A. PARA A EDITORA SCHWARCZ EM ABRIL DE 2022

A marca FSC® é a garantia de que a madeira utilizada na fabricação do papel deste livro provém de florestas que foram gerenciadas de maneira ambientalmente correta, socialmente justa e economicamente viável, além de outras fontes de origem controlada.